異共日生

讀夜人 著

目次

第四章：冬蟲夏草狂熱

第五章：副作用

第七章：各自的盤算

第八章：*Homo sapiens* 的末日

推薦語

作者透過大量的動物、植物知識，側寫了人類在獸性、人性、神性之間的選擇。什麼才是生命的價值？什麼才是人的本性呢？

東華大學華文文學系主任　許又方

從發現以理想聖域命名的新種類真菌「香巴拉菌」開始，作者以科學知識為根柢，用「香巴拉菌」的菌絲席捲學術、商業、政治、宗教、軍事，操縱權力、利益、正義、仇恨複雜交織的人與異人之戰。這本初出茅廬之作，展現了作者駕馭龐大結構的寫作企圖，以及對人性、對生存意義的思考叩問。

東華大學華文文學系教授　游宗蓉

人物簡介

香巴拉菌研究相關

司馬辛：生物學教授，香巴拉菌發現者之一。不善交際，但才華出眾。為了研究並對抗香巴拉菌，成立了追夢公司。是所有研究者中唯一成功從香巴拉菌中分離出獨特化合物的學者，並以此化合物為基礎，使思能武器的理論得以成為現實。

徐凝輝：公共衛生學教授，香巴拉菌發現者之一。藉由卡琳弟弟的事情，讓華格納教授優先進行他的香巴拉菌醫療化研究。並與約西亞合作開發香巴拉菌產品，是讓香巴拉菌擴散的推手之一。長袖善舞，但對家人極為看重。

衛青成：生物學教授，香巴拉菌發現者之一。擁有很高的學術地位。在獲得諾貝爾獎之後，從學界光榮退休，大力支持香巴拉菌的相關議題，並且將香巴拉菌視為他最大的功績。政治手腕高超且學養豐富，老謀深算且做事果斷。

蔣成華：生物學教授，香巴拉菌發現者之一。後升任清華大學校長，與毛治誠默契甚佳，常彼此配合。個性較溫和，但勇於任事。

毛治誠：植物學教授，香巴拉菌發現者之一。後接任生物學系的主任，與蔣成華默契甚佳。個性果斷直爽，政治眼光敏銳獨到。

卡琳・邁爾（Karin Meyer）：曾是司馬辛與徐凝輝手下的研究員，德國人。個性善良有責任感，在弟弟因出車禍成了植物人後，聽從徐凝輝的提議用香巴拉菌為其治療。

芬恩・華格納（Finn Wagner）：慕尼黑大學生物學教授，擅長膜片鉗技術，視卡琳姊弟為己出，曾打算賣房替班支付醫療費用。在發現班的異常後，加入追夢公司。個性善良溫和，但遇事時卻非常堅毅勇敢。

張　妮：司馬辛的學生，很早就擔憂香巴拉菌對人體潛在的負面影響。個子不高，但志向高遠，協助司馬辛完成了不少研究，並替其打理研究團隊的種種事務。

Lucky Life 相關

約西亞・賽克斯頓（Josia Sexton）：美國全球保健食品龍頭 Lucky Life 的創辦人兼董事長。在聽聞徐教授的研究後與之合作，並聽從徐教授建議，以卡琳的弟弟作為實驗對象。私底下會對犯錯的員工進行人體實驗，美其名是「再給一次機會」。城府極深且自視甚高，為達目的不擇手段。

莎托普・摩伊拉（Satorp Moirae）：曾是 Lucky Life 的員工，因嘲笑卡琳而被約西亞懲處，導致精神失常。在香巴拉菌的治療下恢復，成為 Lucky Life 的代言人之一。為了向約西亞報仇，暗地裡成立 Red Life 組織。關心家人，但對被歸類在「自己人」以外的對象缺乏同情心。

班・邁爾（Ben Meyer）：卡琳的弟弟，因車禍昏迷不醒。受香巴拉菌治療後康復，成為 Lucky

Life 的代言人之一。個性善良，受香巴拉菌影響變得輕視普通人類。後成立 Blue World 組織，為受香巴拉菌治療者發聲。

李宗政：網路寫手與駭客，個性貪婪且喜歡撥弄是非。受約西亞雇用，成為 Lucky Life 的數位行銷部成員，主導香巴拉菌治療法的推廣，並替 Lucky Life 操弄網路風向。

昆西・巴克納（Quincy.Buckner）：由美國政府推薦加入德國研究團隊的兩位科學家之一。是香巴拉菌療法的重要推手。雖然表面上是親政府派，但同時他也收了約西亞的錢，公開替香巴拉療法做宣傳。為人圓滑，懂得判斷情勢。

其他人物

黃玉考：律師，思緒敏捷，有勇有謀，為了協助司馬辛而加入追夢公司，並替司馬辛與各方勢力周旋交際。

曼德拉・阿里（Mandela・Ali）：美國政府的特工，擁有良好的體格以及強大腦波，在監控 New god 時被暴民斬斷右肢，後因其強大腦波而被美國政府招募為第一批思能者。有 個讓他引以為傲的，獲得物理博士學位的女兒。個性質樸忠誠，對國家與人類盡忠職守。

序言

從四十億年前最早的生命誕生，到二十六億年前大氧化事件改變了大氣組成。從寒武紀生命形式的大爆發，到二疊紀史無前例的壯闊滅絕。從白堊紀蜥形綱退位，到始新世合弓綱崛起，地球的生命在這顆蔚藍的星球上展開了多采多姿的登臺與退場，直至今日，即使人類已經涉足宇宙，航天器登上火星地表，可人類仍對自己所處的星球一無所知。

是的，各位朋友，一無所知。我們對海洋的了解不會比對火星的了解多出多少，對生命為何誕生的猜想不會比預測明天或災難哪個先來更準，對地球上存有多少物種，也如同管中窺月，一知半解。直到今日，依然有新的奇特物種被發掘，依然有被認定滅亡的物種重新出現。在一八五九年，科學家就在熱帶雨林發現了能控制螞蟻的真菌，中文翻譯叫「偏側蛇蟲草菌（Ophiocordyceps unilateralis）」，這種真菌在寄生螞蟻後，會控制螞蟻的身體，使其來到適合真菌生長的位置，之後真菌便會吞噬螞蟻的身體並釋放出孢子，讓孢子擴散至更多的螞蟻身上。一九三八年，南非捕獲了被認為已滅絕的腔棘魚目下的矛尾魚，二〇一一年，草裙舞蛙（Hula painted frog）在被國際自然保護聯盟（ＩＵＣＮ）宣布滅絕十五年後，再度在以色列發現。光僅二〇二〇這一年，就發現了超過數十種未命名的新物種，從蛇到猴子，從植物到動物。

然而，如此無知的人類，卻自大的自詡萬物之主，可這只不過是見證了人類這種生物的渺小與卑微。直到今日，人類的醫學仍在與由細菌、真菌、病毒這些最不起眼的存在所組成的大軍對抗。黑死病、肺結核、新型隱球菌、組織胞漿菌、冠狀病毒、伊波拉病毒、各種疾病與瘟疫在人類的歷史中層出不窮。當人們挖掘土壤，埋藏地底的隱球菌便趁虛而入，當人們發現新的貿易路線，疾病便隨著老鼠、鴿子席捲而來。

有時候，人們會將這些細菌、真菌、病毒納為己用，青黴素、益生菌、肉毒桿菌、噬菌體等為人們所利用。但有的時候，人們會刻意將這些微小的生物擴散出去，忽視一切風險，只為謀求眼前利益。散布疾病的例子不勝枚舉。在歷史上，人類利用過天花、炭疽病當作生化武器，並將其散布到敵方境內，導致無數人喪生。

大規模的瘟疫與死亡仍是人類無法避免的災難。誠然，人群中少數具有智慧、有遠見的人在面對疫情時，會勇敢地站出來，挺身對抗這些疾病與瘟疫，他們竭力研發疫苗、解毒劑、特效藥。可大多數的人卻無知不堪，將疾病歸類為天災不願對抗，更甚者會將希望寄託在看不見的神祇，甚至轉頭膜拜那些帶來災難的源頭，將其神格化。而那些憑藉疫情發財的神棍、騙徒，則用那欺瞞世人的嘴，將可憐又盲目的人們引入歧途。而無賴們則與之起鬨，不將事情鬧大，誓不罷休。

最理智的人與最盲目的人，最善良與最壞的人，這些人共同組成了我們所知的人類社會。人類不僅不了解地球，更不了解自己。人性，始終是最大的謎題。

上位者為了利益彼此廝殺、相互爭奪，為了霸權費盡心機、不擇手段。然而多數的人隨波逐流，盲從當權者。部分人固執己見，無視證據與物理現實，又或者甘願為當權者服務，出賣靈魂。少數智者們無論如何高聲疾呼，聲音最終都會被埋沒在茫茫人海當中，如同卡珊德拉[1]（Cassandra）般被厭惡、遺忘。

---

1 希臘羅馬神話中的特洛伊公主，以其不詳但卻準確的預言為人所知，但其預言卻不被人相信。

然人性並非如此片面，為惡者有時會綻放善良的光芒，為善者有時也會為一己私慾而投奔黑暗。人性，如此複雜、多變。古往今來的哲人們對人性持續辯論著，孟子說人性本善、尼采說人是一條汙穢的河、富蘭克林說人性難以看清、亞里斯多德嘲諷多數人只是一群一直流著口水的白痴。

也許，人性的美，也恰好在於人性的多變與複雜。如同音樂般，必須不停在漸強、漸弱、八分音符、十六分音符、顫音、長音、甚至休止符中不斷組合交替，才得見人性的全貌。

又或許，人類終其整個文明，都無法了解人性。

第一章：青藏高原

2061 4／2
中國西藏 巴青縣

在首次進入太空一百年之後，人類再度抵達了宇航技術的十字路口。隨著最新型的載人太陽帆太空船「開拓者號」發射成功，意味著人類終於有機會一探太陽系之外的其他行星系。

看啊，電視中的人們在大街上高聲慶祝。而鏡頭一轉，新聞主播正興高采烈地報導著這項計畫的相關始末。這是一項由俄歐中美四國（RECU）宇宙聯盟共同制定的宇航計畫，四國早在二十年前，就成功發射了數臺搭載太陽帆的探測器，到距離地球較近的幾個恆星系上，目的是探尋宇宙中是否還有其他適合人類居住的星球。而從探測器傳回地球的資訊中，在經過分析後，四國的天文學者們，最終透過AI分析，選定將此次載人太空船的目標設定為距離太陽系約八光年的天狼星系。從探測器回傳的資料中得知，這個恆星系裡竟然驚人地擁有與地球高度相似的類地行星，根據專家推測，該星球不僅擁有水，甚至連空氣組成都與地球的原始大氣類似。這個驚人的消息，最初不僅讓學界震驚，同時也引起了民間一股地外移民的熱潮，眾人紛紛請願，希望四國政府能盡快展開探索。而政府也順水推舟，將大把的資源投入各種新式的宇航科技。然而即使如此，當前的太陽帆技術也只能達到光速的百分之七十五，而且人體無法承受如此高的速度，因此前往探勘的開拓者號宇航員將藉由特殊的冬眠技術保護，進入長時間的睡眠狀態。他們未來將為地球上的人們帶來什麼樣的訊息呢？此時電視機前的大部分觀眾們都在期盼著，如今的地球，幾乎所有宏大的祕密都被探索過了，人們急需一些未知的神祕事物來滿足自身的好奇心。而在這流量至上的時代，還不能單單只是小發現，必須是需要跨時代的、轟動的、超凡入聖的，才能吸引足夠的目光。

不過這大部分觀眾中，可不包括札喜次仁，他壓根不關心頭頂上的那片空間裡，隱藏著什麼祕密。他百般無聊地關掉電視，給自己倒了一杯酥油茶。他想著如果今年夏天夠溫暖的話，也許就不用將自家的氂牛和綿羊趕到河谷區的草場去覓食，要知道往河谷區那條路對牛羊們來講可能沒什麼，但對他這把老骨頭而言，那可真是折煞人了。更別提那些可惡的狼，去年冬天他就損失了十頭羊，丹增家就更慘了，折損了快二十頭。由於年輕人現在都往城裡或往東岸發展去了，這一區身強體壯的小夥子少得可憐，面對狼災，單憑幾個老骨頭那可真是要命。原本如果人多一點倒也不是問題，畢竟人多力量大，可村裡面也有不少戶人家隨著自己孩子住進了縣城，或者搬到了東部去。

札喜次仁並不羨慕他們，雖然札喜次仁的大兒子也曾勸他不要再操持放牧，可以搬來縣城裡和他一起住，但札喜次仁哪捨得自己經營了大半輩子的生計，若不是憑著這些牛羊，他哪有辦法供應起兩個孩子上大學呢？

雖然政府給他們撥了固定的居所，但身為牧民怎麼可能定居在同一個地方呢？那草場還不得被那些牲口糟蹋光了！況且札喜次仁也習慣了在這高原上四處遊走的生活。

想到自己的牛羊，札喜次仁又喝了一口酥油茶。這些年他的生意挺紅火的，許多生活在都市的人們吃膩了常見的肉類，想品嘗一些特別的食物，但卻又怯於那些超出認知領域的，因此氂牛肉、酥油茶這些對都市人而言少見的食品，都有不錯的銷路。然而同時卻又有一批人，打著環境保護的旗幟，征討牧民，抗議他們的畜牧活動影響了當地的生態。

札喜次仁非常不喜歡這些人，那簡直是多管閒事。

打從老祖宗開始，他們藏民就在放牧，那時候也沒見著環境有多惡化，反倒是這十幾年來，暴雪暴雨與高熱等極端氣候，嚴重影響了他們藏民的生活。去年那場高溫，活活熱死了他七、八頭的氂牛，這可是札喜次仁小時候從來沒見過的。那時候的溫度即使再高，只要將牲口們趕往較高地的地方避暑，或者帶到河流邊多飲幾口水，抓上水膘[1]，要度過夏季根本就不成問題。但現在可不同了，這改變連牲口們自己都清楚，牠們現在吃草，都自動往上坡多爬幾里路。

可偏偏那些所謂的環保人士，卻還要不斷騷擾他們牧民。幾年前還有一個穿著時髦的人，搭乘直升機來到當地，與他同行的，還有一群扛著攝影機的工作人員與翻譯，他們將牧民們找來，說要來實地採訪牧民們的生活。雖然當時主持人是透過翻譯來與牧民們進行溝通，但他可能沒料到當地的牧民其實都聽得懂他在說什麼。他們牧民也是上過學的呀！因此當他用英語描述當地牧民如何過度放牧破壞生態後，許多牧民的臉色都沉了下來。甚至有些人當場就轉身離開。讓場面一度尷尬。最後還是由翻譯低聲下氣地請求幾位牧民協助拍攝。但那是在幾疊鈔票易手，加上翻譯苦苦請託後，才有幾位牧民願意提供協助。可是在過程中，主持人的話語又數次觸怒了當地人，讓這次的拍攝被迫提早收工。

在主持人罵罵咧咧地搭上直升機飛走後，大家就在猜想，之後肯定會有幾篇關於當地的惡劣報導。但他們沒想到的是，那篇報導不只說當地人態度惡劣，對於外地人不友善外，甚至還有收受賄賂的習慣。那時村民們看到這篇報導後都炸了鍋，紛紛揚言要對方道歉。然而對方顯然在媒體界中有一定的流

1　蒙古牧民用語，意思是在春夏時節將牲口放牧到水草豐美的地方，使其長肉。由於春夏時節的草水分較大，因此這時牲口長的肉被稱為水膘。

量，有不少支持者紛紛表示擁護。即使整個村的村民加起來，也敵不過對方支持者鋪天蓋地的罵聲。

札喜次仁就搞不明白了，怎麼能有人如此厚顏無恥？但當他將事情的經過告訴兩位兒子時，他們卻都不以為然的表示，這在現代社會是很正常的事情。他們除了勸父親放寬心外，也並沒有將這件事情放在心上。他們對札喜次仁說，這種新聞很快就會過去，人們並不會記住他們的。但包含札喜次仁在內的牧民可不能忍受這樣的污辱，他們試圖透過他們並不熟悉的媒體去表達他們的立場，但除了迎來更多的嘲弄與辱罵外，更甚者牧民之中還有人收到了滿是穢物的包裹。當牧民們懊惱又沮喪地敗下陣來時，他們還是弄不明白，這世道怎麼了？

但村裡的人沒有一個知道答案，就如同沒有人能制止外界對他們不好的風評一樣。他們找過縣城裡的官員，但除了官僚性的回覆以及幾篇聲明外，並沒有看到官方有什麼實質性的舉動。當時村裡的人甚至絕望地擔心這些惡意的風評會影響到他們的生計，此後會沒有人肯購買他們的肉品與毛料。然而出乎意料的是，雖然起初他們的生意確實變得冷清，但隔年等風波過去後，他們的生意又回來了。直到今日，他們的生意並沒有受到太多的影響。

直到今日，札喜次仁仍搞不明白這背後的原因，在他的記憶裡，風評不好的商家會被抵制，傳播虛假的言論會被懲罰。可如今的世道似乎並非如此。這著實讓老實的老牧民感到困惑。

當札喜次仁陷入對往事的回憶時，外頭忽然傳來的一陣聲響，打斷了他的回憶。那響聲有點像是動物掙扎的聲音，好比老鼠或兔子被捉住時急促的叫聲。

「怎麼回事？」札喜次仁望著外頭。雖然聲音聽起來不像，但他希望不是狼在騷擾他的牲口。

他站起身走到外頭，此時雖然早已是春天，但高原夜晚的氣溫仍然讓人頗感寒意，因此他又返身添了件皮襖。當他打開手電筒朝著漆黑的夜色中照去，荒野中什麼也沒有。沒有狼群幽綠的雙眼，也沒有老鼠驚慌失措的竄逃聲。除了風聲外，在這夜晚的草原上，札喜次仁並沒有看到或聽到什麼。氂牛和綿羊也都靜靜地在外頭彼此靠著取暖，只有少數幾頭比較大膽的，在夜色下緩步遊蕩著。

札喜次仁檢查了停放在外頭的卡車和發電機，一切都毫無異常。那剛才的響聲是怎麼回事？當他從發電機旁站起來時，他看到了頭頂一抹怪異的綠光閃過。當他定睛一看，只有自己的帳篷被高原的晚風吹得鼓動，並沒有什麼怪異的、褻瀆的恐怖造物盯著他。

「看來只是某頭笨動物被牛羊嚇到了吧。」札喜次仁喃喃地說。

當他準備回到帳篷時，忽然感覺有什麼東西從自己腳邊竄過。他嚇得趕忙一跳，卻看見滿身是傷的狐狸叼著一塊螢綠的物體死命地咬著，那塊螢綠色的物體雖然沒有動作，但狐狸的動作卻似乎有深仇大恨般，不住地將之咬起後又摔到地上。

面對狐狸奇怪的動作以及那怪異的螢綠物體，札喜次仁趕忙從口袋裡掏出手機，他開啟了夜視功能將這一切錄了下來。他一邊舉著手機一邊悄悄地靠近，想要弄清楚狐狸嘴裡那塊螢綠色的物體到底是什麼。

然而狐狸這時候已經注意到了正在偷偷靠近的札喜次仁，狐狸對著他齜牙裂嘴威嚇著。但札喜次仁並不特別害怕，他很有把握自己能應付這頭狐狸，更別提此刻牠全身帶傷。

那頭狐狸似乎也明白這一點，因此眼見恫嚇無用，牠便哀號一聲，拋下那塊螢綠色的物體，一溜煙地跑走了。

狐狸走後，札喜次仁這才大步走上前，觀察那塊螢綠色的物體到底是何物。

「我的佛祖啊！」當他看清眼前的物體時，不由得發出一聲驚嘆。

那是一隻比平常還又大得多的鼠兔，札喜次仁估計牠至少有二十公分以上，雖然鼠兔的身體已經被狐狸咬得支離破碎，但從頭部仍能看出那就是一隻鼠兔。不過那鼠兔外觀上雖然和平常札喜次仁在高原上見到的那些大致上沒什麼不同，但眼前這隻鼠兔，卻全身散發著綠色螢光，讓牠在黑夜中成為顯眼的存在。此外牠的門牙也比尋常的鼠兔還要大而且尖，兩隻前腳上有明顯的爪子。門牙與爪子沾有血跡，札喜次仁猜想也許剛才那隻狐狸身上的傷，就是這隻鼠兔造成的吧？但平時鼠兔十分膽小，而今卻大膽地對捕食者發起反擊，讓札喜次仁感到十分困惑。

札喜次仁小心翼翼地拎起那具鼠兔的屍體，回到帳蓬後，在燈光下他才看見，鼠兔身上流出的，並不是紅色的血液，而是參雜著綠色的液體。紅色與綠色的雙色血液在燈光下顯得格外詭異，讓札喜次仁不寒而慄。

難道這是某種病毒嗎？還是某隻可憐的突變鼠兔？一想到如果這是某種病毒，那自己直接接觸屍體那麼久，是否已經被感染了？札喜次仁看著緩緩流出的雙色血液，忽然意識到自己是否已經成為電視裡那些恐怖的怪談中受到感染的可憐人。不，不會的，說不定只是這鼠兔吃了些什麼奇怪的東西才會變這樣，不一定是病毒。但如果……

札喜次仁顫抖著手拿出手機，撥打給縣城裡的兒子。至少，如果他真的被感染，那他至少還有機會交代自己的遺囑。

2061 4／19 清華大學

「簡直是一團糟。」魯達氣憤地看著食堂電視裡正在播放的午間新聞，只見主播眉飛色舞地正講述著一則關於神童預言的報導。

「放棄吧，無論如何闢謠，信者恆信。」坐在魯達對面的司馬辛抿了口茶，甚至不屑於將注意力放到電視上。「也是一種自證預言的例子，不是嗎？」

「可是看到人們對此痴狂，心裡還是不怎麼好受。」魯達無奈地搖搖頭。

「魯教授，請問您有空嗎？」這時候一名學生走了過來，手裡拿著一疊文件。「我想請教您關於甘露醇研究的幾個問題。」

魯達推開面前的餐盤，接過學生遞過來的文件。對面的司馬辛好奇地瞥了一眼文件上的內容，不過顛倒閱讀以及醫藥化學並非他的強項及專業，因此他只能勉強看懂一小部分。他本也無心對自己領域外的事情多加過問，不過當他聽到他們提及冬蟲夏草時，便來了興趣。

「……是的，根據化驗分析表明，冬蟲夏草內確實含有甘露醇成分，不過是否攝入的量足以達成療效，當前的實驗數據還不夠充分。你不能光引用古書上的文獻來當參考啊！此外你還要考慮冬蟲夏草內的蟲草素對人體產生的危害，之前有實驗結果表明，蟲草素對一些白血病細胞系表現出細胞毒性，所以到底是什麼東西對人體產生了有利或不利的影響，又該如何區隔出對應的化學成分，這些問題你有想過嗎？」魯達對著學生拿古書上的文獻當參考依據，顯得十分不滿。

司馬辛能理解魯達為何不滿，並不是他們反對古人智慧或者賤古貴今，而是做學問，做科學，最重要的是得講求重證實據，單憑一本古書的描述就想草草把實驗過程放掉，這肯定是做學問的大忌。古人不是也說，讀萬卷書不如行萬里路，有些事情，不弄髒自己的手去驗證，是得不出確切答案的。

那學生在被魯達一頓訓斥之後，灰頭土臉地走了。罵完了學生後，魯達深呼吸了一口氣，然後猛搖著頭說：「簡直是一團糟。」

「現在的學生太多都只滿足於使用已有的文獻，甚至不考慮出處，就拿來當作依據，這種求學方法實在太怠惰了。」魯達無情的批判著。

司馬辛點點頭，雖然和魯達相比，他教學的資歷尚淺，但他確實也感覺得出來，現在學生們相比他那個年代，更喜歡使用網路查找資料，而非使用書籍或者自行實驗求證。當然網路確實方便，但當碰到一些道聽塗說或者刻意編造的訊息時，學生們卻常陷入那些假消息之中而不自知。更甚者，有些人連用簡單的邏輯分析都不肯，只要發現有人意見與之相左，馬上變得面紅耳赤，妄圖爭論。除非碰到更具權威的對象，像是魯達這種教授級別的，他們才會稍微收斂，但轉過頭卻又繼續堅信自己那一套。這確實讓司馬辛對現在的學術風氣頗感擔憂。

「他們又不像我們已經是老骨頭了，有些體力活真的做不來。唉，想當年在實驗室通宵搞定數據時抱怨連連，現在想稍微晚點睡，身體卻很誠實地在打盹了。相較之下，我還真羨慕司馬老弟你啊！還有體力能跑到青藏那個地方做考察，果然年輕真好。」魯達感慨地說。

司馬辛笑著說：「不如魯教授你也一同來如何？說不定能讓你的醫藥化學有新的發現喔！而且還能充當我們的隨行醫療人員。」

魯達搖著手說：「饒過我老頭子吧，青藏那地方我這把老骨頭怕是爬不動了，更別提還要適應高原氣候。況且醫藥化學畢竟和真正的醫療人士有差，你們還是另外找個年輕力壯的陪你們去吧！」

「如果真被我們找到什麼新的發現，我一定第一時間將成果告知給老哥。」司馬辛說

「哈哈，那我得提前先謝謝你了。預祝你們考察順利，一路平安啊！」

二人又交談了一陣後，各自離開食堂。司馬辛回到自己的辦公室，開始為下週的調查做準備。此次去青藏的科學考察，足足有兩個星期，是由西藏拉薩市府派人請求清華大學協助調查最近發生在藏區的

一起特殊生物事件。學校這邊則派出了國際名聲極高，研究細胞生物學的衛青成教授主持這次的調查。司馬辛很榮幸自己能被衛教授選上成為調查團的一員。他在電視上看過粗略的報導，大意是在青藏高原附近發現了某種特殊的鼠兔，報導中還特意描述了關於綠色鮮血的部分。該報導在群眾間引起了 陣譁然，大量未經證實的謠言滿天飛。

司馬辛懷疑報導是否誇大其實，確實，這地球上存在有非紅色血液的生物，例如鱟，但那是因為鱟天生血液中含有血藍蛋白，但司馬辛可從沒聽聞過鼠兔屬中有非紅血生物的物種。因此對於媒體上所報導的綠色血液，司馬辛認為那多半是媒體過度誇大後的結果，要不然根本就是造假。至少在他親眼見到實物前，根據他多年的學術經驗，他不認為有綠血的鼠兔存在，再不然就是有其他原因，例如感染或者突變。

然而就在不久前，司馬辛便發現在網路上已經有人開始傳揚關於新物種、新病毒的流言，甚至開始瘋傳政府開始調用軍隊，即將用飛彈夷平當地這等荒誕不經的傳言。司馬辛相信這已經超出了合理討論的範疇，根本就是無故生事，製造恐慌。

身為學界較年輕的一代，司馬辛對於現今網路的生態還是比多數前輩們要了解的，他當然知道現在的網民憑藉著網路的匿名性肆意發言已是常態，然而他不理解的是，這種損人不利己的行為，為什麼能讓人如此趨之若鶩呢？

司馬辛整理好手邊的資料，並用通訊軟體向自己的助教簡單交代了接下來兩週的課程綱要及作業安排。雖然他也能選擇透過網路遠端上課，但他擔心自己接下來兩週會忙得不可開交，因此決定還是給學生們放個小假，讓他們自己閱讀接下來的課程。

教學上的事務處理完畢後，司馬辛走下樓來到停車場，恰好碰到考察團隊的另一名成員，研究公共衛生的徐凝輝教授。二人見面後相互打個聲招呼，卻沒有深入交談。此時徐凝輝教授臉帶怒容，似乎正為什麼事情生氣著。他看到司馬辛時，只勉強對他擠出一絲笑容。但很快又垮著臉轉身離去。司馬辛對徐凝輝教授並不熟，只知道他雖然年紀輕輕，卻早已同時擔任國內外一些藥廠的顧問與代言，在業界有著很出名的「門神」地位，同時也上過很多電視節目，在電視上公開評論各個地方政府的公共衛生政策。此外司馬辛也知道，徐凝輝教授本人其實並不想參加此次的科考，曾向校方以及衛青成教授推辭過，但無奈拉薩市府那邊擔心可能有傳染病的問題，加上可能也聽說過徐凝輝教授的名號，因此堅持要請他來一趟。也不知道最後雙方是如何溝通的，最後竟能讓原本毫無意願參與的徐凝輝教授同意參加這次的調查活動。而在他同意一同前往考察後，原本預定參與考察的另一位教授卻臨時退出，最終衛青成教授找上了司馬辛，而司馬辛也是考察團中年齡最小的一位教授。

回到家後，司馬辛放下手提包，走進廚房準備開始做飯。

他與妻子陳艾芹結婚兩年多，由於大學教職的工作上下班時間比較穩定，因此家中大多由較早下班的他負責準備晚餐。而他的妻子由於在外商公司上班，常要與客戶周旋，因此時常拖延到下班的時間。司馬辛也曾勸過妻子不要讓自己太累，但事業心旺盛的艾芹仍堅持要處理好自己負責的每一件業務。對於妻子的追求，司馬辛自然願意支持。如此一來，他也有理由放心投入自己的興趣與愛好之中。他最大的愛好，便是在忙碌的一天後，回到家觀賞他那一大缸子各式各樣的魚兒，每當看著魚群在水裡優游，便會讓他頓時覺得身心放鬆不少。

對於他這個愛好，艾芹並未反對，甚至時常幫著他清理魚缸或者投餵飼料。能娶到這樣一個妻子，司馬辛很是感激。他自身的性格打小就不善交際，常會忘我地埋首於感興趣的事情中而完全忽略外界的聲音，又或者陷入沉思而忘記回話，再加上他說的話有時過於艱澀，讓旁人無法理解，而不懂得察言觀色的他也時常在不經意間得罪人，因此願意同他打交道的人可謂少之又少。相較之下，艾芹更善於交際，而且更懂得體察他人的情緒。然而妻子對於這樣不善交際的他卻很是包容。雖然偶有埋怨，但她仍在交往三年後，願意和他一起步入婚姻。

司馬辛今晚做了一份香菇炒肉絲、一份洋蔥滑蛋蝦仁，再用切剩的邊角料煮了鍋雜菜湯，再配上之前做的醃蛤蠣，這樣三菜一湯的簡單晚餐就完成了。等他將菜都端上桌時，艾芹仍未回家，因此司馬辛也未自行開飯，而是坐在魚缸前看著自己養的魚群。

各式各樣的魚群在石頭與水草間游動著，有的在水草間彼此追逐、有的潛伏在岩石下對外觀望、有的吸附在缸壁上一動不動，除了魚以外，魚缸中還有許多小蝦、田螺等水中生物，牠們共同組成了這一方魚缸中的生態圈。司馬辛很喜歡這種能一覽百態的感覺。從最基本的生產者到高端的消費者，最後還有分解者完成整個生命能量的輪迴，彷彿此刻魚缸即是宇宙。

他曾經將這個想法告訴過艾芹，而艾芹聽了之後，則覺得他這個說法還挺浪漫的。不過她在盯著魚缸半小時後，卻失望地表示自己並沒能體會司馬辛所看出的宇宙論。

對此，司馬辛並不氣餒，他明白自己的想法很多時候，在旁人眼裡是瘋狂甚至幼稚的。但他仍然喜歡在腦中盡情地迸發出各式各樣的想法。

「我回來了。」開門聲打斷了司馬辛的思緒，是艾芹回來了。

「餓死我了，今天晚餐吃什麼？」艾芹在門口試圖擺脫束縛了一天的高跟鞋，一邊探頭詢問司馬辛。司馬辛簡單講了一下晚餐的內容，並替艾芹將公事包拿回書房放好。

晚餐時，司馬辛向艾芹提及了出外考察的事情，當他說到關於綠血鼠兔的事情時，艾芹則頗感興趣地追問：「這個新聞我在公司的電視上也有看到，大家也都很好奇這是怎麼一回事，不會真是病毒感染吧？親愛的，你對這件事情怎麼看？」

「新聞內給出的訊息太少了，我沒辦法給出準確的答案。」司馬辛皺著眉頭，試圖替艾芹解惑。「但我認為也許是媒體誇大了，血液如果在缺氧的情況確實可能變色，但那也只是接近黑色，本質上仍是紅血。但讓血液變綠的病毒我倒真沒聽說過。相較之下，我更傾向於可能是某種寄生蟲的體液汙染了鼠兔，甚至只是單純沾上青草汁導致的也不無可能。」

「哈哈，如果真的只是誤會，那勞師動眾讓一所頂級大學派那麼多教授前去考察，也未免太尷尬了吧！」艾芹聽完司馬辛的解釋後，哈哈大笑。

「特別是現在網路上傳得沸沸揚揚，我很擔心即使最後發現是一場烏龍，也止不住悠悠眾口的陰謀論。」司馬辛無奈地表示。

「那我是否該幫你祈禱，真的能有什麼新發現？」艾芹拍了拍司馬辛的手臂。「不過新聞上放的那些鼠兔圖片也太可愛了吧，牠們到底是老鼠還是兔子呀？光聽這名字我還以為是某種混種生物呢！」

「那大熊貓就是貓和熊的混種了。」司馬辛笑著說：「鼠兔算是廣義上的兔子，不過牠們並不屬於兔科，而是有一個專屬於自己的科，叫鼠兔科。牠們雖然和我們常見的兔子一樣屬於兔型目，但親緣上可差得遠了。」

「總之還是兔子就對了。」似乎艾芹倒不細究當中的差別，只要知道還是屬於兔子的大家族這一點就夠了。司馬辛也並沒有再繼續說下去。

「這次我出差，這些魚就麻煩妳照顧了。」司馬辛換了個話題，指了指他那缸子的魚。

「你放心，我一定好好照顧牠們。你回來之後保證一條不少。」艾芹笑著點頭。「不過你真的不考慮一下嗎？」

「考慮什麼？」司馬辛一頭霧水。

「多關心一下你老婆啊！」艾芹對著司馬辛燦爛地笑著。

司馬辛理解了她的意思，自己臨走前交代的，是讓艾芹多關心一下自己的魚，卻忘了關心艾芹，讓她好好照顧自己。這是吃醋來著了。

不過比起聰慧的艾芹，那些魚則讓司馬辛更為擔心。艾芹懂得自主應變，而且她能支配的資源與活動性可比那些魚要多得多了，更何況現在的飼養魚都無比嬌貴，稍有一點差池就直接翻白肚給飼主看。此外魚缸這種封閉式的環境中，若稍有汙染，則會很快地擴散與堆積，魚群根本活不久。最常見的例子就是養水，有養過魚的都知道，養魚之前需要先養水，否則魚活不久。所謂的養水，就是在水中培養出各種微生物，由於魚缸是屬於封閉式的環境，因此若不能在魚缸中培養出微生物來分解魚類們的排泄，則魚群很快就會被自己的排泄物活活毒死。如果是在野外，那司馬辛相信生命會自己找到出路，而且廣大的空間讓魚兒有更多躲閃的機會來逃離可能的生存威脅，也有更多外力參與到生態平衡之中。這些都是封閉環境中做不到的。

不過為了安撫老婆大人，司馬辛並沒有找死地將自己內心的想法說出來。而是給了她一個大大的擁抱。

2061 4／20
中國西藏 拉薩市

司馬辛走出機場時，就感受到與平地不同的寒意，以及讓人略感窒息的高原空氣。他這時只背了一個背包，因為負責接待他們的地方官員已經答應會遣人替他們考察團隊將大型行李搬運至下榻的旅館，目下只希望他們能盡快展開調查工作。

領導考察團隊的衛青成教授對此並沒有什麼意見，他本人也希望能盡早見到樣本。在飛機上，他們就為此討論過一些可能性，不過並沒有什麼共識。司馬辛比較擔心的是重金屬汙染。因為自然界中血液顏色是有其意義存在的，普遍生物的血液之所以呈現紅色，是因為紅血蛋白的緣故，這是一種運輸氧的特殊含鐵蛋白。而自然界中還有少數的藍血生物，他們的血液之所以並非紅色，是因為其運輸氧氣的蛋白並非含鐵，而是含銅，這種蛋白被稱之為血藍蛋白，其血液顏色如同銅器氧化後所呈現的青藍色一般。如果因為重金屬汙染導致血液中含銅量激增的話，也許，僅只是也許，有可能使血液呈現青藍色。司馬辛在飛機上就表達過自己對重金屬汙染的憂慮，但考察團隊中的其他成員則有其他的想法。

「也許是新的物種！」飛機上，蔣成華教授就曾興奮地如此說，他是教授生物信息學的教授，他也和司馬辛同樣屬於學術界較新一代的一員。對於這次的考察，他顯得無比興奮。據他自己所說，這可是他任教後頭一次的專業考察。「高山形成的類島嶼生態所演化出的新物種，說不定我們能有什麼大發現！」

「也許只是惡作劇，你們知道的，就像當年華南虎事件[2]一樣，為了博取知名度與利益製造的騙局。尤其在數位化時代要弄支造假的影片也不是什麼難事。」教授植物科學的毛治誠教授則對此甚不以為然。司馬辛明白毛教授的顧慮，他自己也曾設想過這種可能。就像毛教授說的，在數位化的時代，造假影片並非難事。

[2] 華南虎事件為一起中國於二〇〇七年間發生的修圖造假事件，村民周正龍宣稱拍攝到瀕危動物野生華南虎的照片，並因此獲得政府獎勵。然該照片引發諸多質疑，並最終確認為偽造。

「不管如何，我們還是得親眼見證實物之後，才能得出結論。」為首的衛青成教授說。「現在所做的推論都只是無根浮萍，空想而已。」

眾人搭上了接待官員們派來的車輛，一共有五臺車，扣掉駕駛之外，每臺車剛好可以坐三人。這次的考察團隊，除了包括司馬辛在內的五位教授外，還有幾名技術助理，負責協助教授們處理專業器材上的事務。接待的官員俐落地安排眾人的搭車順序，司馬辛相信這順序是早就安排好的。然而讓他訝異的是，徐凝輝教授竟然被安排和衛青成教授一同搭上第一輛車，他沒料到徐凝輝在當地政府眼中竟然有這麼高的地位。

司馬辛被安排在第二輛車上，與蔣、毛兩位教授同車。他們這時正熱烈討論著關於青藏當地的特產，為了討論方便，他們特意將前座讓給年齡最小的司馬辛，二人選擇坐在後座。而司馬辛並沒有興趣參和他們的話題，所以一路上他只是靜靜地看著窗外，一覽青藏的風光。

「司馬老弟，司馬老弟？」司馬辛看風景看得忘我，渾然沒注意到毛治誠教授正喚著他。直到毛教授從後方搖了搖他的肩膀，他才回過神來。

「啊！怎麼了？」司馬辛連忙轉過頭詢問。

「看什麼看得那麼出神呢？」毛教授看著剛回過神來的司馬辛打趣地說。「是不是看到路上哪家的姑娘啦？」

「沒有，沒有！只是難得來一趟青藏，想要多觀賞一些當地的風景罷了。」司馬辛有些尷尬地連忙否認。

「哈，我們要在這待上兩個星期，還怕沒機會欣賞當地的景色嗎？」蔣教授說。

「就是就是！」毛教授附和。

「看你剛才那麼專注在窗外，想必沒聽到我們剛才的問題吧？」蔣教授說。

「什麼問題？」

「我們問你，怎麼看衛教授這次挑選的成員？」毛教授問。

司馬辛一時之間沒領會這個問題的意思，但當他仔細一想，才發覺蔣、毛二人的問題大有深意。除了徐凝輝是青藏政府特意請去的之外，自己和蔣、毛兩位教授都是衛教授親自挑選的，而且也都是和徐凝輝一樣，屬於學界青壯一輩的成員心聲。司馬辛不得不佩服兩位教授的政治敏銳度，這件事情自己壓根兒就沒想過。

司馬辛從一開始的詫異到後來的恍然大悟，這番神情的變化顯然並沒有瞞過兩位教授，他們相視一笑。

「莫非……衛教授想要讓我們牽制徐教授？」司馬辛說。

「果然你也有這種感覺。」毛教授大笑，他接著說：「這只是我的猜想，因為徐教授在媒體界的名氣太大了，這次考察如果有了些什麼發現，沒準風頭就全被他一個人搶走了。衛教授就是看出了這一點，因此特意找來同樣也是青壯世代的我們，想藉由我們的聲量來分攤掉徐教授的。」

「不得不說，薑還是老的辣。」蔣教授在一旁點頭同意毛教授的看法。

司馬辛沒想到一個考察團還可以弄出這麼多名堂，一時之間也不知道該如何接話。但他卻也認為兩位教授說的在理。好在他們二人接下來開始討論起近年來學校的一些政策，因此留給了司馬辛思考的空間。

司馬辛一開始確實沒想到兩位教授提到的問題，但只要給了他一個開頭，他就能很順利的推論下去。如果說衛、徐兩位教授會為了此次考察爭奪曝光度，那是否說明，他們手裡握有自己和蔣、毛兩位教授所不知道的資料？如果真有一些不為人知的資料，而且會讓衛、徐兩位教授彼此爭奪，那是否能推測這次的綠血事件並非造假？一想到這，司馬辛忽然覺得有些矛盾，他並不想捲入衛、徐二人的爭奪戰之中，但一想到可能有什麼新發現，他又為此感到興奮。

果不其然，如司馬辛的推論，當他們來到解放軍西藏軍區總醫院的實驗室後，衛、徐兩位教授便迫不及待地穿上無菌衣。進實驗室時，甚至異口同聲地問道：「我看過檢驗報告了，樣本呢？」

面對兩位重量級教授的追問，實驗室的研究人員慌忙地從冰櫃裡捧出樣本。

「因為怕破壞樣本的完整性，我們只做了初步的毒性測驗與基因序列的分析，更詳細的部分還在等各位教授來執行。」實驗室的負責人陪著笑說。

而對於衛、徐二人已經先行看過檢驗報告這件事情，蔣、毛兩位教授則不以為然地笑了笑，毛教授甚至還朝司馬辛扮了個鬼臉，像是在說：「你看看他們倆，果然瞞著些什麼。」

這時候一名女研究員怯生生地將檢驗報告遞給司馬辛三人，他們迅速瀏覽報告上的內容。報告上的數據顯示，樣本的基因經檢測後，確實是屬於一種兔形目（Lagomorpha）鼠兔科（Ochotonidae）的生物，基因測序與現存已知的鼠兔幾乎沒有差別。而病理學研究和毒物測試也並沒有異常，然而該樣本血液中卻含有一種奇怪的綠色筆狀體（penicillus）構造細胞，這也是讓該樣本血液成綠色的主要原因。

司馬辛三人湊上前觀察樣本，這時候衛、徐兩位教授已經大致看完了樣本，並且開始低聲討論。

「某種感染？不，那種細胞並沒有造成樣本生理上的不良反應。」

「也許是突變？但如此劇烈且協調的突變實在是……」

「首先還是該了解那種筆狀體構造的成分是什麼，在樣本的生理系統中有什麼作用，也許……」

看他們討論的樣子，實在很難想像他們之前才在暗地裡彼此較勁曝光度。司馬辛看著樣本，那確實足以讓生物學者們震驚，那是一隻以同類標準而言極為龐大的鼠兔，毛皮泛著螢光綠，牙齒與指爪呈鋒利狀且粗壯，外觀一點也不像食草生物。樣本已經被解剖，而從解剖處可以看見紅色的肌肉中還參雜著綠色的體液，甚至某部分的肌肉也呈現綠色。

「真是驚人……」蔣教授用一種震驚的語氣說。他整個人面對眼前的樣本幾乎說不出話來。而一旁的毛教授則乾脆加入衛、徐二人的對話之中，熱烈地討論起該樣本。

「也許該從當地的植物下手，或許是食性導致的？」教授植物科學的毛治誠說。

「當地的環境有檢測了嗎？之前我們有討論過重金屬汙染的問題。」徐凝輝激烈地揮著手問一旁的工作人員。

「還是該先對這個樣本做全面的解剖與細胞調查，現在的檢驗數據太簡陋了！」衛青成的聲音比平時還要宏亮，試圖壓過二人的聲音。

「有可能是脫逃的生物實驗樣本嗎？」司馬辛將一名研究員拉過去詢問，他的聲音在三位教授的爭論中被掩蓋過去了。

「不，我們在當地並沒有做這種實驗。」研究員誠懇地說。但看到司馬辛狐疑的眼神後，他無奈地一攤手：「司馬教授，請您相信我，當地政府或者軍方並沒有做這種實驗，否則我們也沒必要請各位來調查了。」

司馬辛點點頭，研究員說的話確實有道理。而這時衛、徐、毛三人的爭論已經趨於白熱化，三人各執己見，對著對方比手劃腳，只差沒打起來了。

「這是什麼？」就在這時，蔣教授的一陣驚呼打斷了三人的爭論。眾人轉過頭去，只見蔣教授趁著眾人注意力放在別處時，竟率先拿起手術刀將樣本進行了解剖。對於蔣教授偷吃步的行為，衛教授的臉瞬間垮掉，而徐教授的眼睛則像是要噴出火來。但很快他們不悅的情緒就被好奇心蓋過。眾人湊到蔣教授身旁，只見蔣教授用探針指了指樣本胃部一個不明顯的綠色小團塊，大約比一粒米再小一點。也多虧蔣教授眼尖，竟注意到這不明顯的團塊。

蔣教授小心翼翼地用手術刀將那團塊切下來，只見切口處呈現綠色，並湧出一些綠色的體液。

「奇怪？」司馬辛皺起眉頭。一般而言，生物死後血液會開始凝固，但眼前樣本竟還能流出看似新鮮的體液，雖然量不多，但著實有些蹊蹺。

其他幾位教授也看出不對勁，因此他們湊得更近了，讓蔣教授不得不放慢手上的動作，避免被他們推擠失了手。蔣教授小心翼翼地將切下來的組織放到培養皿中，這時候研究人員已經替他準備好電子顯微鏡，並貼心地準備好投影，方便其他教授觀看顯微鏡下的內容。

顯微鏡下的樣本乍看之下，看不出什麼異狀，但這時候毛教授大叫著要蔣教授放大某個部分。蔣教授依言放大了毛教授指示的區域，當看清令毛教授大叫的影像時，在場的眾人也都發出驚呼。在顯微鏡的顯示下，可以很明顯地看出細胞壁的構造。

細胞壁！竟然出現在動物的體內！

「有沒有可能只是胃容物的殘留？畢竟是草食動物……」徐教授呆滯了半晌才硬擠出一句。但很快就遭衛教授的白眼。因為剛才眾人都看得明白，那樣本是蔣教授從鼠兔身上切下來的。但為了驗證徐教授的說法，蔣教授又用探針撥弄了一下培養皿中的樣本，確定了那部分是完整的生物組織，而非是嵌入胃部的殘留食物碎渣。

「太驚人了！」毛教授讚嘆地看著投影上的細胞壁。

「我們現在面對的是什麼情況？新物種？突變種？傳染病？還是外星生物？」蔣教授吃力地吞了一

口口水。

「實地考察，馬上安排到發現樣本的地區去，一定要澈底調查這件事情！」衛教授反應過來之後，激動地對著研究人員與負責接待的官員大吼。

「是是！馬上辦！」接待的官員在衛教授的大吼下回過神來，馬上匆匆地跑出去安排。

「在有進一步的發現之前，所有的研究報告都要保密！」衛教授眼神橫掃過實驗室內的所有人，最終將目光落在徐教授身上。徐教授也感受到衛教授的目光，他毫不畏懼地回望他，但嘴裡卻說：「是的，那當然，在有更多證據之前，沒必要引起輿論喧譁。」

衛、徐二人對望了一陣，二人最終似乎透過眼神交流達成了某種默契，彼此點了點頭。而這時蔣教授則繼續和毛教授一起，研究著那份樣本。

「動物因為不需要行光合作用，所以細胞不會產生高滲透壓的環境，因此細胞膜能保持完整。而植物則因為光合作用產生的高滲透壓，容易讓細胞膜破裂，需要細胞壁產生的機械支撐來維護細胞完整。而且細胞壁還能產生類似盔甲的作用，保護無法移動的植物抵擋外物入侵。」毛教授像對著學生般，滔滔不絕地說著。「但為什麼鼠兔的胃部會產生細胞壁？牠是異營生物，並不需要行光合作用啊，除非……」

「除非牠需要讓胃部能抵擋外物入侵，比如微生物？」蔣教授皺起眉。「但沒道理啊，生物本身的生理機制就有殺死外來微生物的功能，比如淋巴細胞、巨噬細胞這些免疫細胞。」

「或許是更巨大一點的東西？比如草的纖維碎渣？」徐教授也參與進討論之中。

「可能性很低，草食動物的胃部本身就演化得能應對堅韌的植物纖維。」司馬辛搖搖頭。

「先深入分析這部分的細胞吧。」衛教授說。「也許能有更多的結論。」

說完，衛教授便接手了那份樣本，讓與考察團隨行的研究助理拿去分析那份細胞的詳細資料。畢竟衛教授是此次考察的領隊，對於他的強行插手，蔣教授也莫可奈何，只能惋惜地看著組織樣本被拿走。

趁著大家的注意力都放在剛才的組織樣本上，司馬辛湊到鼠兔樣本前，繼續嘗試研究。

「這隻鼠兔樣本是在哪被發現的？」在他操作著解剖工具，毛教授問身旁的研究人員這個樣本的出處。

「是一位牧民送來的，他看到綠色的血液之後擔心會不會是病毒引起的，所以送來我們這裡。我們按照標準檢疫程序將他隔離觀察了，現在還在醫院呢。」研究人員說。

「看來有必要將牧民找來問話。」徐教授說。

司馬辛聽著他們的談話，一邊切開鼠兔的其他臟器，鼠兔的肝、胃等已經被蔣教授切開過，因此他將目標轉移到肺以及心臟上。樣本的心臟與肺都沒什麼異常，除了偶爾滲出的綠色液體干擾視線外，司馬辛看不出什麼端倪。於是他各切下一塊樣本，放到顯微鏡下觀察。這些樣本並沒有顯示出有細胞壁的跡象，這讓司馬辛心裡有些失望，他本以為其他的臟器也會出現細胞壁。司馬辛的一舉一動，全被衛教授看在眼底，然而他並沒有阻止司馬辛，只是默許他繼續解剖鼠兔剩餘的部分。

心有不甘的司馬辛只好回過頭，重新從樣本的胃黏膜層上取樣。他小心地沿著剛才被蔣教授切開的部分再割下一塊。在切割時，司馬辛並沒感受到預料中可能因細胞壁而產生的阻礙感。切割很順利，樣本組織呈現出黏膜層常見的柔軟與光滑。司馬辛又切了一塊比較遠的胃組織當參照。

在顯微鏡下，兩塊胃組織的細胞壁皆明顯地呈現出來。也就是說細胞壁並非只存在於剛才被蔣教授切割下的那塊綠色米粒形狀的團塊中。

「如果全部的黏膜層上都有細胞壁的話，那為什麼會產生那塊綠色的團塊？」司馬辛有些好奇。

「也許是某種病變過程？」蔣教授這時也注意到司馬辛剛才的操作，他湊到顯微鏡前觀察了一陣後說。

「可能跟那些綠色液體有關，那顏色或許和植物的汁液有關？」毛教授說完，馬上便動手取樣了一份綠色的汁液進行觀測。

綠色液體的電子顯微影像被投射到布幕上，讓室內頓時染上一片綠光。在布幕中，可以看到青綠色的筆狀體構造以及其他血液中常見的細胞，例如紅血球、血小板等。但由於青綠色的筆狀構造的尖端吸附住了紅血球，導致攜氧的紅血球即使呈現鮮紅色，血液的顏色卻仍被那筆狀構造給染成綠色。

「這些東西是在搶奪紅血球的氧分子嗎？」司馬辛不敢置信地看著投影。

「不，看起來更像是共享。」衛教授搖搖頭，並拿了一隻雷射筆在投影上某個部位不停畫圈。「如果是搶奪，那樣本應該會因為缺氧導致動脈二氧化碳分壓過高，但你們剛才都看過檢查報告了，樣本在初步檢測中並沒有發現這點。」

「那樣本要如何因應多餘的氧氣消耗？」毛教授不解地問。

「檢查肺部看看，也許能有什麼發現？」衛教授指示。

「我剛有切下肺部的組織樣本。」司馬辛說著，並將樣本遞給正操作電子顯微鏡的毛教授。

「先看看低倍率的影響。」衛教授說。

毛教授依言調整了倍率，但沒有調到最低。顯微鏡下的投影顯示出，樣本的肺部構造並沒有太大的變化，正當毛教授準備調高倍率時，司馬辛忽然想到了什麼，讓毛教授將倍率再調低。

「調低？」毛教授有些疑惑，但仍將倍率再調低一點。當倍率調低之後，可看見的樣本面積變多，密密麻麻的肺泡組織同時也證實了司馬辛的猜測。

「果然！」司馬辛興奮地說。
「肺泡增加讓氣體交換的效率提升嗎？」蔣教授喃喃地說。
「比較看看樣本的肺部是否比同種同體型的來得大，也許為了獲得更多氧氣，肺部也會因此增大。」徐教授緊張地說。但這方法馬上就被否決，不是因為方法不對，而是不可行。因為在當前的紀錄中，就沒出現過那麼大的鼠兔。而且該樣本是否為已知的物種更還沒有結論，但從當前的數據來看，屬於新物種的可能性遠勝於已知物種。
「太驚人了。」這是毛教授踏進研究室後第二次如此說。
「分析數據出來了！」還沒等眾教授從驚訝中反應過來，助理又給出了讓人吃驚的消息。
剛才切下的綠色團塊經過初步分析，證實出自樣本本身，也就是說，樣本的胃部確實存有細胞壁，雖然還不知道有什麼功能，但光這一點，就幾乎能確定這是一個新的物種了。一個擁有細胞壁的特殊動物。
這個消息讓實驗室瞬間炸了鍋，大家興奮地討論著這一個發現。雖然發現新物種的事情時有耳聞，但一個具有細胞壁的哺乳動物？那可是前所未聞。
「咳咳，首先還是得先確認，不是因為突變或者其他原因導致的。」衛教授到底還是見過場面的，他首先從振奮中緩過神來，並提出了幾個重點。
「為此，我們還是得實地考察樣本的捕獲地，如果可以的話，還需要再捕獲同種的生物，來證實這確實是一個新的物種。」
大家都同意衛教授的看法，並逐漸冷靜了下來。確實，雖然擁有細胞壁是很獨特的現象，幾乎打破了所有遺傳學與生物學的常識，但根據基因測序的結果，該樣本的基因與一般的鼠兔幾乎沒有差別。確實有必要再進行更深入的研究。這時候，一陣敲擊聲傳來，眾人四下張望，發現是剛才跑出去的接待官員，正隔著實驗室的玻璃敲打，似乎有話想要對他們說。然而五位教授都不願意離開實驗室，除了脫去無菌衣的過程繁瑣外，最重要的是他們都希望能對樣本進行更深入的調查。這有可能成為生物學界乃至遺傳、醫學界的一大發現。那可是擁有細胞壁的哺乳類。

正當他們打算派一個研究助理出去與官員確認關於實地考察的事情時，幾名身穿軍服的人也來到了實驗室外，從他們嚴肅的神情來看，事情似乎不簡單。

五位教授彼此對望一眼，然後在衛教授的點頭示意下，眾人魚貫地走出實驗室。當他們脫下身上的無菌衣並離開消毒室時，沒等他們完全踏出，幾名軍人便上前，為首的軍官對著他們說：「教授，我代表人民解放軍西藏軍區。關於您提出希望到發現樣本的地點考察一事，軍區的長官認為確實有必要，但他們不希望引起恐慌，也為了避免幾位的安全受到威脅，因此特派我等前來協助教授們的調查。」

「這太荒謬了，哪來的恐慌與安全威脅？」司馬辛不可置信地喊道。

「就我剛才得到的資訊，在方才的解剖中，教授您們得出了有病變與突變的可能，對嗎？」軍官指出。

「但這都只是猜想，而且新物種的可能性更高！」蔣教授大叫。

「只要有疾病與突變的風險，政府都不樂見有未經證實的謠言傳播，而且就我所知，動物有細胞壁這件事情已經顛覆我過往從義務教育中所學到的知識了。」軍官說。

「所以說，軍方是要在此事上插一手了？」衛教授毫不客氣地說。

「請您不要誤會，有任何學術上的發現，其榮譽自然都歸於幾位教授，軍方只是不希望未經證實的消息流傳，造成當地的恐慌。」即使衛教授語氣不善，但為首的軍官依然十分客氣。

「即使經調查之後，我們將相關數據用於學術之外的用途？」徐教授尖銳地問。

「這得看用於什麼層面了。」軍官老實地告知：「不管最終對樣本的結論為何，只要不危害國家安全與侵犯國家利益，國家與軍方都不會干涉諸位的行動。」

「這樣的保證太模稜兩可。」徐教授顯得有些激動，他揮舞著拳頭說：「你們這是在侵犯學術自由！」

「教授，國家利益高於個人利益，希望您能理解軍方的苦衷。」軍官仍很有耐心地解釋。但他逐漸變得嚴厲的眼神表明了他的態度。「如果教授您希望能獲得更進一步的解釋，也許可以親自和軍區司令或者和自治區的黨委書記談一談。他們的立場都是一樣的，只要不侵犯國家利益，而且不會引起民眾恐慌，他們都樂見諸位在學術上有新的發現。」

「也許我真的會去！」徐教授說完，就氣沖沖地轉身離開。只留下其餘四位面面相覷。而軍官們倒也沒阻止徐教授離去的打算，只是意味深長地看著他離去的背影。

「那麼，軍方打算如何『協助』我們？」衛教授對此顯得似乎較為冷靜，他向軍官問道。

「原則上我們不會干涉諸位的行動，但考慮到當地有狐狸、狼與豹出沒，為了諸位的安全著想，軍方將會同當地的獵戶持槍警戒。」軍官回答，他說完後像想起什麼似的，又趕緊補上一句：「當然，警戒的方式由各位教授來安排，只要不要離軍方太遠就好。」

「也就是要我們待在步槍的射程內就對了。」蔣教授有些嘲諷地說。

「這也是為了諸位的安全考量。」軍官倒是一臉認真。「請考慮野外遭遇狼群的可能，教授。」

司馬辛與蔣、毛兩位教授看向衛教授，作為此次考察的領導人，衛教授沉默了一會，才嘆了一口氣，點頭答應軍方的條件。

「由於到當地車途遙遠，還請各位今晚早點休息，明早我們會派人開車到諸位下榻的酒店接送各位。」軍官客氣地向眾人道別後，便與接待的官員一同離開了。

「現在怎麼辦？」蔣教授有些不知所措。

「還能怎麼辦，回去吃好喝好，明天準備出發啊！」毛教授撇撇嘴，似乎同徐教授一般一肚子氣。

「有人能替我們警戒那些猛獸也是好事，只是在軍方的槍桿子下進行田調，總是有些不自在。」衛教授無奈地說。他連嘆了好幾口氣，又猛搖著頭。

對於軍方介入的舉動，眾人一時之間也不知所措，甚至有些澆熄了研究熱情。衛教授眼見士氣低落，於是吩咐助理繼續研究樣本，並指示了一些調查的重點。然後便邀請幾位教授喝酒去。蔣、毛兩位教授一聽衛教授要請客喝酒，自然樂得答應。而司馬辛則打算趁此機會觀光一下拉薩，因此婉拒了衛教授的邀請。

告別了三位教授後，司馬辛獨自一人走在拉薩的街道上，高原的陽光很燦爛，空氣也比平地清新。熱鬧的市區透露著與平地漢文化不同的獨特風情。沿街商家販賣著各式各樣青藏當地的特產，除了傳統的小吃，如酥油、糌粑外，還有一些獨特的物產，像是冬蟲夏草以及藏香等等，看得司馬辛眼花撩亂。

雖然司馬辛很想繼續逛下去，但青藏高原晚間的氣溫著實讓他有點吃不消，因此他隨便找了間看起來體面的飯館，打算就在此處解決晚餐。當他踏進飯館時，驚喜地發現飯館內除了無隔間的部分外，還有一部分是有隔間的包廂。司馬辛挑了個位於角落的包廂就坐了下去，他背靠著入口，這樣他抬起頭便能就近看見另一側窗戶外的景色。

司馬辛點了幾份藏區的特產，像是酥油茶、手把肉、糌粑還有曲拉[3]。付了錢後，司馬辛獨自一人等待餐點送上來。而就在這時，他感覺到背後的包廂傳來動靜。似乎是有其他客人入座。本來他也並不怎麼在意，但似乎二人與這家店有什麼特別的關係，因此他們獲得了優先出餐的權力，服務員很快就將餐點送到隔壁包廂中。這引起了司馬辛的注意，而當他聽見背後傳來的談話聲時，更是不由得感到詫異。因為聽說話之人的聲音，正是早先在軍區總醫院氣沖沖離開的徐凝輝。而他似乎正與同伴商量著什麼，這讓司馬辛好奇地凝神細聽。

「……徐老師，這次要麻煩您了。」

「哪裡，哪裡，貴公司的貨物品質大家都是有目共睹的，消費者的反應也很好。這次能和貴公司合作我也是很榮幸，只不過……」

「徐老師有什麼困難嗎？」

「唉，也說不上什麼困難。就是你也知道我這次來是受政府所託，算是有任務在身的，不過軍方卻強行介入，只怕行動上不會那麼自由。」

「這點確實有些麻煩，我回去請示一下上層，看能不能出面替徐老師您向軍方說個情，讓軍方的手鬆一些。」

「哈哈，如果能這樣是最好了。不瞞你說，這次考察也許會有大發現，如果我能搶先一步將成果公布於媒體上，那帶來的聲量自然對貴公司也會有助益的。」

「是是是，那當然。我一定盡力爭取，替徐老師將事情辦妥。」

---

[3]「曲拉」源自藏語譯音，說的是新鮮犛牛奶提取酥油後剩下來的副產品，即曬乾的奶渣。是牧民日常食用或牲畜初春補充的飼料。

司馬辛皺著眉頭，聽起來徐凝輝打算繞過軍方的控管，搶先考察團對外發布研究成果。雖然這種搶功的行為在學術界時有耳聞，可畢竟這種行為當真為人所不恥，徐凝輝竟然為了知名度不惜做出這種事情，簡直讓司馬辛大失所望。

徐凝輝和同伴接下來並沒有再聊多久，就起身離開包廂，後續的話大多也只是徐凝輝的自我吹捧。不過在臨走前，徐凝輝又再次叮囑了對方一定要盡力將事情辦妥。看來他對於此次的搶功行為勢在必行。

當餐點送上來後，司馬辛是一點胃口也沒有，他的心思全放在剛才偷聽到的談話上。雖然他自己也很希望能藉由此次的發現獲得更高的學術地位與名聲，但他可從來沒想過要背叛整個考察團，甚至違背自己心中遵守的學術倫理。他覺得自己必須做點什麼來反制徐凝輝的搶功行為，但又考慮到將來雙方還要在同一所大學任教，明面上撕破臉也是不太好。他也不太願意將其他教授牽扯進來，因為依照其他幾位教授的脾氣，聽到有人意圖搶功，那肯定會氣沖沖地找對方理論，尤其是衛教授身為考察團領導，肯定是不可能讓事情就這麼過去。

隔天早上出發時，苦思良久的司馬辛頂著乾澀的雙眼，隨著眾人上了軍方派來的車隊。軍方派出了數臺軍用吉普車，扣掉司機外，除了能夠讓所有考察團成員搭乘外，還能讓一隊六人的士兵隨行。衛教授本想指派兩位助理繼續留在實驗室和其他研究人員分析樣本，但卻引來所有考察團助理的抗議，他們都想參與第一手的調查，因此最終選擇讓所有考察團的助理隨行，將部分可攜帶的儀器一同帶往考察地。原本毛教授還在擔心過多的人數和儀器會塞不進車裡，但最後證明，軍方確實看重此事，而且準備周詳，當帶頭的軍官得知考察團還攜帶不少大型儀器後，立刻又調派了兩臺吉普車，前後只花了不到五分鐘。

不過上車前，帶頭的軍官卻告訴他們，每臺車上都裝有訊號屏蔽器，因此他們的手機是沒辦法接受訊號連網的。這點又引來一陣抗議，而司馬辛這時注意到，徐教授並沒有像昨天那般激烈的抗爭，只是爭辯了幾句後就放棄了。這讓司馬辛很是擔憂。

一路上，車窗外的風景從城市街道轉變成鄉村，再變成荒蕪的草原與山谷。座位的安排如同他們最初下飛機後的配置，衛、徐兩人與負責的軍官搭乘第一輛，司馬辛等另外三位教授搭乘第二輛，這次則由年齡較長的毛治誠教授坐副駕的位子。當車輛駛出市區後，平穩的道路開始變得崎嶇，輕微搖晃的車身讓本就睡眠不足的司馬辛漸漸陷入沉睡。他慶幸另外兩位教授由於昨天與衛教授一同喝酒的緣故，如今也是睡眼惺忪。三人就這樣半睡半醒地任由駕駛帶著他們前往目的地。中途只短暫在一位牧民的家裡吃了頓簡便的午餐。雖然身穿軍裝又帶著槍的士兵讓那一家子牧民略有恐懼，但藏民還是好客地端出各種食品招待眾人。司馬辛看出了藏民眼中隱藏的畏懼，於是輕聲地對那一家的主人說，他們要去荒野上進行田調，這些士兵是保護大家不受野獸侵擾的。領頭的軍官聽到司馬辛這麼說，並沒有制止，只是輕微地點點頭。

藏民聽完後，略有所思地看著司馬辛和軍官。在藏民的眼神中的恐懼消退後，反而好奇地開始打量起那些士兵們。在眾人吃完後，男主人還熱情地拿出自釀的青稞酒。不過軍官們卻都婉拒了喝上一杯的邀請，倒是毛教授連喝了幾大碗。

重新上路後，車上的氣氛活絡起來，也許是黃湯下肚的緣故，毛教授話匣子大開，開始和蔣教授談論起近年來學術界的一些事情，比如譁眾取寵的風氣，以及商業化的代言等等。

「說到代言，就不得不說說我們的同事。」毛教授粗著嗓音說。「有一說一，徐凝輝那傢伙可真是有一套，一口氣代言了那麼多品牌。」

「他本來不是不願意加入考察團嗎？我聽他的一個助理說，他最後願意來，是因為青藏這邊有一家食品保健公司，最近打算將這裡的冬蟲夏草作為他們公司新的保健產品出售，所以特別找他來當代言。」蔣教授神祕兮兮地說。

「真不曉得他到底從中撈了多少好處。」毛教授冷哼一聲。

聽了他們的談話，司馬辛這才明白，昨天他所聽見的，正是徐凝輝和公司人員的對話。但司馬辛不曉得一間公司到底得有多大的商業實力，才有辦法關說軍方。

「知道是哪間公司嗎？」司馬辛小心翼翼地問。

「這個就沒聽說了，你這問題我也很好奇。那助理跟我門下一個研究生很熟，我那研究生說，徐凝輝的助理抱怨過，說徐凝輝對於代言這件事情向來都是親力親為的，搞得比教學還認真。」蔣教授不以為意地說。

看來不是第一手的消息了。司馬辛有些失望。他不希望自己以訛傳訛，但確實他也聽聞過一些風聲，比如徐教授花費過多的心力在代言上，但他從沒聽說徐教授因為此事遭受校方的約談或調查，因此他也不能確認這是不是經誇大的消息。司馬辛很不想因為昨天聽到的事情就把徐凝輝打上壞人的標籤，但他也不希望考察團被徐凝輝搶了風頭。這樣對司馬辛自己也不利。

「你們覺得，如果發現了新的物種，命名權應該怎麼辦？」司馬辛試探地問。

毛、蔣兩位教授原本還在討論關於冬蟲夏草療效的問題，聽到司馬辛的詢問，立刻停了下來，張著雙眼看著司馬辛。

「這……倒是個好問題。」蔣教授若有所思地摸著下巴。

「從學術倫理上來說，這權利應該是首位發現者，或者考察團領隊的。」原本還大著嗓子的毛教授，聽到這個問題，也小心翼翼起來。他轉過頭盯著司馬辛，審視地一字一句說：「在我看來，這權利應該是衛教授的，或者是率先進行樣本切割並發現細胞壁的蔣教授。」

「這我贊成。」司馬辛連連點頭。他沒想到自己這個問題，竟然引起毛教授的懷疑。這可真是引火燒身。「我覺得如果真的是新物種，那還是應該以衛教授來為這物種命名。」

「這我可就不樂意了。」誰料，蔣教授竟反對。

這下換成司馬辛和毛教授兩人詫異地看著他。

「說衛教授有命名權這我同意，但要說我有命名權，老毛那你可真是害我了。」蔣教授說。「你們都知道拉蒂邁（Latimer）和矛尾魚（Latimeria）[4]的故事吧？」

聽完蔣教授這番話後，司馬辛和毛教授兩人露出恍然大悟的神情，並且不住點頭。

「雖然根據國際動物命名規約（International Code of Zoological Nomenclature，縮寫為ＩＣＺＮ），只要遵守命名規則[5]和優先律[6]即可，但我認為出於尊重，我們還是得考慮真正的第一發現者，也就是那位捕獲到樣本的牧民。」蔣教授說。

聽完蔣教授的說法，司馬辛忽然想起了什麼。他驚呼到：「我們出來實地考察，卻忘了將那位發現樣本的牧民帶出來啊！」

蔣、毛二人也是一驚，正當他們慌忙打算聯繫前車裡的衛教授與帶頭軍官時，他們的司機卻笑著對

4 全名是瑪羅麗・艾琳・桃瑞斯・考特內-拉蒂邁（Marjorie Eileen Doris Courtenay-Latimer），正是她從漁夫手中，買走了屬於腔棘魚目（Coelacanthiformes）的矛尾魚（Latimeria），讓這種原本被認為絕種的魚類重新被發現。然而該魚種以她的名字拉蒂邁（Latimer）命名，但卻沒有人記得最初捕獲該物種的漁夫。

5 動物學名需滿足動物命名法對於學名的一切語法要求，並需提供對該物種的描述、定義，以及提供附圖，且必須署名發表，同時不得對一個變種或型命名。

6 一個分類單元的學名應以最早發表者為準，除非該學名違背了命名法的規定而成為不可用的名稱。

他們說：「幾位教授不用擔心，那位牧民昨天晚上在醫院那邊確認沒有感染風險後，已經解除隔離回家去了。你們到目的地後就能見到他。」

聽完司機的說明，幾人慌張的情緒才放鬆下來。

這段小插曲過後，他們又回到原先的話題上。毛教授看著司馬辛說道：「我想司馬老弟問了剛才這個問題，想必有什麼想法，對嗎？」

司馬辛不得不佩服毛教授的觀察力，但他仍努力搪塞：「沒有，就只是忽然想到而已。畢竟真要是新物種，這發現可說是生物學界的一大消息，甚至得澈底改寫教科書和過往的研究方向。」

「很誘人對吧，如果能將自己的名字與這個物種掛勾，那接下來數十年都可以在學界通行無阻了，甚至輿論媒體也會爭相邀請。可說是名利雙收的最佳途徑。」毛教授意味深長地說。

「美好的未來呀！」蔣教授喃喃地看著窗外。

「所以你問這問題是在提防我們中有誰會偷跑嗎？還是你自己有這打算呢？」毛教授犀利地問。

面對毛教授犀利的問話，讓司馬辛有些無法招架，不知道該如何回答。但緊接著毛教授又自顧自地說：「不過想來你也沒這心思，與其擔心你會偷跑，還不如擔心一下咱的徐老弟。」

「你知道了？」司馬辛脫口而出，但緊接著就後悔了。

毛教授咧著嘴對司馬辛大笑，一旁的蔣教授也露出會心一笑的表情。

「看來你也挺擔心徐教授會搞小動作，是吧？雖然我們也只比你早進來學界幾年，但對這行的小心思還是比較了解的。況且徐教授這幾年那麼努力增加自己的曝光度，好提高自己的代言費，這些動作我們還是看在眼裡的。而今天這發現可不是單單發現一個新物種那麼簡單。他如果沒有流著口水想過偷跑，我才驚訝呢。昨兒個你沒跟著來，我們和衛教授就討論過這事的可能性了。不過軍方管得那麼嚴，諒他在離開前也沒辦法偷吃步。」毛教授笑著對司馬辛說。看來他還不知道徐教授和公司之間的談話。

知道這點後，司馬辛放下心來。並假裝被毛教授猜中了心思，他尷尬地笑了笑，說：「這都被你看出來了。我也挺擔心徐教授搶先我們考察團一步的，看那些官員那麼禮遇他就知道，連樣本的分析資料都提前看過了。」

「唉，這有什麼，你放心，有衛教授壓著，他搞不出什麼么蛾子的。」蔣教授倒是不以為意。

「多提防點總是好的。」司馬辛抗議。

「這點我就得站在司馬老弟這了。」毛教授對蔣教授說。「提防著點總是好的，到時候被人鑽了空，那可後悔莫及。」

「也是，還是該小心點。」蔣教授撇撇嘴，不再作聲。而毛教授看蔣教授沒有接話的打算，也就不繼續說了。

車上又恢復了寂靜，只剩下引擎聲和駛過顛簸路面發出的震動聲。

當他們到達發現奇特鼠兔的牧民家時，天已經快黑了。眾人下車後，司馬辛發現現場了除了牧民的蒙古包外，還早就搭好了數頂帳篷，而且還有幾名士兵正坐在帳外閒聊。當閒聊的士兵看見司馬辛的車隊到來時，紛紛起身對著下車的長官敬禮。陪同考察團的軍官也朝他們回禮，並且詢問是否已經布置妥當。司馬辛在一旁聽著，似乎將牧民解除隔離後，昨晚便由幾名士兵帶著物資，陪同牧民一起來到此地，先行的士兵們不僅替考察團等人搭建起了帳篷，還替他們準備好了接下來幾日的伙食，並且替他們聯繫了當地的獵戶。妥善的準備與效率令司馬辛也感到佩服。由此可見軍方是真的很重視此事。

當眾人將裝備卸下後，士兵們便替考察團端來熱騰騰的食物，這對搭了一天車的考察團來講，簡直是一大享受。雖然只是簡便的食物，但捧在手裡的熱氣足以驅散高原夜裡的寒冷。司馬辛很快便吃光了自己的那份，甚至還有些意猶未盡。其他教授們更是滿足地咀嚼著，都顧不上說話了。

由於帳篷有限，因此考察團必須兩兩一組共用一頂帳篷。司馬辛本以為也會按照當初坐車時的分配，讓衛教授與徐教授兩人共用一頂帳篷。誰料，衛教授竟指名自己和他共用一間帳篷。司馬辛也不知道怎麼推辭，只好答應了下來。不過他猜想，也許衛教授想趁機和他商量些什麼。

果不其然，夜裡準備就寢時，衛教授叫住了準備躺下的司馬辛，並且問道：「司馬教授，你知道我為什麼當初會選你加入考察團嗎？」

司馬辛愣了一下，正當他謹慎地思考該怎麼回答時，衛教授接著又說：「不用想一些客套話，直接說說你自己的想法就成。這也沒旁人了。」

司馬辛無奈，只得將之前在車上聽毛、蔣兩位教授說過的，關於找年輕一輩的教授就是希望能製造話題聲量，好分散徐教授的聲量這個論述同衛教授說了一次。不過他並沒有說到底是誰說的，他不想如果自己回答差了，還導致衛教授遷怒到另外兩位教授。因此整段論述聽起來就像是他自己發現的一樣。

「看來你也很敏銳。這是好事。」衛教授聽完，露出了寬心的笑容。然後他說：「你也知道，我現在也老了。不願意、也沒辦法花太多精力在同其他人競爭聲量，很多學界的朋友也都勸我考慮退休的事情，但我還是想趁自己可以工作的時候，再拿出一些學術成果。如果可以，也許還能啟發下一代的學者們一點新的火花。」

衛教授自顧自地說，但司馬辛卻聽得背脊發涼。剛才那段話很明顯暗示了衛教授自己掌握著不少學界的人脈，而且如果可以，還願意栽培司馬辛。司馬辛感覺自己一瞬間捲入了學界的派系鬥爭之中，讓向來盡量處事中立的他，有些不知道該如何應對。但同時……這也確實是個好機會，能得到像衛教授這樣的學界大佬支持，完全可抵過一個人數十年的艱苦奮鬥。這讓司馬辛有些為難。

「這次的考察成果，我想無論如何都是劃時代的，無論是新的物種，或者一種獨特的生理病變，只要掌握了，都等同掌握了未來十幾年的研究題材。我相信司馬教授你是個聰明人，肯定能看出當中的重要性。」

衛教授說完後，也沒有再詢問司馬辛任何事情，反而是留給司馬辛安靜思考的時間。當衛教授關掉帳篷頂上的電燈後，司馬辛在黑暗中瘋狂地思索著自己接下來該踏出的每一步。他知道，如果自己稍有差池，不僅兩邊不討好，更可能引火燒身。他不禁想到之前看到的一句話：「沒有永遠的兩面派，最終還是要表態。」

隔天早上，司馬辛感覺自己的臉色肯定很差，連軍官都跑來關切，是不是昨晚不適應睡帳篷。

司馬辛趕緊表示自己沒問題，在軍官關切的眼神下，司馬辛拿了自己的那份早餐，獨自一人坐在草地上吃著。早餐是西藏傳統的牛肉湯麵和醃蘿蔔，只不過麵條是用青稞粉，而牛肉則是當地特產的犛牛肉。熱騰騰的肉湯一下子就驅散了高原清晨凜冽的寒意。吃過早餐後，負責伙食的軍官又替眾人端上熱騰騰的甜茶。

當大家心滿意足地品嘗熱茶時，一批藏族的獵手正從遠方開著各自的吉普車來到此處。這些獵手們都至少中年以上，其中不乏白髮的老者。司馬辛知道藏民現在已經很少靠打獵維生了，大多轉型成為當地的嚮導或者農牧去了。他幻想中的獵手應該是拿著古老的弓箭，或者破舊的獵槍，性格爽朗的粗獷大漢，但當他看到開著現代汽車而來的藏民時，就知道那遙遠的時代已經一去不復返了。

在與獵人見面之前，軍官們已經提醒過考察團，為了不要引起獵人們的恐慌，獵人們只知道他們是要來協助尋找生物樣本，其餘並不知情，軍官要求考察團的所有成員不要在獵人面前提即有傳染病和突變的可能。看見獵人到來，負責接洽的軍官便上前和獵人們交談幾句，不過司馬辛很懷疑已經不打獵的獵人，是否還能在這無邊的高原與森林中，找到考察團想要的目標？

但司馬辛沒有問，因為徐教授比他更快提出了這個質疑。

「就我所知，藏民現在大多已經不以打獵維生了，而且這些獵人當中還有不少老者，他們是否真能替我們找到目標生物？」

「我們雖然不打獵了，但對這片古老而美麗的土地，無論如何都比你們幾個漢人熟悉。哪怕把我丟在隨便哪處荒野，我都能憑著自己的本事活下來，你能嗎？」沒等軍官解釋，一名獵手就毫不客氣地對徐凝輝說。徐凝輝被獵人這麼一懟，竟啞口無言。然後尷尬地笑了笑，並客氣地對獵人說接下來要麻煩他們了。

對於徐凝輝碰了一鼻子灰，蔣、毛兩位教授不禁笑開了嘴，而衛教授則冷眼旁觀。對於其他教授的反應，司馬辛暗自嘆了口氣，看來真是涇渭分明了。

在出發前，考察團先是細細詢問了發現樣本的牧民札喜次仁，也許是頭一次見到那麼多軍人和學者，他看起來頗為緊張，說起話來偶爾結巴。不過也可能是他漢語不流利的緣故。聽完了札喜次仁的描述後，考察團陷入思索，聽起來該生物的性情比尋常的鼠兔還來得凶悍，雖然獵物反擊的案例也不是沒有，但對獵手施以回擊，有沒有可能就是新物種特有的習性呢？

「總之，我們還是先抓捕幾隻附近的鼠兔來調查一下吧。」衛教授想了一會後說。

衛教授簡單向獵人們解述了樣本的幾個外部特徵，並且允諾如果抓到了考察團要的樣本，會給予額外的獎金。獵人們聽完後各自散開，他們有些人從開來的車上拿出陷阱，準備徒步前往自己認定的地點，有些人則乾脆駕車離去，似乎打算到更偏遠的地方尋找。而考察團眾人則和軍官，以及一名叫羅布倫珠的年輕藏民一同行動，從他的言談中，司馬辛得知他的漢名叫羅成，是因為不忍藏族的獵人文化失傳，所以高中畢業後就自願開始學習傳統的獵人文化，現在除了留在當地與父母一同放牧外，還會製造一些藏族的手工藝品來販賣，也偶爾會給遊客當嚮導。

「你們這些教授，真得認為那種大膽會傷人的鼠兔存在嗎？」在得知了他們此行是打算找一種大型鼠兔後，羅布倫珠好奇地問：「鼠兔大多膽小，那些大膽的通常都會被狼啊、鷹啊什麼的抓走，如果體型太大，反而還會塞不進洞穴裡呢！」

「但是我們確實看到了那種大型的特殊鼠兔，因此不管那到底是什麼，我們總還是得做個確認。」蔣教授溫和地說，他很小心地沒有提及傳染病和突變的可能。

「要我猜，可能就只是性格比較凶一點的一般鼠兔而已。」羅布倫珠說。

「所以你不認為有可能是新的物種囉？」毛教授問。

「當然！這片高原上就沒有藏人不知道的生物！」羅布倫珠不以為然地猛搖著頭。「人類都準備移民太空了，地球上怎麼可能還有人類不知道的事情呢？」

「可如今現在就有一個活生生的例子不是嗎？」蔣教授顯然對於羅布倫珠的不以為然有些憤慨。他語速飛快地說：「進入太空又怎麼樣，地球上人類不知道的事情可多著呢！現在每年都還有不少新物種被發現，你知道嗎？」

面對蔣教授激動的情緒，毛教授趕緊打圓場，他說道：「不管是太空還是地球都很重要，要是能有一個遍地是未知生物的新地球讓我們這些生物學者研究，那我們也就不用為了尋找新物種而費力在舊地球上東奔西跑了。」說完，他還輕推了蔣教授一下，提醒他注意態度。

蔣教授哼了一聲，雖然臉色不悅，但卻也沒再辯駁。

眾人搭上車，在羅布倫珠的帶領下，也不知道開了多久，最終來到一座與森林接壤的草原前。這片草原附近還有一條河，水勢不大，水流清澈。如此得天獨厚的環境讓司馬辛不禁感嘆，這裡真是諸多生物居住的好地方。

「這裡應該接近怒江的發源地了吧？」衛教授看著衛星地圖，試圖確定他們的當前方位。

「對的，這裡可是我的私房景點！」羅布倫珠得意洋洋地說。「我之前在這裡看過不少鼠兔，我想從這裡著手，是個不錯的開始。不過我要先說明喔，我只負責捉，至於有沒有你們要找的那種鼠兔，我就不負責了。」

「趕快開始吧！」徐教授催促著。

於是羅布倫珠拿起了一些狩獵用的道具，獨自一人開始布置。而考察團的成員們，則開始探查這個地方。如此遠離塵囂的地點，新鮮冷冽的空氣讓考察團這些長期待在平地市區的人感到舒適，甚至有助理打趣地表示，呼吸了這裡的空氣之後，感覺自己又能多活十年。

也不知道是羅布倫珠的技術高明，還是這個生態豐美的地方鼠兔極多，不一會兒，羅布倫珠就捉住了數隻鼠兔。考察團們興奮地搬出儀器，檢查這些鼠兔的生物特徵。由於不打算解剖樣本，因此在抽血採集之後，考察團便將那些還活著的鼠兔野放回去。然而忙了一天下來卻一無所獲，從那些捉來的鼠兔的血液中，並沒有發現原始樣本獨特的綠色筆狀體細胞。

當眾人失望地上車準備返回營地時，司馬辛看到遠方有一群健碩的白唇鹿，正慢條斯理地走在草原上，而當中有一頭白唇鹿的身型比其他白唇鹿還要高大，頭上的角也巨大無比，牠的皮毛也不曉得是不是因為草地的影響，竟看起來帶著綠色。

司馬辛好奇地詢問羅布倫珠關於那群白唇鹿的事情，羅布倫珠看了一眼那群白唇鹿後，笑著對他說：「你的運氣和眼力可真好，那群白唇鹿平常根本不會在人前露面的，即使露面也只會像現在這樣盡可能遠離人群。那頭最大的，在藏人的傳說中，認為牠是已經活了超過兩百年的『神鹿』。」

聽到羅布倫珠的介紹，其他考察團的成員也爭先恐後地朝著那群白唇鹿的地方看過去。也不知道是如何感應到了人類這邊的躁動，那群白唇鹿竟一溜煙地跑走了，讓沒看到的人大呼可惜。眾人回到營地後，其餘的獵人也正帶著自己的獵物三三兩兩地返回。考察團同樣採集了那些鼠兔的血液當樣本，由於上午的檢驗，讓考察團已經建立了一套檢驗流程，因此這次的樣本檢驗速度快上許多，一下子就將獵人們捕獲的鼠兔檢驗完畢。然而仍沒有他們希望看到的獨特筆狀體構造。

忙碌了一天之後卻什麼也沒發現，讓考察團的士氣低落不少，眾人沉默地吃著自己的晚餐，一邊低聲討論著各種可能。

接著第二天、第三天也是同樣的情況，羅布倫珠帶著他們跑了幾個位置，都沒有發現他們期望看到的特殊鼠兔，其他獵人捕獲回來的鼠兔也同樣沒有什麼發現。這讓考察團的士氣越來越低落。

到了第四天，這已經是他們到青藏來的第五天了，眼看時間越來越緊迫，大家的心情也越來越躁動不安。低迷的氣氛籠罩著考察團，壓迫地讓人喘不過氣來。

相比考察團低落的狀況，士兵們的情緒卻正好相反。司馬辛猜想可能是隨著時間過去，士兵們期待著能夠早日返家，而且如果考察團一無所獲，也在一定程度上證實沒有疾病或突變的可能。但那原始樣本又是怎麼一回事？

他們這一天在一處山谷裡進行調查，不過當其他獵人們聽到羅布倫珠要帶考察團來此後，紛紛露出震驚或不悅的神情。羅布倫珠解釋道，那是因為當地人以前將這個山谷視為聖地，現在雖然不迷信了，但大家還是多會選擇避開此處，即使這裡牧草豐美，牧民們也幾乎不會選擇帶著自家牲口來此放牧。

不得不說，這裡果然是人跡罕至之處，因為剛走下吉普車，徐教授就瞪大了眼，抄起一根鏟子就開始挖掘面前的草地。眾人一頭霧水地看著徐教授，只見徐教授一鏟子下去之後，也不管挖出了什麼，就往另一個地方又是一鏟，像這樣連挖了五、六處後，徐教授才氣喘吁吁地放下手中的鏟子，回過頭在自己剛才挖出的土堆中，拿出一根條狀的土黃色物體，乍看之下有點像過於細小的辣椒或者果實。

「寶地啊，這可真是寶地！」徐教授顯得有些激動，但司馬辛卻看不出他手裡拿的究竟是什麼？

「……不會滿山谷都是吧？」毛教授顯然看出了端倪，他也有些震驚。

「那到底是什麼？」司馬辛不解地問。

「冬蟲夏草啊，滿山谷都是！」徐教授揮舞著自己手中的冬蟲夏草，神情激動地對司馬辛說。「我從沒見過一個地方能長出那麼多的冬蟲夏草，而且還是品質極高的那種，這裡要是開發了，那是不可限量的商機啊！」

「教授，我要提醒你，未經國家許可，是不得生產和銷售含有冬蟲夏草的產品。」一名軍官聽完徐教授的言論，便板著臉說。

「也就是只要申報獲准就可以！」徐教授絲毫不理會軍官的警告，他正仔細研究手裡的冬蟲夏草，渾然將此行的目的給忘卻了。

「還是先回到正題吧，你要是有興趣研究，之後再自己申請來青藏。」衛教授顯然有些不高興。於是司馬辛趕緊讓羅布倫珠開始今天的樣本採集。

看著正和毛教授興奮討論著冬蟲夏草的徐教授，司馬辛腦海中忽然閃過一種荒謬的推測，但他馬上有否定了自己那近乎天方夜譚的想法。

羅布倫珠離開後，司馬辛蹲下身，開始研究起剛才被徐教授挖掘出來的那幾株冬蟲夏草。在古老的傳說中，冬蟲夏草在冬天會以蟲子的型態躲在土裡過冬，到了夏天後，則變成草的型態吸納養分。

這傳說很符合許多中國古老神話中的「幻化」傳統，無論是幻化成美女的狐狸，或者老虎搖身一變成為愛吃小孩的虎姑婆等。不過，早在很久以前，人們就知道，冬蟲夏草其實是一種寄生在蝙蝠蛾科（Hepialidae）幼蟲身上的真菌，這種真菌的胞子接觸到幼蟲後，便會寄生在幼蟲體內，開始吸收幼蟲的養分直到其死亡，最終幼蟲的本體會與菌絲結合，形成堅硬的菌絲體，並在夏天時如同植物種子一般破土而出。雖然古人將其視為一種滋補的藥材，但經研究後早已表明，服用過量的冬蟲夏草會導致體內的砷以及其他重金屬含量過高，所以早在二〇一六年就被中國政府從保健食品中除名。可讓司馬辛不解的是，即使科學證據早已清晰地表明冬蟲夏草的潛在危害，但許多人們卻依然對其趨之若鶩。為什麼在資訊發達的年代，要使人們看清一件事情反而變得更困難了？這讓司馬辛想起了魚。

小時候，司馬辛曾在電視上看到關於擬餌的介紹，於是當時的他便好奇地將一小條的橡皮丟進人樓中庭的魚池裡，他想看看那些魚會不會也將橡皮當成食物。果不其然，那些魚很快便為了爭奪那條橡皮相互推擠，當有條魚僥倖咬住了橡皮後，馬上就發現了那不是食物而又吐了出來。但此時其他的魚群看到橡皮被吐出來後，馬上又開始蜂擁地搶食那條橡皮，逼得那條剛吐出橡皮的魚，也重新加入搶食的行列。

等到魚群筋疲力盡散去，而橡皮也沉入水底後，偶爾還是會有魚試圖咬住橡皮。童年時的司馬辛面對魚群激烈搶食的行為，看得十分入神，但同時卻也好奇，明明早已證明魚類的記憶並不差，但為什麼還是能為一條不能吃的橡皮搶破了頭，甚至不惜讓自己被擠出水面？長大之後一回想，也許魚跟人都是一樣的吧，一旦認定的東西，即使發現不能入口，也還是會不死心地想再嘗試。

少年時的司馬辛曾諷刺地將這個看法稱之為「魚人理論」，刻意與愚人諧音，而此後當他看到人們的一些行為時，也常常會和魚做聯想。其實人和魚，真的沒太大的區別。

當司馬辛陷入回憶時，遠處的羅布倫珠傳來了一陣驚呼。司馬辛放下了手中的冬蟲夏草，抬起頭，發現羅布倫珠正揮舞著雙臂朝著眾人跑來。

「怎麼了？」士兵們緊戒地握緊手中的槍，並大聲詢問羅布倫珠。

「我覺得這個……東西，你們科學家肯定會有興趣。」羅布倫珠對於士兵的問話顯得有些神情緊張，但他臉上的表情更多得卻是震驚與恐懼。

一聽到有發現，考察團馬上便帶著一些簡單的裝備急急忙忙地與羅布倫珠一同前往，當走在前面的羅布倫珠停下腳步時，眾人一頭霧水地看著他。而羅布倫珠只是指了指一處草地。大家朝那塊草地看去，映入眼簾的，是一小叢看起來異常茂盛的草地。但這只是乍看之下。直到羅布倫珠用鑷子將那叢草地挖起來後，眾人才意識到，原來那是一具全身長滿草的鼠兔屍體。

一名士兵當下就嘔吐起來，另一名考察團助理的動作也絕不比他慢。其他人臉上也露出程度不一的噁心與不適，連司馬辛自己都覺得有些反胃。但對於未知事物的好奇最終還是壓過了噁心感。

他在眾人詫異的目光下，靠近鼠兔屍體。屍體腐爛的很嚴重，這隻鼠兔明顯比當地的尋常種類還要大，但還比不上實驗室裡那一隻。屍體上並沒有看見司馬辛預期中的綠色毛皮，腳爪也不發達，可鋒利的牙齒卻與實驗室裡的樣本雷同。屍體的後腿看起來異常強壯，雙眼雖然已經腐爛，但從眼眶的大小來看，這隻鼠兔的雙眼和其他種類的鼠兔相比，也大得不成比例。其中最引人注目的，除了從屍體上長出的草之外，還有幾處傷口引起了司馬辛的注意。

「打包起來，帶回去解剖。」司馬辛對身後的助理說。但助理卻沒有動作。等得不耐煩的司馬辛朝助理走去，打算從她手裡拿過用來裝樣本的容器。當那位女助理看到司馬辛朝自己走來時，瑟縮了一下。司馬辛不耐煩地從她手裡奪過容器，然後用鑷子小心翼翼將屍體挪到容器中。

當司馬辛將屍體裝進容器後，他身後明顯傳來一陣鬆了一口氣的喘息聲。司馬辛撇撇嘴，出來考察哪有不髒手的覺悟？

但就當他起身時，卻發現士兵們正用槍指著考察團的成員們。司馬辛愣住了。原來剛才以為放鬆的喘息聲，是眾人因為震驚而倒抽一口氣。

「教授，這不用專業知識也能看出屍體有很大的問題。」軍官的表情還有些噁心，但他仍強忍著對司馬辛說：「為了避免任何意外，我得到的命令是，如果有任何傳染病的可能性，必須採取非常手段。」

司馬辛慌了，他沒想到國家為了隱瞞真相，竟會選擇殺人滅口。他更沒想到自己會死在這裡。研究團的成員們也都呆在原地，連平常強勢的徐教授和鎮定的衛教授也都被眼前突如其來的狀況給震懾住了。所有人都不敢說話，但只怕也沒機會說了。

青藏高原上的寒風吹過草原，翠綠的草地映照著蔚藍的天與潔白的雲。自古以來，青藏便被人們冠上香巴拉[7]的美名，那裡是一處天堂之地。一望無際的草原上，雖然突兀地出現幾處土堆以及被挖掘過的痕跡，彷彿在大地女神的臉上留下褻瀆的疤痕。但除此之外，這裡空氣清新，生態豐美。毫無疑問，只要人類不染指這裡，此地無疑是天堂之地。

[7] 梵語（Sham-bha-la）的音譯，其意為「極樂世界」，也是藏傳佛教中所說的理想聖土，青藏的另一個廣為人知的稱呼「香格里拉」，據信便是緣於此名。

群居動物又被稱為社會性動物，可能由一至多個家庭組成，具有明顯的地位和階級。

這當中又根據社會性（社交）的時間點、規模與方式被細分為前社會性、真社會性等不同的類別。例如美洲豹除了求偶期間外幾乎處於獨居，因此被歸類為前社會性物種；而蜜蜂則因為具有相當的群居與階級特徵，而被視為真社會性物種。一般而言，真社會性物種的規模會比前社會性物種的規模大，然而前社會性物種的種類數量往往還是多於真社會性物種。

第二章：生命的價值

2062 10／10 清華大學

「這太沒意義了！」一名研究員惱怒的將手上的研究樣本丟在桌上。

「小心點！」一名女研究員對他的行為驚呼，她是最近加入研究團隊的德國人。「那可能有傳染性！」

「那只不過是一些真菌！」研究員不高興的跺腳。「而且只不過是最尋常的青黴菌。我本來以為有機會接觸到樣本的！」

「我覺得在讓你接觸到樣本前，你應該先改改你的態度。」女研究員怒斥道：「你要是再這麼做，我一定將你的行為向上級舉發。」

聽到女研究員的警告後，研究員雖然還是不高興嘟囔著，但他確實收斂了他的行為。

「我知道在這邊對尋常的真菌做分析比對很無聊，但我們的努力對整個研究都是有幫助且有意義的。」女研究員安慰他。

「難道妳甘心千里迢迢從德國飛來，就是為了看這些尋常的東西嗎？」研究員反問。

「這個……當然不是。」女研究員無奈地說。「但我早有明白，要接觸到樣本是很困難的。我原本在德國的教授也相信，對於這個樣本的任何發現，都足以囊括未來五年內所有的科學獎項。只要我還待在這個團隊，就總有機會能研究到樣本。」

「妳太樂觀了！」研究員不以為然地搖搖頭。「妳既然也知道這個樣本的背後隱藏著多少的名利，那些人才不會那麼輕易就讓我們這些底層的研究員接觸呢。」

「也許你錯了也說不定？」一個聲音插入正討論的二人之間。

兩人皆被嚇了一跳。只見一人不知什麼時候走進了實驗室，此時他正看著二人微笑著。

「司……司馬教授，您來啦？」研究員驚慌地問候。「我以為您去參加辛亥革命的紀念活動了。」

「我是去了，但也只不過是開場演講而已。」司馬辛走到實驗臺前，看著被丟在一旁的青黴菌樣本。研究員尷尬地笑著將樣本收好。

「不要對你們現在在做的事情氣餒，就像卡琳說的，你們在這裡做的事情對研究有很大的助益。」被教授這麼一誇，女研究員——卡琳・邁爾（Karin Meyer）開心地微笑著。

「我已經幫你們的博士生申請寫好推薦信了。」說完，司馬辛從口袋裡掏出兩封信函，二人瞪大了眼，渴望地看著司馬辛手上的信封。

「等你們在這裡的工作告一段落之後，再跟我拿吧。」司馬辛狡詐地笑著，將信封又收了回去。

「教授！」研究員抗議。但也只能也眼巴巴地看著司馬辛將推薦信收回口袋裡。

「教授，可以請問你，為什麼要讓我們紀錄這些真菌的特徵呢？」倒是卡琳並不急著拿到推薦信，反而詢問了司馬辛關於研究工作的問題。她相信，直接從手上的工作著手推敲，更能得到她想知道的東西。

「我知道你們只看過一小部分關於樣本的資料。」司馬辛說。

「是的。」

「但根據我和其他教授們訂下的協議，我能告訴你們的也不多。」

司馬辛的回答讓卡琳有些失望。但緊接著後面的話卻又讓她豎起耳朵仔細聆聽。

「相信你們已經知道，從青藏高原發現的新種類真菌，也就是後來被衛青成教授所命名的香巴拉菌，能夠寄生在動物身上，並且一定程度上改變宿主的體徵。」司馬辛說，兩人仔細聽著。

「而我們現在的研究重點就是，這種真菌如何有效的寄生在宿主身上，而不會引起免疫應答[1]。而衛教授認為，從青黴素著手，可能會是一個突破口。」司馬辛解釋道。

「為什麼是青黴菌呢？」卡琳好奇地問。

司馬辛猶豫了一下，然後喃喃自語道：「也許跟你們講講這點沒什麼關係。」

「教授？」

「你們應該都知道青黴菌屬（Penicillium）中的特異青黴菌（P. notatum）有殺菌的功能，而青黴菌屬中擁有的筆狀體（penicillus）構造，與香巴拉菌在宿主血液中的筆狀構造類似。雖然我們還不瞭解香巴拉菌的筆狀體構造都有些什麼功能，但衛教授認為，也許相似的筆狀體構造是趨同演化[2]的結果，因此或許能從中取得一些線索。」司馬辛說。

在得知了自己的工作有如此重大的意義後，兩人又打起了精神。

1 免疫應答（Immune response）又稱免疫反應，是生物體內免疫系統對於入侵病毒、細菌、寄生蟲和真菌等微生物所做出的抵禦反應。若入侵的病原體無法清除，或免疫應答的反應過激，則可能會對宿主的健康有強烈的負面影響。

2 趨同演化（convergent evolution），指親緣較遠的物種，因為相同的生存環境與生態位，而演化出類似的生理構造與習性。常見的例子有魚龍與海豚、鳥類與蝙蝠等。

司馬辛看到他們重新找回熱情，便再簡單指導了一些需要注意的重點後，又離開了實驗室。

近半年來，司馬辛的生活發生了劇烈的變化。

由於他們的發現太過讓人震撼，因此他們被軍隊強制隔離了半個月，在經過各種身體檢查後，才被允許解除隔離。不過人身自由的受限對於考察團來說，並沒有什麼影響。他們依然能夠與外界聯繫，也能夠隨心所欲取得需要的研究器材與更多的人手。甚至不得不說，軍隊辦事的效率比他們學校的效率還要高，一些比較稀少或比較貴的器材，只要他們提出要求，過沒多久就會送到他們手中。在一日三餐有人照料而且人力物力充沛的情況下，對於真菌的研究進展大為提升。甚至在解除隔離後，衛教授還曾向軍方反應，希望能繼續獲得軍方的資源。但這要求卻被軍方嚴正拒絕，若非要排除感染的風險，軍方才不願意受到國際輿論的壓力。

隔離期間，司馬辛與考察團終於弄明白了為什麼會在鼠兔的身上發現細胞壁的原因，那是因為一種從未被人發現過的真菌。或者其實已經被人們看見過，但沒人知道當中的原因。

在司馬辛那一天看見白唇鹿的時候，心中就隱約將那綠色的光澤與鼠兔樣本作了聯想，但那時候並沒有將這聯想繼續往下思考。直到在山谷中看到徐教授挖出的冬蟲夏草後，司馬辛才意識到這種可能。但由於這想法太顛覆常識，當下他也沒向其他教授提出來。

直到研究了第二具的鼠兔樣本時，他才明白他的猜想，即使如此瘋狂，但卻是正確的。

那是一種寄生真菌，能夠在寄生的同時，改變宿主的體貌特徵。其菌絲也會擬態成宿主的器官。在解剖了第二具樣本後，大家才明白，原先眾人以為是草的部分，其實是擬態化的毛皮。不過也多虧這毛皮，才讓眾人的研究朝寄生物種這方面進行，最終才能證實司馬辛的猜想。動物身上長出植物或者真菌的案例雖然罕見，但也不是沒有，例如著名的樹懶，身上綠色的毛皮就是與綠藻共生的結果。而冬蟲夏草則是另一種極端的例子。

為了確認這種真菌的作用範圍，考察團請政府與軍方會同當地的獵人盡可能收集疑似受感染的樣本，尤其是那些當地傳說中的「神獸」、「妖怪」等。他們這一行為自然引起了諸多環保團體的抗議，甚至由於不尊重當地傳說的舉動，也讓一些藏民對此異常反感。但政府和軍方可不管這些，比起生態或傳說，他們更在乎確認這種真菌散播的範圍以及傳染風險。雖然在圍捕的過程中有人受傷，也誤殺了一些沒被感染的生物，但很快的，軍方便送來了一頭白唇鹿，兩頭犛牛，這三匹動物身上，光肉眼可見之處，就與同類有很明顯的不同，除了更健碩的身軀外，還包括但不限於：硬化成尖刺的毛皮、更鋒利的牙齒、更粗壯的角等。

本來考察團擔心，這種新真菌的擬態能力會如同青蛙扁蟲（Ribeiroia ondatrae）[3]引發宿主的畸形突變，但在解剖了這些樣本後，考察團卻感到疑惑，樣本被寄生後似乎並沒有什麼負面的突變，甚至在這些樣本的免疫檢測中觀察到，這種真菌竟然強化了宿主的抗體，甚至增加了宿主的壽命！考察團對其中一頭受寄生的犛牛牛角進行切片後，驚覺這頭犛牛至少存活了一百年！這可是非常重大的資訊！這種真菌的擬態菌絲雖然驚悚，實際上卻會使宿主的體徵朝有益生存的方向進行改變。也就是說，這種真菌是與宿主達成了某種互利共生！真菌強化宿主，而強化後的宿主則保護了體內的真菌，並將真菌傳播至更遠的地方。如果能把這種有益的改變用在人體上，那無疑會是跨時代的成就！

---

[3] 青蛙扁蟲（Ribeiroia ondatrae），一種屬於Plagiorchiida（中文翻譯為：斜睪目）的淡寄生蟲，擁有獨特的生命週期。該寄生蟲的幼蟲會寄生於水生蝸牛身上，並以其生殖器為食。隨後該寄生蟲會進入兩棲類，如青蛙、蠑螈體內，使其長出多條畸形的腿。宿主會因為這些畸形的腿而移動困難，進而成為水鳥的食物。該幼蟲則會於水鳥的體內成長至成年，之後在水鳥的糞便中產卵，隨著水鳥將糞便排入水中後，便重新開始新一輪的生命週期。

這種新的真菌，由於發現於青藏高原，加上有益於宿主的功能，因此衛教授便以西藏的傳說之地香巴拉為名，命名為香巴拉菌。在確定名稱前，衛教授還召集了包含助理在內的最初十位成員，以投票的方式來決定真菌的名稱。結果自然是全票通過。本來司馬辛還以為徐教授會反對，或者會有一些抗議，但徐教授對此卻沒有任何意見，甚至表示衛教授取了一個好名字。

香巴拉菌的發現以及初步的研究成果發表已經是一個月後的事情了。在此之後，無數的媒體與各國的大學，都爭相希望取得第一手的資料。媒體希望能知道更多聳動的消息，比如香巴拉菌如何「改造」宿主，或者對人體有沒有害。而那些世界一流的大學與學者，他們則更關心香巴拉菌在物種分類上的位置，以及其如何對宿主產生有益作用的機制等更學術的問題上，他們不停用各種方式詢問能否加入衛教授的團隊，或者能否得到第一手的研究資訊。一時之間，司馬辛的電子郵件信箱也被各大學塞爆，許多知名的大學紛紛邀請他演講關於香巴拉菌的事情，讓他忙於應付。好在學校又加派給他兩名研究生，才讓司馬辛有喘口氣的機會。

雖然校外的事情解決了，但對於校內的事情，司馬辛同樣感到棘手。現在他的課堂上，擠滿了想要聽他講述關於香巴拉菌的學生，甚至還有一些校外人士偽裝成大學生混進課堂裡旁聽，過多的人潮甚至影響了原本選修這堂課的學生們的權益。這讓司馬辛非常苦惱，他曾向校方反應，希望能採取實名制或者類似的手段來保障學生們的權益，校方雖然曾答應會想辦法，但後來卻毫無音訊。這讓司馬辛不禁懷念起與軍隊合作時的高效率了。

除了過多的聽課人數外，另一個讓司馬辛苦惱的，是關於講課的內容。他和其他教授達成的協議中，其中一項就是包括不得擅自將研究成果對外發表。這讓他面對臺下那些央求聆聽，或詢問關於香巴拉菌相關知識的學生們時，不知道該如何拿捏講述的分寸。

還好到目前為止，學生們詢問的問題還沒超出協議的範圍。而且一些旁聽生詢問的基礎問題，更是讓司馬辛能避免回答一些會超出協議規範的內容。

「教授，我還是很難想像，植物有辦法寄生在動物體內，難道它們都不需要陽光嗎？」

「真菌可不是植物。」以前，司馬辛會懶得回答這種基礎問題，但現在他可是求之不得。

「確實，古老的分類中真菌學會被視為植物學下的一個分支，但學者們早已從分子生物學提供的證據中明白，真菌比起植物，它們的親緣關係與動物更近。真菌與動物同屬於後鞭毛生物，也同是異營生物，這代表真菌和動物其實有共同的起源。那既然是異營生物，這位同學你覺得它們需要陽光嗎？」司馬辛笑著反問。

提問的同學尷尬地笑了笑。為了緩解學生的尷尬，司馬辛接著往下講：「其實不用對於真菌的寄生能力有所懷疑，這可是它們的拿手絕活。著名的冬蟲夏草就是真菌寄生能力的代表性之作，除此之外，全球各地也有近四百多種的蟲草菌，它們主要寄生在植物、昆蟲身上，並且引起宿主的各種不良反應。當然對於爬蟲類、哺乳類也有寄生與感染的案例，在醫學上，就有專門的一個分類，名為：『真菌病（Mycosis）』，是泛指真菌感染所導致的傳染病，比較常見的例如隱球菌病（Cryptococcosis）、組織胞漿菌病（Histoplasmosis）等等。」

臺下的同學一邊聽課，一邊將司馬辛講述的內容紀錄到自己的筆電或者手機上，甚至還有作風老派的同學選擇用紙張手寫。

這時候，一個女同學舉手發問，她問道：「教授，那您所研究的香巴拉菌，對人類有危害嗎？」

這是司馬辛最怕聽到的問題種類了，根據他與研究團隊最新的調查，香巴拉菌的生殖模式非常獨特，它會將孢子藏在一個大小宛如櫻桃的子實體中，那子實體的外表像極了植物果實，但不知為何，目前僅在一頭白唇鹿樣本的體內發現過一顆子實體。但讓人驚訝的是，雖然在宿主體內長出了子實體，但香巴拉菌卻依然保護著宿主，根據解剖資料表明，那頭白唇鹿並沒有出現任何的不良反應或疾病，身體狀況甚至比起其他同類還要健康強壯。雖然還不清楚香巴拉菌是如何將孢子傳播出去的，不過根據毛教授的推測，極有可能是透過宿主排出類似果實的孢子，引誘其他動物進食後，藉機寄生到其他宿主身上。

但這些資料目前還沒有打算公布，因此司馬辛也無權透漏給這些學生。所以只得含糊地說：「目前我們還沒有確切的證據表明香巴拉菌對人類是否存在感染的可能，但初步的結論就如同大家所知的，香巴拉菌確實有感染高級哺乳類的能力。」

「那有沒有可能香巴拉菌會像偏側蛇蟲草菌一樣，控制宿主，讓人成為殭屍？」一個同學舉手發問，被打斷問話的女學生對於這個問題翻了個白眼。

司馬辛被逼急了，只好再次強調：「目前我們還沒有確切的研究證據表明這些猜想，對樣本的生物行為分析也沒有異常。也請各位同學不要將影視裡幻想出來的事情當成現實。」

「可……」原本女學生還想追問，可下課鐘聲正好響起，這讓司馬辛鬆了一口氣。

「各位同學，今天就上到這裡，你們回去之後請閱讀關於蟲草菌的這幾篇論文，下次上課我們會討論到……」

司馬辛迅速交代了下次上課的預習重點後，趕忙逃出教室。他很怕有人又纏著他追問關於香巴拉菌的事情。

果然，很多學生見他要離開，都趕忙追上前。但司馬辛通通裝作沒看見，拎起自己的公事包就急忙離去。

可他剛走到自己辦公室門口，就看見剛才課堂上提問的女學生已經在門外等他了。

司馬辛嘆了一口氣，心中盤算著要怎麼打發她走。

「教授，我還是很好奇香巴拉菌是否有能力控制宿主？我們已知弓形蟲（Toxoplasma gondii）會引起作為中間宿主的囓齒動物在面對天敵時大幅降低對捕食者的厭惡情緒，讓作為囓齒動物的中間宿主在面對貓科天敵時，更容易被捕食。而現在學界甚至都還不能完全肯定牠們是如何影響中間宿主的。對於能引起宿主更激烈突變的香巴拉菌，是否應該更加小心這方面的疑慮？」

女學生沒等司馬辛開口，便搶先他一步快速詢問。她的語速快速且流暢，似乎準備已久。

「目前我們並沒有明確證據顯示香巴拉菌有這方面的能力。」司馬辛無奈地又重申了一次。「同樣實地考察的結果也沒有證據支持香巴拉菌是透過不同宿主完成生長周期的。」

「可蟲草屬的菌物，大多有控制宿主散播胞子的能力，而且本身也具有對宿主有用的功能，例如偏側蛇蟲草菌會製造有抗菌效果的次級代謝物（Secondary metabolites）[4]，但卻也會控制宿主螞蟻到達更容易散播孢子的高處。」女學生還是不死心，她繼續說道。

「目前我們還不能確定香巴拉菌到底位於分類學上的哪一支譜系，確實有可能屬於蟲草菌，但也可能不是。而且妳也應該知道，當螞蟻受到寄生後，牠的同類會敏銳地察覺，並且將之移出巢穴。而且螞蟻本身甚至還會培育用來對抗偏側蛇蟲草菌的另一種真菌作為防衛。而根據現在的研究數據，我們並沒有發現宿主有受同類排擠的現象。」司馬辛反駁，在他喘氣的空檔中，女學生並沒有插嘴。「對於有害

4 不直接涉及到生命生長、發育或繁殖的有機化合物。不同於初級代謝物，缺少次級代謝物對生物的影響較小，甚至可能不產生對生物明顯的改變。常見的例子有存在於罌粟花內的可待因與嗎啡。

物種生存的物質，生物的本能不是傳播，而是反制與逃離，在斯雷克反應（Schreckstoff）[5]中，甚至還能提醒同伴遠離潛在危險的功能。而目前也沒有發現宿主行為異常，刻意散布真菌的行為模式。」

「教授，恕我直言，人類的行為比其他動物複雜多了。人類曾改造過天花與炭疽病毒作為武器，目前眾所周知在美國實驗室內還培育著猴痘（monkeypox）。如果香巴拉菌真的感染並影響人類，那後果可能不堪設想。」女學生說。

聽完她的論述後，司馬辛終於認真打量起面前這位女學生。她的個子不高，黑色的頭髮簡單繫了個馬尾，在年輕人普遍喜好戴隱形眼鏡的年代裡，她仍戴著一副粉色的粗框眼鏡。她棕色的眼睛此刻正緊盯著司馬辛，等待他的回答。「這位同學，妳的名字是？」

「我叫張妮。」

「張同學，妳的擔心是可以理解的。我自己也曾擔心過是否受到感染，因此過去幾個月來，我都會定期做檢查，不只是我，所有當初接觸過的人員都一樣。但目前的數據顯示，並沒有人受到感染。妳也應該知道，一個物種要寄生另一個物種時，都需要經過特化以適應宿主體內的化學機制，哪怕只有一點點差異，都可能導致寄生失敗，或者引起宿主體內的免疫應答。」

「像是感冒發燒，對嗎？」

「是的。」司馬辛讚許地說。「我並不能對外透漏太多研究資訊。但我只能說，現在的研究資料並不足以找到能支持妳論點的證據。但我很欣賞妳的心態，從剛才的論述也可以看出妳做了很多功課。如果妳真的對香巴拉菌有興趣，那我建議妳申請加入實驗室，直接面對香巴拉菌，或許能解除妳的疑

5 一種由奧地利學者Karl von Frisch發現，關於生物產生化學警報的機制，當個體（發送者）對危險做出反應時，同時也會產生化學物質警告其他動物（接收者）。

慮。」

「教授，可我的資格並不符合。」張妮聽到司馬辛建議她加入研究團隊的提議時，那棕色的雙眼閃耀著興奮的光芒。可一下子她就想起了資格的問題，她沮喪地說。

「這點好辦，妳將妳的學期成績和申請送來我辦公室，我幫妳處理。」司馬辛說。

張妮聽完後精神又回來了，她開心得連忙表示願意加入研究團隊。

看著她離去時輕快的步伐，司馬辛有些恍神。張妮剛才所說的，影響宿主行為這個論點，在研究之初，毛教授也曾提過，但在分析了樣本的行為之後，研究團隊並沒有發現什麼異常。可司馬辛卻隱約覺得有些怪異。如今又被張妮提起，讓司馬辛陷入思考，想找出到底是哪裡覺得怪異。這也是為什麼他願意用特權引薦張妮進到研究團隊，他直覺地認為，也許張妮能想到他沒意識到的地方。

想著想著，司馬辛才發現自己不知不覺間走到了研究團隊的休息室門口。

司馬辛打開門，休息室內只見毛教授和徐教授正面對面，坐在沙發椅上喝著茶，兩人一派輕鬆地討論著事情。當他們看見司馬辛走進來，毛教授熱情地和他打了聲招呼，並替司馬辛也倒了一杯茶。

司馬辛和二人點頭問候，並坐到了毛教授身旁。

「老弟你來的正好，我們剛才正討論到關於生殖隔離[6]的問題。」毛教授說。

「毛教授，你和司馬教授慢慢聊，我等下還有課，先行一步了。」沒等司馬辛開口，徐教授便起身。他對兩人點了個頭後便離開休息室。

「什麼生殖隔離？」司馬辛看著徐教授離去的背影，然後轉過頭問毛教授。

---

[6] 即使地緣或外型相近，但物種不同的類群之間不能互相交配，或不易交配成功的隔離現象。

「根據實驗的結果，香巴拉菌和當地多種菌類都存在生殖隔離的現象，衛教授對此非常在意。你也知道他老人家現在心心念念的，就是確定香巴拉菌在分類學上的正確位置。」毛教授說。

雖然研究團隊在成果發布上，都是以團體的名義發表，但實際上各個教授都有各自不同的研究方向。像衛青成教授就致力於確定香巴拉菌在分類學與演化學的定位，他相信只要能弄清楚香巴拉菌的分類歸屬與演化路徑，就能為之後的研究打下基石。而蔣成華教授則對於受香巴拉菌寄生的物種的行為更感興趣，他甚至向校方申請開闢了一間用來飼養受感染樣本的農場。雖然目前他們還沒弄清楚香巴拉菌是如何寄生，沒辦法自己培養受寄生的樣本，因此目前農場裡的樣本只有兩頭從青藏高原捉來的鼠兔以及一頭犛牛。至於徐凝輝教授，他似乎更關心香巴拉菌是否能對人體具有療效，由於香巴拉菌對樣本具有強化的功能，這也讓徐教授的研究受到外界最多的矚目。不過同樣受限於不清楚香巴拉菌的生態，目前他的研究進度也是遲遲無法推進。

至於司馬辛自己則關心香巴拉菌與其他類似的寄生型真菌在分子層面上的差異，他認為只要能澈底解析香巴拉菌的基因，將其所有的ＤＮＡ、ＲＮＡ、蛋白質合成物等所有零碎細小的東西弄明白，就能夠得到所有關於香巴拉菌的答案。

「這並不太意外，畢竟香巴拉菌獨一無二的功能以往並沒有相關的案例。我贊同衛教授的猜想，香巴拉菌一些看起來與其他菌類相似的構造，可能只是趨同演化的結果。」司馬辛說。

「衛教授聽了肯定會很高興。」毛教授笑著說：「其實我也是這麼想，不過剛才徐教授說他認為只檢驗當地菌種並不夠，也許還需要擴大檢視全球的菌類。」

「可真菌的散布能力並不強，而且相隔距離越遠，就越可能因為棲地隔離[7]的因素而導致演化的分歧。」司馬辛皺著眉頭說。

「我也是這麼跟徐教授說，不過他的專業不是生物學，不明白這點也是情有可原的。」

在研究團隊共事一段時間後，司馬辛有時總會忘了徐教授本就不是生物學領域學者，而是公共衛生方面的專家。

「不過我的情況也只比他好一點。」毛教授自嘲地說。「我和他能碰巧加入那次考察，算是我倆運氣好，撿了個寶。」

司馬辛明白毛教授的意思，他雖然也是生物學的學者，但專精的領域卻是植物學。而他目前除了協助其他教授進行研究外，自己並沒有進行什麼項目，想來也是很清楚自己的專業侷限，所以也並不汲汲營營於此。

「別這樣說，古早學界也是將真菌歸納在植物學的範疇下。」司馬辛安慰他。

「唉！你也知道是古早學界的分類。」毛教授笑著直搖頭。「不用安慰我了，雖然我的專業和香巴拉菌比較搭不上邊，但你們幾個教授也還是需要人幫你們處理底下那班研究助理和學生，很多研究上的基礎問題他們弄不明白，我也能幫你們帶一帶那些孩子。」

這時候司馬辛就很佩服毛教授的豁達與認份，他也就不再說什麼。

「說到考察，你知道徐教授讓政府把那地方封鎖了嗎？」毛教授忽然說。

司馬辛本來正在喝茶，聽到毛教授這麼一說，一口茶差點沒噴出來。

7 棲地隔離：（Habitat isolation）：由於同一物種在不同生存環境之間的自然選擇不同，而導致演化分歧，出現生殖隔離的現象。

「什麼!?」

「這也是他剛剛才和我說的。」毛教授說。「他說為了怕太多好事的人干擾當地的生態，影響到香巴拉菌的原始生殖環境。在不清楚香巴拉菌野外數量的情況下，為了保護香巴拉菌的存續，所以徐教授以此為理由投書，建議西藏那邊的地方政府將當地劃作管制區。而西藏那邊也同意了。」

「這太瘋狂了！」司馬辛瞪大了眼。

「你還是想太少了，其實這也很合理。」毛教授不以為然地看著司馬辛，他告訴司馬辛：「你想想，自從香巴拉菌被發現以來，有多少研究機構和大學希望我們提供相關的樣本與實驗數據，別人我不知道，但我自己這週就收到三封不同研究機構的邀請函，希望能和我合作研究香巴拉菌。徐教授主導的研究項目更受矚目，他收到的邀請只怕更多，會有這舉動其實也是能預料的。」

「他這樣莫不是想獨占獲取樣本的機會？衛教授能同意嗎？」司馬辛猛搖著頭，不敢置信。

「喔，是我疏忽了，沒說清楚。」毛教授趕緊說明：「說是管制，但其實只要是來自我們實驗室的申請，都能放行。徐教授可比你想得明白，香巴拉菌的利益那麼大，他自然不能吃獨食，因此他就以研究團隊的名義來做這件事情。如此一來，自己人這邊好說話，外人如果有什麼意見，研究團隊名義上的領導人是衛教授，有衛教授在前面頂著，他也犯不著擔心其他人有什麼意見。」

司馬辛細細理解毛教授說的話。

「這樣做其實對我們團隊也有好處，你想想，有了這層管制，我們就能避免樣本被其他機構獲得的機會，也能避免被其他人彎道超車，搶先我們得出什麼成果。」毛教授接著又說。「徐教授這樣做，一來向團隊表明了忠心，二來降低其他外人超車的可能，第三還可以名正言順打著生態保護大旗，降低輿論的壓力。司馬老弟，他的交際手腕你可得多學著點啊！」

毛教授這麼一番分析，讓司馬辛頓時無語。他沒想到徐教授一個舉動竟然有這麼多的含意。

「我本來以為他會試圖和衛教授爭奪團隊領導的地位，但沒想到他竟然搞了這麼一手，既向衛教授表明了自己對團隊的忠心，也保護了自己的研究。真的是高招。」毛教授讚嘆。

聽到毛教授說的爭奪領導地位這幾個字，忽然讓司馬辛腦中靈光一閃，他終於明白自己對於被香巴拉菌寄生的動物所感到的怪異之處了。

「對啊！」司馬辛一拍大腿，讓一旁的毛教授詫異地望著他。

「毛教授，蔣教授他的農場裡現在還是只養著那三隻樣本嗎？」司馬辛詢問。

「是啊，蔣教授他這幾天只要得空就往農舍跑，要不然就是透過監視攝影分析那些樣本的行為。他一直抱怨沒有進展，希望能取得更多活體樣本供他分析呢。」毛教授說。

「也許不用再取得新樣本。」司馬辛有些興奮，他飛快地說：「還記得我們之前看到的那頭被寄生的白唇鹿嗎？你有沒想過，為什麼牠沒有被同類排擠？」

「或許是因為香巴拉菌需要讓宿主靠近同類，好進行散布？」

「這是一種可能，但通常情況下，生病或被寄生的生物會引起同類間的排擠現象，但在被香巴拉菌寄生的生物上，並沒有發現被同類排擠的跡象。甚至我們看到的那頭白唇鹿，還是一整個鹿群的領頭。為什麼在明顯知道同類被寄生的情況下，整個鹿群還能接納牠？要知道那頭白唇鹿的外觀可是與其他同類有明顯差異的。」

「也許是同類在視覺上分辨不出差異，或者……牠們並不認為被寄生的宿主對群體有威脅？不……這好像也有點怪。」毛教授皺起眉頭思索。「我看得出你興奮的原因了，也許只要我們在蔣教授的農場裡放入未感染的同類族群，就能觀察出一些端倪，至少了解為什麼香巴拉菌的宿主在被寄生後依然能被族群接納。」

「或許我們能知道得更多！」司馬辛越說越興奮。「在多種動物中，只有雄性首領有資格和族群的雌性交配。我們之前一直猜測香巴拉菌是透過宿主傳播孢子，但有沒有可能香巴拉菌強化宿主，就是要讓其獲得團隊的領導地位，進而取得交配的權力？」

「你是說，香巴拉菌透過宿主的生殖行為做傳播？」毛教授也震驚了，這回換他瞪大了雙眼看著司馬辛。

「這只是一個猜想，我們原本都認為香巴拉菌強化宿主是一種互利共生，但增長年齡上限這一點卻有點說不通。為什麼要增長宿主的年齡上限？目前主流的理論認為，生物的壽命長短與性成熟時間是為了避免親子代雜交的風險，那香巴拉菌延長宿主壽命難道不會增加親子代雜交的風險嗎？如果存在這種風險，那對族群基因庫而言肯定是不利的。」

「你的意思是，香拉菌強化宿主的能力，也許不是一種互利共生，而是一種長期的片害共生？」

「我不知道，這當中太多疑點了，我們需要更多的研究，但這是個突破口。」司馬辛說。

「坐而言不如起而行，我先去和蔣教授聯絡。」毛教授說完，立即起身去聯絡蔣教授。

太多問題沒有答案了，司馬辛端起茶杯又喝了口茶。面對神祕的香巴拉菌，他認為自己可能得用盡一生，才有機會摸清它的一點端倪。希望這一切都是值得的。

2063／1／1 德國　慕尼黑大學

煙火照亮黑夜，人們在寒冷的街上高舉著啤酒歡慶新的一年到來，絢爛的燈光與啤酒驅走了寒意，人們的歡笑與擁抱更是帶來了溫暖的氣息。但卡琳・邁爾並沒有加入外頭慶祝的行列。從中國回到德國的她，此刻正和自己的教授兼教父在實驗室進行著研究。

「真是奇特的物種！」芬恩・華格納（Finn Wagner）教授看著顯微鏡下的香拉菌樣本讚嘆道。

在去年年底，清華大學和慕尼黑大學達成了一項協議，清華大學願意提供一份香巴拉菌的樣本，換取慕尼黑大學提供最新的膜片鉗技術[8]。而原本在清華研究室的卡琳，也因此申請回到德國，協助華格納教授建立在慕尼黑大學的研究室。此時的她已經是名博士生了。

「看看那筆狀構造，真的會讓人聯想到青黴菌。然後看看那菌絲在血管中的擬態，如果沒用染劑標記，幾乎很難觀察到這些菌絲。」華格納教授不停地發出驚嘆聲，而已經看過樣本的卡琳，則替他倒了一杯咖啡。

「徐教授，你們研究團隊已經確認香巴拉菌的生殖方式了嗎？」華格納教授抬起頭，用不太流利的中文詢問身旁的人。站在華格納教授身旁的，正是清華大學的徐凝輝。

「很遺憾，我們目前的幾種猜想都未能成立。香巴拉菌離開宿主後，很快就會枯萎，或者停止生

---

8 膜片鉗技術（patch clamp technique）：一種電生理學實驗技術，用於研究組織切片、單個分離細胞或一小塊細胞膜的離子電流。

長，而我們也幾乎找不到它的孢子，目前唯一的案例是在一頭宿主體內找到少量含有孢子的子實體，可是取出的孢子在實驗室環境中卻無法培養。關於香巴拉菌的生態，還存有很多未解之謎。」徐教授說。他同時也是這次學術交易的發起人，此次他前來，正是代表清華大學轉交樣本，並提供慕尼黑大學相關的研究諮詢。

「能夠獲得這份樣本真是太好了。」華格納教授像個收到禮物的孩子般，興奮地不斷從顯微鏡中觀察著樣本。

「希望藉由貴校的新技術，能讓我們一同解開香巴拉菌的謎團。」徐教授說。

「我聽聞貴校同時也在研究關於香巴拉菌宿主在同類間的行為反應？」華格納教授問。

徐教授看了一眼卡琳，而後者則尷尬地笑著。

「是的，這是我們研究團隊的司馬教授提出的猜想，他認為香巴拉菌的宿主可能會藉由特定的行為或產生特定的激素來避免受到同類的排斥。不過目前我並不清楚研究進展如何。」徐教授說。

「很有趣的猜想，我自己看過資料之後也曾想過類似的問題，這確實是一個很有趣的課題。」華格納教授非常開心地喝著咖啡。「我也曾聽聞幾位朋友說過，徐教授您正在實驗關於香巴拉菌醫療化的可能？」

提到自己的研究範圍，徐教授遲疑了一陣，似乎不想透漏太多。可也許是出於禮儀，他最終還是點點頭，對華格納教授說：「是的，香巴拉菌對宿主的有益變化非常明顯，從目前的樣本中我們發現，香巴拉菌的宿主都非常健康，生理機能良好，因此我猜想這也許可以用來治療一些以往醫學技術不能治療的絕症。」

「真是多方向的研究呢。」華格納教授嚮往地說。「這些研究課題都很有趣，真希望我能夠全都參與到。只可惜現在我們這邊的研究團隊還沒組建完成，如果能快點將成員找齊就好了。」說完，華格納教授有些失望地放下手中的杯子。

「雖然華格納教授您有研究熱情是好的，但還請您記得遵照保密協議，不要將研究的成果外洩給其他人。」徐教授提醒。

華格納教授露出不以為然的表情，但他並沒有再多說些什麼。

一旁聽著二人對談的卡琳，心思卻飄到別的地方。她很高興自己能夠回到自己的母國繼續參與香巴拉菌的研究，而且還能在自己教父的手下工作。她的父母在她還很小的時候就過世了，只留下他們這對正在就讀小學的姊弟。而在姊弟倆求學的路上，華格納教授給予了他們巨大的協助，甚至為此賣掉了自己的車子以資助卡琳姊弟倆求學。卡琳真的無比感激華格納教授。對於徐教授的話，卡琳知道華格納教授並沒有放在心上，因為比起經營人際關係，華格納教授更在乎探求知識。而關於香巴拉菌的知識無疑是當前科學界，乃至整個科學史上最需挖掘的寶庫。卡琳有些擔心華格納教授會為了探求知識而忽略保密協議。

不過為了緩和氣氛，卡琳還是試圖暗示眼前的兩位教授時候不早，該離開了。

「確實不早了，恕我先走一步，我和家人約好要用視訊聯絡。」徐教授看了看時間後，拿起自己的大衣和二人道別。

「卡琳，我還想再多看一下這樣本，麻煩妳替我送一下徐教授。」華格納教授此時又重新開始觀察起香巴拉菌的樣本。

卡琳將徐教授送到停車場，一路上二人並沒有交談。就在她送走徐教授後，卡琳忽然接到一通電話，她聽完電話之後，立刻拔腿狂奔。

2063／1
德國　慕尼黑大學附屬醫院（LMU）急診室

卡琳著急地衝進急診室，值班的護士趕忙攔下她並詢問。

「我弟弟在哪？」卡琳焦急地抓著護士問。

「妳弟弟？」

「班・邁爾（Ben Meyer），他剛被送到這裡來！我接到電話的！」卡琳有些語無倫次。

「我馬上幫妳查。」護士急忙安撫卡琳。雖然只是不到一分鐘的時間，但卡琳卻彷彿度過了數日。

終於，護士查到了卡琳弟弟的資料。

「女士，妳要找的人，他……」

「他怎麼樣了？」卡琳一聽到有弟弟的消息，立刻衝到櫃檯前。

「……他還在手術室急救中，妳要不要先辦相關的手續？」護士面有難色地說。

卡琳麻木地在護士的引領下，跑完了所有的程序。事後回想起來，她對這段回憶幾乎完全空白。只記得當她醒過來時，正趴在一間病房的桌子上，而一旁的病床上躺著的，正是她車禍受傷的弟弟班。

卡琳完全不敢直視班，因為此刻他的身上，除了滿滿的繃帶與紗布外，更讓人觸目驚心的是那一根根插入體內的管子。他的呼吸淺到幾乎難以分辨，就在卡琳顫抖地伸出手想要撫摸他的臉龐時，班的主治醫生正好推門進來。

「邁爾女士。」醫生帶著歉意對卡琳說：「令弟的狀況十分不樂觀，雖然已經盡力搶救，但由於腦部受到的撞擊力道太大，導致了腦震盪與腦膜出血。很遺憾我們不能確定他什麼時候會甦醒。而他……有可能一輩子都無法醒來。」

卡琳絕望地看著醫生的嘴一張一合。好奇怪，明明應該是最熟悉的母語，怎麼現在她一個字也聽不懂。她恍惚地看著躺在病床上的班，眼淚止不住地流下來。

接下來的日子，卡琳過得渾渾噩噩，她連學校都沒再去了。整日只為了支付班的醫藥費而四處奔走。可即使卡琳如此拚命地工作賺錢，班依然沒有甦醒的跡象。為了讓班得到妥善的醫療照顧而來的開銷，更是讓帳單如雪片般飛來。卡琳好想要尖叫，但每日的早起晚歸，讓她已疲憊得連說話的力氣都快沒有了。她甚至曾考慮過出賣自己的肉體來賺錢。若非最後一絲的理智與矜持拉住了她，她可能真的會淪陷下去。

也不知道這樣的日子到底過了多久。反正卡琳已經對日子沒概念了。她現在每天的生活就是凌晨一點起床發送報紙，一直工作到大約早上七點後，再趕到另一間大賣場，穿著略顯暴露的制服，站在入口處進行活動促銷。下班後她還要再趕到一間披薩店擔任服務生。等到她終於下班，只能回家匆匆洗個澡，然後趕赴醫院照顧弟弟。她為了節省通勤的車程而睡在醫院裡，只因為醫院離報社的距離較近。卡琳不敢將班的意外告訴華格納教授，她不希望龐大的醫藥費造成恩人的負擔。為此，她完全不接華格納教授的電話，連社群訊息也不讀。卡琳在心裡告訴自己，這樣就好了。

直到這一天——她在下班回家時被公寓的管理員通知有掛號信。卡琳疑惑的簽收了信件，那封信的信封上，正面印著一顆幼苗的圖案，背面則印著美麗的金、綠色相間花紋。當她打開信件時，當下還以為自己看錯了。那是一張十萬美元的支票！

卡琳當下的直覺認為這張支票是華格納教授寄來的，可當她仔細查看寄件人時，卻發現這封信來自一個陌生的名字——約西亞・賽克斯頓（Josia Sexton）。卡琳再仔細檢查後，發現信封內還有一張飛往美國的機票，與一張簡短但字跡優美的信。

親愛的卡琳女士：

我聽聞了您不幸的遭遇，特別資助您十萬美金以用來照顧令弟。並向您提出一項合作計畫，如果計畫順利，也許能將令弟救回來。如果您對這項計畫的細節感興趣，歡迎您前來商議。

隨信附上機票，只要您持此信來到位於加利福尼亞州的 Lucky Life 總部即可。關於您來此的一切費用將全額由我方承擔。

敬祝，安好

約西亞・賽克斯頓

看著眼前的這封信，卡琳心裡沒有半點頭緒。她本以為是弄錯了，像是寄錯人或者和某個同名同姓的人搞混，但信中的內容卻直接表明了對方對自己的狀況很是清楚。卡琳將對方的名字在網上搜了一下，驚訝地發現寄信者以及信中所提及的 Lucky Life 總部，來頭竟非同小可。

Lucky Life 是全球當前最大的醫藥與保健食品製造商，旗下有數千種的產品，每年銷售額高達好幾千億美元。而這間龐大公司的創辦人，正是約西亞・賽克斯頓。一個擁有市值千億美元大公司的富豪，怎麼會知道自己的情況？卡琳看著信件，又看看手裡的十萬美元支票，一切彷彿作夢一般。

莫非是華格納教授替自己尋求的協助？但信件上的內容，卻似乎不是這麼一回事。從內容上看，對方似乎想和自己達成什麼交易。然而自己一個連博士資格都還沒拿到的無名小卒，究竟有什麼地方被這位富豪看上？思來想去，卡琳唯一想到的可能，就是對方想從自己口裡，套出關於香巴拉菌的消息。如果真是這樣，那自己絕對不會向對方透漏半個字。並不是因為簽屬了保密協議，而是卡琳深怕如果自己將香巴拉菌的情報告訴了其他人，會讓華格納教授被中國的研究團隊認為是他們洩漏的，因為卡琳在名義上，依然是德國研究團隊的一員。

想到這裡，卡琳立刻繃緊神經，她不希望牽連華格納教授，但一想到依舊在醫院昏迷的弟弟以及昂貴的醫藥費，再看到手裡那張十萬美元的支票。卡琳陷入了矛盾之中。

最終，卡琳下定了決心。

她將支票兌現後，馬上雇了一名看護，替她照料班，並且向打工的地方請了假。最後，卡琳提著行李箱，登上了飛往美國加利福尼亞州的飛機。她決定去碰碰運氣，如果對方找她，不是為了獲得香巴拉菌的情報，那很好。如果真是企圖獲知香巴拉菌的消息，那也只不過白跑一趟而已。她是絕對不會造成華格納教授困擾的。

卡琳依照信上的指示，來到了 Lucky Life 的總部。她本來以為那會是一棟極為高聳的大樓，但實際上 Lucky Life 的總部是一整座大園區！當卡琳進到主建築的大廳時，就被氣派的裝飾震懾住了，身邊走動的人也都是身穿精美的服飾，她忽然感覺自己簡陋的衣著和當前所處的地方完全不相容。前臺的接待小姐對待卡琳的態度也是愛理不睬，和她說話的語氣彷彿卡琳在耽誤她的時間，

「有什麼事嗎？」她不耐煩的說，甚至連正眼也不願看一下。

「我想找約西亞・賽克斯頓先生。」卡琳怯生生地用英文說。

「妳有約嗎？」接待小姐不客氣地大聲說話，一旁人們的注意力都吸引過來。

「……沒有。」卡琳有些不知所措。

「那妳來做什麼？這裡可是 Lucky Life 的總部，要乞討到對面街上去。」接待小姐譏諷地大聲嘲笑。周圍有不少人也跟著笑了起來。

「連一身好點的衣服也沒有，這樣也想見老闆，當這裡是救濟中心嗎？」接待小姐繼續嘲諷。周圍的人笑得更大聲了。

卡琳原本不打算將事情鬧大，但這位接待小姐的態度真的讓她忍無可忍。她拿出那封信，並且生氣地說道：「我有約西亞・賽克斯頓的邀請函。這樣夠讓我見他了嗎？」

一旁的人看到那封信後，離得比較近看清楚信封上的花紋時，不禁倒吸了一口氣。

原本還一臉嘲諷的接待小姐，看到信封後表情也立刻垮了下來。

現場陷入一片短暫的沉默。

「您是卡琳・邁爾女士吧？」另一名接待小姐迅速地推開原先那位，而後者似乎處於茫然狀態中，竟任由別人推開自己，一點反應也沒有。

新的接待小姐熱情地上前對卡琳說：「董事長現在正在開會，但他吩咐過如果您來了，要我們好好接待您。」她臉上堆滿笑容，巨大的反差讓卡琳有些不知所措。她有些茫然地跟隨新的接待小姐走進總部的深處。

當卡琳走過原先那名嘲諷她的接待小姐時，那名接待小姐才反應過來。她慌張地試圖抓住卡琳的胳膊，並慌亂的祈求卡琳原諒她。卡琳被她的舉動嚇了一跳，尖叫著跳了起來。但沒等那位接待小姐靠近卡琳，她就被一旁的兩位保安拽住胳膊拖開。她瘋狂扭動哭喊著，雙腿不住的踢蹬，但卻依然被保安帶走。

卡琳忽然有些憐憫，她想說些什麼，但她發現現在引領她的接待小姐，只是冷眼旁觀這一切，甚至有些幸災樂禍。其他的工作人員雖然議論紛紛，但並沒有試圖阻止的意思。卡琳最後決定不要節外生枝，她千里迢迢飛來美國，並不是想干涉別人公司的運營。她只是來尋求治療弟弟的方法。

2063 3／5 美國 Lucky Life 總部 會客室

卡琳被引進一間豪華又寬廣的房間，房間裡面應有盡有，最新型的電視、看起來嶄新的電腦、市面上最難買到的遊戲機、高檔的香檳、昂貴的點心、真皮的沙發等等，甚至還有好幾樣運動設施，像是跑步機、舉重器材等等。與其說這裡是一間公司的會客室，更像是某種高級俱樂部的貴賓室，或者某位富豪的私人住宅。

「請您在這裡稍等，我去通知董事長。」接待小姐用尊敬地語氣對卡琳說：「房內的東西請您隨意取用，如果還有任何需求，只要按一下牆上的按鈕就好。」說完，她將牆上的按鈕指給卡琳看。

卡琳面對如此奢華的房間，有點不知道該如何是好。她遲疑地打開一罐瓶裝水，給自己倒了滿滿一杯水，然後一飲而盡。她癱坐在沙發上，心裡忐忑不安，不曉得對方如此大手筆的接待，究竟有何打算。但同時她心底，又有某種期望，如果對方如此有錢，那只要他肯資助一點點，就能夠讓昏迷中的班獲得最完善的照顧，也許還能請到國際上最貴的名醫來醫治他。

當約西亞・賽克斯頓走進來時，卡琳還陷入自己的思緒之中，並沒有察覺他的到來。直到他倒了一杯高級紅酒遞到卡琳面前時，卡琳才意識到他的到來。

「妳好，卡琳小姐。」約西亞微笑著將酒遞給她。若不是卡琳已經事先查過約西亞的相關資料，也許她根本料想不到，眼前這名看起來正值壯年的男子，正是 Lucky Life 的創辦人兼董事長。約西亞生得金髮藍眼，當中也許參雜著一些白髮，但在閃耀的金髮下難以看清。他的容貌看起來像三十歲出頭，如果不知情的人根本料想不到此人已經四十歲。他全身上下似乎充滿活力，手臂上的肌肉曲線很明顯能看出經過鍛鍊。

卡琳剛想站起來致意，卻被他一把按住。

「不用那麼拘謹，卡琳小姐。」他按住卡琳後，馬上又抽回手。時間準確得讓卡琳感受不到一絲威脅或不適。

約西亞也替自己倒了一杯酒，然後他對卡琳說：「很遺憾讓妳在前臺遇到那麼糟糕的事情。是的，我的員工已經告訴我剛才發生的事情。我向妳保證，那位員工會受到相應的處置。希望這點小插曲不會影響到妳參與計畫的意願。」

「到底是什麼計畫？」一聽到「計畫」這兩個字，卡琳壓根就不在乎剛才的遭遇。此刻她只想趕快弄明白到底是什麼樣的「計畫」。

「不急，讓我們慢慢聊。」約西亞是真的一點也不著急，他啜飲了一口杯中的酒漿，然後在另一側的沙發挑了個位置舒適地坐下來。

「卡琳小姐，想必妳曾聽過，甚至曾參與過，關於將香巴拉菌醫療化的研究，對吧？」

果然是和香巴拉菌有關，一聽到香巴拉菌，卡琳的神經立馬警戒起來，腦中的警告聲嗡嗡作響。她挺直了腰，厲聲說：「我確實曾經研究過香巴拉菌，但你應該也知道，研究團隊對香巴拉菌採取了嚴格的保密措施。如果你是想要從我這裡獲取情報，那很抱歉，我無話可說。」

卡琳說完，起身便要走。她本來以為約西亞會驚慌的安撫她，然後再試圖勸她，或者憤怒的對她大叫，甚至威脅要收回資助。誰料，約西亞只是靜靜地看著她，然後用頗感興趣的表情對著她微笑。

「徐教授猜得果然沒錯。」

「什麼？」正打算離開的卡琳，聽到徐教授的名字，驚訝地停下了腳步。

「其實，我並不需要從妳那裡得到關於香巴拉菌的情報。因為我早和徐教授合作了。」約西亞笑著對卡琳說。「徐教授曾猜測，如果不直接對妳說明來意，妳可能會為了保密的問題而拒絕與我交談。我本來還在想，一個需要支付龐大醫藥費的年輕女孩，怎麼可能會願意保守一個連讓自己掛名都沒辦法的學術祕密呢？卡琳小姐，妳的正直我很欣賞。」

卡琳有些困惑，徐教授就是最強烈主張要對研究保密的人，怎麼會和眼前這個製藥商人合作？由於擔心是約西亞打算套她的話而編的謊言，卡琳試探性地問：「那徐教授的藥物化研究進展到哪一步了？」

約西亞聽到卡琳這麼問，笑得更歡了。他愉快地說：「其實我根本就不知道，因為他連我也保密。我只知道的是，現在就連香巴拉菌的生殖機制都還沒弄明白。」

卡琳驚訝的看著約西亞，徐教授甚至也對約西亞保密？雖然這確實很像是徐教授的作法。她詫異地問：「那你們這是什麼合作關係？」

「一種基於商人敏銳直覺的合作關係。」約西亞坦承：「雖然我已經資助了他數百萬美元，而目前獲得的成果基本就是零！但是我依然願意投資在這上面，因為我也看出了香巴拉菌的潛力，光延長壽命這一點，哪怕只能多延長一年，都能讓我獲利數千甚至數萬倍。而且我也明白，新的科學發現總是需要多一點時間。」

「難道你就不怕最終一無所獲？」卡琳問。

「怕，當然怕。所以我才要找妳來。」約西亞說。

「我？」卡琳一頭霧水。

「嚴格來說，是徐教授要找妳來。」約西亞向卡琳坦承，並扮了個鬼臉。他說：「詳細的理由他沒有明說，但他希望讓妳來擔任他的助理，並且……讓妳弟弟成為服用香巴拉菌藥劑的對象。而作為回報，我們會提供他最優質的醫療照顧，而且即刻生效。」

聽完約西亞所說的，卡琳心頭一股怒火油然而生，她憤怒地對著約西亞質問道：「你的意思是，要讓我弟弟成為你們的實驗品⁉」

「妳要這麼說的話也可以，但我個人更傾向稱呼為試驗性醫療的體驗者。」約西亞微笑著說。

「不管你用任何華麗的詞藻來稱呼，這本質上都是一樣的！」卡琳氣憤地站到約西亞面前，她痛罵：「你憑什麼認為我會讓我弟弟成為你們商品的小白老鼠？更何況這還是一個連研究成果都還沒有的商品。關於香巴拉菌的一切，到現在都還是一個謎，沒有半點可用的訊息與成果。你敢發誓嗎？你手裡有任何一點能經過學術檢驗的成果嗎？」

「既然妳認為目前沒有半點研究成果，那不就表示妳弟弟在短時間內都不用承擔試驗醫療的風險嗎？」即使面對卡琳的痛罵，約西亞依然微笑著。而這個問題也讓卡琳啞口無言。

「而且，」約西亞加重了語氣：「身為曾經研究過香巴拉菌的妳，肯定也明白香巴拉菌的潛在療效。難道妳就沒想過，這也許是現代醫療都無法幫助妳的情況下，唯一一個有可能產生奇蹟的選擇嗎？」

「那如果失敗了怎麼辦？你要我拿他的生命做賭注嗎？」

「任何行為都有風險，卡琳小姐。這就是生命的價值，在風險與博弈中產生最終的勝者。如果成功，妳將成為全世界絕症患者心中的救命女神，妳弟弟也將從此受益。失敗了，也未必會危及生命。而且請恕我直言，在他持續昏迷的情況下，妳最終也會因為負擔不起醫藥費而被迫選擇安寧治療。既然如此，為什麼不賭一把？」

卡琳猶豫了，她確實猶豫了。此刻她的內心無比矛盾，她不希望班成為醫藥公司的實驗品，更別提目前香巴拉菌連基礎研究都還沒完成。但她也明白，自己已經無力負擔高昂的醫藥費，而且如果真的成功解析了香巴拉菌的成分與功能，那對於班來說，確實是一個機會。

看到卡琳沒說話，約西亞也沒逼問她，只是自顧自地品著酒。

過了良久，卡琳才遲疑地對約西亞問：「你還有什麼條件？」

約西亞聞言，燦爛的笑了起來。他搖搖頭，對卡琳說：「沒有其他條件了，只要妳答應，當徐教授的研究有成果時，讓妳弟弟成為我們的受試者就好。而作為回報，我願意提供全額的醫療照顧，直到他康復為止。」

「如果徐教授一輩子都沒有成果呢？」卡琳警戒地問。

「那麼你弟弟仍舊保有全額的醫療照顧。不過為了他好，即使徐教授沒有成果，我也相信妳會在這方面盡力取得一些進展。」約西亞說。「這可是讓妳能親手拯救弟弟的機會，不是嗎？」

「如果我拒絕呢？」卡琳不理會約西亞若有似無的嘲弄，而是繼續對他提問。

「那我會很失望，不過妳仍能保有那張支票，而且為了補償妳萬里而來，我還會額外再支付妳十萬美金的支票。」約西亞說。

聽完了約西亞的回答，卡琳抿著嘴唇，思考了幾秒，最終深吸一口氣，下定了決心。她看著約西亞藍色的雙眼，苦澀地說：「好，我答應。」

聽到卡琳的回答，約西亞咧著嘴，笑得更開心了。

約西亞親自送卡琳離開 Lucky Life 的總部，在離開的路上，人們驚訝的視線讓卡琳有些困窘。她明白自己的衣著和約西亞比起來，簡直是天壤之別。約西亞似乎也注意到了這一點，但他只是用更熱烈的方式來對待卡琳，一路上他不停說著話，並向卡琳介紹起路過的部門，以及他聽聞的一些趣事。

雖然約西亞的態度和善且不拘小節，但卡琳仍然對他有股說不上來的隔閡。彷彿是隔著一面透明玻璃在與他相處。約西亞邀她在美國多逗留幾天，但卡琳掛心著仍在德國的班，因此堅決盡早返國。約西亞見卡琳態度堅決，也不再挽留，並讓祕書替卡琳訂好機票，還讓自己的專屬司機開著私人豪車送卡琳到機場。

如此親熱的待遇讓卡琳有些說不上來的疑惑，但一想到從此能夠不用再為班的醫療費煩惱，她也就暫時按下了自己的疑惑。而且與約西亞的熱情招待相比，卡琳更疑惑的是徐教授的打算。

2063 3／10

德國 慕尼黑大學 徐凝輝辦公室

約西亞非常信守承諾，卡琳回國當天，就接到醫院的通知，班已經轉到了單人病房，所有的開銷都由 Lucky Life 支付。

脫離了經濟上的困難後，卡琳先是花了幾天將原先的工作辭掉。然後才回到學校。她還沒準備好馬上面對徐教授，因此她這些天一直琢磨著徐教授的打算。

當卡琳走進徐教授為於學校內的臨時辦公室時，徐教授已經泡好了一壺熱茶，當他看見卡琳時，便微笑著招呼她坐下。似乎他早已料到卡琳的到來。

「約西亞是個很有趣的人，對吧？」沒等卡琳開口，徐教授便搶先發話。「沒錯，是我建議他找上妳。當時華格納教授為了妳的事情，發狂到幾乎沒辦法處理研究團隊的組建。為了能讓他穩定下來，我只好讓約西亞出面幫忙。妳很幸運，有一個如此關心妳的教父。」

對於徐教授的坦承，讓卡琳有點出乎預料。看著卡琳支支吾吾的表情，徐教授微笑著替她倒了一杯茶。

「但我相信，妳應該還有很多問題要問，想問什麼就問吧。」徐教授也替自己倒了一杯茶。

卡琳先是看了一眼冒著白煙的熱茶，又看了一眼正在喝茶的徐教授。她遲了一會，才問到：「華格納教授……他還好嗎？」

「妳放心，華格納教授他很好。不過他非常擔心妳，甚至一度想把房子賣了幫妳支付醫療費用。若不是我向他保證會讓妳得到足夠的援助，以及他的同事合力勸阻，只怕他早就將他那幢老屋子給賣了吧。」徐教授微笑著看著卡琳。

聽到華格納教授為了自己所做出的舉動，讓卡琳一陣痛心。還好最後及時得到了幫助，否則若真讓老教授賣掉房子來幫助自己，卡琳肯定會無比內疚。

「那你為什麼要幫我？」講到醫療費用，讓卡琳想起了一件事。

「我剛不是說了嗎？為了能讓華格納教授早日組建起在德國的研究團隊，我必須要讓他能專心在這件事上面。」

「那個條件又是怎麼回事？」卡琳質問。

「對於這個條件，妳有什麼問題嗎？我還以為妳已經答應了呢？」徐教授似乎對於這個問題有些詫異。

「你真的認為香巴拉菌能夠成為新時代的醫療產品嗎？」卡琳問。

「不是認為，而是事實。」徐教授正色道：「生技醫療已經有許多成功的案例，自古以來，所有的醫療行為都是由生物技術所產生。從古老中醫的藥草學到最新式的基因剪接，我們的醫療行為離不開其他生物的協力。而香巴拉菌獨特的能力，是歷來科學界從未發現過的，它所能達成的成就，絕對遠超乎想像。」

「可我們現在連最基本的生殖方式，都還沒搞懂。」卡琳反駁。

「說到這個，司馬辛那邊的研究似乎快有成果了。等妳回歸實驗團隊之後，可以自己去驗證這方面的資訊。」

「即使如此，那離醫療化也還有很長一段路！」卡琳說。

「也許等妳看過資料之後，就會明白，這段路也許並不長。」徐教授意味深長地說。「當然，如果這段期間妳弟弟好起來的話，我們的約定自然就作廢。這我能答應妳。」

對於徐教授的坦然與大方，卡琳有些遲疑。看著卡琳遲疑的神情，徐教授和藹地對她說：「孩子，我也有家人，自然知道當家人受難時，作為他們的親人會有多麼地痛苦。所以我才會願意幫助妳，當然，我也得給約西亞一個交代。會這麼做，也是經過衡量的。」

說完，徐教授從皮夾裡拿出一張照片。照片上是他抱著兩個女娃，照片上的他笑著非常開心。

「妳放心，我一定會在經過標準實驗程序後，才讓妳弟弟進行實驗性的醫療。妳唯一需要做的，就是努力與華格納教授一起做出些研究成果。」

卡琳凝望著徐教授遞過來的照片，然後默默點頭。雖然她還是有被利用的感覺，但徐教授說的話確實觸動她的內心深處。她端起茶杯，喝了一口溫熱的茶水。

在告別徐教授後，卡琳來到了華格納教授的家。在聽聞他打算賣房的事情後，對於如此關心她的華格納教授，她的內心滿是愧疚。

當房門打開時，華格納教授先是一楞，然後一把將卡琳擁入懷中，他激動的將她緊緊抱住。

「我的孩子，妳終於來了。」華格納教授哽咽著。

卡琳也紅了眼眶，她輕輕拍著華格納教授的背。

「班他還好嗎？」進到屋內，教授點燃瓦斯爐，煮了一壺咖啡。現在還在使用瓦斯爐的房屋並不多了，自從電熱爐開始普及後，大部分的家庭都改用更安全的電熱爐，像教授這般仍在使用瓦斯爐的只占少數。但教授認為用瓦斯爐的火焰煮出來的食物比較有滋味，因此仍然使用著瓦斯爐。華格納教授替彼此倒了一杯咖啡，並拿出一盒卡琳小時候最愛吃的餅乾。

「班他……好多了。」卡琳端著咖啡，有些猶豫不知道該不該告知華格納教授實情。她不想讓教授太擔心。

教授聽了卡琳的話，露出虛弱的笑容，他說：「不用顧慮我的感受，徐教授把前因後果都跟我說了。這次也多虧有他的幫忙，才能讓班得到更好的照顧。」

聽到徐教授的名字，卡琳放下了剛湊近嘴邊的咖啡，她不曉得華格納教授知道多少，是否他也贊成讓班成為香巴拉菌藥物化的實驗品呢？可卡琳又擔心如果教授不知情，那麼他知道了之後，如果不答應，又是否會影響她和約西亞的約定？

就當卡琳困擾著是否該開口時，華格納教授似乎看出了她的困擾，他和藹地說：「妳在思考我是否知道那個條件，對嗎？」

「您知道了？」卡琳有些驚訝。

華格納教授點點頭，他喝了一口咖啡，然後嚴肅地對卡琳說：「是的，關於讓班參與試驗性醫療的條件，徐教授也和我說過了。」

卡琳沒想到，徐教授竟然如此坦承。

「雖然我也頗有顧慮，但身為研究者，我確實也看出了香巴拉菌醫療化的潛力。而且……不是所有事情都能不勞而獲。徐教授提的條件，確實已經很優渥了。」

出乎意料，華格納教授竟然也認為香巴拉菌醫療化的可能。卡琳本以為這只是徐教授的一廂情願。

「不過，如果妳認為那個條件不妥，妳可以拒絕沒關係。我就算賣掉房子，也會照顧好妳們姊弟的。」華格納教授說。

對於華格納教授的好意，卡琳非常感動。但她並不想給他增添負擔。她搖了搖頭，平靜地說：「如果教授您也認為香巴拉菌有辦法治療班的話，那就讓我們一起努力，將可能變成真實吧。」

華格納教授聽了卡琳的話，欣慰地笑了。他握住卡琳的手，真誠地對她說：「孩子，我一定會盡力的。我向你保證。讓妳們姊弟過得好，就是我生命的價值。」

卡琳聞言，感動地流下淚水，她哭倒在華格納教授懷中。教授給予她的關愛，只有父母能相比。而在卡琳的雙親過世後，終身未娶的教授就如同第二個父親般照顧她。卡琳相信，有了教授的幫助，有朝一日肯定能研發出能治療好班的藥物。

2063／3／10　德國　慕尼黑大學　外國學人宿舍

徐凝輝看了看時間，發現約定的時間快到了，於是趕忙將手邊的資料隨手丟到桌子上。他打開電腦連上網後，開啟了視訊程式。

「爸爸！爸爸！」一陣輕脆稚嫩的聲音從另一頭傳來。

徐凝輝開心地看著他的兩個女兒，他和她們打了招呼，並溫柔地看著她們可愛的小臉在螢幕前彼此推擠。

「爸爸你什麼時候回來？」

「爸爸，你看我畫的圖！」

光是看著她們可愛的臉蛋，就足以消弭世上所有的寒冷。徐凝輝多麼想要抱抱她們，和她們多相處。但學界是殘酷的，沒有研究潛力的項目便沒有市場，沒有市場便少了收入。可一旦有了研究成果與知名度，同時也容易遭人妒忌與排擠。徐凝輝很早就認清了現實，也體驗過同事的排擠與側目。但這都無所謂，為了讓女兒們過上更好的生活，他顧不得那麼多。和讓家人過得幸福相比，他的個人榮辱算不得什麼。那怕得多施展點小心眼也無所謂。

「爸爸我們好想你呀！」女兒的聲音觸動著徐凝輝的心弦。

「爸爸會快點回去的。」他溫柔地對女兒們說：「爸爸也很想妳們呀！妳們有沒有乖乖聽媽媽的話呢？」

「我們都很乖！」女兒們齊聲說到。

「爸爸，要給我們買玩具喔！」

「我要糖果！」

面對女兒們的要求，徐凝輝笑著點頭答應。她們真的好可愛。

「好啦，妳們不要吵著要爸爸買東西了。」妻子走過來，將女兒們抱起。

「老公，工作辛苦了。」妻子溫柔地對徐凝輝說。「德國還很冷吧？」

「照顧孩子妳也辛苦了，能看到妳跟孩子們過得好，再累都值得。」徐凝輝也柔情地望著螢幕中妻子的身影。

徐凝輝和妻子剛結婚時，日子過得非常貧困，然而妻子堅持徐凝輝既然當教授，就需要有體面的打扮，因此常會省下自己日用的錢，替徐凝輝購買較昂貴的服裝。

看到妻子省吃儉用，讓徐凝輝更加下定決心，要讓妻子過上好日子。因此他開始四處尋求賺錢的機會，恰好這時候，有一間因成分不實而爆發醜聞的保健食品公司，急需專業人士代言，徐凝輝因此和這間公司搭上線，也就是在這時候，他發覺了替廠商代言的賺錢之道。從此，他開始與多家企業合作，代言他們的產品，無論是保健食品、醫療用藥、甚至是女性用品等，只要有錢賺，他來者不拒。而由於他學院派的清新形象，也讓各公司爭相求他代言。

代言的費用，讓他從老舊的公寓，一路搬到現在居住的高級住宅區。然而既然是代言，那自然只能對企業的產品說盡好話，即使有時候是違心之論或者誇大不實，也必須要在螢幕前稱讚產品。這對於那些自命清高的學者們而言，相當不以為然。不過還好一般民眾並不理解這些，他們甚至不懂產品的原理與背後的科學根據。只要有像徐凝輝這樣的學者跳出來替產品背書，他們就很容易相信，並願意為此付錢。也許有些人會將這種方式賺到的錢稱之為黑心錢，但對徐凝輝來講，為了讓家人過得更好，他才沒心思去管那些消費者，只要產品的瑕疵不會鬧出人命，他就願意接下代言。

徐凝輝和妻子又分享了彼此最近的情況後，兩人才依依不捨地結束視訊。

望著窗外異國的天空，徐凝輝心中非常希望能早日回家與家人團聚，但他在德國還有工作。

他的計畫到目前為止，出乎意料地進行得非常順利，甚至遠超出他的預期。他本來只是想藉由來德國的這段期間，搶先團隊中其他人，用華格納教授的新式膜片鉗技術獲得香巴拉菌最新的研究成果。然而卡琳弟弟發生的意外，不僅讓華格納教授失常，更讓研究團隊少了一名成員。雖然這情況看似危機，但徐凝輝卻從中嗅出了轉機。他向 Lucky Life 的創辦人約西亞提出了計畫，不僅讓卡琳重新回歸團隊，也讓華格納教授振作起來。同時，不僅賣了他們人情，也讓他們願意全神投入徐凝輝的研究計畫當中。更重要的是，一旦研究有了成果，還可以透過約西亞的 Lucky Life 積攢的全球通路，販售香巴拉菌製成的醫療產品。徐凝輝非常滿意到目前為止自己的每一步棋。

徐凝輝拿起了剛才被他丟到一旁的資料，那是在清華的研究團隊發來的最新報告。雖然只是初步的驗證，但上面記載的資料仍讓徐凝輝非常驚訝，他從沒想到香巴拉菌竟然有這種繁殖的方式。不過想來也對，讓宿主變得更強更長壽，進而取得領導地位，用這種繁殖方式自然是很有效的。下位者對於上位者的服從，在生物間的例子不勝枚舉。

他看了一眼報告上的署名——司馬辛，老實說徐凝輝本來以為，最先獲得突破性進展的，會是老練的衛青成教授，或者有毛教授從旁協助的蔣成華教授。但誰料卻是由最年輕的司馬辛取得了成就。不過徐凝輝一點也不感到可惜，雖然在剛發現香巴拉菌時，他確實也想透過獲得學術成果來增加知名度，但隨著發現香巴拉菌對宿主的影響後，徐凝輝看出了當中龐大的商機。現在他完全不在乎由誰來獲得研究成果了，哪怕是能獲得諾貝爾獎的成就他也不在乎。只要能將香巴拉菌商品化，並將專利牢牢握在手中，那些華而不實的榮譽與虛名就讓他們去爭吧。

不過說實在，徐凝輝現在挺同情司馬辛的，他相信衛教授現在肯定氣得渾身不自在，肯定很快就會有動作。徐凝輝也非常好奇司馬辛會怎麼應對衛教授接下來可能的小動作。雖然是無心，但畢竟槍打出頭鳥，除非鳥飛得夠高夠遠，否則暗中窺視的槍管，將會把鳥兒一槍斃命。

2064 9／28 最高法院

「本庭在此宣判，被告無罪釋放！」法官重重敲下法槌。

黃玉考嘆了一口氣，放下了心中的大石頭。雖然他不認為這場案子自己會輸，但在法官宣布判決前，總難免會提心吊膽。

「黃律師，真是太感謝你了。」被告聽到無罪判決後，激動又開心的緊握住黃玉考的手。

這起案件中檢方準備了非常多的證據，來證明被告殺了人。而被告在下級法院被宣判有罪後，被告的家屬便找上了黃玉考來替他上訴。最終，在最高法院的法庭上，黃玉考成功替被告翻案。面對檢察官所提出的證據，黃玉考只瞧上幾眼，就看出了當中的破綻。

這起案件的經過，起因於一位獨居的退伍軍官死於謀殺，死者被殘忍地連刺了數刀。警方經過勘察後，將嫌疑人鎖定在死者的看護工身上，認為年輕的看護工為了謀奪死者存放在家中價值五十萬的珠寶，因此痛下殺手。在警方提供給檢方的證據中，有一把沒有指紋的水果刀，刀刃上沾有死者的鮮血和看護工與朋友在社群軟體中的聊天紀錄，從聊天紀錄可明確得知，看護工清楚死者擁有巨額的珠寶，也知道存放的位置、數支監視畫面的紀錄，可以得知死者遇害當天，看護工的確有進出死者家中。這件案子引起了社會上的譁然，對於身強體壯的年輕人殺害獨居老人的凶殘行為，不僅媒體大肆報導，網路上也充斥著各種公審情節。在看護工家人的住址被人們搜查出來後，各種惡意的攻擊也紛至沓來。寄刀片、潑水、惡意攔路等行為讓看護工的家人不堪其擾，然而他們依然堅持看護工是被冤枉的。對於這一家人不肯認錯的行為，人們更加憤怒，攻擊行為也逐漸升溫。在看護工被宣判有罪的當下，人們更是圍住看護工的家門口，要看護工的家人們出面道歉。

在這起案件被報導出來之後，黃玉考對此也非常感興趣，他也對案件的凶殘手法感到驚訝，但他並沒有就這樣根據媒體提供的訊息便將看護工認定為凶手，也對人們不理智的遷怒行為感到遺憾。當看護工的家人找上他，希望他能幫忙上訴時，黃玉考便答應了。

黃玉考調查了檢方提出的證據，並且很快就得出了結論——看護工是無辜的。沒有指紋的水果刀並不是凶器，因為根據法醫的判斷，死者是被凶手刺了數刀後而死亡，但水果刀上的血跡並不符合連刺數刀的軌跡，甚至刀上所沾上的血量與位置也不合理。

憑藉著這些證據，黃玉考成功替看護工翻案，而最終凶手被查出，原來是大樓的保安趁看護工外出的購物的時候，潛入死者家中殺害死者，並嫁禍給看護工，事後還刪除了有自己身影的監視器畫面。

對於案件的結果，黃玉考非常滿意。他走出法院時，外頭的記者立刻湧上來，請他發表對審判的感言。黃玉考只簡短表示對於檢方證據調查不夠仔細而表示遺憾，剩下的便讓看護工與家人面對媒體發言。他希望透過這次的勝訴及採訪，扭轉看護工一家被惡意騷擾的困境。

作為一名律師，即使黃玉考已經處理過不少案件，對於人類的惡意與無知，仍會感到驚訝。雖然加害人的惡毒與凶狠需要法律的懲戒，但人們沒有權利動用私刑。黃玉考覺得，現在人們在網路時代，吸收資訊的速度太快了，快到沒有時間思考細節與各種可能，因此只能追隨主流媒體的聲音。

黃玉考還記得，當初指導教授對他的勉勵：「多看、多聽、多想，不要只聽一家之言。真相只有多方拼湊，才能水落石出。」

採訪結束後，黃玉考獨自一人開車離去。車上的廣播中，已經開始播放起關於審判的內容與當事人的發言。黃玉考靜靜地聽著，媒體的報導有些誇大與戲劇性，並且由於這起案件的冤案性質，讓媒體不約而同地開始攻擊起檢調單位，並且翻出了歷年來的冤案紀錄，開始大肆攻擊辦案的警方與檢察官。

「真是一群嗜血的蒼蠅。」黃玉考聽著廣播，喃喃地抱怨。

似乎在媒體與網路上，常會看見一種人，他們似乎無所不知無所不能，對任何議題都能侃侃而談。可若深入探查，往往就會發現他們所說的，與事情的真相相差甚遠。但即使將證據攤在他們面前，他們又會找盡各種理由與藉口，用各種話術或者轉移焦點等方式來迴避他們的錯誤。黃玉考非常瞧不起這種人。這種人，在看見他人犯錯時，領著其他人群體而攻之，可一旦發現是誤會或冤枉，卻又裝做事不關己、並且用各種方式來轉移焦點。對於這種人，黃玉考只有一個評價——懦夫。

而現在廣播中這群批評檢方的人當中，黃玉考聽見一個熟悉的聲音，說話的人是一名女子，她現在正在廣播中侃侃而談著關於司法改革、檢警革新之類的言論。黃玉考記得這個人，她叫趙嫦，是一名時常針對時事發表言論的網紅。當初黃玉考接下這起冤案時，趙嫦同樣也在廣播中痛批黃玉考毫無人性，見錢眼開，為了利益替殺人犯辯護。

黃玉考不禁稍微集中了精神，想聽看看如今沉冤得雪後，趙嫦又會如何表態。

「……這就是我們常在說的司法改革的急迫性，證據上這麼明顯的問題，難道檢察官都沒發現嗎？

嫌疑人最初的辯護律師為什麼沒注意到？如果今天這個案子沒被翻案，是不是就要冤枉好人了？國家要不要為此負責？」不得不說，趙嫦的聲音聽起來確實很動人。

「趙嫦女士，我記得您之前曾經也在本節目痛批嫌疑人泯滅人性，對此，妳有沒有什麼話想對聽眾說？」主持人問。

「關於這點，我非常抱歉。我也只是一個普通人，只能從檢察官釋出的消息來拼湊真相，因此我也會受到檢察官的誤導。如今我非常高興這位看護工能夠洗刷冤屈，如果將來他有什麼需要，我一定會盡力幫忙的。」趙嫦的聲音聽起來很真誠。

「趙嫦女士，妳能在節目中公開道歉，這點真的非常勇敢。我們常說，勇於認錯是最難的。」

「有錯認錯，我覺得這是作為一個人的基本良知。因此我在這邊呼籲犯錯的檢方，勇於承認你們的錯誤，趕快向受冤枉的這位看護工，向受你們誤導的社會大眾道歉，並且盡快做出改革，讓全民來檢視。」

後續的內容黃玉考沒再繼續聽下去，他開車來到一處餐廳。今天同時也是他高中的同學會。由於庭審與之後的採訪耽誤了時間，因此當他抵達時，其餘的同學們已經先開始了。

「玉考，你來了！」負責這次同學會的總召看見他的到來，立刻起身迎接他。

「抱歉來晚了。」黃玉考連聲道歉。

「沒事，新聞上都看見了，了不起啊，這都讓你翻案了。」總召拍了拍他的肩膀，並領著他入座。

「誰能想到，當初課堂上被當作麻煩人物的學生，現在是鼎鼎大名的律師。」黃玉考入座後，眾同學看到他的到來，紛紛回憶起往事。

「是啊，當初你在課堂上和老師爭論，讓老師氣得記你兩支大過，我那時候還以為你會畢不了業呢。」

「那時候真的會覺得你真是怪人，但現在想想，其實也就是你想法比我們考慮的都深遠。還記得當初校慶，你極力反對班上購買煙火來放，那時候我還覺得你是故意破壞氣氛。但現在想來，若不是有你反對，當時若我們真釀成大禍，那可真賠不起啊！」

「現在有了小孩，想法也都不一樣了，要是我的小孩要買煙火自己放，那我還不吊起來打，哈哈哈！」

「不過玉考你那時候性子也忒剛烈了，眼看表決的時候你是少數派，立刻轉身找上校督察。那時候大伙真對你是恨得牙癢癢的。」

「唉，這樣也好，至少沒讓我們釀成大禍。」

面對眾人的恭維與揶揄，黃玉考只是禮貌性的點頭致意。確實，他的個性從小就剛烈，因此對於許多事情，常有自己獨特的看法。這讓他以前的人緣其實很差。但他也不願隨波逐流，仍然勇於站出來表達自己的想法。當初父母給他起名玉考，是典出詩經中的「佩玉將將，壽考不忘」，希望他能富貴長壽，但玉考剛烈的個性與做法，卻與富貴長壽的人生相距甚遠。

「當玉考找來督察的時候，班長甚至氣得只差沒把課本摔在他臉上了。」

「你是說艾芹吧？她那時候真的氣得臉都歪了，哈哈！」

被點到名字的女子看向他們，她開朗地笑著說：「唉呀，往事就不要再提了，那時候我們顧慮的太少了。不過也多虧了玉考，讓我們這一班的人沒有因為釀成大禍而毀了前途。」

「說到前途，妳也不用怕，妳可是嫁了一個好老公呀！我在新聞上看到說他正研究的什麼菌，很有機會得到這次的諾貝爾獎。」

「對對對，那個菌聽說非常神奇，還能夠延年益壽！」

「真的假的，那麼神奇？」

一聽到新奇的事物，人們的注意力便被轉移了過去。黃玉考也看過關於香巴拉菌的新聞，但那不是他的專業，因此他對此也沒有什麼好評論的，而且新聞中提及的效果太過誇大，讓他更加不相信香巴拉菌真有那麼神奇的能力。作為法律人，他需要更多的證據與數據。

2065 10／29
中國　上海　寶山區大華路13號公寓5樓　營網企業

坐在電腦前的李宗政咬了一口雞排後，手指飛快地在鍵盤上敲打。螢幕上開啟了數十頁分頁，全都是他的社群帳號。

「真輕鬆。」李宗政不屑地看了看螢幕。只要製造出人多的樣子，輿論風向就會自然而然開始傾斜。對他而言，除了自己以外的人，只分為三種，無知者、鬧事者，以及冷漠者。大多數的群眾總是沒有主見的，或者該說，自以為有主見，但其實是被人牽著鼻子走，就和被牽著走的牛沒什麼兩樣。而有些愛起鬨的，也會跟著風向製造話題。對於李宗政而言，讓他最麻煩的，是那些不表態的人，因為他沒辦法弄清楚他們的傾向與態度。

現在他正在經手一家企業的網路形象維護，這家企業上個月被查出傾倒爐渣到農田，引起了政府部門的調查，這件消息同時也在網路上傳開。雖然最終企業私底下和政府達成了協議，但網路上的輿論仍然沒有消停。李宗政現在要做的，便是遏止針對這間企業的負面評價。

「時空背景不同了，這都是政府的規範沒有更新的緣故！」
「那些爐渣本來就可以當成肥料！」
「當你指著別人批評的時候，其餘指頭正指著自己！」
「難道你要讓一家企業倒閉，讓數百人失業嗎？」
「研究證實，爐渣並不會造成汙染。」

李宗政用無數的帳號在各個社交平臺上發言，當遇到指責他的人時，他便用多個帳號來圍剿對方，製造出其實對方才是少數的、錯誤的假象。

對於李宗政來說，這完全無關乎道德，這只是生意。當然他也並不在乎道德，他並不在乎虛無縹緲的靈魂在死後會不會接受審判，他壓根不相信這些。對他而言，那些根本毫無意義。

他又啃了一口雞排，並在多個視窗間快速切換，並不停用各個帳號發表言論。並且同時收集抗議者的論調，從中找出幾個小錯誤。只要將這些小錯誤擴大，自然就能讓那些中立派認為兩邊都有錯，減少中立派加入反方的機會。而且，一些自認為有正義感的中立派，甚至可能會被李宗政營造出來的論述所引導，加入企業立場的這一方。

李宗政最喜歡這種人，有正義感但卻什麼都看不清。只要一點點淺薄的倫理，就能將這些人牽著鼻子走。有了這些正義之士的加入，憑藉著這些人背後的人氣，輿論風向就能更好地隨李宗政來牽引。

果不其然，沒過幾天，網路上就冒出一些質疑的聲音。李宗政順勢配合最新的冤案議題，讓大家開始猜想有沒有冤枉企業的可能。當人們陷入內部的自我質疑的時候，通常也就不需要李宗政繼續引導了。很快地，一些網紅便站出來，開始質疑抗議者的立場。

「講那麼多，還不是企業給的回饋金不夠多，所以才不滿意。」

「抗議者難道自己都不會亂丟垃圾嗎？」
「大家不要吵了，小心冤枉好人。」
「現在的檢調能相信嗎？某某冤案難道大家都忘了？」
「聽說某某抗議者曾經向企業索要回饋金，看來是錢拿的不夠多所以生氣了。」
「企業有不對的地方，可是政府的監督失能難道不該檢討嗎？」

隨著參與到輿論當中的人不斷變多，輿論的風向也不斷地轉變。李宗政知道，輿論失焦只是遲早的事情。而只要輿論失去焦點，很快就會潰散，而企業也會安全下莊。隨著時間推移，人們遲早會淡忘這件事情，並被新的議題吸引注意力。

除了替企業洗白外，李宗政同時也會接一些宣傳產品的業務。不過與依靠名人代言的廣告模式不同，李宗政要做的，是營造幾個看似普通人經營的社群，並在當中投放各種看起來是一般民眾使用後的心得，同時還要攻擊那些質疑產品的人。

不過相較於收錢辦事的工作，李宗政更喜歡在網路中挑起紛爭。他最喜歡看見人們吵成一團的樣子。其實，像他這樣子挑起紛爭的人還不少，在匿名的網路上，發表過的言論難以被追溯，那些喜歡湊熱鬧的人、喜歡製造紛爭的人，藉由網路的匿名性不停地散布負面情緒。這種負面情緒則會引來更多類似的人，雖然這些人沒有組織、甚至彼此互不認識，但哪裡有紛爭，哪裡就有他們，彷彿腐肉總會吸引蒼蠅。李宗政太了解網路世界的規則，在沒有法律的世界中，群眾意志就是規則！而能操弄群眾意志的他，就是這群蒼蠅們的王！透過他數量龐大的社群帳號，為這些蒼蠅們製造話題、創造爭端，讓這些蒼蠅們隨之起舞。因此李宗政最常用的網路暱稱，就是蒼蠅王。

鈴鈴鈴！鈴鈴鈴！

一陣電話聲打斷了李宗政敲擊鍵盤的響聲。他接起電話，電話那頭是一個說著蹩腳中文的女人。

「哈囉，請問這離是營汪企也嗎？」

「對。」聽著蹩腳的中文，讓李宗政有些不耐煩。

「我們這離是 Lucky Life 的宗補，祥要和你談一筆生以。」

「說清楚一點。」女子蹩腳的中文讓李宗政難以聽懂，他不客氣地說。

電話那頭的女子又重複了一次，但蹩腳的中文口音只是讓李宗政聽得頭痛，他根本不想再和她交談。而且他也不喜歡和外國人打交道，於是便直接掛了電話。

可沒過幾秒，電話鈴聲又響起了。李宗政看了來電顯示，還是剛才那個號碼。他非常不耐煩的接了起來，也不等對方開口，便直接大聲地說：「煩不煩，都說了沒興趣！」

誰知，當他正想掛掉電話時，電話那頭這回傳來的，卻是字正腔圓的中文，對方即使開頭便被李宗政吼了，但卻一點也沒退縮，反而笑著對他說：「李先生，很抱歉剛才我的祕書讓您不快了，她的中文會話確實還需要多多加強。」

對方的反應讓李宗政出乎意料，竟有些摸不著頭緒，因此李宗政皺起眉頭，繼續聽下去。對方繼續接著說：「先自我介紹一下，我叫約西亞‧賽克斯頓。是 Lucky Life 的創辦人，我有一筆很重要的生意，想要和李先生討論。」

「什麼樣的生意？」李宗政試探性地問，同時手指飛快地在鍵盤上輸入指令。他想知道對方究竟是什麼來歷，同時確定對方的真偽。他試圖駭進對方的系統，知道對方現在的位置。

「我們公司打算舉辦一場全球性的直播，想請您協助我們在亞洲地區的推廣與形象維護。」自稱為約西亞的人說。

「直播？」

「對，具體的細節等簽約之後再談，不過我可以先說明，這是一場耗時數天，甚至數個月的直播，具體的天數還不確定。不過關於報酬，我們願意支付一天三萬美金的酬勞，只要您根據我們的需求來維護形象與輿論即可。

這時候李宗政已經查清楚了 Lucky Life 以及約西亞的相關資料，同時，他也確定現在說話的人，無論他是不是約西亞本人，的確是在 Lucky Life 的總部打電話給他的。

「三萬？」李宗政有些懷疑自己聽錯了，按照當時的匯率，一天三萬美金，等於一天可以賺二十萬多的人民幣，而當時上海的房價大約六百多萬。

「三萬太少嗎？那就五萬吧。」約西亞說。

李宗政有些懷疑對方是不是在拿自己尋開心，五萬!?

「你是認真的嗎？」李宗政懷疑地問。同時又看了好幾眼螢幕，自己剛才搜查的結果應該沒錯才對呀？

「相信李先生剛才已經透過電腦知道我現在的位置以及我們公司的相關資訊了。如果沒有的話，我能讓公司的資訊部門現在就把相關資料傳送給你。」約西亞語氣溫和地說。

看來對方的資訊部門已經察覺自己窺探的事情了。李宗政尷尬地笑了笑說：「不用了，這點小事就不麻煩了。」

「李先生的駭客功力我也已經見識過了，讓我更相信這一天五萬的報酬絕對公平。我向你保證，這絕對不是戲言。我們現在談的，是正經的網路形象維護的生意。」

「可以先讓我知道，這個直播，是關於什麼的嗎？」李宗政試探性的問。一天五萬美金！

「不知道你有聽過香巴拉菌嗎？」電話那頭，約西亞的聲音聽起來非常的愉快。

李宗政聽著約西亞的描述，心裡卻不斷想著一個數字。五萬。

除了人類之外，其餘動物也都有拯救同伴的行為。常見的如狗、象等群居性動物外。無脊椎動物中，如螞蟻、蜜蜂也有類似的行為，非洲馬塔貝勒蟻（Megaponera analis）[9]即是明顯的例子。一般認為，救助行為的好處在於，減少族群人力資源的浪費。研究發現，會救助同伴的蟻群往往比不這麼做的蟻類規模大上二至三成。

9　非洲馬塔貝勒蟻會將受傷的同伴帶回巢穴療養，但重傷的同伴則會被放棄並將其遺棄在外。此機制的判斷標準在於受傷的螞蟻是否還能獨自站立。

第三章：食補

2066／1／29
德國　慕尼黑大學附屬醫院（LMU）單人病房

卡琳沒想到會這麼快，真的。

她環顧四週，病床的周圍已經架設好了直播攝影機，工作人員忙裡忙外正在做最後的確認。

「很緊張嗎？」約西亞看著東張西望的卡琳，微笑著問她。

「我還是搞不懂，為什麼要這麼做。」卡琳關切地看著病床上的班。

「這只是一種宣傳手法而已，妳不用在意。我會搞定一切的。」約西亞安撫地說。

「不，我很在意。」卡琳擋在班和攝影機之間，試圖在開播前盡最大的努力保護他。「不過我根本不在乎你的生意，我只在乎班的狀況！」

「這大可放心，妳弟弟依然會受到最好的照顧，甚至為了確認他的身體狀況，我還會加派人力。」約西亞說。

卡琳盯著約西亞看了好一會。相處了那麼久，她還是看不穿他的心思，他的每一步彷彿都有別的含意，讓人摸不清他真實的想法。

「如果班……」

沒等卡琳說完，約西亞就打斷她：「班會二十四小時受到最妥善的照顧，不論這次的直播成功與否，醫生都會以他的身體狀況為最優先考量。而且別忘了，實驗結果是妳們提供的。」

最後那句話深深刺痛卡琳的內心，也讓她陷入回憶之中。

在重新回歸研究團隊後，卡琳與華格納教授很快便找齊了研究團隊的成員。雖然名義上卡琳是徐教授的特別助理，但她大多數的時間仍與華格納教授一起進行研究。與此同時，徐教授則提供了在清華大學最新的研究資料。在這份最新的研究資料中，關於香巴拉菌的繁殖方式有了驚人的發現。

香巴拉菌會在宿主體內結成小型的球狀子實體，並且讓宿主藉由類似反芻的方式，將子實體由口中排出。排出的子實體並非是隨意丟棄，而是在族群的社交行為中，由宿主餵食給其他成員。關於餵食這一舉動，目前研究團隊分成兩派，一種認為這是宿主受香巴拉菌控制的結果，以蔣教授為主，其理論依據是源於其他蟲草菌的特徵，然而這一說法受質疑的點，恰好也在於香巴拉菌是否屬於蟲草菌，還沒有定論。另一派的衛教授則認為，宿主受益於香巴拉菌，因此也會有意提供相同的資源給同類，其論點基於動物行為學以及社會性動物的習性，由於目前尚未發現不屬於社會性動物的宿主，因此這一論點目前受較多人支持。然而，若發現有不屬於社會性動物的宿主存在，則該論點將被推翻。

目前卡琳自己並沒有特別傾向的派別，她只關注如何將香巴拉菌藥物化。由於開始生長後的香巴拉菌會擬態為宿主的血肉，而且子實體的結成速度緩慢且稀少，再加上難以在不殺害宿主的情況下取得大量的香巴拉菌子實體，因此前期的實驗進度非常緩慢。

所幸由於衛教授提出的社會性動物論點，讓清華的研究團隊嘗試以白老鼠作為實驗對象，嘗試透過增加感染率，進而獲得更多子實體。可在餵食了好不容易取得的香巴拉菌的子實體後，老鼠並沒有被感染。這讓研究團隊有些困惑。之後毛教授提議由已知的宿主物種中挑選實驗對象，而繁殖速度較快的鼠兔因此被研究團隊選上，並開始大規模養殖。將從西藏獲得的宿主鼠兔放入群體後，沒過幾個月，研究團隊便發現鼠兔成員中開始逐漸出現感染跡象。得益於這一結果，讓在德國的研究團隊也能夠取得大量的香巴拉菌樣本，並嘗試從中提取香巴拉菌的物質來研究。

然而，研究團隊很快就發現，他們無法合成香巴拉菌獨特的化學成分。就在研究進度再度進入瓶頸時，徐教授則向團隊提出了一個建議——食補。

卡琳還記得當徐教授提出「食補」這個詞的時候，德國這邊的研究人員露出困惑的表情。

「在中國的傳統醫學中，我們認為透過進食特定食物，能達到治療的效果，而且會比藥物還有效。讓我們試看看讓動物直接進食受香巴拉菌感染的宿主，說不定也能達到療效。」徐教授解釋。

一名來自波蘭的研究人員露出恍然大悟的神情，並說道：「這確實很有道理，食物中含有許多維生素，當初卡西米爾・芬克[1]在發現維生素後，被人發現自己並不服用維生素片，而他的解釋就是他研究了一輩子的維生素，早就知道攝取什麼食物能滿足需要的維生素。」

「但光靠進食的效率太低了吧？」另一名研究員說。「而且根據目前的資料，香巴拉菌的生殖便是透過生食子實體的方式來感染宿主，雖然並非每次食用香巴拉菌都會造成宿主感染，但只要食用便有感染的風險，關於這方面的生殖機制，我們還沒完全掌握。」

「確實，在食物中包含的營養成分，若沒有長時間進食，很難有明顯的變化。但我們可以嘗試濃縮或者精煉。至於第二個問題，我們可以將子實體進行烹煮消毒，來避免感染風險，並可以設立一組生食的對照組進行參照。」華格納教授想了想之後說。

1 卡西米爾．芬克（波蘭語：Kazimierz Funk），生物化學家，於一九一二年闡述了維生素的概念。並定義了許多廣為人知的維生素，例如維生素B、維生素C等。

於是，研究團隊改變策略，開始測試讓生病的動物進食香巴拉菌子實體的萃取物，或生食香巴拉菌宿主的肉塊，並觀測其變化。

實驗的結果，讓人非常失望。

研究團隊在經歷半年的觀測後，發現進食煮熟過的香巴拉菌子實體或烹煮過的宿主肉塊動物，所有動物的身體狀況依然沒有變化。而生食香巴拉菌宿主肉塊的動物當中，生理狀況也沒有發生變化。只有直接大量生食子實體的動物，有約10%受到感染，並且因為香巴拉菌的感染而治癒了原先的疾病，其餘未受感染的，其身體狀況則也沒發生變化。唯一值得高興的是，這是人類首次以人工的方式，完成香巴拉菌的寄生。在此之前清華大學的培育方式，單純是讓已感染的宿主自行感染同類而已，並沒有人力的介入。而透過大規模的養殖，兩國的研究團隊也發現，香巴拉菌在感染宿主時的成功率，並不如想像中的高，大約有四成的實驗樣本在感染初期到中期之間，因為宿主的免疫系統對於香巴拉菌的過激反應，進而導致宿主死亡。不過如果透過藥物抑制宿主免疫系統的過激反應，則可以將感染成功率提高到八成以上。

「太讓人氣餒了！」研究團隊面對這樣的結果，都非常地氣惱。他們最初的目標是希望在食用萃取物後，能達到治療疾病的功效。然而除了生食香巴拉菌後被寄生的實驗體外，所有食用不同溫度煮過後的香巴拉菌的實驗體，身體機能完全沒有任何改變。

「既然只有生食組的才被治癒，那乾脆就直接讓患者服用生的香巴拉菌算了！」有人自暴自棄地說。但這句話卻讓徐教授眼睛一亮。

「或許可以！」

眾人詫異的看向徐教授，只見徐教授飛快地說：「這有點類似所謂的『蛆療法』[2]，不是嗎？同樣都是生物療法的一種。」

「但我們並不能確定這樣的寄生對宿主有沒有害，而且讓人被真菌寄生？這聽起來太駭人了！」華格納教授驚慌地說。

「我相信，和治好疾病與創傷相比，肯定有人願意嘗試這種治療。而且目前已知的資訊中，香巴拉菌還會延長宿主的壽命，並強化身體素質。除此之外，在對動物宿主的觀察中，並沒有觀察出香巴拉菌會對宿主產生危害的證明。」

眾人啞口無言，最終華格納教授委婉地說：「即使如此，我們還是再多嘗試別的辦法，並且同時也對受感染的動物多觀察一段時間吧。」

對此，徐教授勉強同意，並提出了半年期限的約定。

然而，半年過去，德國的研究團隊還是無法合成香巴拉菌的化學成分，讓患者服用香巴拉菌萃取物達成療效且不受感染的計畫也沒有進展。在清華大學那邊，同樣也陷入瓶頸。由衛青成教授主導的，對於香巴拉菌在分類學與演化學上的定位這一研究，遲遲沒有結論，而司馬辛教授那邊，對於香巴拉菌宿主的觀察與解剖研究，除了再度確認受感染的動物變得更強壯，以及發現香巴拉菌的寄生會從胃壁上開始外，也沒有太多的進展。

最終，在徐教授的要求，與約西亞打給卡琳的一通電話後，德國的研究團隊開始向政府申請人體實驗。

2 蛆療法源自於英國，醫生會根據傷口大小判斷需要多少蛆，將蛆植入傷口表面後以醫療用膠帶貼上，蛆在傷口上只會將腐肉啃食乾淨，而不會傷到健康的肌肉，且蛆不會在傷口裡排泄，是一種新型醫療技術。

本來卡琳還在希望，政府會駁回相關的申請，但出乎意料，德國政府在經歷層層的文件與數據審查後，竟然同意了此次申請。與此同時，還要求實驗團隊加入兩名從美國而來的科學家。後來卡琳才明白，美國政府在得知了此次的實驗申請後，對於實驗的結果寄予厚望，因此透過各種管道給德國政府壓力，這才有了之後的結果。

由於先前的研究數據顯示，在直接食用子實體的情況下，只有約十分之一的機率會受到感染，因此研究團隊想出了一套新的感染方式。這是新加入的美國科學家昆西・巴克納（Quincy・Buckner）提出的，直接透過手術將孢子移植到患者胃部，這個提議很快就被徐教授採納，並且也很快就得到極為有效的成果。香巴拉菌的感染率直接從原先的一成，提高到五成，再配合藥物壓制免疫系統後，更是將感染率提高到七成！這套手術在經過動物實驗後，很快便應用在一名癌症末期的病患身上。這位病患是淋巴癌末期，癌細胞已經轉移到全身，且有呼吸衰竭的症狀，無法進行手術，只能暫時進行插管治療維持生命。

當這位患者的家屬因支付不出昂貴的醫藥費，正準備簽署放棄急救的同意書時，得知了這個消息的徐教授，便代表研究團隊出面，向家屬提出了免費試驗性醫療的提議。

卡琳認為這有點趁人之危，然而研究團隊內大多數的人，以及後來加入的兩位美國科學家，竟然都支持徐教授的做法。

「家屬已經因為付不出錢打算放棄急救了，如果我們的治療能將人救回來，那不也是幫助了這個家庭？」

「我們政府都已經批准實驗了，而且香巴拉菌在動物實驗的效果非常優秀，如果像這樣重症的患者都能挽回一條命，那將來我們也許還能造福更多的人！」

「美國政府非常關注香巴拉菌在應用上的各種可能，非常支持相關的研究，並非常期待成果。」

徐教授的提議，讓患者的家屬如同溺水的人看到一根稻草般，家屬很快便同意了徐教授的提議，並且走完相關的行政流程。

很快，患者的胃部便被埋入了香巴拉菌的孢子，並在嚴密與妥善地的照料監控下，被送到單獨的病房。起初的幾個月，患者並沒有什麼起色，這讓研究團隊非常失望。但半年過去後，患者竟然逐步好轉起來。經過檢查後發現，癌細胞被香巴拉菌所產生的筆狀構造吞噬，並且身體機能也開始強化起來。很快患者就能下床行動。

香巴拉菌驚人的療效讓中德美三國兩地的研究團隊都非常興奮。有一段時間，卡琳每天的任務就是協助徐教授將德國這邊的研究成果翻譯成中文，同時，也將清華那邊傳來的消息翻譯成德文。因為不只是德國這邊的醫療化研究有了進展，清華大學那邊的研究，也同樣有了突破。雖然不及德國這邊取得的成就那麼振奮人心，但由衛教授領導的對於香巴拉菌在物種分類上的研究，已經能得出結論，根據基因定序與分子生物學研究的比較後，香巴拉菌不屬於蟲草科中的一員，甚至不屬於子囊菌門，而是一種比子囊菌門演化得更高級的新物種。目前全球已知的所有真菌，根據分子鐘[3]的推斷，與香巴拉菌的親緣關係都非常的遠，只有最基群且古老的隱真菌門，與香巴拉菌有較近的親緣關係。

對於衛教授的這些發現，卡琳其實並不特別在意。在首位試驗醫療的患者開始出現好轉跡象後，她的心思，便都放在關注治療成效上。如果真的要讓班接受香巴拉菌的治療，那卡琳就一定要先把這套治療的所有缺點一一找出來。

絕不能讓班受到任何可能的傷害。

3 分子鐘（Molecular clock），也叫基因鐘、演化鐘。是一種根據生物大分子的突變率推斷兩個或多個生物在演化歷史上分離的時間的技術。

在此之後，德國這邊的研究團隊又測試幾位不同症狀的病患，並對得到的數據進行各種分析，當中還有一位情況與班相似的患者。這些病患最終都被香巴拉菌治癒，並且恢復情況良好。研究進度順利的推進，可同時也讓中國對於香巴拉菌的發現地西藏管控得更加嚴格，畢竟沒有國家會希望自己國土內的稀有資源被人肆意開採。與此同時，雖然團隊依然採取嚴格的保密措施，但研究進展順利的消息仍讓香巴拉菌的黑市價格跟著水漲船高。

「卡琳，妳還好嗎？」華格納教授的聲音將卡琳從回憶中拉回現實。

「是不是太累了，要不要先去外面休息一下？」

「不，我要陪著班。」卡琳謝絕了教授的好意。她看著病床上的班，這時候攝影機等器材已經架設完畢，鏡頭正對準著體內已經植入香巴拉菌的班。

這個主意是約西亞想出來的，他同時在德、中、美三個國家對患者進行直播，讓全球同步觀看香巴拉菌的效果。雖然徐教授與華格納教授曾對此表示抗議，認為目前還不能完全肯定香巴拉菌對人體是否都能產生百分之百的效果，但約西亞可顧不了那麼多。他急於向世界展示這種全新的療法，同時也向各界宣示，他的 Lucky Life 企業對於香巴拉菌療法的所有權。最終，中德兩國的研究團隊，只能向出資贊助的約西亞妥協。

而為了這次的公開直播，約西亞砸下重金，聘請了最好的醫療團隊與最頂級的器材，同時也請了不少廣告公司和形象行銷公司替他做宣傳。

「兩位準備好了嗎？直播快開始了。」一名員工跑來，對卡琳和華格納博士說。卡琳瞥見他衣服上繡著 Lucky Life 的標誌。

華格納博士看向卡琳，卡琳閉上眼，深深吸了一口氣，然後說：「我準備好了。」

她與華格納博士走到攝影鏡頭前，與約西亞、徐教授以及另一名美國學者五個人並排站在一起。站在最中間約西亞面對鏡頭，開始用輕快的語調介紹起他身旁的四位成員，隨後話題一轉，開始介紹起香巴拉菌療法。

「……現在，請這位病患的家屬，同時也是研究團隊成員的卡琳・邁爾女士，來向各位介紹更詳細的內容。」約西亞說完，看向卡琳，並鼓勵地對她點點頭。

卡琳按照事前排練的那樣，稍微往前站一步，然後對著鏡頭說道：「根據我們的研究發現，香巴拉菌可以提升宿主的免疫力、並修復受損的組織、強化身體各項機能，在經過人體實……臨床的試驗醫療後，一名罹患淋巴癌末期的患者，如今體內的癌細胞已經徹底清除，並且原本受損的肺部組織也完全康復。」

卡琳說完後，轉過頭看向班，過了幾秒後才回過頭。她對著鏡頭說：「目前這套香巴拉菌療法的治療範圍與上限依然在實驗階段，如今我的弟弟班正在接受這套療程，他幾年前發生車禍後，因腦震盪與腦膜出血而陷入昏迷。我非常希望香巴拉菌療法能讓他甦醒過來，這也是我會加入研究團隊的原因。」

卡琳說完之後，眼角情不自禁地泛淚。這段話並不在事先的排演中。她擦了擦雙眼，退回到另外四人身邊。一想到要讓班接受這套未知的治療方法，即使卡琳已經研究香巴拉菌多年，但依然對此充滿憂慮。

「感謝卡琳女士為了弟弟如此的付出。在這裡我對她獻上最誠摯的敬佩。並且允諾會提供最好的醫療團隊，盡力讓卡琳女士的弟弟甦醒過來。」約西亞很快重新站了出來，他對著鏡頭繼續說道：「我們Lucky Life 作為跨國企業，同時也協助了不少需要醫療服務的人們，這些人當中，也有許多是患有現代醫學無法治療的傷病，而飽受痛苦之人。因此除了卡琳女士的弟弟外，還有另外兩位病患也參與了這次的直播。因為這些病患的病情讓他們無法隨意移動，因此我們將透過現場連線的方式來向各位介紹。首先是來自清華大學的研究團隊，以及我們的第二位病人董卓成。」

一旁的投影布幕上，出現了清華大學研究團隊的幾位教授，從他們身處的環境看來，他們也正在某處的醫院裡。而他們背後，則有一名躺在病床上的男子，但看男子的樣子，雖然很虛弱，但神智還是清醒的。

然而，在畫面接通後，那幾位教授並沒有開始說話。站在中間的衛教授還一臉疑惑的看著鏡頭。

「衛教授，該我們了。」司馬教授小聲地提醒衛教授，年長的衛教授這才意識過來，但他還是不客氣地咳了幾聲，露出理所當然的表情。他對著鏡頭簡單的介紹他身旁的幾位成員後，便切入正題：「自從**我們清華發現**香巴拉菌後，便察覺到香巴拉菌對宿主獨特的有益寄生。而根據對香巴拉菌動物宿主的研究，**我們**發現香巴拉菌不只能提高內在的生理機能和免疫能力，同時對於宿主的體表特徵也會有一定程度的變化。不過這些體表特徵上的變化並不會為宿主的日常生活帶來不便，而有一些變化甚至還能加強動物宿主在野外存活的能力。因此**我**推測，香巴拉菌除了治療疾病外，應該也能治療如斷肢等重大身體傷害。這項理論依據的基礎在於，目前捕獲的野外宿主中，有發現宿主粉碎性骨折後癒合的痕跡。要知道，在野外，粉碎性骨折將會帶來嚴重的後果，而且通常會導致死亡。」在說明中，衛教授特意在某些字眼上加強了聲調。

衛教授走向身後的病床，並朝病床上的男子示意。男子虛弱地對著鏡頭抬起雙臂。這時卡琳才明白，原來那名男子的雙手，從手肘以下已全數截掉。看著那雙被截肢後癒合的手臂，讓卡琳不由為這位男子感到難過。

「這位董先生因為工安意外導致雙臂截肢，如今他願意配合我們清華大學的香巴拉菌試驗性療程，嘗試讓斷肢重生。」衛教授輕輕拍了拍男子的肩膀。男子虛弱又緊張的對著鏡頭點點頭。

卡琳皺起眉頭，她不記得在與清華研究團隊往來的資料中，清華的研究團隊有做過任何與斷肢再生相關的動物實驗。而斷肢再生這項實驗，德國這邊也沒有做過。

「**作為香巴拉菌的發現者**，**我**很期待能見到香巴拉菌在醫療領域中，被發掘出更廣泛的用途。也謝謝 Lucky Life 願意提供贊助。」在衛教授勉強擠出最後一句話後，投影的畫面便終止了。

卡琳看向約西亞，他的臉上仍掛著笑容，似乎衛教授的說詞與反應早在他的預料之中。只見他重新站出來，對著鏡頭輕快地說：「非常感謝清華大學的研究團隊，我作為 Lucky Life 的領導人，同樣也希望看見香巴拉菌在不同的醫療領域能帶來更多的可能性。這也是為什麼 Lucky Life 願意重金投資香巴拉菌的研究，只要是**能為人類帶來福祉**的研究，**我們**都願意支持。」

約西亞停頓了一下，接著話題一轉，開始介紹下一位病患：「我們前面已經聽見過三種不同的醫療領域，從癌細胞到腦震盪再到截肢，然而，還有一種醫療領域，我們尚未談及。」他刻意指了指自己的腦袋，然後才接著往下說：「那就是精神科的領域。根據研究發現，香巴拉菌的宿主，大多是族群的領袖，而要成為族群的領導者，除了體力要夠好，能應付各種事務外，精神方面，也是非常重要的。簡單來說，要成為一個好領袖，最低的標準，至少也得像我一樣。」他俏皮的指了指自己，引起現場一陣大笑。

「因此，根據我們科學家的推斷，香巴拉菌也許在一定程度上，能穩定宿主的精神狀況。所以接下來的一個案例，是關於思覺失調的患者。」

投影畫面重新顯現，這次的畫面也是在醫院裡，不過只有兩名醫生，以及病床上穿著拘束服的一名女子。卡琳覺得那女子看起來有點眼熟，於是仔細一看，卻驚訝的發現，那位女子竟然是當年她在

Lucky Life 總部時，奚落她的接待小姐！

「第三位患者，同時也是 Lucky Life 內部的員工。Lucky Life 企業擁有良好的福利措施，因此在得知我們的成員莎托普・摩伊拉（Satorp.Moirae）小姐的困境後，給予了她相關的醫療協助。但為了尋求徹底治癒的方法，我們在經過莎托普小姐監護人的同意後，安排她加入了這次的公開治療。」約西亞說。

卡琳有些疑惑的看著約西亞，又看向徐教授。無論是斷肢再生或者精神疾病的治療，卡琳完全沒有印象見過相關的研究資料。過往所做的人體試驗醫療中，也不包含這兩方面。這時卡琳注意到，徐教授的眉頭也微微皺起，他的表情似乎有些不悅。

「我們 Lucky Life 相信，香巴拉菌療法將會是跨時代的醫療方式。現在我們將展開二十四小時不間斷，全年無休的現場直播，就請各位與我們一起見證香巴拉菌療法的神奇之處吧。」

約西亞說完後，示意站在身旁的眾人依序退出攝影機前。現在鏡頭內只有躺在病床上的班。卡琳回頭看了一眼班，內心暗自祈禱。

「這是什麼意思？」

徐教授憤怒的聲音吸引了在場眾人的目光。他現在正站在約西亞跟前，神情憤怒的質問他。

「斷肢再生？精神疾病？這些完全沒有經過任何實驗程序！」

約西亞伸出一隻手打斷了徐教授的逼問，他說：「這也正是你們實驗不足的地方。我和衛教授討論過，也許可以透過這次的直播，補足這些方面。即使斷肢再生與精神治療失敗了，但我們至少有把握讓這位車禍的患者甦醒過來，不是嗎？」

「你和衛教授談過了？我怎麼不知道？」徐教授又驚又氣的張大嘴。

「徐教授，我可是這個項目的投資人啊！做為投資人，和各個研究團隊保持聯繫不是當然的嗎？」

約西亞笑著說：「況且，我記得香巴拉菌研究團隊的領導人，可是衛教授啊！」

徐教授張著嘴半晌說不出一句話來。約西亞對他微微一笑，接著說：「你完全可以放心，徐教授。你仍是我首要的合作對象，但你也知道的，對商人而言，不要把雞蛋放在同一個籃子裡。」說完，他拍了拍徐教授的肩膀。

過好了一會，徐教授才支支吾吾的點著頭，並說了一些表示明白的客套話。

看著如此狼狽的徐教授，卡琳不禁有些同情。同時內心也對約西亞這個人更多了幾分警戒。她再次望向病床上的班，三臺攝影機正從不同角度拍攝著他，同時也拍攝著一旁醫療儀器上顯示的各種數字與指標。

卡琳非常希望班能趕快醒過來，這樣她就能夠結束與約西亞之間的契約。而現在，她只想趕快離開這裡，不要再與約西亞有任何的接觸。

2063 3／6
美國 Lucky Life 總部 個人休息室

莎托普・摩伊拉從驚恐中醒來。她慌張地坐起身，四下張望，想知道自己究竟在哪。隨後她回想起來，她被保安拖走後，被帶到了一個房間。在房間內，她被要求喝下面前的一杯水，在這之後就沒有任何記憶了。

莎托普從躺著的地方爬起來，她覺得自己的雙腿非常虛弱。四下張望後，她發現自己正待在一間陳設簡單的房間裡，除了一張床，一張桌子與一張椅子外，什麼也沒有。莎托普搖晃地走到房門口，試圖轉動門把，但那扇電子鎖的門把完全不為所動。而這時她腦中閃過一個可怕的名字——懲戒室。

她著急地大力拍打門板，但那金屬製的門板似乎有隔音的夾層，無論她怎樣用力地拍打，都難以發出更大的聲響。情急之下，莎托普搬起椅子，用力地朝著門砸過去。可即使如此，卻依然徒勞無功。椅子撞上門板，也只發出比鼓掌稍微大一點的聲響。

莎托普痛哭著跌坐在地上，本來以為在 Lucky Life 工作，日子能夠過得一帆風順，怎知現在竟然落到這步田地。

莎托普出生在一個平凡的家庭，父親只是商店的小職員，母親則替人當保母貼補家用。由於家中經濟拮据，因此從小時候莎托普便開始打工。好不容易在靠著學貸讀完大學後，別的同學都在計畫如何慶祝與旅遊時，莎托普卻必須馬上投入職場。但莎托普的求職之路一開始並不順利，由於只有二流大學的學歷，因此莎托普剛開始只能一邊打零工償還學貸，一邊努力物色新的工作。就在這時候，一份誘人的機會出現在她面前——Lucky Life 的招聘廣告。一開始，莎托普只是抱著試一試的想法，但在經歷層層面試與淘汰後，莎托普作夢也沒想到，自己竟然能順利被 Lucky Life 所錄取。對於她能進入 Lucky Life，即使只是接待員的工作，家裡的人依然很為她高興。因為這份工作的待遇，比起家中任何一個人的待遇都要來得好。而她進入 Lucky Life 工作後，她們家在社區間的地位也有所提升，過往不太搭理她們家的人，現在走在路上都會主動和她們家的成員打招呼。這也難怪，能在 Lucky Life 工作，在當時是一件非常光榮的事情。那可是全球數一數二的醫藥與保健食品製造公司啊！

莎托普非常享受這些隨之而來的虛榮，在經過多年拮据與壓抑的生活後，莎托普感覺生活終於能由自己作主了。她自由了！

然而，當莎托普在 Lucky Life 工作不久，便聽到一些傳聞，關於 Lucky Life 會對犯下嚴重錯誤的員工，拖進一間隱密的懲戒室進行不人道的處罰。但莎托普只是將這些傳聞當成無稽之談，即使同事信誓旦旦說親眼見過一名犯錯的員工在被保安人員帶走，而且當那位員工回來時，憔悴的簡直變了一個人。每次聽到這類的傳言，莎托普都只是當作嚇唬人的玩笑看待，雖然偶爾她也會拿這些傳言來嚇唬新人，但在內心裡根本沒把這件事情當真。

在 Lucky Life 的工作，雖然待遇好，但工作壓力也相對更大，主管對員工也非常嚴厲，甚至有時會讓底下的員工難以忍受。而莎托普等接待員們，雖然工作性質單一，但卻經常得在第一線面對難纏的訪客。而 Lucky Life 作為一間擁有高額產值的跨國企業，時常會有一些窮光蛋或者無賴，試圖以各種方式，來取得和 Lucky Life 內部的高級主管見面的機會，以博取翻身的可能，他們甚至會不惜做出造假、糾纏等行為。而當面對這種訪客時，莎托普等接待員們便會趁機以言語嘲諷、羞辱，以紓解平時的工作壓力。

對這些接待員而言，與其讓那些無賴糾纏自己，用各種理由和藉口要求與內部高級主管見面，倒不如早點讓他們知難而退，自己還可以省點心力應付這些人的無理取鬧。

但莎托普怎麼也沒想到，自己奚落的那位穿著簡陋的女子，竟然會是董事長約見的對象，更沒想到，傳聞中的懲戒室竟然真實存在。

都是那個女人的錯。在哭泣中，一股憤怒的情緒開始在莎托普心中蔓延。如果她早點告知擁有邀請函，那莎托普一定會好好接待她。那女人也許根本就是存心想要害人，才會刻意用簡陋的穿著走進 Lucky Life 總部！

莎托普的內心既難過又憤怒，就在哭累的她盯著門口發楞時，那扇金屬製的門竟然打開了。沒等莎托普反應過來，門外便走進兩名壯漢，他們在門前一左一右站好，緊接著又走進來一名金髮的男子，男子看起來大約才三十歲出頭，那位金髮男子低下頭，看著跌坐在地上的莎托普，而莎托普只是茫然的張著嘴，看著金髮男子藍色的雙眼。

「知道我是誰嗎？」男子問。

莎托普困惑的搖了搖頭。男子雖然看上去有點眼熟，但哭累的莎托普現在腦子根本無法進行有效的思考。

「你連自己老闆是誰都不知道嗎？」站在門側的兩位男子中，有一名嘲諷地對莎托普說。

聽聞此言，莎托普立刻將眼前的男子和自己曾經見過的照片聯想起來。

「你……你是約西亞？」莎托普遲疑的看著她。她的內心燃起了一絲希望。

「是的，我正是約西亞‧賽克斯頓。」約西亞對著莎托普微微一笑。

莎托普聞言，立刻抓住約西亞的衣襬，哀求到：「求求你，我下次不敢了，拜託！請不要傷害我！」

「傷害妳？」約西亞歪著頭，微笑著問：「妳是不是弄錯什麼了？」

「難道你把我關在這，不是準備要懲罰我的嗎？」莎托普內心暗自祈禱接下來的答案。

「老天，當然不是，這怎麼可能呢？」約西亞笑著回答：「我不知道妳們員工之間有什麼傳言，但這裡只是一間普通的個人休息室啊！」

「休息室？」莎托普吃驚的看著約西亞。

「摩伊拉小姐，妳剛才有點情緒失控了。因此我們讓妳服用了一點鎮定劑後，便把妳送來這裡好讓妳冷靜下來。」站在門側的另一名男子說。

莎托普原先心中沉甸甸的感覺減輕不少，她覺得自己似乎能安然渡過這一關了。她放下了原本抓住的約西亞衣角的手，並尷尬的笑著站起來。約西亞同時也身手將她拉起來。

「謝謝。」莎托普低著頭向約西亞道謝。看來約西亞似乎沒有要怪罪自己的意思。

「摩伊拉小姐，妳知道我為什麼來嗎？」約西亞問。

這個問題讓莎托普愣住了，她搖了搖頭，一臉茫然地看著約西亞。

「因為我覺得我有必要表明我的立場。」約西亞的語調忽然變得冰冷，他嚴厲地說道：「妳今天的行為嚴重影響了 Lucky Life 的聲譽，用惡劣的態度對待一位重要的貴客，並且還在大庭廣眾之下失態。所以我必須很遺憾的通知妳，妳被開除了。」

最後那句話如同晴天霹靂，在莎托普耳邊轟然響起。好不容易恢復情緒的莎托普，彷彿又重新跌入深淵。她呆呆地站立在原地，顫抖著想說些什麼辯解的話，但歙動的雙唇卻吐不出任何一個字或一點聲音。

當約西亞轉過身，準備離開的時候，莎托普才終於反應過來，她試圖抓住約西亞，懇求他再給一次機會。

但門口的兩個壯漢一把抓住了她，莎托普哭喊著想要掙脫他們的阻攔，但力氣上她完全不能和他們相比。

「求求你，再給我一次機會，讓我做什麼都願意！」眼見著約西亞就要走遠，莎托普淒厲地喊道。

聽到莎托普最後那句話後，約西亞停下腳步，然後轉過頭，臉上掛著似笑非笑的神情，重新走到莎托普面前，並示意兩位壯漢鬆開莎托普。

「求求你……」脫離阻攔的莎托普虛弱的懇求約西亞。

「我看過妳的個人檔案了，摩伊拉小姐。妳還有幾年的學貸沒還清，也還有好幾筆帳單未繳，同時妳也是家中最重要的經濟來源。」約西亞藍色的雙眼如同深沉的海洋，看不出他內心的想法。他說：「妳的家境確實讓人同情，摩伊拉小姐。」

「求求你，你讓我做什麼都願意。」莎托普不斷地向約西亞哀求。

「也許……我可以考慮看看……」約西亞低聲地喃喃自語。他的話讓莎托普覺得似乎有些轉機，這讓她又重新燃起了希望。她抬起頭渴求地看向約西亞。

「不，我想還是算了。」怎知，約西亞思考了一陣後竟搖了搖頭。這讓莎托普大失所望。她沮喪的低下頭，而接下來約西亞說的話，更是讓她澈底絕望。

「妳犯下了非常嚴重的錯誤。除此之外，對於妳的錯而造成 Lucky Life 的損失，我們也將向妳提出求償。」

莎托普身體搖晃了一陣，跌坐在地上。約西亞冰冷地審視她垂頭喪氣的樣子，不發一語。

「不過，」沉默了一陣後，約西亞忽然開口。莎托普茫然地看向約西亞。「我也知道妳不可能有辦法支付我們所提出的賠償金額，所以我能提出另一種解決的方案。」

約西亞向莎托普背後的兩位壯漢示意，其中一名拿出一份文件，遞到她面前。莎托普遲緩的接過那份文件，那是一份保密協議。

「如果妳願意加入我們的藥物實驗，成為新藥物的受試者的話，我可以免除妳的賠償，甚至還能為此支付妳相應的金錢。但條件是妳必須接受 Lucky Life 的追蹤，植入最新式的監測器，並且接受保密協議。請妳明白，我不會再提供妳第二次相同的機會了。」

莎托普機械式地用顫抖的手，在文件上簽下自己的名字。她明白，從這一刻起，她再也不屬於她自己了。

2066 7／20 清華大學

司馬辛紅著眼走進研究室，原本在研究室內的張妮看到教授進來，趕忙替他倒了一杯茶。

「昨天晚上又在看直播了嗎？」張妮端上茶，司馬辛疲倦地朝椅子上一坐，接過杯子喝了一口茶，努力讓自己打起精神。

「我也很想多關注德國那起案例，但我兒子哭了整晚，我和老婆輪流哄著，好不容易才把他哄睡。」司馬辛無奈的說。

「也不知道是什麼原因，這孩子總是一直哭。帶去給醫生檢查也看不出什麼所以然。我真擔心……」司馬辛沒把話說下去。這件事情他一直沒告訴其他人，連艾芹也沒有。在兒子出生前的那一晚，司馬辛做了一個夢，夢到一個看不清面孔，穿著陳舊黃袍的人，憤怒地指著司馬辛，像是在指責他。黃衣人隨後又用火焰將面前一群綠色皮膚的人燃燒殆盡。在火光之中，司馬辛看見黃衣人對著艾芹的肚子射出一道紅光。夢醒之後，那無以名狀的恐懼感讓司馬辛如今仍感到膽寒。司馬辛一直都沒弄明白這個夢代表什麼意思，雖然他曾短暫的找尋過答案，但繁重的工作以及兒子的誕生，讓他暫時將這夢境擱置。

「教授？」

「啊！沒事。這週我們的病患，他的數據有什麼變化嗎？」

「沒有，並沒有發現斷肢再生的跡象，但身體狀況明顯比以前要好。」

「是嗎？看來斷肢再生已經超出香巴拉菌的能力了呢。」司馬辛喃喃地說。

「不過從德國那邊傳來的數據，感染的進展似乎很順利。昨天在直播中甚至可以看到患者的眼睛有自主反應了。」

「那真是太好了。」司馬辛聽到這個消息，欣慰的說。他還記得那位曾短暫相處過的德國女孩卡琳，當初聽聞卡琳家中發生變故後，司馬辛也很惋惜一個在學術上有前途的女孩，可能就要斷送前程了。想到有前程的女孩，司馬辛忍不住看了一眼跟前的張妮。現在的張妮，已經成為一名研究生，並且即將完成她的碩士論文。想當初，這孩子是因為好奇香巴拉菌的感染對人體的影響，所以希望加入研究團隊做相關的研究，但如今她卻反而為那些受香巴拉菌感染的人類而感到高興。

「不過，和之前的實驗數據相比，這位德國患者的恢復速度似乎比較慢一點。」張妮提出了疑問。

司馬辛也思考過這個問題，但他比對過研究數據後，並沒有發現任何可能的原因。

「也許這就是所謂個體的特異性吧。」司馬辛回答。「又或者我們漏掉了什麼？等德國患者康復後，我們再來和之前的數據做比較吧。」

張妮點點頭，並替司馬辛把茶杯斟滿。司馬辛壓根沒注意到自己在不知不覺間，就將杯中的茶喝光了！即使這樣他還是覺得有些疲憊，養孩子真的不是一件容易的事情。

「美國那邊的患者，有什麼消息嗎？」喝了一口茶後，司馬辛問張妮。

「似乎沒有特別的進展，雖然直播中病患的精神狀態看起來不錯，傳回來的資料也顯示患者這半年來精神狀況穩定，但精神疾病這方面的鑑定，畢竟還是很不準確的，我認為也許還應該進行腦波掃描。」

「嗯，妳的想法很周到，我也是這麼認為。」司馬辛讚許的點頭。「我已經向美國那邊提出建議了，那邊表示會盡快安排一次相關檢驗，之後如果有資料傳來，再麻煩妳幫忙整理了。」

「是的！」得到稱讚的張妮，臉上泛著開心的笑容。

就在他們討論著香巴拉菌對腦神經系統可能的影響時，司馬辛的手機響了起來。

「喂？」

「是司馬教授嗎？我是董卓成的主治醫生，你趕快來醫院一趟！」電話那頭，是一名急促的男性聲音，在電話中他不清不楚的說董卓成的身上出了某種問題，他不敢下判斷，要司馬辛趕快到醫院來。司馬辛聽完，心中一驚。難道第二號患者出什麼事情了？

他匆匆和張妮一同前往北京人民醫院，在開車的路上，他讓坐在副駕的張妮趕快連上直播，但直播上卻沒有畫面。而根據網站上的公告，該名患者由於出現特殊情況，因此暫停對外直播。

「不會死了吧？」

「大型翻車現場！」

「看看明天會不會上頭版！」

「說好的不間斷播放呢？」

「火鉗留明！」

各式各樣的留言湧進直播室，聽著張妮轉述的留言，讓司馬辛心中更加緊張。

他著急地衝進醫院，在病房外，醫生正和護士竊竊私語，負責直播的工作人員則聚集在走廊的另一側。當他們看見司馬辛到來時，眼神都刻意迴避，這讓司馬辛感到困惑。

「醫生，發生什麼事情了？」

「我覺得你還是親自進去看一下吧。」醫生眼神閃爍，似乎不太想談論這件事情。

司馬辛疑惑地走進病房，二號病人董卓成躺在床上，看起來似乎是睡著了，他的呼吸很平穩，不像是有什麼問題。司馬辛走上前，端詳了一陣，並沒有看出什麼端倪。這時候醫生神情緊張的走到司馬辛身旁，並指了指董卓成的被子。司馬辛一時之間沒反應過來，倒是張妮明白了醫生的意思，她掀開被子，卻隨即愣住了。下一秒，她整個人尖叫著向後跳開，並不住乾嘔。而醫生也在被子掀開前先行退到遠處，似乎並不想太接近。

等司馬辛看清眼前的情況時，只感到一陣頭皮發麻。

董卓成那雙被截斷的光禿禿的手臂上，有數條白色的絲狀體從斷肢處冒出，看起來就像是剛萌發的嫩芽。但不同的是，那些白色絲狀體，正在緩慢的紐動，並隨著董卓成的呼吸輕微脈動。

「這……這是什麼？難道是……菌絲嗎⁉」司馬辛倒退了幾步，驚恐地看著那些白色細絲。

「連司馬教授也不清楚嗎？」醫生將司馬辛拉遠離董卓成，並重新將被子蓋上。似乎醫生也不願意多看那些白色絲線幾眼。

「這是今天例行檢查時發現的，當時值班的護理師還以為是沾到棉絮之類的想要拔除，但後來才發現這是從董先生體內冒出來的。為了不讓患者在得知這件事情後情緒過於激動，我先對他施打了一劑鎮定劑。」醫生說。

「這情況我也是頭一回見到。」司馬辛回頭看了一眼，想起剛才目睹的白色菌絲，就感到一陣惡寒。而原本一旁乾嘔的張妮，此時乾脆退出病房，根本一點也不願意在房內多待上一秒。

「讓病人先冷靜下來這點做得很好。我們還是先讓病人維持現狀，我會盡快安排取樣以及檢驗。」司馬辛飛快地向醫生交代。醫生則拉著司馬辛往門口走，似乎也不太願意待在房內。

司馬辛火速將董卓成的異狀通報給其他教授，在收到消息後，他們紛紛趕到醫院。

「衛教授，你覺得這是什麼？真像司馬老弟所猜的那樣嗎？」毛教授在彎腰仔細端詳過那些白色絲狀物體後，起身詢問衛教授。

衛教授皺著眉頭，並沒有馬上答話，而是先吩咐人通知醫院準備檢測的儀器。然後他才對幾位教授說：「無論這是什麼，肯定和香巴拉菌脫不了關係。但這個消息在檢驗結果出來之前，一定要做好保密工作。」

「那些醫生和工作人員怎麼辦？」蔣教授問。

「這我會處理好，你們現在只需要專心研究這件事情就好。」衛教授朝門外望了一眼，並嚴厲的對眾人說。

檢驗的結果很快就出來了，這還得多虧約西亞的大力贊助，讓研究團隊能夠任意使用各種最頂尖的儀器。經過檢驗分析，那些白色絲狀物體，果然如司馬辛最初的猜測，是香巴拉菌的菌絲。

面對檢驗報告，眾教授們在實驗時內面面相覷。他們真的沒料到會發生這樣的事情。那破體而出的菌絲，一下子就讓研究團隊進入到未知領域。

「趕快終止這次的實驗吧？」司馬辛說。一想到那扭動的白色菌絲，就讓他頭皮發麻。

「老弟說的對，這已經超出我們過往在動物實驗上的理解了。」蔣教授說。

「我的天啊！我們該怎麼移除病患體內的菌絲？用藥物嗎？還是得靠手術來移除？那些外科醫師有辦法分辨擬態後的菌絲嗎？」毛教授捂者頭，苦惱地說。

「不！不能終止。」讓三人意外的，衛教授竟然大力反對終止實驗。「這可是全新的發現，絕對不能終止！」

「什麼！你瘋了嗎？」蔣教授瞪大了眼睛，震驚的看著衛教授。

「我會親自去和 Lucky Life 的約西亞談論這件事情，但絕對不能終止這次的實驗。相反的，我們還要深入了解那些生長出來的菌絲會對宿主有什麼樣的影響。」

「我們用動物一樣可以做相同的實驗！現在這可是活生生的人類！」司馬辛叫到。

「剛才毛教授也說了，我們以前根本沒考慮過移除宿主體內香巴拉菌的事情，對此根本一無所知。以往實驗的結果顯示，若沒能在初期便殺死香巴拉菌，那香巴拉菌便會對藥劑產生抗體，而用過量的毒素，甚至會在殺死香巴拉菌前就先將宿主殺死。現在終止實驗對受試者而言同樣冒險。」衛教授駁斥。

「即使我們現在不知道如何移除菌絲，但可以現在開始想辦法補救啊！如果實驗繼續下去，誰知道會發生什麼事情？」被點到名字的毛教授聽到自己剛才的話被衛教授拿來當作論點，顯得有些氣急敗壞。

「不論如何，實驗不能終止。目前也沒有跡象顯示那些菌絲對受試人有不良的影響！實驗繼續，不管會發生什麼事情，我都負全責！」衛教授對於眾人反駁自己，也發怒了，他對著司馬辛等人吼叫著。

司馬辛不曉得為什麼衛教授會這麼堅持一定要繼續實驗，但他說的確實在一定程度上有道理。所以最終，他和蔣、毛兩位教授，只能妥協，同意讓實驗繼續下去。

「這太瘋狂了！」回到自己辦公室後的司馬辛，將此事告訴張妮。在聽到實驗繼續的消息後，張妮不敢置信地大叫：「他親眼看過那些……那些……那些噁心的東西了嗎？」

「當然，還是他親自取樣做分析的。」司馬辛說。張妮聽聞此事，露出作嘔的神情。

「難道那位患者也同樣願意繼續實驗嗎？」張妮嚥了一口口水，勉強問到。

「目前我們還是決定讓受試人維持睡眠狀態，不過也不可能維持太久。香巴拉菌遲早會讓宿主對鎮定劑或安眠藥產生抗藥性。」司馬辛沉著臉說。

「難道就沒有別的辦法終止實驗嗎？比如向主管單位檢舉什麼的？」張妮在辦公室不停來回走動，

努力想著可能的方法。

「然後衛教授就會以貿然終止同樣危害受試人安全為理由，試圖說服負責調查的主管單位。而他有很高的機率會成功，因為他說的也是實話。更別提現在政府，甚至世界各國都在等著看我們的實驗成果，我不認為主管機關會有什麼大動作。」司馬辛無奈地說。對於衛教授那莫名的堅持，他又想起了那些不斷試圖吞掉橡皮的魚。

「我們現在最好的辦法，就是趕快搞清楚那些菌絲對宿主的影響，以及背後的機制與原理。或許還有機會中斷寄生的過程，拔除受試人體內的真菌。」

張妮聽了司馬辛的話，也無奈地搖搖頭。他們二人不約而同地嘆了一口氣。

接下來的一個月裡，清華的研究團隊開始針對二號患者增生出來的菌絲，展開大量的研究。

與此同時，在得知了二號患者出現異常反應後，各界媒體紛紛湧入醫院與實驗室，希望獲得更多資訊。雖然曾經見過患者異狀的那些相關人員都簽署了保密協議，但媒體就如同喋血的鯊魚，絲毫不肯罷休。

「教授，請問一下，外傳二號患者已經身亡，是真的嗎？」

「香巴拉菌是否存在致命毒素？」

「這些致命蘑菇是否有人傳人的可能？」

「外傳這是新型的生化武器，可以請您解釋一下嗎？」

每日面對記者們各種道聽塗說的詢問，讓司馬辛感到煩躁。更讓他擔心的是，即使到目前為止還沒有洩密的情況發生，但難保不會有人禁不住追問或利益誘惑，甚至可能不留神就說漏了嘴。為了盡快平息外界瘋狂的猜想，司馬辛和團隊只得加緊腳步研究那些菌絲，希望能明白究竟發生了什麼事情。

可研究團隊卻陷入了瓶頸。香巴拉菌的菌絲幾乎完美地擬態成了神經細胞，更具備神經細胞的一切功能，若非細胞外層的細胞壁，根本很難辨識其與正常神經細胞的區別。除此之外，二號患者的斷肢處，原先只是些許穿透身體的白色菌絲，如今已經生長蔓延成兩條綠色柱狀物，而讓人頭皮發麻的是，除了外觀是綠色的之外，那柱狀物的外觀像極了人的手臂。

雖然二號患者如今依然處於藥物沉眠的狀態中，但根據香巴拉菌過往展現的特性，產生抗藥性使二號患者清醒只是遲早的事情，為此研究團隊與醫院不得不數次更換藥物種類，希望這種雞尾酒的投藥方式，能延長二號患者的藥眠時間。好讓研究團隊有更多時間來研究他體內的香巴拉菌。這是一場與時間賽跑的研究，因為如果當二號患者醒來，發現自己長出了一對綠色的手臂，誰也不知道二號患者會出現什麼反應。

與此同時，約西亞也不知道用了什麼方式，竟然說服了美國政府，讓美國政府投資了此項目，除了派一名因服役而受傷截肢的軍人參加此次的直播實驗外，美國政府更公開提議要將香巴拉菌列為全地球人類所屬的公共財，但很快便被中國政府回絕，並警告香巴拉菌是屬於中國西藏地區的特有種，任何違法走私與權利侵犯都是違反中國法律的。

世界各國的民眾對於中美兩國的吵吵鬧鬧早已習以為常，此刻他們更關注的是醫療直播所帶來的輿論與收視。而約西亞所聘請的團隊更是透過各種方式，營造這個話題的熱門度。在這一個月裡，出臺了各種活動，像是聘請名人訪問，或者請一些俊男美女的網紅參與直播主持等。一時之間，甚至讓人有種這不是一場關於醫療的直播，而是一齣跨國際的網紅節目。

無論是大國間的政治角力，或者約西亞譁眾取寵的行銷手法，此刻都無法讓司馬辛將注意力從香巴拉菌上轉移出來。他和研究團隊努力地想找出讓二號患者發生異狀的關鍵要素，哪怕是某種未知的化學成分或者某種他們仍不知道生物機制都好，但一切努力彷彿都徒勞無功，而那對如同手臂般的菌絲體，就是對他們最大的嘲笑。

看啊，愚蠢的人類竟然妄圖輕易地駕馭比自己古老的物種，是何等的傲慢無知。

又過了一個月，研究團隊依然沒有進展，而此時那對綠色的「手臂」已經長出了如同人類五指般的結構。一些醫護人員因為承受不住這怪誕的刺激，紛紛請辭或要求轉調。而醫生們也警告，如果繼續再讓二號患者處於藥眠的狀態，恐怕會危及生命。

不過相較於二號患者，一、三號患者的治療可以說是日見成效。被宣稱思覺失調的三號患者，如今的精神狀態顯得非常穩定，負責三號患者的醫生更宣稱三號患者是他所有病人中「恢復情況最良好」的案例。而受傷最重的一號患者，雖然進度緩慢，但目前已經可以短暫的睜眼，以及輕微的指尖運動。而取代原先二號患者的第四個病例，目前則沒有明顯的恢復跡象。對此，輿論大多傾向於香巴拉菌無法治療斷肢等永久性傷殘，而約西亞也有意助長這種言論。在所有患者的直播中，他所聘僱的主持人都說出類似的話。

「治療本身也許存在某種限制，也許斷肢再生就是這種菌類的治療限制。」

「跨時代的新醫療本身就伴隨著不確定性，也許有時候我們太樂觀，也許在醫療技術方面，仍有我們暫時無法跨越的鴻溝。」

「自然中，具備斷肢再生能力的生物少之又少，也許我們太高估香巴拉菌的能力了。」

關於斷肢再生，研究團隊本來就對斷肢再生不抱太高的期望，因為最初對香巴拉菌的野外調查只表明，香巴拉菌有可能具備治療粉碎性骨折的功能，但在實驗室環境中，大多數的動物在經歷粉碎性骨折後，即使有良好的照顧，也大多在一段時間後死亡，只有少部分確實依靠香巴拉菌強大的治癒功能而存活下來。而經過手術截肢的動物，在植入香巴拉菌後，即使倖存下來，也同樣沒有斷肢再生的現象發生。唯一一起關於斷肢再生的案例，是一隻受寄生的藏酋猴（Macaca thibetana），該樣本在被植入香巴拉菌後，由於在籠子裡過度掙扎，而導致其指節斷裂並大量出血。在搶救過程中，衛教授獨排眾議，要求不僅是單純包紮傷口，而是要將斷裂的指節接上。雖然將斷裂的肢體重新接上，在醫學上確實可行，但條件複雜嚴苛，而當時的情況下，該樣本被發現受傷時，其斷裂的肢體已經分離了很長一段時間，貿然接上恐怕有壞死的風險。但在衛教授的堅持下，最終研究團隊只得小心翼翼地將斷裂的指節接上。結果則出乎所有人預料，該樣本的指節接上後不到半個月，便徹底恢復。香巴拉菌強大的治癒能力再次顛覆所有人的想像，然而儘管如此，將斷肢從無到有完全再生，在實驗過程中從沒進行過。最初也曾有人提議透過克隆的方式，克隆出兩條手臂，再結合香巴拉菌的植入，來治療二號患者。不過這提案雖然看起來比讓斷肢從無到有重新再生更為可靠，但卻被衛教授否決。而其給出的理由是擔心克隆的手臂具有移植排斥反應[4]（transplant rejection）。對於衛教授的一意孤行，研究團隊也曾提出過抗議，但衛教授身為團隊的領導人，本身又掌握著學術界的話語權，讓研究團隊最終也只能無可奈何地聽從他的安排。本來研究團隊也曾希望將藏酋猴的案例以及斷肢再生的實驗計畫與德國的團隊分享，希望聽聽他們的意見，但卻被衛教授大力阻止，並警告所有人不得外洩資料。對此雖然衛教授沒有給出理由，但連司馬辛都看得出來，衛教授不希望將所有資料與徐教授分享。

本來大家都心想，斷肢再生的計畫肯定會失敗，但他們從來沒想過，竟然會變成這般情況。如今每天面對著兩條怪誕的綠色手臂，更是重重打擊研究團隊的士氣。

4 移植後的器官並不被受移植者身體接受的情況。

這一天，當司馬辛照例在醫院觀察二號患者的情況。由於怕感染等因素，目前他只能隔著玻璃觀察躺在無菌室內的二號患者。由於長時間陷入藥眠，二號患者明顯瘦了不少，司馬辛懷疑，他體內的真菌也消耗了不少宿主的養分。他盯著那兩條綠色手臂想得出神，研究團隊想盡辦法想移除這對手臂，但苦於不理解當中的機制而遲遲無法下手。而在動物實驗上，所有被移除香巴拉菌的實驗動物全數都在一週內死亡，最快的甚至不到二十四小時。這兩個月來，司馬辛也數不清自己參與多少次對動物的移除手術與屍體解剖。而負責控管實驗動物數量的蔣教授更是多次警告，目前實驗團隊中被寄生的實驗動物數量即將告罄，不能再繼續無節制的進行手術與解剖。

一回想那些解剖畫面，就讓司馬辛覺得噁心。並不是他怕血腥場面，而是由於香巴拉菌的寄生，讓那些動物宿主的體內產生些許異樣，雖然所有臟器功能都維持正常，但伴隨流出體內的，並不是紅色的血液，而是各種顏色的液體，從最大宗的綠色到土黃色，甚至少見的藍色。根據分析顯示，這是由於正常血液中混入了香巴拉菌產生的化學成分而引起的變化，雖然研究團隊目前還不知道這些顏色代表著什麼意義，但那種異樣的感覺還是讓大多數人感覺不舒服。除此之外那些異樣的外觀變化，突變成綠色的毛皮、變得更尖銳的牙齒等，無不讓人覺得自己正在解剖的，是另一個星球的產物。

忽然間，司馬辛的腦中閃過一個怪誕的想法。

到目前為止，香巴拉菌的特色除了延長宿主的生命，同時也讓宿主的恢復能力提升。但除此之外，香巴拉菌還有一個特色，那就是給予宿主外觀變形，使其更能適應環境。由於之前研究團隊的關注點一直放在香巴拉菌超常的治療功能，以及之後如何移除香巴拉菌的寄生上，而都忽略了關於宿主外觀改變這一特點。也或許大家下意識地認為，人類宿主在透過藥物壓制後，不會像一般的動物宿主那樣產生變形。但話說回來，那些動物宿主們似乎能很好的控制那些獨特的身體變形。如果這對手臂是能被患者控制的變形呢？

「我們實在太無知草率了。」研究的狂熱感退去後，司馬辛只感到一陣惡寒。

此刻，他覺得自己也是一條拚命搶食橡皮的魚。

制約反應，是一種基於反射行為與關聯性學習的生理機制，以「刺激」與「反應」為關鍵要素。最廣為人知的例子是俄羅斯諾貝爾獎得主，心理學家伊凡．彼得羅維奇．巴夫洛夫（Ivan Petrovich Pavlov, 1849-1936）所做的實驗「巴夫洛夫的狗」[5]。

一般認為大多數動物都能透過後天影響獲得制約反應，例如在許多人餵食的魚池裡，只要有人經過，魚群就會自動聚攏，進入覓食的狀態，哪怕丟下來的並非食物，也會爭搶。

在人類行為中，在富有爭議的小阿爾伯特實驗（Little Albert experiment）中，針對兒童的實驗，也發現人類具備相同的反應機制，會於後天學習中獲得關於對特定刺激的特定反應。

5 該實驗在每次吃飯前，給予狗特定的刺激，讓其往後只要得到特定刺激，就開始分泌唾液，進入準備進食的狀態。

第四章：冬蟲夏草狂熱

2068 6／6

臺灣　Lucky Life 亞洲數位行銷部

「現代修仙祕方，百分百純正香巴拉菌散，無論是斷肢或者癌症，都能快速痊癒。現在訂購全額免運！還贈送冬蟲夏草精華飲一組，趕快行動吧！」

「來自古老東方的神祕植物，現代諾貝爾獎認證！史上最強的治療植物，醫療用香巴拉菌株，每份只要九千九百九十九元！」

「市場對於香巴拉菌的需求目前仍在提升，而根據我們數位行銷部的監控數據顯示，在亞洲，香巴拉菌的關鍵字就占據了全部網路關鍵字搜尋量的三分之一，並且仍穩定上升中。」主管報告。

「人們對於香巴拉菌的興趣越高越好，再多增加一些宣傳管道，但一定要時時做好監控。」約西亞神情愉快地聽著行銷部門的主管的投影報告，並指示道。

「同時也要確保我們的廣告品質，千萬不能讓消費者將我們和那些偽劣產品混淆了，一定要做出明顯區別度出來。」徐凝輝補充道。

「徐教授說的是，不愧是當今最傑出的研究學者。」約西亞轉頭看向與會的徐凝輝教授。

只見徐凝輝教授穿著高檔的西裝，坐在會議桌的另一側，正意氣風發地覽視著一切。對於約西亞的恭維，他滿意的咧嘴一笑，說道：「這也得感謝董事長慧眼識珠，願意在這方面進行投資。」

說罷，二人相互對望，然後哈哈大笑起來。

自從香巴拉菌的研究團隊獲得諾貝爾獎之後，Lucky Life 的股價也隨之水漲船高，約西亞自此坐穩了全球醫療大亨的寶座，更有望問鼎全球首富。而香巴拉菌也隨之受到全球各地最熱切的關注。若說在獲獎之前，香巴拉菌是熱門話題，那在獲獎之後，全球對於香巴拉菌的追求已經到了瘋狂的地步。各式各樣的仿冒產品在市面上流竄，某樣產品只要能和香巴拉菌沾上邊，那價格馬上就能漲價一倍甚至數十倍。而手裡掌握著和中國政府簽訂的專賣權的約西亞，對於那些仿冒品或者打著香巴拉菌名號的其他產品，則是以先放任它們打廣告吸引關注後，再以法律的方式將其查封，除了賺取賠償金外更藉此賺取免費的廣告機會，另外還能取代那項商品的貨源進而接收新的購買客群。因此市面上關於香巴拉菌的廣告越多，對他而言並非壞事。而他更是透過一些虛擬的人頭帳戶，在網路上提供廣告，吸引那些抱著僥倖心理的賣家加入這場瘋狂的熱潮之中，誘使他們出售更多產品，以便將來由 Lucky Life 收割他們的成果。

而當初研究香巴拉菌的研究團隊，如今事業可謂蒸蒸日上。就以徐凝輝為例，他在獲得諾貝爾獎之後，便辭去在清華的教職，加入 Lucky Life 企業，成為了 Lucky Life 在亞洲的分部總管，掌管整個亞太地區的 Lucky Life 事業。除了他之外，當初另外一位加入德國研究團隊的科學家昆西・巴克納，也就是那位提出以手術植入的方式提高感染率的人，同樣加入了 Lucky Life，成為了醫療部門的高階主管。

而研究團隊中的幾位骨幹成員，也都有不錯的發展，中國團隊這邊，衛青成教授在獲得諾貝爾獎之後，從學界光榮退休，如今時常參加各種採訪與座談節目，並在節目裡大談香巴拉菌的好處。

而蔣成華教授如今則接任了清華大學的校長，並接替衛教授在研究團隊中的領導地位，繼續帶領團隊研究香巴拉菌。而毛治誠教授如今則成為了研究團隊中的二把手，並接任了生物學系的主任。如今蔣、毛兩位教授相互配合，依舊埋首於學術研究當中，但不同的是，如今他們可以動用的資源與人脈，可比過去豐富太多了。

而德國研究團隊之首的芬恩・華格納教授如今也大受歐洲學術界的追捧，多次在節目上露臉，但他並未如同衛教授或徐教授一般從學界轉戰到其他事業上，而是繼續與中國研究團隊合作，研究香巴拉菌。而被外界視為華格納教授重要副手的卡琳・邁爾，也順利獲得博士學位，如今研究團隊裡的人都開始尊稱她為邁爾博士。而她的弟弟，身為被香巴拉菌治癒的首批患者之一，則被 Lucky Life 聘用，成為 Lucky Life 在歐洲地區的代言人與形象大使。

如今面對世界上各種疑難雜症，人們最優先想到的，便是香巴拉菌療法。從癌症到截肢手術，從地中海性貧血到雙目失明，幾乎各種疾病傷殘都能被香巴拉菌治癒，對於香巴拉菌的迫切需求，無論怎麼形容都不為過。而香巴拉菌的發現地西藏，也成為各界矚目的地方。在 Lucky Life 宣布香巴拉菌療法正式上市之後，中國政府首先宣布加派兵力入駐西藏，強力打擊當地的走私活動以及限制香巴拉菌出口等政策。而美國政府則馬上跳起來以侵害人權為理由宣布貿易制裁。與西藏接壤的幾個國家，例如印度、不丹、尼泊爾等，也因為中國對西藏的加大部屬，而加強在邊境的兵力，國際局勢一度緊張起來。然而隨著 Lucky Life 企業的對美國政府的遊說，以及中國政府與鄰近各國重新簽訂打擊走私的協議之後，事態逐漸緩和。而市場強烈的需求讓各國也紛紛放棄強硬的態度，沒多久美國便取消了制裁，而同時中國政府也答應放寬香巴拉菌的出口限制。

這是一段充滿奇蹟的時代，人們讚揚著香巴拉菌帶來的奇蹟，人類第一次感受到遠離病痛的威脅，世界各地的人們對於這種來自東方的神祕菌類，開始了各種描繪，而 Lucky Life 也在徐教授的建議下，以東方傳說中的「納元丹」替香巴拉菌的子實體命名。那一顆顆如藥丸般的子實體，成為了人類眼中的至寶，也喚起了對東方修仙傳說的美好幻想。而 Lucky Life 則是這場宣傳的發起者，是香巴拉菌社群的領導者！

現在人們已經知道，香巴拉菌對於人類的身體，能夠展現出比在其他動物體內寄生時更強力的效果，而之所以會有這樣的差異，全源自於人類的腦電波比其他動物還要強。根據亞洲某位教授的研究成果，人們發現香巴拉菌的寄生效果，會受到腦電波的影響。當遇到強大的腦電波時，香巴拉菌便會被激發出更強力的效果。雖然當中原理還是個謎，但這不妨礙人們對於香巴拉菌的渴求，尤其是些飽受疾病之苦的患者，以及希望藉由香巴拉菌延長壽命的富豪。至於外觀上的些許變異？在人們看慣了各種影視作品中五顏六色、奇形怪狀的各種角色之後，香巴拉菌所導致的變異，只是更受到人們，尤其是年輕一代的追捧。

但也有一派人，堅決抵制香巴拉菌。雖然並非多數，而且意見雜亂，難以對輿論造成太大的影響。這些人有的認為香巴拉菌研究時間太短，對於宿主是否有副作用還研究的不夠透徹，這也是反對派中為數最多的一派。有的則是因為出於宗教觀點，認為透過寄生的方式進行治療是褻瀆人體與神明的。還有的純粹只是出於主觀看法，認為受到寄生很噁心。不過這一代的人們越發世俗化了，而且對於新興事物的接受度也遠勝以往，因此即使香巴拉菌療法可能會讓人產生些許的異變，但人們仍大多認可香巴拉菌療法。即使是保守派，也僅疑慮延長的壽命可能會導致社會價值的重建，以及接受治療產生變異後可能遭受歧視等。而各國政府對於香巴拉菌療法，目前多數國家僅是限制這套治療方式的應用範圍，例如管制追蹤、銷售管道或者許可名額等，而非全然禁止該療法。

約西亞和徐教授等人當然也明白反對派與保守派的那些道理。為了控管風險，也為了區分消費族群，他們出售的產品大致上可分為兩類，一類是屬於保健食品，也是目前銷售量最多的一塊，占了銷售額的八成。這些相對便宜的產品雖然含有香巴拉菌的成分，但都是經過烹煮，使其喪失活性，即使服用再多也不會被寄生，當然也就沒有香巴拉菌寄生後的種種功能。另一種較昂貴的產品，則是貨真價實的寄生。由 Lucky Life 企業提供特定醫院香巴拉菌的胞子，並以手術的方式植入患者的胃部。這種手術雖然不難，但卻需要後續密切的觀察，並且依照情況給予投藥壓制人體的免疫反應，以免寄生過程中引起激烈的免疫反應而死亡。對於這些真正做過手術的患者，Lucky Life 企業雖然會將其成果大為宣傳，但同時也會密切追蹤這些人的後續狀況。

在結束會議後，徐凝輝乘車返家，他指示自動駕駛返家的路線，隨後打開影音盒，收看今天的新聞。新聞正播放一名叫趙嫦的女子正在公開呼籲 Lucky Life 企業降低香巴拉菌手術的費用，並且要求各國政府與保險業者將香巴拉菌療法列入給付的範疇，此外更要求取消對於香巴拉菌療法的資格限制與後續追蹤。

「這是劃時代的醫療進步，企業家怎麼能因為自己的私利而侵犯全體人民的公益呢？政府應該拿出魄力來！生命權是最至高無上的權利，那些對於香巴拉療法的限制就是在阻礙生命權！」趙嫦對著鏡頭大聲疾呼。

徐凝輝鄙夷的一笑。真是一個自以為是的女人，她根本什麼都不懂，那些限制與追蹤恰好是為了維護人們的生命權，香巴拉菌的寄生並不是沒有風險，用藥更是需要精確。雖然在 Lucky Life 所打出的廣告中並沒有說出這一點，但徐凝輝認為，如果有人全然相信廣告說詞而不自己思考判斷，那就真的太盲目了，況且又有哪家公司會願意在廣告上自曝其短呢？

徐凝輝想起了當初香巴拉療法上市前，司馬辛曾氣急敗壞地找上自己和約西亞，反對他們的上市計畫和廣告。

「我們對於香巴拉菌的理解還不夠透徹！我們甚至不知道為什麼這種真菌會對宿主的腦電波產生反應！」司馬辛大喊。

「但二號患者能夠憑著自己的意志操控那對『手臂』，而且截至目前為止，並沒有產生其他副作用。」約西亞安撫司馬辛。

「只是暫時沒有副作用，但我們觀察的時間還不夠久！」

「在過去所有動物實驗中，都沒有發現宿主產生惡性的突變或者其他不良反應。這點你應該也很清楚才對。此外過去所有人類患者都沒有產生不良反應，不是嗎？」徐凝輝說。

司馬辛愣了一下，然後才緩緩開口說道：「我只是有一種感覺，我們的步調太倉促了。尤其在確定這種真菌會和宿主腦波產生反應之後，更讓我覺得我們還需要再更了解香巴拉菌，否則可能釀成大錯。」

「但在你的研究報告中也很清楚的表明，是宿主透過腦波控制真菌，而不像是蟲草科真菌那樣反過來，由真菌控制宿主進行繁殖。而我們在過去得出的結論也是相同的，這些你都很清楚，甚至有些成果還是你親手完成的！」徐凝輝說。

「即使如此，現在就商業化也還是太倉卒了！我們進行人體實驗才幾年，對於香巴拉菌的能力界線還不清楚，測試過的疾病種類也不多。更別提你們的廣告文案，根本沒有提到寄生失敗的機率與風險，那可是會出人命的啊！」司馬辛大聲反駁。

「司馬教授，雖然我很尊重您對於生命價值的維護，但在當初的合作契約中，什麼時候進行商業化是由我們 Lucky Life 企業來決定的。此外，本次商業化，你們研究團隊的領導也是同意的。另外 Lucky Life 企業也已經遵照各國的法律規範完成必要的行政流程，廣告也並沒有違反各國法律。很抱歉，這是經過各方共識的結果。」約西亞平靜地對司馬辛說。

「難道你不覺得，就這樣貿然商業化太過於短視近利了嗎？要是出了意外怎麼辦？這樣藐視人命是違法的！我相信你可以做出更有智慧的選擇！」司馬辛反駁。

「所有醫療行為都伴隨著風險，總不能因為害怕風險，就放棄治療吧？」約西亞微笑著說道，並引用了湯瑪斯・霍布斯的話。「說到法律和智慧，相信教授您也明白，『不是智慧，而是權力制定了法律』，不是嗎？」

「三個最大的失敗，是缺乏理智、勇氣與警慎！」對此，司馬辛則引用了希羅多德的《伯羅奔尼薩戰爭史》中的一句話反駁約西亞。「我只看到你有勇無謀的膽量，更不知道何為警慎！」

說完，司馬辛怒氣沖沖地轉頭離開。

本來徐凝輝以為，自從那次不歡而散之後，司馬辛會退出研究團隊，至少也會在公開媒體上對外反對香巴拉菌療法的上市。但從他聽到的消息中，司馬辛目前仍待在研究團隊裡，繼續埋首研究香巴拉菌，除了不公開表示對香巴拉菌療法上市的支持之外，他並沒有做出什麼妨礙讓香巴拉菌療法上市的言論或行動。

徐凝輝並不特別討厭司馬辛，但在他看來，司馬辛就是書生脾氣，懂做事但不懂做人。雖然徐凝輝從學者的角度來看，香巴拉菌療法的上市確實有些急促，但從商業的角度來看，越早攻占市場，對打開銷路當然越有利。況且若沒有 Lucky Life 的資金，他司馬辛也不可能無後顧之憂的進行研究。

徐凝輝又看了下新聞，雖然現在已經不再播放關於趙娣的新聞，但作為 Lucky Life 在亞洲區的主管，他可不能任由那些沽名釣譽之徒添亂，更別說是一位根本沒有相關專業知識的網紅了。

想到這裡，徐凝輝忽然有了一個主意。他打了一通電話給約西亞商量，很快二人就達成共識。

「『教育的目的，是用充實的知識，取代空虛的頭腦。』，現在就讓我們來教育一下這位趙嫦小姐吧！」徐凝輝掛掉電話後，引用了邁爾康・富比士[1]的名言，並冷冷一笑。

2068／6／10 中國 上海 寶山區大華路13號公寓5樓 營網企業

李宗政很早就注意到了關於趙嫦對 Lucky Life 的言論，他也預料到 Lucky Life 很快就會著手處理。因此當 Lucky Life 的人聯絡他時，他已經做好了充足的前置作業。

有了上一次和 Lucky Life 合作的經驗，李宗政能敏銳的掌握到 Lucky Life 需要些什麼。在二號患者出事因故暫停直播之後，李宗政為了替 Lucky Life 在網路上帶風向，可忙得不可開交。不過這麼做也值得，因為 Lucky Life 總是準時將錢匯入他的戶頭，更時不時有額外獎金。和 Lucky Life 合作沒幾個月，李宗政就買下了兩套房！而現在雖然 Lucky Life 的直播項目停止了，但由於李宗政卓越的工作績效，讓 Lucky Life 選擇繼續和他合作，改以一年兩千萬的合約，聘雇李宗政繼續為他們維護網路形象與輿論。

這一次，李宗政根據 Lucky Life 那邊的指示，向網路散布了關於趙嫦過去針對二號患者事件的評論。例如她曾公開批評 Lucky Life 透過讓香巴拉菌寄生人體的醫療行為是不道德的，甚至是罔顧人命的。此外，她也曾公開宣稱二號患者實際已經死亡，並被 Lucky Life 掩蓋事實真相。

透過這些言論與影像，李宗政試圖喚起大眾對趙嫦過往那些錯誤言論的記憶。此外，如今趙嫦大聲

1 邁爾康・富比士（Malcolm Stevenson Forbes,1917-1990），《富比士》雜誌創辦人，原文為：The purpose of education is to replace an empty mind with an open one.

疾呼對香巴拉療法的限制就是在阻礙生命權這一言論，與過往言論對比之下，更顯得趙嫦的矛盾與荒謬。

除了將過往言論做對比外，李宗政也透過他的駭客功力，挖出了不少關於趙嫦過去的情報，例如趙嫦只有三流大學的學歷，以及過去因參加抗議活動時，因損毀公物而被逮捕的照片等。

李宗政將這一系列資料，透過不同假帳號放到網路上，試圖營造出趙嫦無知又魯莽衝動的形象。

「可惜啊！」李宗政看了一眼趙嫦的照片，感慨好好一個女孩，竟然因為得罪了 Lucky Life 而將被人格抹殺。不過即使如此，對於自己將成為劊子手的李宗政，卻沒有一絲內疚。這只是生意而已。更何況，趙嫦也不付他薪水，而 Lucky Life 可是給了他一年兩千萬美金的報酬啊！

不出李宗政所料，當那些關於趙嫦的資料在網路上曝光後，沒幾天輿論對於趙嫦的看法馬上就轉了風向。

「這種人活生生就是社會亂源！」

「以為自己長得好看就能為所欲為嗎？」

「胸大無腦！那什麼學歷啊，還敢出來丟人現眼。」

「天啊！沒想到竟然是這種人！」

當然，還是有一些人站在趙嫦這邊，認為她不過是在替常人發聲。不過李宗政並不在乎這些人到底怎麼看到趙嫦。他的目的已經達成。就和過去無數次他主導的輿論行動一樣，打亂風向、製造對立、模糊焦點。

眼見初步行動已獲成效，李宗政又收到了來自 Lucky Life 的新指示。聽完之後，李宗政不得不佩服想出這套連環計的人，這可謂一步一步將趙嫦逼到絕境。

果然，針對這些言論，趙嫦很快就跳出來反擊，她很快宣布針對這些爆料內容舉行記者會。而李宗政這時也以自媒體的身分前去參與，準備進行計畫的下一步。

「對於這些日子以來，網路上針對我的流言蜚語，讓我非常的痛心。透過揭發私人資訊來獲得關注，是對隱私權的侵害！那些批評我學歷的人更是惡劣，什麼時候我們社會開始如此赤裸裸的學歷歧視？難道學歷是評判一個人好壞的標準嗎？我們應該要唾棄學歷歧視，找回人民的善良！」趙婞帶著墨鏡，打扮的一身素樸，面對記者與鏡頭，頻頻拭淚。

「那麼過去被逮捕的事情，可以請您對我們說說嗎？」一個人問。

「這完全是執法部門的栽贓陷害！我只不過為需要幫助的人發聲，損害了政府顏面，所以才會被逮捕的！我只不過是一個小老百姓，一個普通人，面對政府的威逼根本無能為力啊。」趙婞又擦了擦眼淚。

「關於過去抵制香巴拉菌療法的言論，您有沒有什麼想對大家說的？」一個記者問。

「過去 Lucky Life 忽然中斷直播，且沒有將資訊公開透明，這種引起公眾恐慌的行為，難道不會讓人起疑心嗎？」趙婞又擦了擦眼淚，她回答。「我只不過盡到一個守法公民的義務，希望 Lucky Life 能給出足夠的解釋與資訊。即使我有一些情報來源並不是完全正確，但 Lucky Life 沒有給出完整的情報是事實，引起大眾恐慌也是事實，一間大企業難道就不用為自己的行為負責嗎？」

「有些人會認為妳對於香巴拉菌療法前後評價不一，有雙標的嫌疑，不知道有沒有什麼想解釋的？」記者又問。

「我想，一個人總要誠實的面對科技進步所帶來的一切知識盲區，我畢竟不能未卜先知。當初輸血手術也曾被視為邪術而遭禁止，但如今卻是我們習以為常的醫療方式，更是常聽見血庫告罄等標語，所以我想我針對已知的證據給出對應的評價，完全是合乎情理的。如果有人能提前知道這一切，那也請麻煩幫我占卜下一期樂透的號碼。」聽到趙婞說的最後一句，不少人莞爾一笑。

趙嫦顯然有備而來，面對人們提出的問題，都能一一給出解釋。聽完她的解釋後，人們議論紛紛，似乎有開始同情趙嫦的趨勢。

對於趙嫦的發言，一切都還在李宗政的掌握之中。不過他並不急著出手，他先是等到其他記者都提問得差不多了，且沒有提出他想要的問題時，他才舉起手，向趙嫦問道：「請問一下，網路上對於您之前的言論，和最近一直在呼籲的，放寬香巴拉菌療法限制的提議都有些看法，認為您立場轉變得太快了，對於放寬香巴拉菌療法限制，取消追蹤檢查的規定等等，您是否要趁機對著大眾說明白呢？」

聽到這個問題，趙嫦自信的回答：「醫療鬆綁是必然的，那些人是尋求治療的病人，而不是偷竊財物的賊，更不是企業的私人財產！追蹤患者是侵犯隱私的行為，患者自然有對於是否讓身體接受追蹤檢查的意願自由！同樣政府也不應該設下種種限制，一個連癌症、斷肢都能治癒的醫療方式，政府卻設下種種門檻，讓需要幫助的人被拒之門外，更別提龐大的醫療費用，這無疑是在劫貧濟富，是擴大社會差距！」趙嫦激情地喊話。

「這是否有點鼓動患者反抗醫生？有點不太明智吧？」人群中一個人問。

「我不是讓大家反抗醫生，我只是鼓勵人們對於侵犯自己隱私的行為勇敢說『不！』這點還是有差別的，請不要誤會。」趙嫦連忙又解釋。不過李宗政並不在乎她解釋了什麼，他已經拿到他想要的了。

等記者會結束後，李宗政將自己的錄音錄影寄給了 Lucky Life，靜待下一步行動的實施。

幾天後，出現了一則轟動全球的新聞，讓趙嫦醫療鬆綁的主張受到各方的抨擊。

「根據佛克瑞斯電視臺在美國加州的報導，一名接受香巴拉菌治療手術的患者，因為堅持自己有不受醫療性追蹤檢查的自由，因此拒絕回診。今晚被家人發現於臥室內死亡，根據法醫檢驗，推測為免疫過激反應導致的休克。對此事件，Lucky Life 總部表示對於死者不願意接受追蹤檢查而導致的死亡事件感到遺憾，也強調所有手術都有不確定性，追蹤是為了保護患者，請民眾不要聽信不實的傳言拒絕醫療追蹤。美國CDC（Centers for Disease Control and Prevention，美國疾病管制與預防中心）則表示，香巴拉菌手術需要時刻針對患者體內的抗體反應做出調整，因此呼籲民眾配合合法的醫學建議。而……」

在新聞曝光的同時，李宗政也接到了來自 Lucky Life 的新指示。他開始在網路上替 Lucky Life 塑造受害者的形象。

「不肯聽從專業醫生的指示，卻偏偏去聽信一個三流大學學歷的網紅，這種人類迷惑行為也真是奇了！」

「任何手術本來就有風險，但真正有問題的是不遵照專業指示！這種行為和自殺有什麼區別嗎？」

「以前得到癌症都還等定期化療，甚至還會因為化療掉光頭髮、感到反胃等等副作用。現在只要接受簡單的後續追蹤就能擁有健康的身體，但是卻拒絕追蹤，這樣跟對著自己腦袋扣扳機有什麼區別？」

「這件事情如果要怪到 Lucky Life 企業的話，以後哪位醫生還敢要求患者做後續的醫療追蹤？」

隨著李宗政的操作，網路上的風向很快就倒向 Lucky Life，並且對於趙嫦大加撻伐。

「趙嫦女士，請問您有沒有什麼想說的？」

「對於這些死亡案件，您有沒有想對家屬說些什麼？」

「有傳言家屬將對您提出跨國際的訴訟，是真的嗎？」

本來樂於接受採訪的趙嫦，一改常態，面對追問的新聞記者們一言不發。頂多重複說著一句：「謝謝指教，謝謝指教。」

看到趙嫦如此可憐的模樣，讓李宗政都不由得有一絲絲的憐憫。但他更享受扳倒一位名人的快感。

隨著趙嫦的聲望下跌，Lucky Life 則趁機對大眾宣導所有手術都有不確定性，追蹤是為了保護患者。由於李宗政已經先將風向帶好，因此人們相對輕易地接受了 Lucky Life 的說法。至於一些仍在觀望與困惑的，面對趙嫦的下場，也讓他們暫時不願發聲。而一些企圖想紅的人，則趁機批評趙嫦缺乏醫學知識，並且開始拍攝了一些關於醫學知識的影片。一時之間開啟了短暫的網路醫療科普時期。當然，這當中都有李宗政的手腳。

對於踩黑幾個人、捧紅幾個人，李宗政並不是太在意。不過他倒是很佩服想出這套連環計的人，那麼輕易的拿捏人性，針對人性的趨紅踩黑、隨波逐流做出一系列的對策。同時這次事件他也明白了一點，那就是絕對不要與 Lucky Life 為敵。在死亡新聞爆發之後，新聞刻意揭露的細節與新聞爆發的時間點，讓李宗政起了疑心。他也曾駭入相關的政府網站，最終得到的結論是，整起事件都是 Lucky Life 自導自演，甚至可能買通了政府與新聞媒體，上演了一齣假新聞。隨後再用假新聞與李宗政的手處理掉了趙嫦，使其聲望一落千丈。

「真是幸運啊！」李宗政在電腦前喃喃地說。他慶幸自己很早就站到了 Lucky Life 的旗幟下。在看清了 Lucky Life 的手段與所能支配的資源後，更是讓他確信自己站對了邊。

這時候，李宗政又收到了來自 Lucky Life 的新業務。這次的任務是讓李宗政對香巴拉菌做新的宣傳。從他收到的資料看來，似乎 Lucky Life 又利用香巴拉菌治癒了幾起罕見疾病。同時，Lucky Life 的指示中又讓李宗政開始蒐集關於一間名為追夢公司的新藥劑公司。

「追夢公司？」李宗政搜索了一下關於這間公司相關的資料。這間公司剛上市沒多久，主打的產品是抗真菌藥。公司的規模不大，和 Lucky Life 比較起來，就如同螞蟻與大象般懸殊。除了抗真菌藥可能對 Lucky Life 的香巴拉菌療法有影響外，李宗政看不出來這間追夢公司有哪點讓 Lucky Life 感興趣。不過他還是動手將關於追夢公司的資料記錄下來。畢竟與其得罪 Lucky Life 企業，還不如乖乖按照指示辦事。他可不想落得趙嫦那樣的下場。如果只是那樣，那可能還算幸運了。誰知道 Lucky Life 還有什麼手段呢？

2068／11／22 美國　紐約　布魯克林學院

冬季的紐約，颳著冷冽的風雪。然而即使是這大雪紛飛的日子，布魯克林學院的禮堂裡，仍擠滿了前來聆聽演講的人們。除了學院的學生外，還有不少來自社會各階層的人們。這群服裝各異的人們，對於這一次的演講主題，有著極大的興趣。

「讓我們有請昆西・巴克納教授！」布魯克林學院的校長帶領著臺下的聽眾們鼓掌，歡迎昆西・巴克納上臺演講。

昆西站上臺，臺下的觀眾們這時可以清楚的看到他身上所穿的，並不是上個時代常見的西裝，而是兼具現代化與東方風格的服飾。隨著香巴拉菌療法與東方修仙風潮的興起，這種風格的服飾在全球的年輕人當中越來越受歡迎。而昆西作為香巴拉菌研究團隊的一員，自然也樂見於人們對於自己的研究主題如此關注。因此他自然也配合 Lucky Life 的政策，穿上了這身新式的服裝，迎合人們的喜好。而且經過現代化的設計與更先進的材料，這身衣服除了風格新穎外，功能性更是沒話說。即使在寒冷的天氣裡也能讓人感到溫暖舒適。

「今天的主題是：現代醫療與修仙、巫術的關聯。」昆西對著臺下的觀眾們說。這個主題也是近期的熱門。由於徐凝輝想出的點子，將香巴拉菌與修仙結合成話題，讓人們也認識到，中古世紀許多被視為女巫、術士的人，其實只不過是精通藥草學、化學而已，但卻被人們誤信為超自然的力量並加以迫害。而探討現代醫療與過去巫術、煉金術的話題，也因此被人們所關注。

「過去，人們常將一些無法理解的事情，歸咎於超自然的力量。以黑死病為例，現在我們已經知道黑死病是由於鼠疫桿菌（Yersinia pestis）所引起，但中古世紀的歐洲則認為這是上帝的懲罰，唯有透過鞭笞，才能從上天的懲罰中獲得救贖。因此那時候的醫生，會用木製的枴杖鞭打病人，以赦免他們的罪。當然這對現代人來說是很荒誕，但對那時候的人們而言，這就是真理。反而去喝巫師、巫婆給的褻瀆上帝的藥劑，才是荒唐的。」昆西說，而他身後的螢幕上則出現了各種圖案，如老鼠、拿著木棍，戴著鳥嘴面具的瘟疫醫生。看到最後一張瘟疫醫生的圖，臺下的人們出現一絲共鳴。

「同樣在東方，古時候的人們也會將一些無法理解的事情，理解為巫術，或者『仙術』，意思是仙人使用的法術。所謂的仙人，就是以無法理解的方式，達成常人所不能達成之人，例如長生不老、施展奇蹟等。古代東方的人們，很早就對如何成仙，有了完整的論述。在東晉（西元三一七至四二〇年）時期的著作《抱朴子》中，認為仙人是『以藥物養身，以術數延命，使內疾不生，外患不入』，用現代方式理解，就是透過藥物來讓身體健康、延長壽命。」昆西身後的螢幕閃過幾張著名的古畫，例如黃慎的仙人圖、採藥圖等。

「然而在東方，即使很早就有對於修仙的完整論述，但仍然沒有固定的理論體系，部分原因在於東方的政府普遍對於宗教的管制以及實用主義的影響。因此東方的修仙體系大多各自為政，並沒有統一的系統。這導致了派別眾多，修煉法門各異。」

「但簡略來說，東方的修仙系統主要仍以丹藥與健體、沉思等三項為主要範疇，這當中最速成的，莫過於丹藥。只要服用丹藥，就能長生不老，這當然是很吸引人的。因此即使普遍相信無神論與實用主義的中央政府，也時常有皇帝尋求長生不老丹藥的記載。當然，如果真有吃了就能長生不老的藥，那請也給我來一份。」昆西的話引得臺下的聽眾一陣笑聲。

「即使煉丹、煉金術在現代人們聽起來十分荒誕，但其實我們許多的科學成就，都源自於此。古代東方從煉丹中使用硫磺，進而發明了火藥。在西方，則透過煉金術累積了關於現代化學的基礎知識。此外，人們也從煉丹、煉金術當中，明白了藥草學的應用，早在蘇美文明，就被發現了包含鴉片在內的藥用植物記載，而古羅馬時期更是有超過一千種藥草植物的配方被記載下來。而在東方，直到現在人們依然在使用藥草做為醫療的一種手段，例如『中醫、中藥』。而且我們至今仍能從藥草中發現能應用於現代醫學的成分，二〇一五年的諾貝爾醫學獎得主屠呦呦，便是因其從中藥裡的黃花蒿當中，發現了具有抗瘧疾效果的青蒿素而獲獎。」畫面上出現了黃花蒿的圖片，細小的黃色花朵非常可愛。

昆西接著又說：「因此即使古老的傳說與迷信看似荒誕不經，但我們仍然可以從中汲取科學的火苗，並將其培養成明亮的火炬。就如同近年最新的香巴拉菌，也是從古老藏族的神獸傳說中被發掘出來。如今我們從研究中發現，這種菌具備強化宿主的功能，並且能治癒許多以往人們束手無策的疾病。演講的最後，我要很榮幸地在此宣布，香巴拉菌的研究團隊，日前又證實香巴拉菌對於一些遺傳性疾病，具有一定程度的治療能力，我們已經成功改善了一名白化症患者的症狀，並且在另一名色盲症患者身上，其顏色判斷也獲得了顯著的進步！」

最後這個消息讓在場的聽眾們一陣歡呼與掌聲，昆西則在掌聲中走下臺，笑著與人們握手交談，享受著人們的祝賀與恭維。

昆西演講的內容很快就登上了各國媒體的頭版，而與神祕的修仙、煉金術等做結合的內容，更是激起民眾的好奇與關注。此外，對於治療罕見疾病成功的新案例，更是將全球對於香巴拉菌的熱潮推向新的高峰。媒體更是將過去到現在的這股熱潮，命名為「冬蟲夏草狂熱」。

原本對於幾個月前，因為香巴拉菌療法暴斃事件，對香巴拉菌療法還存有疑慮的人們，早已隨著時間淡忘心中的疑慮。如今又面對媒體大規模的報導與稱讚，那僅存的疑慮也煙消雲散，只剩下少數在世人眼中被視為頑固分子、保守派的人，還對於香巴拉菌療法有所警惕。但他們的質疑也已成不了氣候了。

在這波熱潮中，除了 Lucky Life 賺進了大把的鈔票外，獲益最多的，莫過於那些網紅們了。他們並非全是受雇於 Lucky Life，有許多甚至和 Lucky Life 自始至終都沒有過聯繫，完全沒拿過 Lucky Life 一分好處。但這些網紅們，卻因為做起了和修仙相關的題材，而被人們追捧。有的講解修仙的歷史與故事、有的分享修仙的方法、還有的甚至號召大家一起修仙並意圖開宗立派，成立新宗教。

這其中當然不乏許多偽科學、偽宗教，雖然政府曾試圖想要壓制這股潮流，但卻敵不過民間的反對壓力與變通能力，有些人以言論自由、宗教自由為抗議口號，有的則是以各種方式繞過政府的法令。此外，Lucky Life 在宣傳上，也有意無意的與修仙做結合，甚至與知名的影片公司合作，做了幾部關於修仙題材的動畫與影集。

在這一波的香巴拉菌與修仙熱潮的影響下，一些文化學者們開始討論起何為修仙？修仙的方式為何？如何才算成仙？這些問題開始被體系化的探討。當然，精明的約西亞也沒有錯過這波學術熱潮，他以私人名義舉行了幾場對於修仙的研討會，也讓 Lucky Life 雇用了多位學者，替旗下的香巴拉菌產品，設計修仙相關的廣告。

當然，有捧的就有貶的，對於這股修仙熱潮，很快就衍生出另一股勢力，處處反對香巴拉菌與修仙熱潮，這股勢力不大，但處處針對香巴拉菌的結果，還是導致了一些零星的衝突。雖然反對與衝突略為增加，但整體而言，香巴拉菌的熱潮仍高出許多。

就在許多專家學者以為對於香巴拉菌的熱潮已經達到最高峰的時候，一則新聞的報導，則打破了許多專家學者的預測。

「新聞快訊，法國當地時間上午十一點，在巴黎香榭麗舍大道上發生一起車禍，當中有一名兒童被失控的車輛壓在車下。然而在救難單位趕到前，附近一名男子竟以一人之力將車輛抬起，救出該名受困兒童。兒童獲救後已緊急送往附近醫院。根據當地記者採訪後發現，該善心人士曾在三個月前曾因罹患癌症而接受過香巴拉菌治療，之後便發生力氣增大，外觀年輕化等改變。當地政府正考慮公開獎勵這位見義勇為的男子……」

昆西在收到約西亞的訊息後，很快便觀看了這則新聞，新聞中的男子外觀上雖然與常人無異，但指尖的部分卻是翠綠色的。根據其在採訪中的解釋，那是因為接受香巴拉菌療法後產生的外觀異變。

之後昆西馬上與約西亞、徐凝輝等人展開視訊會議，針對這次的新聞做出因應。

「各位，對於今天的這則新聞，有什麼看法嗎？」約西亞問。

「我個人認為，這是一個很好的宣傳機會，讓人們見識到香巴拉菌的功效，再度刺激人們對香巴拉菌的需求。」徐凝輝說。

「我同意徐博士的看法，本來在反對香巴拉菌的人當中，就有一些是反對香巴拉菌對人體產生的額外異變，如果我們能讓人們看見這些額外異能，能夠對社會產生助益，那麼反對派的聲量自然也就小了。」昆西附和。

「而且，本來受香巴拉菌影響的個體，會在外觀上產生一些異變，雖然目前社會上還能接受這些異變，但為了預防將來可能產生的歧視事件，趁機宣揚這些受治療者們能對社會產生更大的幫助，降低人們的牴觸心理，也算是未雨綢繆。」徐凝輝接著說。

「那就這麼定了，接下來的方針就是提高社會大眾對受治療者們外觀上的接受度，以及宣導受治療後的額外好處。」約西亞總結。

「是否需要聯繫這次事件中的那位受治療者來擔任我們的宣傳大使？」徐凝輝問。

「不用，我想我們手邊有一些更好的人選。」約西亞微微一笑。「而且剛好還能符合各方需求，不是嗎？」

徐凝輝和昆西先是一楞，隨後才露出恍然大悟的神情。

2068 12／25 美國 紐約 三一教堂

聖誕節，莎托普．摩伊拉正在教堂外發放愛心物資給紐約當地的窮困家庭。然而在這嚴寒的天氣裡，她只穿著單薄的天藍色連身長裙，除此之外，一點禦寒的衣物與設備都沒有。

她笑著臉，將物資遞給前來的人們。在不遠處，則有幾名 Lucky Life 的工作人員正在進行拍攝。這場慈善活動是由 Lucky Life 主辦，目的是向世人們展示接受過香巴拉菌療法的莎托普，所擁有的抗寒能力。與此同時，在地球的另一側，擔任歐洲形象大使的班．邁爾，也正在進行類似的慈善活動。

他們二人在受到了香巴拉菌的影響後，除了獲得了一些有益的異能外，外型也與過去不同。原先黑髮藍眼的班，變成了藍眼藍髮，而原先莎托普的棕眼棕髮，如今則變成了紅眼紅髮。對於這些接受了香巴拉菌療法後改變外貌的人們，世人們初看只覺得新奇，伴隨著一點違和。但新世代人們，早已看慣了動漫中各種誇張的造型，因此大部分的人很快就接受了這種新奇的外貌，甚至是喜愛這種新外觀。而且，相較於外觀上的改變，這些受治療者們展現的變異能力，則更吸引人們的關注。

雖然早在二〇二〇年左右，就已經有了智能義肢的雛型，而隨著時代發展，智能義肢已經被應用在各種產業上，且不侷限於殘疾人士，即使是四肢健全的人也能用智能義肢完成難以想像的壯舉。然而，智能義肢在某些人的觀念裡，究竟是外力，所達成的成就亦非自身所為。因此，當香巴拉菌向人們展現出了奇特的異能時，便吸引那些希望靠自身肉體達成「強大」這一概念的人們，而伴隨著修仙口號的宣傳，更是讓這些不希望借助冰冷金屬的人們，有了追求的目標。

因此對於 Lucky Life 今次舉辦的活動，參加人數與線上觀看的人數，很快就突破五千萬人次。現場許多人好奇圍觀著莎托普，有些更拿起手機拍照。莎托普微笑著面對鏡頭，並不時應現場 Lucky Life 工作人員的要求，擺出不同姿勢以供拍照。

面對穿著厚重防寒衣物的人們，穿著單薄輕便的莎托普顯得格外突兀，然而人們卻十分羨慕她所擁有的能力。而她臉上愜意的微笑，更是讓寒冬中的人們更加堅信香巴拉菌是未來的主流。

「好，休息一小時！」工作團隊的主管看了看時間，然後宣布道。

莎托普如釋重負的鬆了一口氣。到了休息區後，在四下無人時，她臉上原先掛著的笑容瞬間變得冷漠陰鬱。她恨極了 Lucky Life 的一切，但如今她已沒有回頭路。

自從她接受了約西亞提出的「協議」後，便成了一切噩夢的開端。她被迫服用各種藥物，這讓她的精神恍惚，並且陷入間歇性的失憶與抑鬱之中。之後又被強行植入香巴拉菌，參與了那場全球矚目的直播活動。而她內心所有的苦楚，卻因為保密協議而無法對任何人說起，面對家人關心的詢問時，她只能用各種理由搪塞。那段時間，她除了無止盡的頭痛與噁心之外，服用各種藥物導致的內分泌失調更讓她胖了數十公斤。

雖然隨著香巴拉菌的治癒能力，她的身材開始恢復正常，而且頭痛、噁心與失憶的症狀迅速得到緩解，但她內心的某處，卻徹底崩塌了。在身體大致恢復健康之後，莎托普又面對著 Lucky Life 實驗室的各種實驗與檢測，有一段時間，她的日常生活幾乎全是在實驗室的隔離間中度過，與家人和外界斷絕聯繫。

直到近期，Lucky Life 又為了迎合潮流，開始培養她成為網紅。好不容易離開實驗室的她，又陷入了另一種被控制的生活，一舉一動都有專人在身旁監控與指示。她也不是沒想過逃跑與求救，但體內除了被 Lucky Life 植入香巴拉菌外，更被裝上了追蹤器，即使逃跑，也會被輕易追蹤。求救更不可能，所有與外界的聯繫都被 Lucky Life 嚴格把關，而且，無論逃跑或求救，最終都會波及到她的家人。

而家人是唯一讓莎托普感到安慰的存在。每當收到家人的訊息，表示生活得到改善的喜悅時，都會讓莎托普發自內心的微笑。和約西亞的「協議」，至少讓她保證了家人們經濟上的無虞。家人們的笑容，也是支撐她繼續下去的唯一支柱。

「那邊的，該開始工作了！動作快點！」

當莎托普在腦海中回憶著家人們的面容時，一名工作人員跑來對她說，語氣中有著明顯的不耐煩。

莎托普冷冷地看了工作人員一眼，縱使內心千百個不願意，但也只能緩緩起身。接下來的時間裡，她仍要繼續向人們展示她的抗寒能力，以及因為香巴拉菌而被強化的體能。現在的她在力量上，雖然沒辦法像電視上那位受治療者，憑一人之力搬起汽車，但也已獲得超乎正常女性的力量。而且最重要的是，莎托普即使獲得了超出常人的力量，但卻沒有像舊時代的女性一樣，為此而全身肌肉，喪失纖細的美感。單從外觀上來看，她的體態和普通的上班族女性基本沒有區別，沒有特別明顯的肌肉或者鍛鍊過的痕跡，而那頭紅髮與紅眼，則是她與其他人最明顯的區別了。而這也正是 Lucky Life 目前主打的賣點之一，獲得力量，但卻不破壞苗條纖細的美。

在攝影機面前，莎托普輕鬆扛起了沉重的物資箱。物資箱的重量當然是提前計算好的，重量明顯超出正常女性的能力範圍，但卻能被莎托普輕鬆用單手扛起。不過，這還不是莎托普目前真正的力量上限。不過 Lucky Life 並不知道罷了。

即使在 Lucky Life 鉅細靡遺又慘無人道的實驗下，莎托普仍然隱藏了自己真正的力量。這讓她有著小小的、報復的快感。而她獲得的異能，也遠不僅是抗寒與增強的力氣。

莎托普繼續在攝影機的拍攝下，微笑著發放慈善物資，並和前來領取的人們打招呼。即使她內心正發瘋似地尖叫。她渴望自由。

「聖誕快樂！」莎托普向著一對母女微笑，並遞上了裝有慈善物資的包裹。她看著張大眼望著自己的小女孩，在工作人員的指示下，蹲下身對女孩微笑並誇讚她可愛。緊接著，莎托普又被安排和另一名體態臃腫的男子合影。

自由！逃跑！不顧一切的打倒眼前所有人！自由！自由！

2068 12／25 法國 巴黎 聖母院

「聖誕快樂！」卡琳熱情地將物資遞上。一旁的聖母院裡不時傳來唱誦聖歌的聲音。周遭也被妝點著一片熱鬧，金色的鈴鐺、紅色的花朵、五彩的燈光。工作人員與志工熱情地引導人們排隊，而 Lucky Life 在歐洲的分公司也派出主管經理在現場參與物資的發放。卡琳心想，這也許就是聖誕節的氣氛吧？

善良與分享，慈愛且祥和。看著人們燦爛的笑容，讓卡琳相信，自己當初沒有放棄研究香巴拉菌，是正確的選擇。

她回頭看向弟弟，希望能和他分享自己的喜悅。他以前也是最喜歡聖誕節的，在小時候，每次聖誕節他們姊弟都會一起到教堂唱聖歌。

誰料，這時候的班，並沒有在發放物資的工作人員當中。卡琳四處尋找，在一陣年輕女性的驚呼聲中，她找到了班。他這時候正赤裸著上身，露出健碩的身形，並讓兩位年輕女性坐在自己肩上。女孩們又驚又羞地笑著。任由班扛著她們四處走動。旁邊的工作人員一時之間也不知道該制止還是該拍攝，而最終他們還是沒有停下攝影。

「注意安全！」不過還是有幾位工作人員忍不住出言提醒，並小心翼翼地盯著班，以免他跌倒。

「沒問題的。」班不以為意地說，並面對鏡頭露出親切的微笑。「大家看，這就是香巴拉菌的功效，無論是抵抗寒冷，還是舉起這些小甜心散步，都是輕而易舉的！」

說完，他還刻意蹲低，讓他肩上那兩位年輕女性的臉剛好與鏡頭平視。發現自己上鏡頭的二人又驚又喜，對著鏡頭開心地揮手並擺出各種姿勢。

「班！」卡琳吃力地邁過積雪朝他們走來，想打斷班的胡鬧。

「各位朋友，你們現在可以看到，研究香巴拉菌的幕後功臣，幫助我從全身癱瘓到如今擁有堪比海克力斯[2]的力量，這都要感謝這位偉大的諾貝爾獎得主，我親愛的姊姊——卡琳・邁爾！」班看到她走過來，便用誇張的聲調和語氣，對著鏡頭前介紹起卡琳。

[2] Heracles是希臘神話中的半神英雄，傳說擁有神力與智慧，能徒手舉起巨人安泰俄斯（古希臘語：Ἀνταῖος）。

班的這番介紹讓卡琳一時之間不知道該如何應對，原先要讓班別胡鬧的斥責也吞了回去。她不太自然地對著鏡頭笑著，並僵硬地揮揮手。

「兩位小可愛，看來我姊姊有事情要找我商量，只能請妳們先下來囉。」班對著他肩膀上的兩位女性說。並壓低身子，讓她們從自己肩膀上下來。

「晚點妳們可以去找我的私人助手留下聯絡方式喔，小可愛們。」班對她們俏皮地眨了眨眼，讓她們又咯咯笑個不停。

「大家休息一下吧，讓我和親愛的姊姊獨處一下。」班對著周圍的工作人員吩咐。工作人員也識趣地散開，有的繼續協助發放物資，也有些則放下手中的器材，隨意找地方坐下喝點熱飲休息。

「有什麼事嗎？」班笑著望向卡琳。他仍沒有穿上衣服的打算。

「先把衣服穿上！」卡琳看著上半身赤裸的班，有些惱怒地將他原先的襯衫扔了過去。

班撇撇嘴，將衣服套上，但並沒有扣上鈕扣。

「你剛才那樣也太胡鬧了，要是出了意外怎麼辦？」卡琳對著班說教。

「才不會！姊姊，妳應該多看看我的測驗數據，那兩個妞兒能有多重？我才不至於連舉起兩個妞兒都做不到。新聞上那個出盡鋒頭的可是連汽車都舉起來了！」班說到後面，語氣漸漸大聲起來。卡琳分不出他是在羨慕、忌妒還是憤怒。

「即使如此，在大庭廣眾之下這麼做，也太失禮了！」卡琳說。

「喔，才不會呢，他們愛死了。」班反駁。

隨後班朝著人群拋了個媚眼，然後揮揮手。像是要證實班說的話一般，人群中馬上傳來驚呼與尖叫，還有一些熱情的人拿著標語牌對著班揮舞。

卡琳眼見說不過他，便轉頭想找Lucky Life的主管，讓他來克制住班的行為。畢竟班的身分是Lucky Life的形象大使，是受雇於Lucky Life的，必須要聽從他們的指示。

怎知，Lucky Life的主管卻對班的舉動讚不絕口，並聲稱他「親民的行為成功吸引了眾人的目光，並為企業產品傳遞了良好的效果與形象」，這讓卡琳啞口無言。

而當她和主管談話的短短時間裡，班又和人群中幾個年輕女子嬉鬧在一起，並將一名女子舉過頭頂，讓那名女子驚叫連連。

卡琳雖然知道班這個年紀的男性因為賀爾蒙影響，自然會喜歡和同齡女性相處。但班現在的舉動和說話方式，都與以往大不相同，個性也從原本的溫和變成了如今輕挑與玩世不恭。雖然目前班並沒有做出更出格的事情，但她還是很擔心班的轉變。感覺他似乎認為有了香巴拉菌所給予的異變，就可以肆無忌憚的遊戲人間了。

她決定找時間再和班好好談談。她曾失去過班一次，不想再次失去他。

於是等到工作結束後，她約班一起吃個飯，而地點則約在華格納教授的家中。她希望即使自己勸不動班，華格納教授這個幾乎等同於他們父親的人，有辦法規勸班。

當天晚上，他們三人聚在一起，在溫暖的室內吃了一頓豐盛的耶誕晚飯，由卡琳親自下廚，有燉煮在一起的胡蘿蔔、馬鈴薯跟洋蔥，以及新鮮出爐的烤麵包，主菜則是燒烤過的豬排，並搭配附近小酒廠釀製的黑啤酒。

華格納教授很高興能夠與他們姊弟一同聚會，晚飯期間他大口喝酒，大口吃肉，並熱情地和他們交談，他特別關注班最近的動向。雖然華格納教授和卡琳平時在研究團隊能時常見面，但班由於忙於替Lucky Life代言，跑遍歐洲出席活動，因此和他們相聚的時光甚少。卡琳也很珍惜三人一起吃飯的時光，並內心暗自希望班能在這溫馨的氣氛中，願意傾聽他們的想法。

用完晚餐後，卡琳從冰箱拿出了一盤奶油布丁當作飯後甜點，趁大家都在品嘗布丁時的輕鬆氣氛中，卡琳用輕描淡寫的語氣說：「教授，你看過班最近代言的廣告了嗎？」

「喔，關於在雪地裡救出小狗的那支廣告嗎？看過了！」華格納教授放下湯匙，開心地說：「那拍得真的很不錯，看到班能有現在的成就，我真的非常開心！」

卡琳看向班，此時他正咀嚼著布丁，聽到華格納教授的稱讚，他不以為然的說：「攝影組太過於小心了，偏偏要用安排的機關讓我挖掘，明明我不用機關也能夠徒手把狗救出來。那樣更真實，更能展現香巴拉菌的能力，不是嗎？」

「欸，話別這麼說，要是有什麼意外，那小狗的生命可就不保了。」華格納教授和藹地說。

「只不過是從雪裡向下挖一點而已，根本難不倒我！」班自負地說。

「生命可不是兒戲，你不應該在別人的生命上展現你的男子氣概，孩子。」華格納教授溫和的提醒。

「但那只是一條狗！而且，生命本來就是充滿危機與意外的！」班毫不在意地反駁華格納教授，讓卡琳和教授都為之一愣。

「班！」卡琳驚呼。

「孩子，你這樣的言論太可怕了！」華格納教授揪著胸口駁斥。

班用他那已經轉變成藍色的雙眼望著他們，平靜的說：「不要那麼驚訝，會那麼驚訝，只代表你們已經沒辦法用跟我同樣的眼光看待事情了。」

卡琳看著那對藍色的眼睛，只感到陌生與慌張。她試圖勸說道：「你這番言論如果被今天那兩個女孩聽到，不知道她們會做何感想？別再這樣說了！」

「她們只是玩具，玩玩而已，如今我比大多數人類都強，她們自然受我吸引，一切都是她們甘願的。」誰料班的說詞，更讓人感到冰冷。

「孩子！」華格納教授驚惶的大叫。

「你這樣說對她們太不公平了！」卡琳也驚呼。

「別那麼驚訝，說到公平，你們看到新聞了嗎？各種體育項目已經明確禁止接受過香巴拉菌治療的人參與。這難道不是對我們的歧視嗎？」班反問。

「即使如此你也不應該這樣說！這樣太粗魯了！」華格納教授喊到。

「不要把你們的價值觀強加到我們身上來，我們和你們不一樣！我們不一樣！」班忽然表情掙扎的對他們說。

說完，他衝出門，一頭扎進外面寒冷的風雪之中，頭也不回地在雪地裡飛奔而去，絲毫不受腳下的積雪與呼嘯的冷風影響。

卡琳和華格納教授面面相覷，直到手中的湯匙落地發出清脆的聲響，才讓他們回過神來。

2069 2／24 司馬辛住宅

「是的，當然，我會努力想辦法的。」司馬辛面色嚴峻的對著電話那頭允諾些什麼。

他沉著臉，看向窗外。外頭此時一片漆黑，幾盞微弱的燈光在無月的夜色中，顯得格外清晰。

「親愛的，我先睡囉？」艾芹的聲音從臥室傳來。

「妳先睡吧，我還有些事情要忙。」司馬辛回答。

司馬辛轉過頭，看到掛在牆壁上的照片，那是他和研究團隊獲得諾貝爾獎時的照片，照片中大部分的人都咧著嘴開懷大笑，但只有他，掛著僵硬的笑容，在人們中顯得格外突兀。

「企圖一步登天的人，往往會發現自己直落深淵。」司馬辛喃喃地說。「我們走得太急、太快了。倉促得看不清腳下的路，盲人瞎馬夜半臨淵，大概也不過如此了吧？」

他走到書桌前，桌上一疊文件上，赫然印著「追夢公司」幾個字。他沒有翻開那份文件，因為上面的內容他已然熟記。

距離他發現了宿主能夠透過腦波控制香巴拉菌，已經過了近三年。他眼看著研究團隊的人，有的飛黃騰達、有的光榮退休、有的轉換跑道，而他只是默默守著自己的成果，並企圖做出改變。但一個人能做到的事情，實在太有限了。他如今雖然是研究團隊名義上的三把手，以及實質上的領導者，但他有太多事情不能說出口。

Lucky Life 曾網羅過他，那位名叫約西亞的人，更曾明確對司馬辛表達，若司馬辛願意，完全能取代徐凝輝的位置。

「我明白這些研究成果多半都是教授你的功勞，加入 Lucky Life，你能獲得更多成就與光榮！我們有最頂尖的實驗室，也有能說服監督機關的法務團隊！」

司馬辛還記得約西亞朝他遞出橄欖枝時，那勢在必得的表情，以及當自己拒絕他時，那掩不住的氣餒。

自從那之後，Lucky Life 雖然再也沒有派人煩過他，也沒有其他刁難的事情發生，但司馬辛多少明白，這都是蔣、毛兩位教授暗地裡替他兜著護著，不讓 Lucky Life 有藉口為難自己。

他曾一度想找蔣、毛兩位教授傾訴自己的臆測，但最終還是吞回肚子裡。他必須掌握更多證據才行。

司馬辛從書桌上的一扇暗門中，取出一份厚厚的報告，上面寫著的，是關於他所記錄的所有接受香巴拉菌治療者的資訊，各種生命體徵、個人背景、接受治療的時間地點、執行手術的醫師、使用的藥物等等，幾乎詳盡的記載在上面。他之所以還在用紙本這種落伍的方式，是因為害怕電子資料有被植入後門的風險。司馬辛甚至偏執的拒絕任何連網的智能家電進入這間書房。當然，紀錄本身並不是重點，這些紀錄都可以透過 Lucky Life 提供給研究團隊的內部網頁查詢。這份紀錄最重要的，是司馬辛在每個案例最末所做出的分析以及評估，評估如何有效殺死他們。做為最後的手段。

司馬辛在這份文件後，找到關於班的紀錄，並根據他這幾年研究的心得，在紙上草草寫下他認為最能針對班的化合物成分。

「這次是藍色嗎？」司馬辛看著關於班的紀錄，並補充上剛才在電話中聽到的關於班的情報。

在受治療者們開始展現出最初的身體變異時，科學家們便開始了關於變異個體差異的研究。當然，這些研究香巴拉菌的學者當中，司馬辛是最努力的，他不僅鉅細靡遺的為每位受治療者做紀錄，並請求蔣成華教授向 Lucky Life 要求提供所有接受香巴拉菌治療的客戶們的資料。總之，他動用了一切可能的資源，只為了盡可能獲得關於受治療者們變異後的情報。

有一種寄生蟲，名為魚虱[3]（Cymothoa exigua），是一種寄生的橈腳類生物。他們會寄生在魚類嘴裡，透過抽走魚舌頭上的血，使魚舌壞死後取而代之。但魚類並不會感覺到疼痛，並且能如同使用正常舌頭般，將這種寄生魚虱作為舌頭使用。除了替代舌頭外，魚虱並不會對宿主造成什麼傷害。甚至可能

---

[3] Cymothoa exigua，中文翻譯為縮頭魚虱，體長約 3-4 釐米，會寄生在墨西哥笛鯛體內，目前在加利福尼亞州、與英國海域被發現。

會產出保護魚類口腔的分泌物。

但香巴拉菌也是如此嗎？這個問題司馬辛至今沒有答案，但對於受治療者變異後的顏色分別，他已經有了初步的理論。

這個結論他還沒有正式公開發表，在研究團隊內也僅有少數人知道他的結論，除了蔣、毛兩位教授外，就只剩下他的得意門生張妮知道。雖然毛教授曾催促他趕快發表，但司馬辛卻仍按兵不動。因為他知道，他的理論還有很多未能解釋的地方。

他望了一眼關於剛才補上的關於班的資料，上面潦草的筆跡寫著關於德國的研究團隊在對班進行體檢時獲得的相關數據。這些數據和司馬辛理論大致相符，那就是受治療者們的身體變異，其種類和變異身軀的顏色有一定的關聯。而每一種顏色都會對特定的化合物有較高的敏感性，容易產生過激反應。

以班的例子來說，變異後的班，變成了藍髮藍眼，而根據經過歸納的數據顯示，藍色系的變異者，能擁有更好的親水能力，例如長時間潛水不用換氣、抵抗水底高壓、比其他變異者更好的抗寒能力等，而班也恰好獲得了相似的能力。然而，並不是每一位藍色系的變異者都會發展出相同的能力，在司馬辛紀錄的資料裡，也有頭髮變藍，眼睛變綠的變異者，就沒有發展出上述能力，反而其體內的產生了類似電鰻的發電器官。這也是司馬辛一直遲遲不敢發表的原因，因為有太多例外了。

雖說如此，但司馬辛仍堅信顏色與變異能力之間有一定的關聯，這可能是基於保護色的演化機制，或者香巴拉菌在同物種之間的個體差異所導致。

當司馬辛整理好資料後，他嘆了一口氣，將那份資料小心翼翼地收回暗門內。

最初，他認為香巴拉菌是非常有潛力的萬能藥，但等到遇上二號患者的事情後，他開始擔心香巴拉菌會和蟲草科的菌類一樣，對人體造成危害。但直到他發現了香巴拉菌與腦電波的關聯後，就越來越無法理解香巴拉菌。他只對其感到敬畏。對此，他轉變立場，開始反對將香巴拉菌用於醫療，因為人們對香巴拉菌的了解實在太少太少了。當反對無效後，司馬辛也曾想過要退出，但他心底明白，如果退出了，就沒有辦法繼續深入了解香巴拉菌了，將來如果真有什麼意外，他一定會後悔。所以他仍繼續待在研究團隊，並努力成為了研究團隊的第三把手。

當受治療者們的變異開始顯現後，在人們驚嘆那些經由變異獲得的額外能力時，司馬辛開始悄悄地開啟另一項研究項目，一個對所有人保密的項目。那就是如何有效地殺死受香巴拉菌寄生的宿主。當然，在寄生初期，要殺害香巴拉菌的宿主非常容易，但隨著香巴拉菌寄生時間越久，宿主在體能與體格上獲得強化後，要殺死宿主就變得益發艱難。最初在捕獲受香巴拉菌寄生的野生動物時，就曾出現過身中數槍仍能屹立不倒，並擊退入侵者的案例。而香巴拉菌奇特的解毒能力，也讓許多現有的藥物無法竟全功，不是效果大打折扣，就是全然無效。

不過，司馬辛的進展並不順利，雖然他找出了幾種能稍微抑制香巴拉菌繼續生長的的化合物，但效果都不理想。不過，在他研究香巴拉菌時，卻意外發現香巴拉菌會對生物的腦波起反應。會有這一點發現，是因為有一次當他帶兒子到辦公室時，發現兒子一直目不轉睛地盯著隔壁實驗室的方向。後來經過證實，兒子盯著看的方向，正是香巴拉菌樣本的位置。這讓司馬辛忽然想到，也許香巴拉菌能夠散發出某種頻率的波長，進而使感官能力較強的人感知到。

在深入研究後，司馬辛竟成功從香巴拉菌中萃取出來一種化合物，這種化合物被證實能夠刺激生物的大腦，使其散發出更強的腦電波。同時香巴拉菌也在散發某種微弱的電波，能夠與宿主的腦電波相呼應。

關於這一點，司馬辛一直沒有搞懂為什麼，研究團隊也沒有結論。這樣的生物模式似乎像是互利共生，但讓宿主容易操控寄生物，使宿主握有主導權，似乎有違常理。張妮曾提出，這可能類似於海葵與寄居蟹的關係，海葵任由寄居蟹搬遷自己，並且提供保護，而海葵則能獲得更多覓食的機會，以及寄居蟹吃剩下的殘渣。不過香巴拉菌光是強化健康與壽命的能力，也能獲得大多數宿主的青睞，似乎沒必要再演化出強化宿主腦電波的功能。

司馬辛回到臥室，此時艾芹已經睡去。司馬辛躺在她身旁，閉上眼。沒一會就睡去。

當他張開眼時，他正處在一處原始的叢林中，他試圖撥開擋在面前的樹枝與蔓條，走沒幾步，他看到前方的斜坡下，有許多人影，穿著五顏六色的服裝，正圍繞著一顆石頭進行著瘋狂的舞蹈。他們口裡傳來的，是司馬辛聽不懂的語言。但那癲狂的音調與尖嘯般的聲音讓他頭皮發麻。那些綠色的人似乎正在慶賀些什麼，又或者是在祈禱著什麼。司馬辛試圖悄悄接近他們，但他一腳踩空，整個人滾下斜坡。那些綠色的人影發覺了司馬辛後，開始圍繞著他，跳起了那怪異的舞蹈。

司馬辛害怕極了，他起身想跑，但卻無路可走。而這時他才看清楚那些人影的面孔，他以為五顏六色的服裝，其實全都是各種顏色的菌菇與苔蘚，而這些人的五官扭曲在一起，彷彿萬聖節的南瓜燈被風乾之後的樣子。

司馬辛感到緊張惶恐，他握緊拳頭，不知道接下來會發生什麼事情。這時，一道黃色的身影似乎憑空出現，只見一個高大的人影，身穿黃色斗篷，斗篷的陰影遮住來者的面容。沒等司馬辛反應過來，那些圍繞著司馬辛的怪異人形就朝著黃衣人猛的撲過去。但只見黃衣人輕蔑的舉起一根手指，那些怪異人形就瞬間被燒成灰燼。

「啊！」司馬辛驚醒過來，全身冷汗淋漓。

那怪異的身姿與尖嘯般的旋律仍在他腦中迴盪，他僵硬地長抒一口氣，想要起身喝水。卻發現自己的雙手因為剛才在夢中握緊拳頭，竟然硬生生扎破了皮，留下幾道血痕。

司馬辛覺得自己昏昏沉沉，不知道到底發生了什麼事情。但他有一種很不好的預感。

互惠利他主義（Reciprocal altruism），是指透過幫助其他個體，並期待獲得正向反饋與回報的行事方式。此觀念最早由羅伯特．特里弗斯（Robert Trivers）提出，最初該概念接近於博弈論中的「以牙還牙」策略。

自然中有名的例子之一為「清潔共生」，一些小魚透過清潔大型魚類的口腔，獲得食物，但同時也替大型魚類消滅寄生蟲。

一些論點認為，互惠利他主義是一種變相的「相互自私」行為。因為該行為基於獲利，並非無私的奉獻。

而互惠利他的機制中，也存有不少作弊者的存在。例如知名的假清潔魚（Aspidontus taeniatus），就在體色與體型上模仿藍紋清潔瀨魚（Labroides dimidiatus），以減少被捕食的機會，並且還會攻擊大型魚類的健康部位，咬下大型魚類的皮膚、魚鱗等部位並躲到安全地方進食。

第五章：副作用

2069／6／24 追夢公司

「這或許是個商機。」黃玉考坐在桌子上，嘲諷似地對司馬辛說。

「我若想賺錢，和徐教授一樣，加入 Lucky Life 就行了，沒必要讓自己活受罪。」司馬辛頭也不會的繼續調整化合物的比例。

「想想看，一款能刺激腦電波的新藥物，不僅能提高人們的意識能力，還能應用在各種行業上，比如透過腦電波進行身分驗證。更極端一點，也許我們真能實現傳說中的心靈傳動呢！這樣一來，人人都可以是超人了。」黃玉考依舊用嘲諷似的語氣說。

「要成為超人的話，我們已經有香巴拉菌了。」司馬辛不以為然的說。

「香巴拉菌，這又是一個你的傑出貢獻啊，教授。」黃玉考跳下桌子，走到司馬辛身後。

「是的，為此我應該負起責任。」司馬辛嘆了口氣，放下手上的燒瓶。

「即使需要以墮入地獄為代價？」黃玉考問。

自從司馬辛對香巴拉菌產生疑慮之後，便開始著手研究如何抑制和殺死香巴拉菌的藥物。然而他又擔心自己的研究如果被 Lucky Life 知道，會被對方阻撓。然而研究又不能沒有資金支持，在考慮資金與隱密性等多個面向後，司馬辛決定成立一間能合法對外募款的公司。

為了處理成立公司所必須要跑的行政流程，透過妻子的介紹，司馬辛聘請了黃玉考作為公司的法務。

本來司馬辛沒打算讓黃玉考明白他的打算，但黃玉考卻很快就猜中了司馬辛的用意，並答應替司馬辛保守祕密。

「是的，如果墮入地獄足夠做為代價的話。」司馬辛疲憊地說。他又夢到那些全身長滿菌菇與苔蘚的怪人。夢的最後，仍就是那穿著黃袍的人用火焰將其屠殺殆盡。他不明白這個夢的意義，但他猜想，很可能是自己對研發出可以針對香巴拉菌藥物的渴望，才會讓他夢到那些真菌人。

「我想那些修行者肯定不會同意你的看法。」黃玉考說：「對他們而言，香巴拉菌那是上天賜給人們最珍貴的禮物。是通往超凡入聖的必需品。」

如今全球對於香巴拉菌的需求越來越高，即使是沒有病痛的人，也開始企圖將香巴拉菌植入體內，只為了能獲得香巴拉菌那非凡的能力。但接受香巴拉菌治療的限制仍然被 Lucky Life 嚴格的把持。光這點就讓司馬辛覺得謝天謝地，因為如此一來，將大大限制香巴拉菌擴散的速度。但讓司馬辛憂心的是，那些植入了香巴拉菌的人們，或想接受植入的人們，由於 Lucky Life 宣傳的影響，在這些人當中，有的已經開始自稱為修行者。除了模仿古人打坐煉丹外，也進行一些武術上的訓練，而這股風潮很快就在網路社群上擴散開來，幾乎各國都有類似的修行者組織成立。

此外，一些比較早期就進行手術的人，如今已經開始產生出子實體。這些人當中，有的便以子實體為代價，引誘人們加入自己的宗派。甚至打出了不用上醫院也能治百病的口號。

而這些人展現出來的獨特能力，以及宣稱能治病的口號，很快就引起了政府與既得利益者的關注與不滿。

對於那些能自行生產香巴拉菌子實體的人，Lucky Life 起初採取回收政策，在定期追蹤的同時，將這些人體內的子實體回收。最初 Lucky Life 似乎認為回收政策能受到大眾接受，因為即使透過手術，受過香巴拉菌治療的人也能在極短的時間內癒合傷口，而且沒有任何不良副作用。但沒料到這一政策卻遭到激烈反彈，許多能自行生產子實體的受治療者表達出了強烈的反對，認為侵犯了身體自主權與財產權。此外，不久前沉寂的降低香巴拉菌管制的言論，如今也被拿出來重提。但與過往不同，在見過了香巴拉菌的好處，與強大變異效果的宣傳之後，有許多修行者與普通人們聚集起來，抗議 Lucky Life 的回收政策與政府的管制政策，人人都想獲得更便宜的香巴拉菌，甚至引發了多起暴力事件。無奈之下，Lucky Life 只得取消回收政策，改為宣傳要大眾遵循專業醫療的被動政策。

而各國政府的反應，則較 Lucky Life 更為強硬，憑藉著公權力，各國政府不但沒有如大眾所期望的，與 Lucky Life 一樣放寬對香巴拉菌療法的限制。反而在這些大規模的抗議中，又加強了對於香巴拉菌的管制，更有許多國家提出了要將香巴拉菌療法收歸國有的言論。國家對於這些超人化的受治療者，採取了明確的警戒態度，這讓民眾更加氣憤。致使抗議規模逐步擴大。

更多競賽明文禁止接受過香巴拉菌治療的人參加，甚至連棋奕比賽等智力型競賽也是。而許多國家的政府甚至要求在身分證件上標註是否接受過香巴拉菌治療。

種種針對性的政策與規定激起了人們的反對。不過保守派卻認為，這是必要之惡，因為接受過香巴拉菌治療的人確實擁有比常人更好的身體素質。

然而，即使存在如此多限制，各國政府在警戒受治療者的同時，卻也貪圖他們的能力。許多受治療者被政府強行徵召加入軍隊，或者被訓練成特工進行暗殺任務。

這種一方面強加限制，一方面又毫無底線利用的行為，很快就激起受治療者們的反感。不是每個人都有如「超人」克拉克般的大愛精神。這些受治療者們只是普通人，有著普通人的喜怒哀樂。當他們的特別成為了枷鎖後，自然會有打破枷鎖的衝動。

而在某國一場軍隊的內部叛亂中，兩位受治療者因為不知名的原因，屠殺了半個營區。在意識到普通武器效果不佳後，軍方迫不得已用導彈直接摧毀了整個營區。將那兩名受治療者連同營區內其他無辜士兵一起燒成灰燼。

這無疑點燃了受治療者群體的憤怒之火，也讓許多民眾，尤其是修真群體對此表示不滿。然而，當與自身利益無關的時候，人們往往事不關己。因此更大多數的人並沒有站出來抗議，甚至有的還認為是受治療者罪有應得。

最終，聯合國不得不宣布，讓受治療者加入戰爭，將被視為使用生化武器。可這並沒有平息人們的不滿，因為各種強加的限制仍然存在，而各國政府也並未澈底執行聯合國的宣言。只不過將受治療者以更隱蔽的方式繼續利用而已。

對此，正反兩派爆發了多次的衝突，而在看到一些抗議者們所引發的暴力行為的影片後，更讓司馬辛更加堅定要趕快研發出能反制香巴拉菌的藥物。那畫面簡直是可怕了。

那些穿著奇裝異服的普通人倒還好，但是那些接受過香巴拉菌治療的人，他們擁有比常人更強大的力量，以及諸多異能。如今已經被證實的，就有能將指甲如子彈般射出的、有能透過器官發電的、能散布有毒粉塵的。而且這些人如果只是被幾發子彈打中，很快就能治癒。除非有辦法對其造成大面積的破壞，例如使用榴彈、穿甲炮等，才可能真正造成致命威脅。但在混雜的人群中使用這些武器針對變異者，卻又會牽涉到比例原則和人權問題。因此政府的鎮暴警察和 Lucky Life 的安保部隊，面對那些人完全束手無策。

即使面對那些變異者們時吃了虧，但Lucky Life卻以此做為宣傳，表示很高興看到那些受香巴拉菌治療的人們能獲得如此傑出的能力，並繼續大力推廣香巴拉菌療法，更宣稱香巴拉菌是維護自由與平等的有效辦法。Lucky Life同時也呼籲政府順應民情，放寬對香巴拉菌的管制。這情形像極了當年美國針對持槍權的辯論。更讓司馬辛又不禁聯想起吞吐著橡皮條的魚。

「你也覺得那是超凡入聖嗎？」司馬辛反問黃玉考。

後者遲疑了一下，然後說：「我不知道。」

「在我看來，香巴拉菌確實發揮了預期的功效。受治療者確實康復，甚至還有了額外的新能力。但那樣真能算超凡入聖嗎？說到底，我們又該如何定義何為超凡入聖呢？」黃玉考解釋。

「發揮了預期的功效嗎？」司馬辛淡淡一笑。「那些混亂的場面，並不是我預期的。打從一開始，我就不贊成那麼快將香巴拉菌投入臨床實驗。」

「但你還是妥協了。」黃玉考說。

「對，所以也許我是該為此而下地獄。」司馬辛苦澀地說。

「但我不明白，即使在看到香巴拉菌確實擁有醫治重大傷殘與疾病的能力後，你還是執意想研發能反制香巴拉菌的藥物。為什麼？那些混亂並不是香巴拉菌造成的，造成混亂的，是人類、是人性。」

司馬辛沒有回答黃玉考，而是自顧自說了起來：「當我發現了腦電波與香巴拉菌之間的聯繫後，曾有過一個推論。那就是情況是否有可能反過來，香巴拉菌能透過自身的意願，控制宿主？畢竟在寄生的過程中，香巴拉菌會將菌絲擬態成神經細胞，並且擁有一切神經細胞應有的功能。」

「狗搖尾巴，還是尾巴搖狗？」黃玉考說。「這讓我想到，以前看過的一則荒誕的陰謀論，其論點是植物為了讓自己在生長過程中獲得更好的機會，演化出讓動物——也就是人類，心甘情願為其耕作的能力，也就是將糖分與養分供人食用。但你是否杞人憂天了？」

「但我們還沒弄清楚為什麼香巴拉菌會有這種強化腦電波的演化機制。本來我以為，我的這個發現能終止那場誇張的直播秀，但結果反而適得其反。一旦得知二號患者能夠自由操控新長出的假肢後，不僅是Lucky Life，研究團隊更是興奮，他們認為這是一件跨時代的大發現。而結果你也看到了，當二號患者在公眾面前展示了操控新生假肢的能力後，隨之而來的各種溢美之詞——神藥、救命丹、萬能藥。」

「你應該也明白，這些溢美之詞當中，有多少是Lucky Life買的付費廣告。」黃玉考朝司馬辛挑眉。

「當然，大公司的宣傳手段。但人們如此輕信，卻讓我感到害怕。我怕是我讓一切鑄成大錯。所以我開始研究針對香巴拉菌的藥物，希望在一切都太遲之前，還有補救的機會。」

「但目前沒有任何證據，是人們受到香巴拉菌的控制。最近的幾起混亂，抗議者大多數都是普通人，即使有幾位受治療者造成了一些傷亡，但也並不能代表全部受治療者都是如此。」黃玉考客觀的說。「也許你更該想的，是人性也許就是如此。有句話不是這麼說的嗎？『有三種東西特別難以穿透，鋼鐵、鑽石以及人的本性。』追根究柢，沒有證據表明這些混亂和香巴拉菌有關。」

司馬辛不言。他沒跟黃玉考說的是，困擾著他的夢境，夢裡那些怪異的，長滿真菌的人（又或者是長得像人的真菌？），也是他決心發明抗香巴拉菌藥物的原因之一。但因為一個夢就這樣做，在旁人看來，也許會認為自己瘋了，或者太偏激了。

「也許我們該做的，不是消滅香巴拉菌，而是從器物、制度、思想的三重理論上著手，促使政府與人們建立新的法律與價值觀。」黃玉考滔滔不絕的說，展現律師雄辯的本色。

「我希望你是對的，真的。我希望你是對的。」司馬辛喃喃地說。

人類，企圖利用受治療者的能力，卻又忌憚受治療者的能力。自己不也是得益於香巴拉菌，又忌憚於香巴拉菌嗎？司馬辛心情非常矛盾。

2070／1／1　美國　Red Life 教派

「Lucky Life 企業於元旦宣布，基於回饋社會的理念，將於一月二日起，調降香巴拉菌療法的價格。該價格調整將有望使更多民眾能從中獲益。專家表示，有鑑於香巴拉菌產業鏈的成熟、市場對香巴拉菌的需求，以及公眾對 Lucky Life 盡到企業責任的要求，此次價格調降在預料之內。此外，Lucky Life 的總裁……」

如今，隨著香巴拉菌的普及與修仙風潮，越來越多新的門派、宗教成立。Red Life 也是其中之一。

Red Life 的教派據點，位於紐約市一處偏僻的角落，這裡曾經是處廢棄的倉庫，後來經過教派成員們的改建，如今成為了 Red Life 教眾們重要的集會場所。

「各位觀眾們大家好！今天將為各位帶來各門派的慶祝活動。如今根據統計，在全球就有多達三百多個與香巴拉菌有關的社團組織。並且有各自的文化傳統，如今在全球，最大的香巴拉菌社團是由前 Lucky Life 代言人，現今教派領導者的班・邁爾所創立的 Blue World！而現在記者所在的位置正是 Blue World 位於歐洲的總部，大家可以看到，現在在 Blue World 總部已經聚集了大批民眾，現場除了提供免費的食物和酒水外，還請來了知名樂團與主持人助興，非常的熱鬧——」

一位 Red Life 的成員關掉了螢幕，而這突如其來的舉動並沒有引起其他成員的不滿。他們有自己的慶祝活動。而眼下，他們正在以自己的方式，舉行著慶祝活動。

在Red Life的據點的牆壁上，掛了一張約西亞的全身照，並且在各部位標明了分數。

「一百分！」只見一根尖刺射入照片的左眼，而計分員如此喊到。圍觀的教眾們則為此一行為大聲喝采。在不遠處，一名紅髮紅衣的女子坐在高處，觀望著人們的舉動。剛才的射手此時朝著紅衣女子深深一鞠躬，而紅衣女子則尊貴的點點頭。而就在同時，那位射手的指尖正在飛快地重新生長。剛才他用來射擊的，竟是他食指的第一指節。

當有人把剛才射出的那截指尖拔下來時，不由得傳出一聲驚呼，而且立刻丟下那截指尖，並痛苦的抓住剛才觸碰過指尖的手。那指尖上布滿了強酸物質，而牆上的那張照片，也已經被腐蝕出一個小洞。

紅衣女子見狀，只是輕聲笑了起來。並示意人們將受傷的人帶下去療傷。

Red Life教派的下一個慶祝活動，是砍稻草人。而稻草人身上掛著的，是砍擊者的仇人的照片。這活動的宗旨在於，將仇人一刀兩斷。誰能越乾淨俐落的將稻草人一刀砍成兩截，而且數量越多的，誰就是勝利者。

在現代社會中，生活的壓力越來愈大，人們也急需發洩的出口。但是社會的教條與道德規範，讓人們不能輕易去做平常想做卻不能做的事情。即使受了欺侮、被人霸凌，也因為權勢與資源而無法反擊。Red Life大多數的成員都是受過不公平對待的，因此即使沒人知道這些活動設計出來最初的目的為何。但Red Life的成員確實享受這種隱隱的復仇快感。

「但這樣就足夠了嗎？」當活動進行到尾聲時，高處的紅衣女子站了起來，她的聲音並不大，但人們馬上停止交談，專注地聽她演講。

「僅僅只是對著假人宣洩，就足夠了嗎？」紅衣女子輕聲地說，但卻彷彿鋒利的匕首，準備伺機割開喉嚨。

「我們受過的委屈、所有不公平的對待，必將一一討回。」她的聲音逐漸高亢起來。「紅色是危險、紅色是鮮血、紅色是復仇！所有虧欠我們的，我們將收回、所有傷害我們的，我們將索取！在香巴拉菌的加持下，我們將帶來一個更公平的世界，從血債血償開始！」

人們開始躁動著，一些人跟著大聲喊出：「一個更公平的世界，從血債血償開始！」

更多的人們，則流著淚看向紅髮紅衣的莎托普。

她，就是 Red Life 的創始人。

莎托普從高處緩緩走下來，人們下意識地退開，為她讓出一條路。只見莎托普的手臂忽然扭曲，彷彿骨頭都被抽出一樣地扭動著，接著她手臂揚起，如同鞭子，又彷彿鐮刀般，將場上所有稻草人俐落地斬成兩截。

人們發出驚呼，並用崇敬的目光看著她。對他們而言，莎托普就如同他們的希望女神，是復仇成功的希望。這也是莎托普希望帶給他們的。

沒人真正清楚莎托普是什麼時候脫離 Lucky Life 的掌握的，或許是當她隱藏的真實能力超出 Lucky Life 實驗團隊的估計時？又或者是她以自身產出的香巴拉菌子實體收買周遭工作人員的時候？也或許，是當 Lucky Life 培養她成為網紅，讓她有辦法藉著各種社群媒體，招攬一眾信徒的時候？

名義上，如今的莎托普仍然是 Lucky Life 的代言人，但她實則早已不受 Lucky Life 的控制。當 Lucky Life 面臨大批抗議者而焦頭爛額時，莎托普立即以此契機為要脅，要求重新擬定契約。

起初，Lucky Life 派出協商的人仍擺出一副高姿態，對於莎托普的總總要求嗤之以鼻，並不時奚落她。但莎托普打從一開始，就不認為能以和平的方式解決。所以當她當著 Lucky Life 的人面前，將混凝土牆壁打穿一個大洞時，情況馬上迎來一百八十度的大轉變。

她永遠記得，那人臉上錯愕、驚恐、慌張、無助的表情。她幾乎能品嘗到那些感情散發出的味道。如此美味。

Lucky Life 很快意識到問題的嚴重性，並派出了層級更高的團隊來與莎托普重新擬定契約。本來莎托普打算趁此機會解除契約，但沒想到，約西亞竟然提前扣住了她的家人，以混亂時期保護公司員工家屬的名義，派人將他們監控起來。

在如此僵局下，契約雖然重新簽訂，讓莎托普獲得更好的待遇，但她明白，只要家人還被約西亞掌控，她與約西亞就將繼續保持僵局，而她也永遠沒辦法獲得真正的自由。

她恨極了約西亞。但她也擁有約西亞意想不到的王牌。她已經悄悄透過收買的方式，打入了 Lucky Life 的內部。

讓人意外的是，雖然香巴拉菌療法是 Lucky Life 的主打商品，但內部員工真正接受此療法的人卻不多，因為大多數的香巴拉菌，都提供給了出價更高者，或者更符合 Lucky Life 宣傳政策的急重症患者。這提供了已能自行生產子實體的莎托普一個絕佳的機會，讓她能以自己的子實體收買利誘 Lucky Life 內部的員工，讓他們願意為自己提供情報。這當中有一些人，與她同樣在職場受到不公平的待遇與霸凌。這些人就成為了第一批 Red Life 的成員。

Red Life 並不是一個知名的教派，而她也竭力讓 Lucky Life 和外界不知曉這個教派的存在。因此即使是目前使用的教派據點，也仍是透過教眾，經由多手購買的方式取得，目的就在於避免被人追蹤。

後來加入 Red Life 的人們，有的並非是受 Lucky Life 的欺凌，而是在其他地方受到了不公平的對待。而有些人，則是單純希望能打造更公平的社會。莎托普將這些人聚集起來，並給予他們香巴拉菌子實體食用，雖然寄生成功的比例，比不上經由正統手術的比例，但仍有幾人成功獲得了香巴拉菌的能力。

除了給予香巴拉菌外，莎托普還訓練他們戰鬥的技巧。即使她本來對於戰鬥一竅不通，但通過在 Lucky Life 內部的線人，她成功招募了一位前傭兵，也就是剛才在射擊比賽中拔得頭籌的那位。這位前傭兵在一次意外事故中炸斷了雙手，而保險公司卻拒絕理賠。就在人生絕望之際，他獲得了莎托普的香巴拉菌。現在的他已然成為莎托普忠心耿耿的左右手，負責訓練所有 Red Life 成員格鬥技巧以及槍械射擊等知識。

如今，Red Life 已經是一個小有規模的組織，有幾百名成員，除了有專門的戰鬥指導外，還有替組織規劃方向的分析師、處理帳務的會計、協助處理傷口的醫療人員等等，不過在受香巴拉菌寄生的後期，宿主便能自行治癒大部分傷口，因此醫療人員主要是服務寄生期較短，以及尚未被寄生的人。

「其他門派有什麼消息嗎？」莎托普問向人群中一名女子。這位女子曾為警方工作，表面上，她曾在一次與毒犯的交火中，流彈誤殺了一旁的路人，最終慘遭革職。而實際上，她因為舉發同僚與毒犯勾結而被陷害，並在被革職後遭到追殺，幾經輾轉後加入了 Red Life 以求庇護。

「女王，目前紐約其他門派並沒有什麼特別的動作。但市區最近出現了一個名為 New God 的組織正在大量號召普通人加入，宣稱要打造一個由新神統治的新世界。他們已經引起了各方的關注，我認為警方與聯邦也已經派人盯哨。有鑑於這個組織的激進宣傳，最近官方可能會針對與香巴拉菌有關的團體做清查。我建議我們應該要及早準備對策。」

莎托普點點頭，並吩咐她盡早將方案呈給她看。

本來莎托普是反對他們如此稱呼自己。當他們知道莎托普的遭遇後，人們開始推崇她，認為即使經歷過折磨與痛苦，即使前方道路鋪滿荊棘，莎托普依然能帶領他們創造一個更公平的世界。對他們而言，莎托普確實是賜與他們第二次機會的救世主，為他們披荊斬棘的女王。於是 Red Life 的成員們便以荊棘女士或荊棘女王來稱呼莎托普。

而莎托普最終也順應他們，承認了這個稱呼。人們需要一個可以崇拜的偶像，需要一個可以寄託的希望。在 Lucky Life 培養她成為網紅的過程中，她也學到了一點東西。關於公眾情緒，關於統轄群眾。而且大權在握的感覺，確實很好。

「女王，我們什麼時候要向 Lucky Life 展開行動？」人群中一位男子急切地問。

莎托普看了他一眼。她記得，這人是 Lucky Life 的低階資訊主管，替上司承擔了決策失誤後被開除。原本他打算走法律程序替自己討回公道，但那位上司卻為了自己面子，竟雇殺手滅口。怎知當殺手將炸彈安裝在他車上後，上車的卻是他的老婆與女兒。痛失妻女的哀傷讓他悲慟欲狂，本想持槍衝進 Lucky Life 找那位上司報仇。而莎托普在得知消息後，立刻親自前往，將他攔住。現在這位男子替 Red Life 處理資安問題，雖然幾次服用來自莎托普的香巴拉菌，但至今未能獲得寄生。這讓他報仇的心越來越急切。

「還不到時候，機會還沒到來。」莎托普輕輕拍了拍他的肩膀。後者則癡迷的望著莎托普。

「我們仍要積蓄我們的力量，鍛鍊我們的實力。我們不僅要復仇，更要打破這不公平的世界！」說完，莎托普朝著稻草人的殘骸吹了一口氣，那半具稻草人立刻被腐蝕，現場傳來一陣難聞的焦臭味。

「我們要讓腐朽的世界徹底崩潰，為此我們需要更多香巴拉菌的力量。讓世界在香巴拉菌面前重生吧！」莎托普朝人們高聲喊道。雖然她不知道自己為什麼這麼說，但腦海中就是浮現出這樣的話語。

「讓世界在香巴拉菌面前重生！」人們跟著高呼著。

2070／1／1
美國　五角大廈　機密會議室

「約西亞先生，您怎麼說？」國防部長急切地問。

「尊敬的先生們，關於你們提出的方案，我只能很抱歉地拒絕。」約西亞微笑著回答。

「但……」參謀總長剛想開口，就被約西亞豎起一根指頭打斷。

「首先我想澄清。不，我們 Lucky Life 與客戶的關係仍然很密切，並不需要來自政府的額外保護措施。其次，最近關於受香巴拉菌治療者所引發的亂象，大多是針對當前各國對香巴拉菌的政策所引發。也許在場諸位更需要考慮的，是關於政府政策的改變？而不是考慮將香巴拉菌療法的所有權收歸國有？這可不是什麼祕密武器的製造技術。」

「但現在香巴拉菌已經證實了比武器還要致命！」國防部長激動的一拍桌子。「看看那些……那些異形！他們不用槍械就能打出威力堪比子彈的投射物，用的還是自己的手指或針刺，能夠輕鬆製造致命毒素，還可以產生生物電流擊暈他人！這些人就是群恐怖分子！」

「但這就是我們進入新時代的代價，不是嗎？」徐凝輝教授慢條斯理地說，他面對一群國家高官，語氣卻彷彿正在尋常課堂上面對一群懵懂的學生。「不能因為時代的進步對現狀產生變化，就限制進步的腳步。就如同不能因為汽車的出現讓馬車失業，就禁止人們製造汽車。你們這些政府官員，要自己尋求變革，而不是等變革的火焰燃燒到眉毛了，才大呼小叫，要求熄滅這火焰。變革的火焰如同普羅米修斯的火種，是不可能熄滅的。」

「我們不是要求人們不再使用香巴拉菌，我們只是希望能由國家來管控！該死的，現在那群人已經失控了！」

「無理由的限制和單方面禁止其實是一回事。」徐教授溫和地說，語氣如同課堂上替學生解答一個簡單的問題般。「而且同樣會引起人們的不滿。說到底，到底是人民引發混亂，還是政府逼人民引發混亂？」

「那些搶劫、謀殺，大規模的幫派衝突，可不是政府引發的！光是上個月全國就有幾百家商店被搶！」國防部長激動的大叫。

「真的不是嗎？你再想想？放心，依你的智慧，我不會太刁難你。但一個受過良好教育，有良好經濟來源的人，會需要進行搶劫、謀殺嗎？會需要加入幫派尋求認同嗎？即使有，數量會有如今這麼多嗎？說到搶劫，有辦法接受 Lucky Life 提供的香巴拉菌療法的人，經濟能力真的會差到需要去搶劫普通的商店嗎？就為了幾百塊錢？如果香巴拉菌真的如同我們偉大的國防部認為的那麼危險，那搶銀行與黃金珠寶不是更快速的選擇嗎？」徐教授反問。

國防部長一時語塞，反倒是一旁的參謀回答：「就算不是 Lucky Life 的客戶造成這一切，但他們散布香巴拉菌，讓擁有這種恐怖力量的人數增加，根據聯合國的規定，這已經很接近散布生化武器了。更別提黑市貿易中的香巴拉菌走私，作為全球唯一能合法進出口香巴拉菌的企業，Lucky Life 對於黑市走私負有絕對的義務。」

「很接近，那表示還沒有觸及紅線。」約西亞嘲諷地笑著。「黑市貿易確實令 Lucky Life 損失不少，但難道你認為 Lucky Life 有辦法代表政府執行公權力，禁絕走私貿易？天啊，難道我正在參加什麼整蠱節目嗎？這是什麼玩笑話？」

國防部的人啞口無言，面對約西亞和徐凝輝的冷嘲熱諷，他們一時之間竟莫可奈何。國防部長只得將目光轉向 Lucky Life 的另一位代表，也就是當初由美國政府推薦加入德國研究團隊的昆西・巴克納教授。希望立場較親政府的他，能出來為政府說幾句。

昆西教授先看向約西亞，再看向國防部長，然後小心翼翼地說道：「各位先生，請冷靜一點。我相信我們不是來吵架的，而是來尋求一個可行的方法，為香巴拉菌的控管做出合理的安排。」

國防部長滿意的點點頭。而約西亞則平靜地看著昆西教授。

「但我也不認為單純將香巴拉菌療法收歸國有，由國家管控是個好主意。這樣一來不僅打破了 Lucky Life 不受任何政治實體控管的獨立性承諾，更可能引發各國之間的猜疑。Lucky Life 保持獨立性，對大家來說才是最好的。請別忘了，香巴拉菌是各國貢獻後的成果，中美歐三方的平衡不應該那麼輕易就打破。而當前的隔離與管制政策，更是對受香巴拉菌治療者的歧視。」

「那照你這麼說，我們該怎麼辦？放任那些受治療的……人……繼續不受管制的擴張嗎？」國防部長咬牙切齒的問。

「我想，我們需要為這些『新人類』設立新的法律規範。並且，還要設立能應對『新人類』的手段，可能是新武器、或者新藥劑，總之就是要能迫使『新人類』遵守法律，但又不危及性命的抑制手段。」昆西說。

「我想在這一點上，Lucky Life 能提供幫助。」約西亞說。

「什麼幫助？」一名官員問。

「關於這一點，我想還是讓徐教授來解釋一下，Lucky Life 的最新項目——『須彌芥子』計畫。」

眾人一齊看向徐教授，只見他緩緩的開口：「所謂『須彌芥子』，意思是將高山收納進渺小的種子之中，原本是佛教的用語。意思是……」

「好了，我們不是來聽你講課的，快點說說這個計畫的詳情！」國防部長粗聲地打斷徐凝輝。而後者則不悅地瞅了對方一眼。

「目前我們已經知道，香巴拉菌的寄生受到宿主免疫系統與身體素質等影響，此外，也明白了香巴拉菌受腦波控制這一現象。」

「這些都是我們已經知道的！」國防部長焦躁地說。

「恐怕我必須先重複這些事情，否則有些人會無法理解我接下來要說的。」徐凝輝說。「如同將高山收容進種子一般，我們試圖反過來，從香巴拉菌中重新提取出高山，再現香巴拉菌中的種種神奇能力。而現在，我們已經有了初步的成果。」

徐教授打開公事包，把裡面的文件發給眾人。

「這……這是可能的嗎？」國防部長激動的看著文件上的內容，露出不可置信的神情。

「這會改變一切戰爭規則的！」參謀總長瞪大了雙眼。

「當然，口說無憑。我想各位尊敬的先生會想親身看一下實物。」約西亞說完，便示意一位與會的同行者，拿出一套裝備。

所有人的目光都盯在那套裝備上，同行人穿戴好那套裝備，他背著一臺看起來略顯沉重的黑色裝置，裝置又連接到他手上的金屬手套和頭頂的金屬頭盔中。

「開始吧。」約西亞下令。

只見那人聚精會神，將帶著金屬手套的手舉起，對準了面前的玻璃水杯。現場眾人屏氣凝神，但好一會都沒有發生什麼異狀。

就在眾人疑惑之際，一陣閃光出現，桌上的水杯忽然炸裂開來，輕微的爆炸聲響嚇得在場所有人一跳，有些軍官甚至下意識地摸往腰際，打算掏槍自保。

「這就是 Lucky Life 最新的成果，用意念控制的武器。雖然還在初步實驗階段，但在實驗室環境中，已經可以對人體造成足夠的殺傷力。而且更重要的是，透過儀器增幅後的腦電波，已經證實對帶有香巴拉菌的宿主能產生一定程度的影響，使他們暫時降低行動能力。」約西亞愉快地看著眼前的那曾經是玻璃杯放置的地方。如今那裡連水漬都沒有，只有大小不一的玻璃殘塊在燈光下閃閃發亮。

「原……原理是什麼？」國防部長顯得有些結巴。

「這是一種透過腦電波加速電粒子[1]，使其產生連鎖反應的方式。」昆西教授替國防部長解答。

「但這不可能啊！電粒子很容易受到磁場影響，而且在加速過程中，不可能在大氣環境下有真空的地方讓電粒子不受其他粒子影響而進行加速碰撞！」一位國防部官員驚呼。

「當然，如果單純讓電粒子如同射出的子彈一樣不去理會它，其當然會受磁場影響。但請別忘了，從頭至尾，電粒子都處於使用者腦波的控制之下，這是延綿不絕的粒子能流，足以彌補行進路線的損耗，以及不受磁場干擾。」昆西回答。

「當然，這都要感謝司馬教授的成果。」約西亞用一種似笑非笑的語氣對著剛才一直默默不語的司馬辛說。

司馬辛沉著臉，面無表情地回望著他。

「若不是他發現了香巴拉菌中，能強化腦電波的物質，只怕這項發明還僅只是童話故事。現在，透

1 此即荷電粒子炮的原理，將電離態的粒子利用加速器打出，使高速的粒子在撞上目標時產生高熱。但在非真空環境下容易與其他粒子產生碰撞，導致無法命中目標。

過使用者本身足夠強大的腦電波，加上裝置提供額外的增幅以及粒子的補充，讓我們能一窺下個世代的主流武器——一種受意志影響的武器。而且無法追蹤彈道、不會留下可辨析的殘骸。」約西亞說。

「這太偉大了！」國防部長興奮的搓著手，並對司馬辛說：「先生，我相信你一定會得到下一次的諾貝爾獎，甚至全世界的科學獎也通通會被你囊括。這是一個偉大的發現！」

司馬辛不語，只是看著那些破碎的玻璃。

「還有多少國家知道這項發明？」參謀總長忽然想起了什麼，緊張的問。

「這項發明是結合了多國學者的結晶之作，Lucky Life 自然是不可能向各國隱瞞的。」約西亞笑著說，而參謀總長的臉色則顯得失望。「況且，這還只是原型產品，在實戰化跟規格化還有很長一段路要走。」

「多少錢？」國防部長忽然問。「Lucky Life 需要多少投資？」

「這恐怕……要價不斐。」約西亞微微一笑。

「不管你開價多少都行，只要確保我國能第一時間獲得該產品的實體！」國防部長粗聲說。

「即使將現在的原型產品給你，你們也用不了。」原本沉默的司馬辛忽然開口。

「除非有足夠強大的腦波，否則根本無法駕馭這項產品。你是打算讓貴國所有士兵都接受腦波檢測嗎？即使能通過，也需要經過高度集中的專注訓練，這不是一項拿到手就能使用的武器。」

眼見國防部長遲疑了，約西亞立即說道：「當然，司馬辛教授說的沒錯。但有了司馬辛教授開發的新藥，強化腦波方面並不難。而除了實體之外，Lucky Life 還能提供額外的訓練服務，不過當然，得額外收費。請試想，無論哪一種新式武器，都是需要培訓與成本的。但這可是跨時代的武器，一點點的代價肯定是值得的。」

司馬辛沉著臉瞪了一眼約西亞。而約西亞則志得意滿地看著眾人。

「……行！多少錢都行！只要能趕快投入使用，怎樣都好！」國防部長顯得有些迫不及待。

五角大廈會議結束後一週，各國的新聞幾乎都在報導，Lucky Life 新的發明，以及司馬辛的研究成果。他的照片再次被刊登在各大媒體上，成為全球知名人物。

而在這三天中，約西亞領著 Lucky Life 的幾位成員，幾乎跑遍了各大國，參與了大大小小的會議，並且敲定了大筆大筆的投資與訂單。從製藥跨足到軍工的決議，也讓股價瘋長，Lucky Life 的聲勢再度攀升。

「乾杯。」約西亞舉杯。在他的私人豪宅內，還坐著幾名 Lucky Life 的高級成員。大家一同舉杯慶賀 Lucky Life 股價再創新高。

「這次能成功，都多虧了徐教授！」約西亞說。徐教授對眾人舉杯點頭，含笑不語。

「若不是他發現了司馬教授的計畫，讓我們能及早介入，否則也沒辦法獲得今日的成果。」約西亞說。

「那傢伙也太不識抬舉，之前您那麼賞識他，結果他竟然拒絕您的邀請。如今研究成果被我們拿來使用，也是他自作自受。」一位成員說。

「徐教授又是怎麼發現司馬教授背叛我們的呢？」另一位成員問。

「說背叛到不至於，但他確實藏有一點自己的心思。」徐教授平靜的啜飲一口酒，才接著說下去：「本來當我發現他與追夢公司聯絡的文件時，以為他是被人挖角，後來經過調查才知道，原來那是他自己創立的公司。雖然產品與 Lucky Life 並不衝突，想來也只是想利用研究之便，多賺一點相關產業的錢罷了。不過也不知道他為什麼要隱瞞腦波強化劑這麼重要的發現，若不是他跑去申請專利，我們也不會如此輕易就從政府的資料庫中調查出來。」

「明明只要將這個發現交給我們 Lucky Life，就能名利雙收。既然他不打算公布，想來一定還有事情隱瞞我們。這必須澈查才行！」

「這聽起來有違約的嫌疑，Lucky Life 與香巴拉研究團隊的契約講明了，所有關於香巴拉菌的相關發現，都必須共享研究成果。他既然私自藏匿了這研究成果，就有必要對此進行究責！」

「對！若不是我們逼他遵照契約將研究成果交出，天知道他還會繼續隱瞞這個發現多久？說不定到時候已經轉手賣給其他人了！」

眾人七嘴八舌的批判著司馬辛。而約西亞只是默默不語，看著他們你一言我一語。

「徐教授，您怎麼看呢？」這時，有人轉頭問徐凝輝。

徐凝輝沒有馬上回答，他沉思了一下，才緩慢開口說道：「我覺得現階段，我們沒必要再針對他的行為作出處罰。雖然我們不知道他隱瞞這項成果的用意是什麼，但他確實沒有做出危害 Lucky Life 的事情，而且研究人員希望在適當時機才公布成果的行為，在業界也不是沒聽聞。現在追究他的責任，反而會引起其他研究人員的不安。」

「更何況，他還是你以前的同事？」人群中一個高階主管陰陽怪氣的說。

「也許，你也希望成為我們的『**前同事**』？」這時，約西亞出聲，銳利的目光盯下剛才說話的高階主管。後者則嚇得渾身一顫。

「徐教授的判斷很正確，Lucky Life 沒必要為了一個人而讓其他研究人員心寒。更何況，以他的知名度，若我們現在做出懲處，反而會有反效果。我們暫時可以先不管他，當務之急，是加緊開發新產品，使其能有更穩定的效用。」約西亞指示眾人。

「更何況，我們當中沒有人比他更了解腦波強化劑。」徐教授喃喃的說。

「當然，如果司馬辛仍願意和 Lucky Life 站在一起，那過去的事情可以既往不咎。但如果他打錯的算盤……」約西亞陰冷的說。「通知那些和 Lucky Life 合作的資訊公司，我要關於司馬辛與追夢公司更多的情報。但不許對外聲張，檯面上，我們和司馬辛教授仍然是**友好**的合作關係。你們要是誰有一點怠慢，那——我會確保你成為我們的**『前同事』**。」

眾人你看看我，我看看你，大氣也不敢喘一聲。只有外頭的夜風呼嘯的聲音瀰漫著陰鬱的氣息，彷彿昭示著暴雨將至。

2070 5／6
美國 紐約 New God 集會場所

曼德拉・阿里（Mandela・Ali）此刻感到坐立難安。監視 New God 的一舉一動讓他如坐針氈，一刻也放鬆不下來。這些……受過香巴拉菌治療的人，在他眼裡，幾乎不能算是人了。沒有人類可以任意改變肢體，或者長出致命的針刺。更何況他們還自稱為 New God——新神，這褻瀆的名稱更讓他對這批人反感。

但阿里是聯邦的特工，必須執行上級的命令。而此刻他接到的命令，便是監控 New God 組織的集會，並且維持現場秩序。

「好歹也分配點像樣的武器吧？」阿里喃喃抱怨。雖然分配給他的武器，已經具備很強的殺傷力，但那只是針對普通人。對於那些自詡為新人類的受治療者們，阿里手中的新式步槍能做的事情十分有限。

「聽說上面準備引入一批新的武器，好像是用思想來驅動的。夥計，有沒有走入未來的感覺？」與阿里一起負責監視的一名同事說。

阿里在新聞上看過這項武器的介紹，新聞上誇張地將其描述為「新世代的武器」、「走入未來的思能戰力」等等，但阿里抱持懷疑。真的有那麼神奇的武器嗎？

「想想看，以後想要殺人，只要一個念頭。沒有彈道、沒有任何彈殼可供分析，我看那些現場分析人員都準備要失業囉！」同事繼續說。

「那我們是否應該準備請靈媒來替我們分析了？」阿里諷刺地說。

「哈哈！說不定呢！」同事大笑。

就在他們談笑的時候，New God 的領導者走上講臺。這次的演講辦在紐約市區的一處戶外，目的是招攬更多人加入 New God。有鑑於最近一些關於受香巴拉菌治療者引發的抗議與衝突事件，政府特別關心一切和香巴拉菌有關的集會，並將其視為監視的優先項目。

「香巴拉菌為人類帶來的進化，使我們成為新人類。看啊！原本無法治癒的疾病如今痊癒、曾經殘疾的肢體如今行動自由！我們是新人類，我們將要拋棄舊日神明的支配，迎來新神明的眷顧。我們如同新生的羊群，需要更偉大的牧者來指引。舊日的規則已不再適用於我們，我們已然進化！」領導者在講臺上大聲疾呼。

這領導者的臉上布滿了綠色的紋路，彷彿血管一般蔓延。他的雙眼是如青草一般的綠，連眉毛也是。他棕色的頭髮卻彷彿枝枒，給人一種粗糙堅硬的感覺。當他舉起手時，鮮紅的指甲在陽光下格外顯眼。

在阿里看來，這根本就不是正常人類會有的外貌。而他的言論，更不是一個精神正常的人會講出來的。

「加入我們吧！一起崇敬香巴拉菌，感恩它帶來一切的變化！與我們一起進化，一起成為新人類！」New God的領導者激昂地呼喊。

「一起成為新人類！」臺下的信眾們舉起手大聲應和。

雖然說應該尊重宗教自由，但阿里的直覺卻只想扣動手中的扳機，將眼前這個異類亂槍打死。這不是出於任何刻板的歧視或印象，而是生物本能的直覺，阿里能明顯感覺到眼前這個人是無比的威脅。如同人們看到五彩的香菇或鮮豔的蛇類時，會本能地退開並在心中泛起寒意一樣。

但阿里仍然只是看著。他的任務是警戒並維持秩序。這場集會湧入數千人參與，任何一點火星都會馬上成為燎原大火。

就在阿里為自己的自制力感到欣慰時，忽然聽到一聲微弱的叫聲，那聲音忽高忽低，彷彿從一臺非常老舊的播音器中發出，非常失真。他四下張望，但一切似乎都很正常。但緊接著他就聽到槍枝開火的聲音。還沒等他反應過來，他就被一旁的同事撲倒在地。

「怎麼回事？」他大喊。

人群四散奔逃，四處都傳來槍聲。火焰似乎同時被點燃，許多地方同時著火。

阿里剛爬起來協助疏散人群，就聽見人群中傳來憤怒的聲音。

還沒等他反應過來，就看見有人朝他撲過來。他下意識避開，那人一頭撞上身後的牆壁，但馬上又朝阿里攻擊過來。

逼不得已，阿里只得舉槍反擊，槍聲過後，那襲擊者倒在地上，而襲擊者身上的彈孔中則出流出紅綠混雜的血液。那是一名接受過香巴拉菌治療的人。

「警察殺人啦！」人群中有人大叫。

「打倒軍方走狗！」
「為新神擊潰敵人！」
阿里發現自己被憤怒的人群包圍，他試圖朝空中鳴槍示警，但人們卻仍朝他逼近。
「快跑！」同事毫不猶豫地開槍打倒幾人，並拉著阿里撤離現場。
人們憤怒的朝他們大叫，一些人更拿著手中的東西朝他們丟過來。但這些沒殺傷力的物體並不是什麼嚴重的問題。真正的問題是那些變異者。
「那真他媽的是異形。」阿里內心咒罵。
一個人飛快地從人群衝出來，更具體的說，是他那變異後如同章魚觸手般的雙腿輕易跨過人群，追上阿里二人。那晃動的姿態讓阿里感到噁心，他舉起槍，朝著那人的髖關節處連開數槍。那人慘叫一聲倒地，並壓倒了不少後方的追擊者。這為阿里他們爭取了寶貴的時間。
現場到處都是槍聲與慘叫聲，人們有的憤怒地咆哮著，有的驚惶地尖叫。還有些人狂笑著肆意破壞。身體變異的人們到處攻擊與破壞，四周充斥著瘋狂與混亂的景象。
又是那怪異的聲音傳來，忽高忽低的聲音充斥在阿里腦海中。
「那是什麼聲音？」阿里摀著頭問。
「什麼聲音？」同事一邊回頭阻擊人們，一邊大聲問。似乎他並沒有聽到那聲音。
人們變得更瘋狂了，阿里他們不得不撤退到一旁的大樓，並試圖用各種東西製造路障，減緩追擊者的速度。
這些臨時的路障發揮了作用，也許是追擊他們的人當中，幸運地並沒有特別強大的受治療者。又或者那些比較資深的受治療者都跑去護衛他們的領導了。不管原因是什麼，都讓阿里他們得以躲進一處窄巷當中，甩開追兵。

「這太瘋狂了！」同事氣喘吁吁地靠在牆上。

阿里等自己緩過氣來，便開始檢查身上的彈藥與裝備。可就在這時，又是一陣怪異的聲音。

「你聽！」阿里示意同事，但對方卻一臉疑惑的看著阿里。

「聽什麼？」

「你沒聽到嗎？」阿里想仔細聽清那聲音，以分辨源頭。但同事似乎完全沒聽到那聲音。

「你沒事吧？」同事擔心地問。

「你真的沒聽到嗎？」阿里又問。他現在正努力朝聲音的源頭走去。

「……沒有，什麼也沒有。」同事停頓了片刻後回答。

阿里不知道為什麼只有自己聽到那怪異的聲音，但他認為，那怪異的聲音肯定有值得探究的價值。他循著聲音，走過幾條街，並沿途躲避混亂的人群。現在到處都是破碎的玻璃與火堆，一些人倒在地上，也分不清是失去意識還是已經死亡。綠色、藍色、紅色等各種顏色的血跡隨處可見。

「看。」這時，同事拉住阿里，並朝一個方向指去。

只見兩群人此刻正相互對峙著，其中一群人穿著 New God 的服裝，為首的人正是剛才上臺演講的 New God 領導者。而此刻站在他們對面的，是一群穿著紅色衣服的人，為首的是一名女性，阿里覺得自己似乎在哪看過那張臉，但一時之間想不起來。

「妳們是誰？」New God 的領導者警戒的問。

女子不言，只是盯著他看。然後從女子身上，傳來了剛才那陣古怪的聲音。忽高忽低的音頻，與讓人戰慄的音色。New God 的人們一聽見聲音，便露出了困惑、痛苦、驚訝等不一的神情。只有領導者似乎不受聲音影響。

「原來剛才是妳搞的鬼！」New God 的領導者憤怒的對女子大叫。「這就是妳的異能嗎？就是用這個來干擾人們的情緒？」

他身旁的人們一聽聞女子似乎與剛才的暴動有關，立刻騷動起來。

「看來對受寄生越久的人，就越難干擾。」女子並沒有回答，只是自顧自地說。「有趣，我沒想到你比預測的更強一些。不過……也就只是強一點。」

「妳想做什麼？」領導者對朝自己逼近的女子射出無數尖刺，每一根尖刺都是由指尖構成。

阿里曾在其他場合見過 New God 的領導者對人們展示過那些尖刺的厲害，在展示中，那些尖刺能輕鬆射穿彈道假人以及厚重的鋼板。但那些尖刺打在女子身上，卻彷彿紙飛機打在水泥牆上，絲毫沒有傷到女子分毫。

領導者驚恐地看著逼近的女子，並大聲下令他身後的人們對女子展開攻擊。

但殺戮僅僅只在一瞬間就結束了。

女子紅色的頭髮如同有意識般分散，無數頭髮只要沾黏到身上，中者立刻倒地。幾秒鐘內，所有人都被這紅髮紅眼的女子打倒。只剩下 New God 的領導者不可置信地呆站在原地。

「New God？這也配？」女子身後人發出輕蔑地笑聲。

「你知道嗎？你其實是對的。這世界確實需要一個新的神。」女子微笑著用手輕撫著領導者的臉龐。而後者連大氣也不敢喘，只是瞪大了眼，全身僵硬。

「而你們，剛好可以為了新神的降臨，貢獻自己的生命。」說完，剛才女子的手撫摸過的地方，開始腐蝕。領導者一聲哀號也沒有，只在頃刻間就被腐蝕成一灘爛肉。

阿里不敢相信眼前的一切，那麼多人，就被一個手無寸鐵的女子打倒了。而New God的領導者在女子面前更是毫無還手之力。

等女子率人們離去後，阿里和同事才敢從藏身處出來。他們小心翼翼地靠近領導者的「遺骸」。說「遺骸」是因為阿里想不到更好的詞語，除了骨頭還沒完全被腐蝕外，領導者的肉身已經完全腐爛，變成了噁心的糊狀物。而其他被紅髮女子打倒的人們，被她頭髮刺中的地方則呈現一片鮮紅的紋路，彷彿某種奇異的紋身。

「該死，剛才那是什麼？」同事驚恐地看著那些屍體。

阿里也不曉得自己剛才到底目睹了什麼。某種受治療者之間的紛爭？

忽然，同事朝著那些屍體又補上一槍。響亮的槍聲在已經空蕩的街道上迴盪。

「你在做什麼？」阿里驚呼。

「我要確定他們真的死了。」同事神經質地說完，又接連開了好幾槍。

那些躺在地上的屍體都沒有動靜。阿里很確定他們都已經死了，至少他的直覺是這麼告訴他的。

就在他準備拉著同事離開時，忽然一條人影竄出來，並對他們大叫：「你們在做什麼？」

眼前這人穿著New God的衣服，個子不高，看起來像還很年輕，阿里推測他可能頂多十六、十七歲左右。那人看了一眼阿里他們，低頭又瞥見地上的屍體，眼神中露出無比的震驚。

阿里剛想上前解釋，卻見那年輕人憤怒的朝他們大喊：「殺人兇手！」隨後他手一揚，無數的尖刺竟從他手中飛射出來。那個年輕人是受過香巴拉菌治療的。

阿里很幸運，因為他一直看向年輕人，所以當年輕人將手舉起對準他的時候，他便第一時間反應過來，向一旁閃開。但他的同事可沒那麼幸運，尖刺貫穿他的身體，連掙扎與哀號也沒有，就那麼死去。

可阿里沒時間為他的同事哀悼，他舉起手中的槍，朝年輕人開火。年輕人躲過阿里的第一波攻擊，隨後也向他回擊了無數尖刺。

有了第一次的經驗之後，阿里很有防範，立刻躲到一旁一間櫥窗被炸開的商店內，並且馬上回擊，企圖用火力壓制住對方。

子彈打中了年輕人的右肩與雙腿，並在他身上留下清晰的彈孔。年輕人跪倒在地，綠色與紅色的液體從彈孔流出。阿里在腦中天人交戰，一方面他的道德觀告訴他不應該對這麼年輕又已經喪失行動能力的孩子繼續開槍，但內心中卻又有另一個聲音，要他盡快殺死這危險的怪物。

最終，他的道德觀還是占了上風。他從商店中探出頭，看見年輕人還躺在地上，便試探性地走了出去。

「你沒事吧？」他一邊詢問著，一邊持槍靠近。

「我沒有惡意，讓我們好好談談，可以嗎？」他大聲地說。但年輕人還是沒有回應。

年輕人的靜默讓阿里有些擔心，他應該沒有打中致命部位。而就他的認知當中，受過香巴拉菌治療的人，自癒能力應該都非常好。也許是因為他太年輕，香巴拉菌的效用還沒在他身上完全發揮？

阿里靠近年輕人，蹲下身檢查他的傷勢。這時候，他隱約可以聽到不遠出傳來警笛的聲音。看來是支援來了。

就在他放下槍枝，準備替年輕人做初步的止血動作時，年輕人忽然跳起，他表情猙獰地瞪向阿里，手指宛如釘耙般刺入阿里的右臂。阿里只覺得撕心裂肺的疼痛占據了一切。恍惚間，他聽見清脆的斷裂聲，以及身後前來支援者的槍聲。在他失去意識前的最後一眼，他看見年輕人將手裡一截東西甩到地上，像猴子般爬上屋頂。

阿里覺得自己像是漂浮在水中一樣，只有某些時刻，才將意識探出水面。一切都晃動著，搖擺著。如同搖籃般，安穩地讓他沉睡。偶爾，他可以聽見有人喃喃地著些什麼，用的語言他似乎明白，但又無法理解。他只想繼續在這飄盪的水中沉睡。彷彿他可以就這麼睡上一輩子。

而當他再次清醒時，已經是一週後了。而就在這一週間，外頭的世界發生了劇烈的變化。

「本臺報導：政府最新推出的香巴拉菌登記法，受到各界民眾強烈的反應。支持者與反對者的衝突越遠越烈。各地抗爭事件頻傳。不願具名的國會議員指出，香巴拉菌登記法是必要之惡，不應以自由為名義不受控制。而各國也推出類似法案，在中國已經公開擊斃了數名抗議者，中國政府也宣稱，不會姑息任何破壞社會秩序安定的恐怖分子。而法國目前示威人群已經占領了總統府前的街道，要求政府撤回對香巴拉菌治療者的監控與管控。」

阿里呆滯地看著眼前的新聞報導，內心沒有一點波瀾。也許是因為止痛藥的關係，又或者只有當他放空情緒，才能不去想自己的右手。或者曾經是右手臂的地方。

那年輕人不僅將阿里的右手臂撕碎，其手上更是沾滿某種化學成分，讓阿里的傷口受到了輕微的腐蝕。為了避免敗血症等感染，醫師並沒辦法對斷臂做出縫合，只能選擇截肢。

單位給了阿里放了很長的假期，並且答應他的保險金很快就會下來。但失去了右手臂，讓阿里無法調適。他現在只是每天呆滯的看著電視，然後麻木的入睡。即使同事來探望，他也不聞不問。

「不用擔心，現在有香巴拉菌，你的斷臂很快就能復原的。」同事試圖安慰他。但這位同事無疑選擇了最糟糕的選項。

「不要。」阿里喃喃的說，稍稍回過神來。「我只要一般的智能義肢就好。」

「你不用擔心價格的問題，現在香巴拉菌療法已經比早些年便宜不少，而且單位幫你保的保險金也絕對足夠。」

「不要。」阿里又重複了一次。

同事眼見無法勸說他，也就不再說什麼了，只是換了一個話題。他說：「你知道嗎？九年前派出的調查船，似乎快要抵達目的星球了。過去幾年全球都在瘋香巴拉菌這項發現，都把這事給忘得差不多了。如今關於新星球的話題又開始變得熱門起來。也許一段時間後，人們對香巴拉菌就不會那麼狂熱了。」

「這是不可能的。」阿里搖了搖頭，用心不在焉的語氣說：「跟雪崩一樣，只要開始了，就停不下來了。」

同事嘆了一口氣，也不再向阿里搭話，而事轉頭向一旁的護士攀談起來。而阿里的心思則又不知道飄到何處，只是呆滯的盯著一處看。

這時候，新聞中又傳來關於抗議者們的消息。畫面中出現的人，吸引了阿里的目光。只見那個扯斷了阿里手臂的年輕人，正穿著象徵 New God 領導的服裝，在鏡頭前大聲痛批美國政府派人殺害修真者。他甚至展示了阿里同事對著倒地屍體開槍的影片。當他播放影片時，其他的抗議群眾也沸騰起來，齊聲痛罵政府謀殺。

阿里已經將事情的經過告訴過上級，但他沒想過竟然會有影片。不過似乎上級早已有所準備，因此這則新聞過後，下一則新聞便是政府的聲明，並譴責對方偽造影片，甚至還請出諸多專家來作證影片是偽造的。政府發言人甚至宣布，有鑑於 New God 的修真者為了逃避攻擊與殺害執法人員的法律責任，不惜偽造證據以混淆視聽，因此政府決定將 New God 視為恐怖組織，並對其進行圍剿。而那起事件，則被外界稱之為——「紐約大屠殺」。

之後幾天的新聞，全都被政府與New God交戰的資訊占滿。除了軍方發布的實戰影片外，各路媒體記者也紛紛針對此事件發表報導與相關影像。各種座談節目也都討論關於政府圍剿New God的事情。

New God很快就潰散，許多成員遭到逮捕。似乎在那與紅髮女子的那一戰中，New God損失了大部分的受過香巴拉菌治療的人，因此此刻New God的戰力完全不能與正規軍隊相提並論。除了那個殺害了阿里同事的年輕人仍下落不明外，New God已經可以說是被澈底平定了。

「日前聯邦軍隊又傳出捷報，根據國防部消息，聯邦軍隊在新澤西的一處汽車修理廠中，發現了藏匿的New God成員，雙方展開火拚後三小時，軍方以無人機攻破工廠屋頂，並擊斃數名恐怖分子並逮捕剩下七名成員……」

阿里單手煎著雞蛋，聽著新聞報導。即使沒有香巴拉菌，現代醫學技術也已經能讓人的傷口快速癒合，因此阿里其實並沒有住院太久。他回到家中後，正努力適應單手的生活。在新的義肢到來之前，他必須一個人憑著單手生活一段時間。

「該死！」阿里咒罵一聲。他把蛋的一面煎焦了。只剩下一隻手的不便讓他非常不適應。

他急忙關掉火，試圖靠單手把煎焦的雞蛋鏟到盤子上。但一個不小心，鍋子匡噹一聲掉在地上。當他慌忙想撿起鍋子時，又忘了自己只剩下一隻手，結果不小心又撞到桌子，整個人失去重心跌坐在地上。

阿里氣惱的將手中的鍋鏟一摔，瞪著眼前這一切發呆。就在他尋思不知道還要多久才能恢復正常生活時，有人在屋外按了門鈴。

「會是誰？」聽到門鈴，阿里謹慎地站起來。他透過門上的貓眼，看到門外正站著三人，兩名亞洲面孔與一名黑人。而那黑人正是管轄阿里所屬單位的最高級長官。

阿里疑惑的打開門，招呼三人進來。

「長官好！」儘管滿肚子疑問，阿里仍試圖用最有精神的聲音向長官問候，並遲疑的看向另外兩人。

「你好，曼德拉．阿里少尉。」長官點點頭，似乎很滿意阿里的態度。看轉過身向阿里介紹他身旁的二人。

「這兩位是司馬辛教授，以及黃玉考律師。」兩人都伸手和阿里握手致意。

阿里依稀記得司馬辛這個名字，好像就是他發現了香巴拉菌，並且因此獲得了諾貝爾獎。前一段時間新聞中也報導過他在香巴拉菌中發現了新的物質，並且被認為很有機會再次獲得諾貝爾獎。而這種新物質似乎能對人體的腦波產生反應，使腦波強化，報導聲稱還已經有公司準備將這種新物質投入武器化的實驗。但他們為什麼會找上自己？

「阿里，生活方面都沒問題吧？」長官敏銳的眼神瞥了一眼廚房地上的煎鍋，似乎有些弦外之音。

「還在努力適應中，長官。等訂製的義肢完工後，想必就能恢復正常生活了。」但阿里不了解長官想表達什麼，只得坦白承認。

「阿里，沒考慮過香巴拉菌嗎？」長官問。

阿里愣了一下，為什麼會提到香巴拉菌？難道他們是來勸說自己接受香巴拉菌的嗎？就為了一個小卒，甚至出動了諾貝爾獎得主？不過想想似乎也對，如果被受治療者所傷的自己都能盡釋前嫌，接受香巴拉菌療法，對推銷香巴拉菌肯定大有好處。

「沒有。」阿里果斷回絕。他仍忘不了，當他看見那些受治療者，那種恨不得躲得遠遠的恐懼感。即使對方什麼也沒做，甚至沒表明身分，阿里都能直覺地感受到誰是受治療者，並且對此感到威脅。他寧可就這麼斷手一輩子，也不接受香巴拉菌的寄生。

「為什麼呢？你的保險金肯定能支付得起香巴拉菌療法的費用，而且比起義肢，重新生長出手臂更能自由運用。你也知道現在的智能義肢仍有許多不便之處。」

「這和錢無關，長官。我只是不想成為受治療者的一員。老實說吧，我對此感到恐懼。」阿里回答。長官和司馬辛交換了一個眼神，然後司馬辛微微一笑，走上前詢問阿里：「你害怕香巴拉菌嗎？」

阿里盯著他的雙眼，點點頭。

「我很害怕。」

阿里也很驚訝，自己竟然那麼輕易就承認自己的恐懼。

「如果還能繼續服役，你會選擇躲避和香巴拉菌有關的任務嗎？」

「不會，先生。我害怕香巴拉菌，但我也有勇氣直面恐懼。只要別讓我成為那些人當中的一員就好。」

司馬辛卻似乎對阿里的回答感到動容，他欣慰地對阿里說：「那麼你是否有意願，嘗試一種新的技術，來面對香巴拉菌？」

新的技術？阿里不解的看向司馬辛。

「也許你已經在新聞上看過了，我從香巴拉菌中，提取出了能強化腦波的物質。而經過實驗證實，強化過後的腦波能對受香巴拉菌寄生的人產生一定程度的牽制，讓他們陷入遲緩或癱瘓。不過這需要一定強度以上的腦波才行。而我通過全球資料庫中，觀察到你的腦波數據，你的腦波數據讓我非常感興趣。」司馬辛說。

「阿里啊，你也知道，現在全球各地修真者們引起了大量的抗議與衝突，而政府圍剿 New God 的決策，雖然經過評估，但仍激起了國內修真者們的不滿。為了國家安全，政府需要更新式的裝備與手段來維持國內的安定與繁榮。而現在我們手中有一批新型的裝備，正需要像你這樣有獨特天賦的人來做測驗。」長官和藹地說。

阿里目瞪口呆的站在原地，他從沒想過自己會有什麼獨特的天賦。

「我想阿里先生也許需要一些時間來理解我們所說的事情。這是相關的資料，請你現場閱讀完畢。」這時，剛才一直默不作聲的黃玉考，從公事包裡拿出一份文件遞給阿里。阿里機械性地接過文件。

「為了防止情報外流，我們會在這裡等你閱讀完畢，有什麼問題都可以直接提問。文件當中包含了新裝備的原理概述、裝備測驗所需要的流程、所有可能風險以及所有津貼補助等福利。」黃玉考說。

阿里顫抖著閱讀起文件，當他看到文件上標註的機密等級，他手抖得更厲害了。他從沒想過，自己會接觸到如此高機密的檔案。

文件的內容經過編排，用的文詞非常淺顯易懂，因此阿里幾乎沒什麼障礙地就讀懂了文件上的內容。而他的內心，則被上面描述的裝備所震撼到。真的有可能僅透過腦波，就達成這些功能嗎？他知道現在的智能義肢，是通過複雜的ＡＩ運算來分析神經訊號等達成大部分的功能。但如今文件上所說的，是單純透過大腦的電波來控制裝備，而且還能達成更完美與靈活的指令。這在阿里看來簡直難以想像。如果這是真的，那無疑是跨時代的發明。

而且……強化後的腦電波還能夠對那些受香巴拉菌治療者有影響。雖然文件上描述的情況與阿里看到的不同，但阿里現在確信，那位紅衣女子，是透過類似的方式，來影響其他修真者們的情緒。可依照文件上的說法，似乎他們還不知道這件事情。

「強化後的……腦波，有辦法影響情緒嗎？」阿里試探地問。

「也許？但我們目前的測試中，並沒有發現明顯的情緒影響。」司馬辛好奇的看向阿里。

阿里向他描述起自己看到的一切。一旁的長官因為早就收到阿里的報告，因此對此並不是特別在意。但司馬辛和黃玉考兩人，卻都瞪大了雙眼，看著阿里。

「這……這是真的嗎？」司馬辛顯得有些激動，他抓著阿里的肩膀問。

「當然！」阿里連忙點頭。

「看來，我們的研究仍然落後了香巴拉菌好幾步。」司馬辛忽然顯得有些落寞，他悲傷地嘆了一口氣。他情緒快速的轉變讓阿里有些不知所措。

「不用管他，他很快就會好起來。」倒是黃玉考冷靜的問阿里：「既然你已經見識到了腦波強化後的可能性，那你是否有意願協助我們呢？」

阿里看向長官，而長官則用鼓勵的眼神回望著他。

沉默了幾秒後，阿里緩緩開口說到：「好，我加入。」

報復行為，是指對個人或群體採取有害行動以表達不滿，報復本身也沒有客觀的標準來定義報復本身是否有合理的動機與比例。

有趣的是，人類並非唯一已知的，具有報復行為的動物。鴕鳥、獅子、鸚鵡、烏鴉等都具有不同程度的報復行為。因此報復行為是否作為生物普遍的天性，一直是值得探討的話題。

第六章：分道揚鑣

2071／10／15 德國 萊比錫 芬恩．華格納的私人住宅

「關於美國香巴拉菌登記法的抗議越演越烈，眾多抗議者包圍政府機構，要求撤銷該法案。軍方已派遣部隊介入維安，並且出動最新的思能部隊在現場警戒。專家認為，思能部隊的出現，代表著『超人類大戰』的可能……」

芬恩．華格納揮揮手，智能ＡＩ便關掉新聞。他嘆了一口氣，起身回到地下實驗室內。

這些年他從 Lucky Life 那裡收到了豐厚的報酬，而且諾貝爾獎的光環也讓他在國內各地倍受禮遇。因此他得以輕易地在此地申請建造一棟符合他標準的房子。除了上半層的私人居所外，最重要的是那地下室內的高級實驗室。他現在除了每週固定一天到學校授課外，大多數時間都待在這裡的實驗室內，進行著他的研究。

「超人類嗎？」華格納教授搖了搖頭，有些無奈。這都是人類滑稽的夢囈罷了。如同一群不知死活的孩子，正逗弄著鮮豔的毒蛇。

「都是一群弄蛇的傻子。」華格納教授一邊調整劑量，一邊自言自語。他發現自己最近很習慣和自己對話。

超人，並不是徒具蠻力或異能的。如同曾在此地居住過的哲人尼采所說，超人應該是勇於自我超越、自我批判及價值重估的人。超人並不是新的神，並不是揮揮手就能拯救人類的萬能存在。

不過，曾經華格納教授也認為，香巴拉菌是拯救人類的希望，但當他看過司馬辛教授祕密傳給他的資料，以及班的變化後，他明白他錯了。大錯特錯。

「你們中間最聰明的，也僅是一個植物與妖怪之矛盾和混種。[1]」在看到那份資料時，不禁讓華格納教授想起了尼采作品中的一段話。如今回想起來，他仍覺得恐懼。

「看看我們都創造出了什麼？」華格納教授甩甩頭，好似要將那些可怕的念頭都從身上甩掉一樣。但也許我們仍有機會挽救，只要我們願意反省，就仍能夠接近真正的超人。華格納教授相信。

他知道新聞上報導的抗議事件只是冰山一角，他透過各種管道，得知現在抗議早已遍布全球，衝突隨處可見，但卻被政府壓下大部分的消息，只剩下新聞中輕描淡寫的幾筆。

華格納教授將新調配好的藥劑注射進實驗用的鼠兔體內。這些鼠兔的體內都被植入了香巴拉菌，雖然只處於早期的寄生階段，但其活動能力已較尋常鼠兔強大，為了避免自己一個不慎使鼠兔逃脫，華格納教授還特別安裝了機械手臂替他將鼠兔牢牢抓緊。

即使司馬辛被 Lucky Life 所監視，但他仍設法與華格納教授取得聯繫。嚴格來說，最初是華格納教授聯繫司馬辛教授。在班奪門而出的那個聖誕夜之後，華格納教授便察覺到了一些關於接受了香巴拉菌治療者們數據上的異狀，而在苦思無果的情況下，他聽從卡琳的建議，主動聯繫了司馬辛教授。

雖然後來司馬辛被 Lucky Life 察覺異狀而遭到監視，但他們二人早已設計出最初的香巴拉菌抑制配

---

[1] 出自尼采《查拉圖斯特拉如是說》（*Also sprach Zarathustra*, 1885）。

方。目前，追夢公司大部分的行動，都是由華格納教授負責。

有了司馬辛的前車之鑑，華格納教授更小心謹慎了。在這處私人宅邸中，他安排了眾多保密與防盜措施，網路也經過重重加密與防火牆保護，更配有獨立發電機。雖然這些都要價不斐，但諾貝爾獎得主的好處就在於，他能輕易募集到各方的贊助與投資。

到目前為止，華格納教授相信 Lucky Life 還不知道他在進行的計畫。因此 Lucky Life 仍每年撥給他高額的研究費與分紅，而他則小心翼翼地，每次僅將研究的殘片透露出去，不讓外界知道他的研究進度。

華格納教授控制機械手臂，將鼠兔放回觀察箱裡。ＡＩ智能則密切記錄著關於鼠兔的變化與體徵。

「希望這次能成功。」華格納教授看著觀察箱中的鼠兔，滿懷期望地說。

他轉過頭，放眼望去，實驗室內放置著數十個同樣的觀察箱，每個箱中都放著鼠兔。這些都是他過去注射了抗菌劑的樣本。那些鼠兔當中，有些正爬抓著籠子、有些則奄奄一息倒地不起、當中還有幾隻根據儀器顯示，已經失去了生命跡象。

雖然目前的抗菌劑確實能殺死一般真菌，也能觀察到明顯的、抑制香巴拉菌的作用，可香巴拉菌做為真菌，其細胞與人類同為真核，因此對真菌有毒的物質通常也對人類有害。而且從最初對於香巴拉菌的實驗早已得知，若投入的藥物沒有在短時間內消滅香巴拉菌，則香巴拉菌會自行生成針對該藥物的抗體。

即使目前這款抗菌劑能延長香巴拉菌產生抗體的時間，但同樣也會抑制人體的其他免疫機能，導致毒素累積。

華格納教授對ＡＩ下達指令，將那些死去的樣本投入焚化爐內。他已經數不清這到底是這個月死亡的第幾組樣本了。

「也許說到底，我們都一樣差勁。」華格納看著被傾倒進焚化爐的樣本，想起來在和班分離前，他訓斥過的話──「生命可不是兒戲。」但如今自己卻企圖用無數屍體堆疊出拯救班的道路。

「教授，你在嗎？」卡琳將頭探進實驗室內。她也曾表明願意為研究貢獻力量，華格納雖然答應，但主要還是只讓她負責替自己採買諸多物資。華格納不想讓她知道另一種方案。

「哎！」華格納應聲，臨走前設定ＡＩ清理剩餘的實驗材料。

「物價越來越貴了。」卡琳向華格納抱怨。「現在抗議活動讓很多地方的交通都癱瘓了。這是您的信。」

華格納接過信，飛快地讀完後，便將信一起投入了焚化爐中。

「教授？」卡琳有些訝異地看著華格納的舉動。

「一位故人，你也認識。只是我沒想到他這時候改變想法了。或許親眼見證大屠殺，還是能喚起一個人心中的良知吧？」華格納用最不以為意的語氣說，並蹣跚地走上來。

「我可以吃得簡單一點，但實驗用的藥物與器材不能中斷。」上樓後，華格納看著廚房的桌上擺滿了卡琳今天採購的物品。

「也許我們該考慮儲備更多的備用物資了。」卡琳提議。

「現在想要繞過 Lucky Life 越來越難了，上禮拜他們又派人來詢問，我們是否願意搬到靠近他們在歐洲的總部附近，說這樣比較好照料我們的生活起居。即使是剛才，我都覺得有人在跟蹤著我。」卡琳說。

在這全球混亂的時刻，Lucky Life 向所有香巴拉菌的研究團隊提出一個誘人的邀請，搬到靠近當地 Lucky Life 的地方，由 Lucky Life 負責他們的日常安保與生活，所有費用由 Lucky Life 承擔。而他們要做的，只是像往常一樣，進行對於香巴拉菌的研究即可。

但 Lucky Life 這段期間的所作所為，讓華格納看清了企業兩面討好的本質。也許那位故人也終於看清了吧？

「不要，跟他們說，我現在這樣子就很滿意了。不想再花心力去適應新環境。」華格納斬釘截鐵地說，一邊將桌上的物資歸類收藏。

「我想他們是不會放棄了。」卡琳苦笑。

「那就看看誰比較頑固吧。」華格納粗聲粗氣地說。他太清楚 Lucky Life 那幫人在打什麼主意。他絕非任由他們擺布的傀儡。

2072 3／5 美國 Lucky Life 總部

「頑固的老東西。」約西亞聽完職員的匯報後，掛掉通訊並咒罵一聲。

他沒想到華格納那老頭竟然這麼倔強，竟然一再拒絕他的邀請。連帶著另一位女研究員也受影響。他有些記不得那女的叫什麼了，好像姓邁爾還麥克吧。這些人都是研究香巴拉菌的重要骨幹，但卻不能處於自己的控制下，真的十分讓人煩躁。

約西亞壓下怒火，給自己倒了一杯酒。沒關係，他手裡還拿捏著司馬辛，再加上徐凝輝和昆西也是聽從他指揮的。只要牢牢握緊這三人，他還是有辦法研究出更聽話的菌種。

那些自以為是的修真者，自打他們開始能自行生產出新的子實體後，就逐漸脫離了 Lucky Life 的控制。原本這幫人都將 Lucky Life 視若救世主，但現在他們自己就能成為他人的救世主。即使單純透過食用子實體的成功率沒有完整療程那麼高，但還是能衍生出更多擁有香巴拉菌能力的人。這大大拉低了 Lucky Life 在世人眼中的價值。從原本的香巴拉菌文化社群領袖，變成了只能和一些修真社團領導平起平坐的角色。喪失對於香巴拉菌的宣傳優勢，這讓約西亞非常不痛快。

而那些修真者在全球各地引發的騷亂，更是讓約西亞難堪。就如同上次災難性的回收事件，讓 Lucky Life 被迫讓步。這簡直是奇恥大辱。而為了維持香巴拉菌療法以及 Lucky Life 在全球的聲譽，約西亞更被迫拿出許多資源壓下修真者騷亂的相關報導。那些修真者到底知不知道約西亞在背後替他們做了多少事情？不知感恩的東西。

為了讓香巴拉菌不被汙名化，約西亞砸下重金宣傳，將動亂分子描述為反社會人格、精神失常的瘋子團體。這樣的人即使不接受香巴拉菌治療，將來也會持槍砲破壞社會和諧。有問題的是人，而不是香巴拉菌。

一定要趕快透過基因技術研發出不會再生長子實體的品種，而且這品種還需要發揮比平常香巴拉菌更強的效果。否則長久以往，Lucky Life 推出的香巴拉菌療法將會大大貶值。約西亞焦慮的思考所有可能。

「老闆，有您的信。」祕書小心翼翼地從門外探出頭。

「是誰寄的？」約西亞粗暴的問。

「是……荊棘女士。」祕書提心吊膽地將信放到約西亞桌上。彷彿那信隨時會燃燒起來似的。

聽到荊棘女士，約西亞更惱怒了。他粗魯的撕開信封，信紙上印著荊棘的圖案，上頭只簡單的寫道：

僅代表我主，向貴方提出下列交易：Lucky Life 以提供哈德遜城市廣場11號的建物所有權，換取荊棘女士安撫當前紐約境內的修真者，使其避開 Lucky Life 在該區的其他資產。

誠摯的　荊棘女士下屬——荷依

他咆嘯著將信撕成碎片，嚇得祕書奪門而出。這個莎托普・摩伊拉現在也敢來威脅他了？還是透過一個小小的下屬？這是明目張膽的挑釁！一個當初哭得一把鼻涕一把眼淚的實驗品，也膽敢和他——約西亞・賽克斯頓討價還價？難道她認為，Lucky Life 沒辦法自己處理那些修真者？他現在手裡可是有一支訓練有素的思能部隊！

想到思能部隊，約西亞的心情稍稍平緩了一點。現在思能部隊的建構已經完成了，這都多虧了司馬辛的腦波強化劑。而思能部隊的裝備銷售也在各國間供不應求，大大分攤了因為香巴拉菌療法需求降低而導致的盈餘下降。全世界各國為了因應修真者們的暴亂，都開始各自建構自己的思能部隊。但到目前為止，都僅只在零星衝突上展現其能力。還沒有大規模的實戰。也許……

約西亞惡毒的微笑起來，然後變成咧嘴笑，最後變成瘋癲狂笑。

「替我轉接國防部長。」等約西亞止住笑後，他拿起電話，對祕書吩咐道。

也許是時候該來收集點實戰的情報了。畢竟武器就是要見血才有價值，不是嗎？而有些人，其生命的價值就是用血與淚來替他人的未來鋪路。

是時候再讓這個莎托普・摩伊拉哭一場了。不過約西亞無法親自看見她痛哭流涕的模樣、再親耳聽到她淒厲的哀號，真是太可惜了。

2072 3／10 美國 休士頓郊外社區

阿里逐漸擺脫對香巴拉菌的陰影。也許是因為他獲得的新力量，又或者是因為這種訓練方式讓他的心更能平靜下來。

他閉上眼睛，深深呼吸，感受跳動的脈搏，放開所有情緒，單純感受著自己身體的每一個部位，進入了冥想的狀態。

阿里以前從不知道，原來冥想狀態下的腦波頻率，是所有腦波中最高的。這讓他感到訝異，他一直以為當人高度集中、快速思考的時候，才能激發腦波的頻率。

他沉浸在冥想的安寧之中，感受著每一次的呼吸，感受著身體的變化，幾乎能夠感知到最細小的毛孔。一切都是那麼安詳，如同身處翠綠的草原，聽著過耳的微風，偶爾傳來的鳥鳴增添了一點趣味，太陽曬到身上的溫熱讓人舒暢。

「少校，我們到了。」一個聲音打斷了阿里的冥想，他睜開眼，他的眼前坐滿了士兵，而他正身處裝運士兵的裝甲車中。車隊此刻正停在一處樹林中，而位此不遠處，根據情報，是一個小型的社區。

「很好。」阿里站起身，他的身上穿著全套外骨骼裝甲，而那些士兵們也都穿著同樣的裝備。

「根據情報指出，這個區域仍有New God的殘黨，但我們並不清楚有多少。為了避免潛伏在民宅中的New God殘黨發動突襲，偽裝小隊先去查探情報，一個小時後向我匯報。」阿里下達指令。

少數幾個打扮成平民模樣的士兵，朝社區走去。他們帶著偽裝成耳機的通訊設備與微型鏡頭，能夠第一時間將資訊回傳。

臨走前，阿里又補充了一句：「如果遭遇任何危險，立刻撤退，不要衝動。」

士兵們看向阿里，對他咧嘴一笑。

加入思能部隊受訓之後，阿里因為優秀的表現，在軍隊中快速被獎拔到少校，如今他掌管著這支思能部隊。這些士兵都是很優秀的人才，並且急於證明自己與部隊的能耐。阿里希望這不會讓他們太過衝動而下了錯誤的判斷。

透過偵查兵傳來的影像，阿里能清楚看到整個社區的情況。

這是一個看起來很和平的住宅區，並沒有其他地方那些抗議人群與口號標語。人們看到陌生人，也沒有表現出過度的驚恐或者慌張，只是很自然的打招呼問候，並詢問是否需要什麼幫助。

「莫非情報錯了？」阿里皺起眉頭，但這個情報是國防部親自下達的，出錯的機率應該不大才對啊。

「繼續在四處走走。」阿里吩咐偵查兵們。

畫面繼續移動，阿里在多個螢幕前仔細觀察，不放過任何蛛絲馬跡。

這時候，畫面中路過的一群人，吸引了阿里注意，而當中的一人讓阿里瞪大了眼。是那名年輕人！

年輕人現在頭髮已經成了淡綠色，皮膚上布滿了在陽光下隱隱可見的綠色紋路。年輕人此刻正被幾人簇擁著，從他們的交流上看，阿里確信這些人是New God的人。看來情報並沒有出錯。

「問問看其他居民，是否認識他們。」阿里吩咐偵查兵。並讓其中一人繼續盯著年輕人的動向。

消息很快回傳，偵查兵報告到這位年輕人和他的朋友是這幾天才出現在這個社區中，聽說是來拜訪朋友的。這些人對當地居民有些冷淡，而且很少交流。而盯哨的偵查兵也確實看到年輕人與朋友走進其中一間住宅內，屋內的人則迎接他們進去。

看來 New God 的人把這裡當成某種據點，雖然不知道他們想做什麼，但阿里不敢繼續觀望。他立刻請求支援，並準備親自帶隊包圍那所住宅。他仍記得那年輕人猙獰的表情，以及手臂被撕裂後的痛苦。

「疏散當地平民，第一、第二小隊從後方包抄。遭遇攻擊准許立即開火，若有人願意投降則必須對其先注射高劑量的鎮定劑並且帶上拘束器限制行動。」阿里飛快地吩咐。

很快士兵們就準備就緒。他們此刻也已經知道，他們面對的人，正是曾傷害過自家軍官的人，對此無不露出憤慨的表情。

「記住，這不是什麼復仇之戰，我們是在執行國家安全行動。」阿里說道。他下意識地撫摸的自己的機械假肢。「以確保自己與當地人安全為第一優先。」雖然根據上級的指令，他們的第一要務是擊殺當地所有 New God 殘黨，但阿里並不願意看到自己的同袍葬送性命。

「是的，長官。」士兵們應答。

部隊很快就完成布署，根據最新的法規，對於 New God 殘黨，將其視為恐怖分子，聯邦部隊有權不經警告就破門而入。因此一等部隊抵達預定位置後，阿里便帶人衝了進去。

堅固的外骨骼裝甲輕易就將木製門板撞破，沒等他們踏入屋內，就有數根飛刺伴隨著女人的尖叫聲以及男人的怒吼聲朝他們襲來。

阿里馬上反應過來，他集中精神，從掌中射出一陣熱流，那些尖刺立刻燒成灰燼。

屋內的眾人似乎早已感知到屋外的動靜，因此雙方馬上開啟了遭遇戰。子彈與飛刺相互射擊，有毒的煙塵遮蔽了視線。但思能部隊都配置了防毒面具，因此毒煙並沒造成太大影響。阿里能微微感知到那些修真者們的位置，根據 Lucky Life 專家的說法，這是高能量的腦電波脈衝彼此碰撞後的結果。因此雖然煙塵遮蔽視線，但阿里仍然能夠準備判斷敵人的位置，並透過荷電粒子給予致命傷害。現在這種思能武器，已經從需要短暫集中精神，進展到只憑某些高強度腦波的指令就馬上作出反應。而射出的電子能流能夠瞬間產生足以融化裝甲的高熱。

致命的能流將幾名反抗的修真者當場殺死，而年輕人見到自己同伴慘死，表情變得扭曲凶狠，他咆哮著一揮手。他的手忽然變得無比巨大，一把將一名士兵撕成兩截，緊接著他的手又變得如同刀劍般，將另一人開腸剖肚。

「開火！開火！」其他士兵們見狀，又憤怒又恐懼，他們高呼著開火。子彈如雨點般打在年輕人身上，但他似乎在一瞬間讓自己變得無比堅硬，許多子彈只在他身上擦出一點傷痕。士兵們見狀，馬上改用思能武器迎擊，灼熱的能流起了效果，逼得年輕人不得不轉身逃避。

「別想跑！」阿里將裝置的功率提高到最大，這是一種能強化人體對腦波收放的輔助裝置，一般士兵還好，但如果是阿里將其開到最大功率，則產生的脈衝能短暫干擾修真者，但副作用是這種脈衝不分敵我，因此透過輔助裝置接收到這種脈衝的思能部隊士兵，也會受到影響。但眼下阿里顧不了那麼多。他深怕年輕人逃出去之後，為了活命，會毫不留情大開殺戒。

果然，年輕人腳步踉蹌，彷彿承受了某種巨大痛苦。阿里趁機對著他射出致命的能流。瞬間白光籠罩在他身上，下一秒，他的上半身被高熱澈底蒸發，只餘下半身還在不停顫抖著，似乎隨時都會邁開步伐往前繼續跑去。阿里又射出一發能流，將那噁心的下半身一同消滅掉。

「檢查屋內情況。」阿里吩咐部下，受到剛才的衝擊，他們也顯得有些神情恍惚。但還好他們平時受過的訓練使他們很快就恢復過來，並開始執行命令。

阿里則無力的癱坐在地上，背靠著一截斷牆。他努力想找回冥想的平靜，好平衡剛才戰鬥中的激烈情緒。

他為陣亡的同袍們哀悼，也為所有戰死的敵人哀悼。

野獸之所以咬人，是因為本性。但人不能沉浸於殺死野獸的成果之中。否則人和野獸有什麼區別呢？

阿里平靜下來後，站起身，開始視察戰況。

他們在殘破的屋內，一共找到了九具不屬於思能部隊成員的遺體，再加上被阿里燒成灰燼的那名年輕人，共是十人。而他們原先在外頭已經確認到的New God殘黨人數是五人，因此有五人不屬於原先掌握的範圍。

可讓阿里疑惑的是，這五人當中，看不出來有受過香巴拉菌療法的跡象，似乎只是普通人。

「查一下他們的身分。」阿里吩咐。接著他又視察屋內各處，雖然因為剛才的惡戰，屋內變得殘破不堪，但還是能依稀看出，這間屋子的住民，應該是整潔乾淨的。這讓阿里心頭泛起一絲困惑。他預想中的修真者據點，應該會擺著一些象徵性的擺設，或者與神祕學有關的東西。但眼前的東西只是很單純的居家用品，沒有浮誇的宗教圖案，或費解的標語等。

「長官，查出來了。」這時，下屬向阿里報告。「除了確認四名死者與那位年輕人是在逃的New God殘黨外，另外五人中，其中一名也是登記在案的殘黨。而另外四人，其中一對是夫妻，而另外兩人則是他們的女兒以及剛上高中的孫子。沒有不良紀錄。」

「有被挾持的跡象嗎？」阿里更感困惑，平凡的祖孫三代與凶惡的New God恐怖分子，他無法理解這兩種人是怎麼勾結在一起的。

「沒有，我們正在設法調這間房子外的監視器影片，但剛才的戰鬥中儀器被流彈打中，可能要等技術組趕到才能恢復。」

阿里看著被白布蓋著的屍體，內心升起一股罪惡感與惶恐。雖然他被授權可以發動突襲進攻，但如果這間屋子的住戶們是無辜的，但卻因為他的進攻而遭到波及，那阿里覺得這輩子都沒辦法原諒自己。也許他應該先在屋外勸降的。

「長官，您做了正確的決定。」一旁的副官似乎看出了阿里的沮喪，寬慰到：「如果沒有發動突襲，我們肯定沒辦法將這些恐怖分子一網打盡。將來要是他們逃到別的地方去，恐怕會引起更大的傷亡。」

阿里對著副官苦笑，但沒有說話。

屋裡屋內都是忙碌的士兵，而附近的支援這時也趕到了，他們一同打掃戰場，並清理出可能有用的證據。而一些剛才經歷戰鬥的士兵，則脫掉了身上的外骨骼裝甲，並坐在街道旁抽菸休息。阿里沒有責怪他們，支援過來的人手足夠，決定讓他們休息一下也好。

「真是一場漂亮的勝仗。」這時，一位研究員模樣的人朝阿里走了過來，並祝賀他。「這次的戰鬥數據非常完美，阿里少校，您確實將這套動力鎧甲發揮得非常出色。」

阿里認得他，他是 Lucky Life 提供的一位研究員，專門負責蒐集關於思能裝備的數據。他也是隨軍抵達這裡，但由於不是戰鬥人員，並沒有到第一線作戰。

「希望這樣的戰鬥您能多來幾次，真的是非常漂亮的數據。」他咧著嘴笑著。

「希望人們自相殘殺的時刻能少幾次。」阿里沉重的說。但那位研究員仍笑得很開心。

正當阿里想要將他打發走的時候，研究員忽然露出怪異的神情。阿里還沒反應過來，研究員便被乾淨俐落的斬首，鮮血從脖頸噴灑而出。

血雨中，只見一位鮮紅的憤怒女神，正以猙獰的目光環視眾人。她嘶吼著揮出螳螂般的鐮刀狀手臂，速度快得阿里只能憑直覺反應。鋒利又布滿倒刺的手臂重重打在阿里的機械鎧上，在上頭留下極深的口子。系統嗡鳴的警報聲，提醒著阿里受損的嚴重程度。

阿里被那下攻擊打飛出去，重重摔落地上。等他爬起身時，四周已經陷入地獄般的場景。無數修真者朝他們襲來，支援部隊根本來不及反應，許多人便當場慘死。而思能部隊也沒來得及反應，許多原本脫下機械外骨骼坐在路邊休息的士兵，還沒來得及穿上裝備，便被那些修真者殺害。

「敵襲！敵襲！」四面八方都能聽到士兵們的叫喊聲，以及臨死前的慘叫聲。

阿里用粒子能流燒死兩名攻擊他的修真者，並大聲對士兵們呼喊：「成防禦隊形！防禦隊形！」

這些修真者與以往阿里接觸過的 New God 成員不一樣，New God 的人雖然凶悍，但往往還是會採取較保守的方式，比如避免被攻擊到要害，而且面對士兵也往往採取較保守的防禦戰術，並會尋找掩體保護。但這些修真者不一樣，他們腥紅色的裝扮以及幾乎狂戰士般的進攻方式，是阿里從未見過的。

一陣忽高忽低的微弱尖叫突然傳遍整個戰場。阿里頓時陷入恍神狀態。而他周圍的思能部隊也陷入了同樣的情況之中，手裡的動作都停了下來。而同樣的，那些修真者的動作也在同一時間變得遲緩。但唯獨一人，仍舊以俐落快速的動作屠殺著人們。恍惚間，阿里認出來，正是當年在 New God 集會現場，殺死原本 New God 領導者的那位紅衣女子，也就是剛才殺害研究員的人。

而那尖嘯聲無疑就是她發出來的。她也能夠使用與阿里同樣的能力，甚至不需依靠機械輔助。

阿里瞬間明白了這點，眼前的女子，其能力遠勝剛才與之交手的那位 New God 的年輕人。

「撤退！所有人撤退！」在明白了這點之後，阿里毫不遲疑的下達了撤退的指令。

士兵們四處潰逃，不時可以聽見周遭民宅中傳出哀號與慘叫。但阿里顧不了那麼多。他帶著殘餘的士兵，拚命想撤回運輸裝甲車。他毫不保留的將裝置開到最大，用灼熱的能流將幾個追擊的修真者燒成灰。但仍有一些攻擊打在外骨骼裝甲上，並影響了裝甲的性能。

「關閉散熱裝置，維持最高電量運轉！」阿里對ＡＩ下達指令，並迅速拖掉身上的裝甲。

「長官！」一名士兵見狀，立刻明白阿里要做什麼。那位仍穿著外骨骼裝甲的士兵一把背起阿里，帶著他往運輸車跑去。那些追擊過來的修真者一時之間沒反應過來，還在遲疑地看著被丟在原地的機械鎧。而就在這短短幾秒鐘，機械鎧原地爆炸，將那些修真者轟得支離破碎。

可就當阿里在士兵背後回頭看去時，一些被炸得只剩下半身的修真者，斷口處竟蠕動著無數肉芽，並且似乎正掙扎的往上生長。這可怕怪誕的景象從此成為阿里永遠的噩夢，將伴隨他度過餘生的每個夜晚。

「都快要到大選年了，你跟我說國家的軍隊在自己國內被恐怖分子打退!?」美國總統憤怒的將桌上的東西砸向國防部長。

「我很抱歉，總統先生。」國防部長也是不知所措。完全沒有人預料到New God竟然有這麼強力的外援。該死，那個約西亞說什麼找到了殘餘的幾名New God成員，結果他們遭遇到的，卻是一大群凶殘的恐怖分子！

「說抱歉有用的話，給你那麼多預算做什麼！這……這樣下去我們都不用選了，直接宣布對手贏了，大家都可以一起總辭下臺！」總統漲紅著臉，焦急的不停踱步。

「那些人……那些恐怖分子，到底為什麼會漏掉相關的情報？」總統咬牙切齒的問。

國防部長看看中情局長，中情局長則輕微的搖搖頭。看來關於這些人，原先是一點情報也沒有。而中情局長的小動作也沒有逃過總統的眼睛。因為下一秒，總統便又將東西往中情局長扔過去。

「那現在還不快去查！」總統大叫。

「總統先生。」這時，門外一名政府官員慌慌張張跑進門。

「在搞什麼？出去！」總統大罵。

「總統先生，這很重要！」

「我說，出去！」

「這真的很重要！您一定要現在看！」對方竟然朝總統大叫起來。失禮的舉動讓所有人都是一愣。

「什麼事情？」中情局長轉身詢問。

「看這個！」那位政府官員似乎也意識到自己出格的舉動，但卻以一種顧不了那麼多的神情，將手裡的平板電腦遞上去。

所有人目光都集中過來。到底是什麼事情那麼重要？

只見平板上正播放著一支影片，影片裡，一名紅髮紅眼的女子，身上腥紅色的衣服繡著蔓延的荊棘圖案。此刻她正站在一棟貼有政府部門標誌的建築物前，而她的身後，則堆滿了無數的屍體，鮮血在她腳邊緩緩流淌，而她對此並不在意。

「我是摩伊拉（Moirae）——荊棘女王，那些自以為高高在上的人，屠殺了我們的親人、連年幼的孩童都不放過。而那些曾經傷害我們的，我們必將復仇的鐮刀揮向他們，讓所有債務，以紅色清償。我將帶領 Red Life 創造新的世界、新的秩序，舊日的藩籬即將打破。我將創造一個所有人共榮的世界。那些舊世代的掌權者們，當心了！」她的聲音有著難掩的憤怒、以及冰冷的殺意。而這時人們已經認出來，她身後的政府標誌，是休士頓州政府所在之處。

難道她已經將整個政府部門的人都屠殺殆盡了？所有人心中都冒出了同樣的念頭。

「立……立刻聯繫休士頓的州部門，確認……確、確認那邊的情況！」總統顫抖著，用沙啞的聲音說。

「好、好的！」那位政府官員剛想走，卻被中情局長一把奪走他手裡的平板。

「這個留下。我們還要再研究！」

「是的！」政府官員慌張地離開。

「這是叛變，是赤裸裸的叛變行為！」總統焦急地抓著頭。

「也許，我們應該發布戒嚴？」中情局長這時卻微微一笑。

「戒嚴？」

「沒錯，戒嚴。休士頓是太空計畫的重要中心，如果真的淪陷，那後果不堪設想。」中情局長說。

「戒嚴……？」總統遲疑了一陣，然後也咧開嘴。「戒嚴？你說的對極了，**戒嚴**！」

他越想，嘴就咧得越開。最後他的說：「立刻查清這則影片的真假，那怕只有十分之一的真實性，就立刻發布全國戒嚴！取消一切選舉活動，並且同時所有軍隊都進入戰時狀態，那怕是海外的軍事基地也一樣！」

「遵命，總統先生！」

2072 7／20 中國 西藏

古老的青藏高原上，藏民們平靜的生活，因為香巴拉菌的發現而產生了改變。最初，是前來參觀的遊客們變多了，帶動了當地各種土產的銷量。而隨修真風氣的崛起，當地許多的山上出現了大大小小的修真者聚落，他們對外宣稱要在香巴拉菌的發源聖地中修行。這些新的居民向外界購買了大量的藥草與補品，例如人參、靈芝，以及冬蟲夏草等。讓藏民們挖掘冬蟲夏草的產業又再度提升不少。

而今日，青藏高原迎來了兩位熟人。他們穿著禦寒衣物，走在山野與草原間，偶爾停下來察看些什麼，但卻很少交談，即使交談也保持一定的距離。

而在他們周圍，則圍繞著不少持槍荷彈的武裝警衛，他們保持著對四周的警戒，並時刻關注著二人。

當天夜裡，這隊怪異的組合，在一處山坳間紮營。

「美國政府宣布戒嚴後即將進入第五個月，最近軍方傳出捷報。由上校阿里率領的思能部隊，奪回了休士頓並且成功殲滅當地的叛亂分子。目前美軍已進入休士頓並進行戰後重建。美國國防部表示，對於叛亂組織 Red Life 以及其附屬組織的圍剿仍在持續，雖然目前已成功奪回休士頓，但陣亡的多為休士頓當地修真者組織的成員，Red Life 本體並未受到嚴重打擊。對於外界詢問何時能結束戒嚴，國防部發言人表示，只有當確保美國全境安全之後，才會考慮此事。」

「我國知名網紅趙嫦近日在社群平臺發言，認為我國政府應該基於人道主義精神支援美國政府的平亂戰爭。並強調中、美兩大國的國家安全密不可分。此外在文章中也提出，美國正是對於香巴拉菌療法的受治療者甄別度太低，才會導致動亂分子獲得過於強悍的力量，我國政府應馬上提高對受香巴拉菌治療者的甄別條件並加強後續追蹤。在接受記者採訪時，趙婣表示……」

平板上出現趙婣的身影，她正慷慨激昂的對著鏡頭大聲疾呼，說自己看到戰爭慘況時有多麼心痛，並恨不得能奔赴美國救援傷者。

「這個趙婣，還學不乖嗎？」徐凝輝冰冷的看著螢幕中的趙婣。「這些網紅，話說得太多，但想得太少。除了裝腔作勢，能幹實事的少之又少。」

司馬辛略感驚訝的看向徐凝輝。他沒想到徐教授會這麼直接又尖銳地批評。

「司馬教授，你知道嗎？」徐凝輝指了指螢幕上的趙婣說：「她最初曾大力反對香巴拉菌療法，可一旦看到香巴拉菌的效果之後，又馬上轉變立場，鼓吹放寬香巴拉菌，降低篩選甄別條件，取消追蹤政策。如今看到風向變了，有馬上轉變說詞。明明什麼都不懂，卻在那邊誇誇其談，你說可笑不可笑。」

「吞吐橡皮條的魚，即使錯了也很少有迷途知返的。即使錯了，也還是會想孤注一擲。」司馬辛看著趙婣的身影說。

「吞吐橡皮條的魚嗎？真是生動的比喻啊！說得太好了！」徐凝輝讚嘆，並接著說：「不止是趙婣，那些支持者也是如此。明明我已經派人揪出了她的老底，並且提供的大量的證據來證明她就是一個沒有專業知識的草包，但還是有大量的人支持她，而媒體更為了博取流量繼續採訪她。讓她有繼續發揮影響力的舞臺，你說，可悲不？」

司馬辛愣住了，徐凝輝這是坦誠了自己曾暗地裡攻擊過趙婣？他為什麼要向自己坦承？

徐凝輝沒等司馬辛回答，只是自顧自地說下去：「我本來以為，解決了當時聲量最大的趙婣，就解決了問題。就能夠讓人們心甘情願接受追蹤，接受管制。但沒想到，最終無論是追蹤政策或者管制政策，都在人們的壓力下鬆綁，最終不復存在。當人們認為自己能從中得益的時候，便給予無限的支持，不論對錯。可當認為有害的時候，便給予抵制，不論是非。人啊，是如此目光短淺，急於求成。」

「我曾經反對過讓香巴拉菌商業化的。」司馬辛冷冷地說。

「嗯，你是對的，我們走得太急了。」徐凝輝平靜地說，一邊站起身。

司馬辛非常訝異，他今天是吃錯藥了嗎？

徐凝輝搖著頭，獨自走出帳篷。一邊喃喃地說：「真的錯了，真的錯了。」

司馬辛一個人在帳蓬內，不可置信地看向他離去的背影。

第二天，他們繼續在青藏高原上尋找關於原始的香巴拉菌株。

這本是徐教授的主意，他認為香巴拉菌也許在青藏高原上，有尚未發現的亞種或者近親，而這些亞種或近親則可以做為培育新式香巴拉菌的基因來源。對此徐凝輝請求約西亞派司馬辛隨行，並帶著一隊武裝護衛保障安全。司馬辛本不想來，但無奈受制於約西亞，也為了保護艾芹與孩子的安全，只得和徐凝輝一同前往調查。

自從被 Lucky Life 發現他偷偷成立追夢公司，並且隱瞞了發現腦波強化劑的事情後，Lucky Life 表面上不予追究，但實際上卻在司馬辛身邊安插了很多的監控，名義上以提供贊助產品為由，而實際上，那些由 Lucky Life 提供的電腦、智能家電等，都藏有監控設備。連研究室內的研究員，都被換掉一批。然而，即使如此，對於司馬辛的待遇卻也同時提高不少，除了搬進了更先進的研究室外，負責與研究室接洽的 Lucky Life 主管幾乎每次碰面，都熱情的詢問研究上有沒有需要 Lucky Life 提供的地方，並且還會主動替司馬辛張羅最新的儀器。

司馬辛明白，約西亞想表達的意思——乖乖聽話，否則後果自負。

司馬辛對此無能為力，所幸 Lucky Life 與約西亞似乎還不清楚自己的最終目標，只是單純以為自己是想隱瞞研究發現，替自己牟利。因此司馬辛依舊埋首研究香巴拉菌，並任由 Lucky Life 的人時不時突襲檢查自己的研究資料。只要真實目的不被發現，那這一點點不方便其實也沒什麼了。

「到那邊看看。」徐凝輝指著不遠方一座山坡的背光處說。

司馬辛隨著他走去，路上兩人保持著沉默，只有高原的冷風呼嘯聲，以及周圍護衛踏過草地的聲音。司馬辛很確信那些護衛都是派來監視他的人。

「其實，我們這只是徒勞無功。」走到山坡的背光處後，徐凝輝蹲下身，翻撿著石頭，檢視石塊下的地衣。

「喔？」司馬辛不以為然的應了一聲，這次的調查可是徐凝輝提出來的。

「你知道嗎？雖然我的專業不是生物，但學醫跟學生物其實還是有共通點的，我們面對的都是生命。」徐凝輝邊說，邊向一旁的護衛示意，自己要休息一下。接著便盤坐在地上。

「坐吧，我們休息一下。」他說。

司馬辛依言坐下，他搞不懂徐凝輝葫蘆裡到底在賣什麼藥。

「你知道希波克拉底誓詞嗎？」徐凝輝問。

「日內瓦宣言的前身，現代醫師誓言的始祖？」司馬辛挑眉。

「對，沒錯。醫師誓言。」徐凝輝微笑著，目光凝望著遠方，用嚮往的語氣說：「『生命從受胎時起，即為至高無上的尊嚴；即使面臨威脅，我的醫學知識也不與人道相違。』你看看，這是多麼偉大的誓詞啊，卻是由如此渺小的人口裡說出。」

司馬辛不語，只是懷疑的看著徐凝輝。從昨天開始他就不太對勁，他怎麼了？

「你知道為什麼美國的修真者們會暴動嗎？甚至不惜明目張膽攻擊政府機關？」徐凝輝忽然話鋒一轉，詢問司馬辛。

「我看過 Lucky Life 的記載，似乎是美國軍方在突襲恐怖分子的時候，誤殺了一些修真者的家人？」司馬辛回答。

「哈！**誤殺**！多麼棒的藉口！」徐凝輝大笑。「那是謀殺，赤裸裸的謀殺。當軍隊出發的那一瞬間，那家人的命運就已經注定了。」

司馬辛瞪大了眼，看著徐凝輝。

「暴動團體 Red Life 的領袖，曾經是 Lucky Life 的僱員，她得罪了約西亞後，為了懲罰她，約西亞向國防部透漏了其家人的位置，並引誘一些被通緝的修真者前去，以此栽贓。這樣一來，一起軍方討伐通緝要犯，誤殺平民的案件就完成了。我敢說，當約西亞完成這些布置後，一定會咧著嘴大口喝酒，等待好戲上演。」徐凝輝仍舊看著遠方天際，語氣彷彿只是在談論晚上吃什麼般隨意。

而司馬辛則不敢置信地看著徐凝輝，一時半會不知道該如何開口。

「但他錯估了 Red Life 的那位領袖，也高估了軍方的思能部隊。或者說高估了他自己的思能部隊。畢竟所有國家的思能部隊，從建置、訓練、裝備都是由 Lucky Life 一手打造，因此說全球的思能部隊實際上就等同於 Lucky Life 的思能部隊也不為過。為此，美國付出了慘痛的代價，與修真者的衝突忽然陷入白熱化，復仇心切的人對抗自以為站在正義一方的軍隊，多麼悲慘又荒謬的組合啊！」徐凝輝說著說著，竟哭了起來。

司馬辛慌張地想安慰他，徐凝輝卻擺擺手，示意自己沒事。

他擦掉眼淚，誠懇鄭重地對司馬辛說：「眼下的死亡與動亂，都不是我願意見到的。看到那麼多生命的消逝，我真的非常遺憾。司馬教授，你知道學醫和學生物還有另一項共通點嗎？那就是那些對生命有害的化合物，我們學醫的也懂，甚至比你們學生物的更懂。我看過你的配方了。雖然只是草草寫在紙上並被丟棄在研究室垃圾桶的，但我一眼就能看出來，上面的化學物成分，不僅對香巴拉菌有害，也對人體有害。」

司馬辛心頭一驚，不知道該如何是好。

「沒事，那張紙我已經替你燒掉了。下次留意點，別再被發現了。」徐凝輝說。「你得明白，只要Lucky Life願意，任何東西都能成為宣傳的一部分，不論是好的宣傳還是壞的宣傳。」

「為什麼要幫我？」司馬辛不解。

徐凝輝沒有正面回答，只是哀傷地說：「有時候，我會覺得人類很奇怪，當他們認為自己能從中獲益時，所有人都認為香巴拉菌是好的。即使沒有接受香巴拉菌治療的人都這麼認為。可一旦發現不如預期，就只會抱怨抗議，從來沒想過是自己太過天真。即使今天換成另一種藥物，結果也是相同的。好比疫苗，哪怕疫苗即使確實有效，可當疫苗的副作用超出預期時，即使只是多一點頭痛的機率，人們便會開始抗議。但卻從沒想過事情本來就沒有絕對的好或壞，所以好處必然伴隨著成本，所有事情都是相對的。

我不後悔將香巴拉菌視為醫療產品，因為香巴拉菌確實擁有超乎想像的醫療潛力。但我對眼下的混亂感到後悔。是我高估了人性，還是高估了自己？到底為什麼會導致今天的局面？」

司馬辛沒有回答，因為他也沒有答案。

高原上的強風呼嘯著，幾乎淹沒了徐凝輝的聲音，他繼續低聲說道：「人生最大的幻想是什麼？」

「什麼？」

「是無罪。」徐凝輝慘澹一笑。

司馬辛愣愣地看著他，他不明白徐凝輝為什麼要和自己說這些。

「今天晚上十一點，會有人來接你走。」徐凝輝用一種隨意的口氣對司馬辛說：「我已經確保我們身邊那些護衛隊在那個時候無暇他顧，到時候你只管從營地往南走就對了，會有人來接你的。」

「什麼意思？」司馬辛不解。

「我該說的都說了。剩下的，得靠你了。如果你有餘力的話，回去之後，幫我照顧一下女兒們好嗎？幫我告訴她們，爸爸真的很愛她們。」

司馬辛聽出了徐凝輝話中的意圖，他有些慌張，急忙說道：「你應該親口對她們說！」

「我們該回去了，抱歉將你帶來這麼遠的地方。但這是我能想到最好的辦法了。」徐凝輝沒有回答司馬辛，只是吃力地站起身，朝著遠方走去。

司馬辛急忙追上去，卻想不出什麼話來勸阻徐凝輝。

「別勸了，我知道你想說什麼。」沒等司馬辛想好說詞，徐凝輝便搶先開口。「有些事情，總得有人去做，不是嗎？其實，這樣也挺好的，這樣我就不用面對之後的局面了。你知道，往後的日子只會越來越糟。早點退場，有時候也不是什麼壞事。」

「那你的女兒怎麼辦？」司馬辛焦急地說。

「希望她們能明白，我為了讓她們獲得更好的機會，都做了些什麼。我希望她們能明白。」徐凝輝微微一笑後，拍了拍司馬辛的肩膀。「加油，我敢肯定，將來會比現在還要辛苦。我只是先走一步而已。」說完，他便獨自一人往前走去。

司馬辛呆呆站立在高原之上，強風呼嘯而過，將頭髮吹亂。他看著徐凝輝獨自向前行走的背影，內心百感交集。

當天夜裡，徐凝輝的表現幾乎和往常一樣，除了時不時用眼角看向司馬辛外。當天晚上九點，徐凝輝偷偷指了指司馬辛帳篷，並用眼神示意他進去。

司馬辛進到帳篷後發現，裡面放了一支強力手電筒，以及指南針。似乎為了避免衛星定位洩漏行蹤，才採取如此古老的方式。司馬辛將東西收進外套口袋，在帳篷內靜靜等待著。

等到了晚上十點半，帳篷外忽然傳來一陣騷動。司馬辛探頭出來查看，卻看見營地亂成一團。而營地內某似乎正冒著濃煙。

「教授，營地失火了，請跟我前去避難。」一名守衛打扮的人不由分說，便拽著司馬辛往營地外走去。並一路高呼：「讓開，保護研究人員優先！」

司馬辛根據天空上的星月位置，判斷那名守衛正帶著他往南走，因此並沒有抵抗，只是乖乖跟著他。走了一小段路離開營地的燈光範圍後，守衛放開司馬辛，並對說：「教授，接下來你得靠自己了，之後我也得跑路。要是被 Lucky Life 知道了，我也沒好下場。」說完，他便跳上預先準備好的摩托車，揚長而去。

司馬辛一頭霧水，他以為那位守衛便是負責帶他走的人，誰知道卻被丟包在此處。這裡雖然在營地的燈光範圍外，但離營地還是很近，而且還能隱隱聽到營地裡傳來的呼叫聲。

為了避免被抓回去，司馬辛趕忙掏出指南針，向南跑去。

在夜晚的高原上，司馬辛拔足狂奔，他不敢打開手電筒，害怕會暴露自己的行蹤。他往南奔走，或者他以為他正往南奔走，天上星辰的微弱亮光只能讓他勉強辨認方向。

他不知道跑了多遠，直到看不到營地的燈光後，他氣喘吁吁地癱坐在地上。激烈的運動讓他高山症發作，整個人感到暈眩與噁心。

跑了那麼遠，應該沒問題了吧？司馬辛乾嘔著，幾乎無法再站起身，嚴重的缺氧也讓他意識模糊，無法思考。

也不知道過了多久，等他好不容易緩過氣來，才能仔細思考自己現在的處境。他不知道現在自己確切的方位，也不知道這裡離公路有多遠。他離開營地時，身上並沒有攜帶任何定位設備，也沒有任何水和乾糧。司馬辛意識到，他現在正孤零零又兩手空空地在這杳無人煙的高原上，如果不趕快找到接應的人，他很有可能一輩子也走不出這片高原。

他摸索著掏出手電筒，利用指南針確定了自己的方位。他剛才奔跑的時候，由於不對稱慣性[2]，似乎與出發的方向往東偏了不少，他必須盡快找回正南的方位。現在已經看不到營地的燈光了，他也不知道自己距離營地多遠。

司馬辛拿著手電筒，根據自己的記憶嘗試回到正南方。徐凝輝給他的手電筒在黑夜裡泛出紅色的光芒，司馬辛猜測，這也許是為了方便與他接應的人能夠順利找到他。

因此他時不時用手電筒在周遭環射一圈，希望盡可能讓對方找到自己。

果然，沒過多久，他聽到了汽車引擎的聲音。雖然現代的車輛都以電池為主要動力來源，引擎的聲音不大，但在空曠的高原上，仍顯得十分明顯。司馬辛趕忙關掉手電筒，打算先觀察來者是誰。他怕此刻營地裡的人已經發現他不見了，而此刻前來的車輛可能正是要抓他回去，對此他不敢大意。不過高原上缺乏可遮蔽的物體，因此他也只能盡可能平趴在草地上。

[2] 人體因為些微的不對稱而導致行走時的偏差。

引擎聲與車燈越來越近，司馬辛大氣不敢喘地緊盯著車輛。誰知車輛高速行駛，差點沒輾過臥倒在地上的司馬辛。

司馬辛連忙翻身躲避，這時候車輛的駕駛也察覺到不對勁，趕忙剎車。

「你在做什麼？我差點就撞到你了！」駕駛下車後，大聲對司馬辛說。

「黃玉考？」司馬辛爬起身，驚訝的看著駕駛。

「果然是你，快點上車。路上跟你解釋。」黃玉考一把拉住司馬辛，將他往車內推去。

「怎麼會是你？」上車後，司馬辛不解地看著他。

「你應該拿著那具手電筒站在原地就好，這臺車配有光感應裝置，能夠感應到可見光中最長波長的紅光。」黃玉考開車急駛。

「我怕是追兵，在這荒原上伸手不見五指的，我只能採取最保險的手段。」

「也是，是我沒想到這層。」黃玉考點點頭。接著他對司馬辛說：「很訝異嗎？其實我也很訝異那位徐教授竟然會聯繫我。不過聽他的語氣，似乎早就知道我跟你之間的關係。從一開始我應徵進入 Lucky Life 時，他便知道了。」

在司馬辛被 Lucky Life 要脅後，黃玉考便受了司馬辛的妻子陳艾芹的請託，加入 Lucky Life 的法律團隊，一方便保護司馬辛，一方面黃玉考也想知道 Lucky Life 到底還藏有什麼祕密。這些事情還是當司馬辛找上阿里，邀請他加入思能部隊的時候才知道。那時，Lucky Life 為了監視司馬辛，特意從內部團隊找人陪同。也是那時候司馬辛才再度碰上黃玉考，並得知事情始末。

不過現在看來，似乎這一切，都被徐凝輝看在眼裡。

「當他聯繫我，並對我和盤托出的時候，其實當下我也很緊張。但看他的樣子，似乎做了某種覺悟。於是當我反覆推敲他的計畫後，我便決定賭一把，聽他的話前來接應。」

「徐凝輝……」司馬辛想起他們最後一番談話，似乎他真的下定了決心。對此司馬辛感到萬分遺憾。

「Lucky Life 在中國的勢力不如在歐美那麼龐大，現在我們要先前往藏區的解放軍營區，之後會再安排把你送到國內其他地方。別擔心你家人，他們都已經被安全轉移了。」黃玉考說。

「這裡面怎麼還有軍方的事情？」司馬辛震驚。

「別緊張，蔣、毛兩位教授都打點好了，他們為了營救你，也出了不少力。」

「什麼!?」司馬辛更加震驚了。他沒想到，為了營救他，竟然牽涉範圍這麼廣。

「別驚訝了，為了這次計畫，大夥不知道聯繫了多少人，動用了多少關係。當然，這裡面居中牽線的，還是徐凝輝。就是因為看到他這麼大手筆，我才願意相信他是真心的。」黃玉考說。

司馬辛震驚得說不出話來，而剛才奔跑的疲憊與高山症，也讓他體力耗盡。如今在安穩的車內，讓他忽然感到一陣困倦。

「你先休息一下吧。之後，有得你忙了。」

在司馬辛閉上眼前，他只依稀記得黃玉考這麼說。

「新聞報導：知名諾貝爾獎得主、香巴拉菌發現人之一的徐凝輝教授，今天早上被人發現於青藏高原某處墜崖身亡。官方報告聲稱，徐凝輝教授於前日傍晚向研究團同僚說要獨自散步，因此研究團直至午夜才發現徐教授仍未歸隊，研究團隨即向當地警方報案。當地軍、警單位派出多達百位的搜救隊員協助搜尋徐教授，最終於一處峭壁底下發現徐教授。然此時徐教授已身亡多時。根據調查人員判斷，現場沒有外力介入的跡象，應是傍晚視線不佳，導致徐教授失足墜崖。對此憾事，學界紛紛表示哀悼，清華大學……」

兩天後，新聞上播報著徐教授身亡的消息，但卻對司馬辛同樣離開現場的事情隻字不談。看來這消息似乎被刻意壓下來並竄改了。

這段期間，司馬辛一直處於政府與軍隊的保護下，他們為他安排了在隱蔽程度能所能允許的最高級待遇。而所有妄圖與司馬辛接觸的政府官員，則都被黃玉考攔下。

不過，就算他們硬闖，也未必能見到司馬辛，因為這幾日司馬辛一直陷入高燒並昏睡著。睡夢中，他模模糊糊地看到徐凝輝對他充滿歉意的眼神，以及不斷回放著他們最後談話時的一切。夢中，司馬辛想拉住不斷往黑暗中走去的徐凝輝，但卻無力將手舉起。等他醒來後，只發現自己臉上布滿淚痕，雙手不住顫抖。

偶爾，他會夢到以前見過的那些綠色人型，那些人型的樣子越來越怪異了。複雜而扭曲的型態、斑斕錯綜的花紋形成了無比怪誕的景象。那些人型看起來無比憤怒，讓司馬辛不由得一陣惡寒。祂們會朝著司馬辛咆嘯著，伸手想要撕碎他。然而，一道泛著黃光，如同透明玻璃的牆壁，阻隔了那些朝司馬辛伸出的利爪與毒刺。但利爪滑過玻璃的尖銳聲響，仍讓司馬辛感到驚恐。

等到司馬辛稍微康復，離他逃離 Lucky Life 考察團已經過去一個禮拜了。而等他離開西藏時，又過去了三天。

「司馬老弟，好久不見了。」司馬辛被祕密轉移到南京市後，接到消息的蔣成華與毛治誠兩位教授，便立即前來探望。但與之隨行的人當中，卻有一位讓司馬辛嚇了一跳。

「好久不見，司馬教授。」昆西・巴克納教授朝司馬辛伸出一隻手。司馬辛愣在原地，他記得昆西可是 Lucky Life 的人馬。

「不用緊張，我已經不替 Lucky Life 工作了。」昆西看出了司馬辛的疑惑，便主動解釋。「現在我替美國國防部工作。」

司馬辛半信半疑地與他握了握手。

「我聽黃玉考說，你們為了救我，出了不少力。謝謝你們的搭救。」司馬辛轉頭對蔣、毛兩位教授說。

「唉！別客氣。」毛教授忙說：「若不是徐凝輝他聯繫我們，並安排好大部分的事情，我們也無力插手。只可惜他……唉。」毛治誠嘆了一口氣，盡顯無奈。

「雖然一開始我們不在一條道上，但最終，他畢竟還是回頭了。」蔣成華說。

「說到回頭，有些人卻還在執迷不悟。」毛治誠說。

「誰？」司馬辛疑惑地問。

「你忘記衛青成了嗎？」毛治誠說。

「啊！」司馬辛驚呼一聲。

「自從他退休後，那可是一心一意宣傳香巴拉菌的好處啊！甚至都不用 Lucky Life 付錢。不過也難怪，這可是他學術地位的象徵啊！」蔣成華說。

「而他現在仍舊堅稱，香巴拉菌對人類是好的，所有的暴動都是源自於人民對社會不公的憤怒所導致。雖說目前我們也沒有證據說是香巴拉菌導致了這些動亂，只能確定目前的動亂和香巴拉菌有些關聯。但他的態度那可真是決絕，任何意圖批評香巴拉菌的人，那怕只是一絲懷疑的論調，都會被他猛力抨擊。」毛治誠說。

「這也和他性子挺像的。」司馬辛喃喃地說。

「說到動亂，我們這位遠方來的朋友，說有一個提議要向我們提出。」蔣成華說，並指了指剛才一直沉默的昆西。

「什麼提議？」司馬辛問，並轉頭看向他。

「針對目前全球性的動亂，美國政府有一個想法，但還在尋求驗證。」昆西說。

「什麼想法，這麼神祕。」司馬辛不解。

「宇宙移民的計畫。」昆西正色說。

「什麼？」司馬辛張著嘴不敢置信。

「司馬教授可能沒留意到最近的新聞，十一年前的探測船如今已經到達了天狼星系附近了，根據最近傳回地球的數據顯示，確定了天狼星系內存有如地球一般存在的星球，大氣組成中雖然缺乏氧氣，但卻與地球的原始大氣[3]類似，因此只要經過開發，很有機會成為下一個地球。」昆西說。

「如果我沒記錯，天狼星是雙恆星系統，人類能在那裡生存嗎？」司馬辛問。

「關於這一點，我不是專業的天文學家，只能複述我看過的資料。根據觀察，目前主流學說認為天狼星中較小的那顆恆星——天狼星B，因為不知道什麼原因，墜入了另一顆恆星——天狼星A當中，其噴發的物質最終形成了當前我們發現的類地行星。由於相隔八光年左右的差距，且行星本身不像恆星一般會發光，因此當我們觀測到時，這顆行星已經度過了最初的不穩定階段。」昆西回答。

「這太不合理了，哪有這麼快的，這不是都要數億年的時間才對嗎？」司馬辛猛搖頭。

「司馬辛教授聽過尼爾・德格拉斯・泰森[4]（Neil deGrasse Tyson）說過的話嗎？」昆西說。

「宇宙沒有義務對你有意義。」司馬辛喃喃地說。

3 地球的原始大氣，根據推測由氫（H_2）、水（H_2O）、甲烷（CH_4）、二氧化碳（CO_2）等組成。

4 美國天文學家，海頓天象館館長，終生致力於推廣天文學的科普知識。

「其實，我們的選擇也不多，至少政府是這麼認為的。」毛教授這時候插話。

「無論是中國還是美國，確實都把移民天狼星當作最終手段。假如情勢真的失控的話。而且四國（RECU）宇宙聯盟[5]本來就有宇宙殖民的計畫。」蔣教授說。

「難道……難道你們也？」司馬辛不可置信地看著兩位教授。

「不，我們太老了，不適合漫長的宇宙旅行了。」蔣教授連忙搖手。

「我們是不會去的，但我們是想勸你去。」毛教授認真的說。

「我？為什麼？現在的情況肯定還沒那麼糟糕！」司馬辛連忙表示，並不知所云的比劃著一個大圓。

「確實，現階段各國政府還能控制局面，但將來，誰也不敢保證。當然，這只是一個初步的計畫，即使要施行也有很多前置作業要準備。也需要各國政府的通力合作。」昆西說。

「但我們想先確保司馬辛教授在撤退的名單上。你可是我們的希望。」蔣教授說。

「我沒那麼偉大！」司馬辛急忙否認。

「我們都無法分離出的香巴拉菌的化合物，被你分離出來了腦波強化的成分。而這種腦波強化劑，如今更成為了對抗受感染者的主流武器。光這一點，你就必須去。」毛教授用一種務實的語氣說。「哪怕只是以傳承的角度來看，你都必須要將你的所有學問交棒給下一代，更別說你是當今最了解香巴拉菌的人了。」

「我……」司馬辛啞口無言。

「先把這個提議放在心裡吧。也許就如你說的，情況還沒到那麼糟。」蔣教授寬慰他。

5 詳見第一章開頭。

「如果有任何需要幫助的，可以隨時聯繫我。」昆西遞上一張名片，上頭有著他現在的聯絡方式。

「我現在代表美國政府與中國政府做接洽，美國政府已經答應會盡力提供資源協助司馬教授您。基本上現在各國政府都仰望著您對香巴拉菌的研究能有更多的突破。」昆西說。

這種忽然被所有人寄予厚望的感覺讓司馬辛不知所措。

「別太緊張了，司馬老弟。」毛教授拍了拍司馬辛的肩膀。「我們都會盡力協助你的，等到學校那邊的安保都安排好了後，就和我們一起回清華吧，你的研究室還替你保留著呢！你那個學生，叫張妮的，一直替你打理著研究室，就等著你回去帶領他們呢。」

司馬辛轉過頭，看著眼前幾位教授。而他們也回以認同的眼光。短暫的寧靜中，只有眼神的交流。

「好。」

一個字，如同千斤擲地，震耳的打破寧靜。

2073／1／29
德國　萊比錫　芬恩．華格納的私人住宅

「把我叫來，有什麼事情？」班毫不客氣地問，並昂首踏進屋內。他穿著與眼睛相搭的絲質藍色長袍，長袍的款式仿造了中古世紀修士。僧袍上繫著由金絲織成的腰帶，而他手上則帶著一枚碩大的紅寶石金戒。這是他現在的標準服裝，無論到哪，都穿著相同的款式。這套昂貴的服裝與華格納教授簡樸的衣服形成鮮明的對比。

自從上次他們不歡而散之後，這是華格納教授首次主動邀請班前來。

「也沒什麼，就只是想找你聊一聊。」華格納倒了一杯茶，端給班。

「你如果有什麼想說的，最好快點。我等下還要趕回去 Blue World 主持活動。」班端起茶，一飲而盡。

「你知道現在政府正在密切監視著 Blue World 嗎？」華格納看了一眼空茶杯，詢問班。

「那又如何？難道我還需要怕他們嗎？」班絲毫不以為意。

「但你最近提出的言論，確實讓他們很不安。在現今的局勢下，你也很可能被列入恐怖分子名單內。趕快收手吧！」

「還是同一句話，那又如何？」班鄙夷地說。「我們受祝福者，比人類強大多了，我們擁有那些人想也不敢想的力量。我們唯一的錯誤就是比他們強大、比他們完美。這才是他們感到不安的原因。」

「真的是這樣嗎？我聽說過一些關於你與 Blue World 成員的傳聞，詐欺、性醜聞、暴力犯罪，哪怕當中只有一成是真的，我也很遺憾。」華格納教授說。

「難道人類當中就沒有犯罪分子嗎？這只是因應政治需求的媒體報導罷了。教授，你應該明白。」班凝視著華格納教授。

「是的，我明白這當中肯定有政治力的介入與宣傳。但我還是很難過。特別是一些女孩子在電視上控訴你始亂終棄時。」華格納教授說回望著班那湛藍色的雙眸。

「這當中又有多少刻意炒作之人呢？我可從來沒有強迫過任何人。」班反問。

「我不知道，那你來告訴我？」

「我也不知道，我又何必在意人類在想什麼？」班聳聳肩。

「你也是人類啊！」華格納教授說。

「在人類——沒被香巴拉菌祝福過的人眼中，我們就是異類、異族、怪物。是不同的存在。」班冷言道。

「並不是全部人都這樣看你們。否則當初香巴拉菌療法就不會受到那麼多人支持，並造就出現在的受治療者群體。」華格納教授說。

「那是因為他們那時候企圖利用香巴拉菌的力量。可一旦發現我們不受他們箝制之後，他們就慌了。徵召令、限制令、強制追蹤、區別對待，太多太多了！看看最新的法律規定了什麼吧！受香巴拉菌治療未向政府登記，哪怕只是服用而未受寄生，也將被視為武裝叛亂行為，連買賣、贈與香巴拉菌也是同樣的。這樣的法律難道合理嗎？我們不是他們的提線木偶！既然他們想流血，那我們就奉陪！」班憤怒的朝桌子猛砸一拳。巨大的力量立刻使桌子變成碎片。

華格納教授望著滿地的木屑與玻璃碎片，只是緩緩搖了搖頭。

「但總有更溫和的方式，你之前所鼓吹的，讓所有受治療者站出來對抗世界的言論，會讓無辜的人受到波及的。」

「那又如何？別再跟我灌輸生命不是兒戲那一套。」班的聲音冰冷，如同刀劍出鞘。「從古至今，人類迫害其他生命的歷史斑斑可見。渡渡鳥、澳洲袋狼、天堂鸚鵡、平塔島象龜，人類可從來沒有把其他生命當作一回事。」

「既然你如此看重生命，難道不應該對其他生命更尊重嗎？」華格納教授反問。

「你應該聽過吧？『我所有的愛是獻給一切事物的，但是原則上，我憎惡名為人類的動物[6]。』」

[6] 出自《格列佛遊記》（*Gulliver's Travels*, 1726）作者——喬納森·斯威夫特（Jonathan Swift, 1667-1745）。

班輕聲地說。

華格納猛搖頭，但只是又替班倒了一杯茶，並將茶杯塞到班手裡。

「也許這當中沒有對錯，也許我們都錯了。」華格納難過的表示。

「是的，沒有人是聖人。我們只是依循著對自己最有利的方式活著。這就是生命的天性。」班說完，將茶一飲而盡。

「教授，我很遺憾我們的道路不同。但我是不會回頭的。現在我只關注 Blue World 成員們的利益而已。至於其他人類，已經不在我考慮的範圍之內了。」說完，班起身便要離去。

「我懂，因為我們都已經無法回頭了。」華格納喃喃地說。如果班沒有說出那段話，他也不會將第二杯茶遞過去。

他看著倒下的班，淚水在眼眶中打轉。

華格納教授吃力地將班抬到早已準備好的智能拖車上，並控制拖車將班送入地下的實驗室。

實驗室中異常安靜，而那些原本發出各種聲響的鼠兔們早已不見蹤影，如今實驗室中只剩下空空如也的冰冷籠子。

華格納教授將班安置在一處手術臺上，並用強化合金箍住他的四肢。內心暗暗希望這種加強過的拘束裝置，能限制住班的行動。

手術檯上的班仍沒有清醒的跡象，但華格納教授還是加快了動作。

他拿出早已準備好的針筒，並將藥劑注入。

華格納教授顫巍巍地走近班，然後深吸一口氣，將整管藥劑從手臂上的靜脈注入班體內。

幾乎就在藥劑注入的瞬間，班的身體就起了反應。他整個人猛烈的抖動著。但他並沒有醒過來，只是身體如同有自己的意識一樣，不斷扭動、掙扎。墨綠與深藍色的紋路沿著血管顯現，並蔓延到全身。

班的身體以奇怪的、非人的方式扭曲著。像極了缺水的植物扭曲後的樣子。華格納心想。

當紋路布滿全身之後，身體的扭動停止了。班整個人毫無生氣地躺在手術臺上，儀器上則顯示他的心跳與生命跡象都已經停止。

華格納教授哀痛地看著班，難過地低聲說道：「我很抱歉，孩子。但這樣就結束了。」

他給班注射的，並非是治療香巴拉菌的解藥。而是另一種解藥，從生命中解脫的藥。

是的，那是一種專門針對香巴拉菌的毒藥，在鼠兔身上取得了非常好的效果，不只能殺死香巴拉菌，同時也會將宿主殺死。在實驗中，所有被注射後的鼠兔，全數都在數十秒內死亡，而其體內的香巴拉菌也澈底失去活性與一切生物機能。

這是華格納教授的最後手段。他本來想保留這個手段。但在聽到了班的言論與粗暴的舉止後，讓年邁的教授下定了決心，要對自己視如己出的孩子痛下殺手。

華格納教授滿臉淚水，盯著不斷發出警告的儀器。紅色的燈光映在他布滿皺紋的臉上。他忽然覺得自己好疲倦，過去一切努力最終還是沒辦法拯救自己重視的人。他不忍去看手術臺上的班，只是抱著頭蹲在牆邊痛哭。

等華格納教授好不容易將自己的情緒安定下來後，他眼角噙著淚水，命令ＡＩ將班的屍體焚毀。但在這時，生命探測儀忽然又發出了新的信號。

「什……」沒等教授反應過來，一陣巨大的聲響傳來。只見剛才已經被儀器宣判喪失所有生命跡象的班，已經將手術臺澈底破壞，合金拘束器則被從他身上冒出的無數細絲從接口上腐蝕，匡噹一聲掉落地面。

「班？」華格納教授不敢置信地看著重新站起來的班。藥劑竟然失效了。

班的臉上，充滿著複雜的表情。憤怒、失望、難過、厭惡，他只是盯著華格納教授不發一語。

「對不起……我的孩子。」華格納教授閉上眼，準備迎來班的報復。

但班沒有出手，仍只是盯著教授看。但就在此時，上頭忽然傳來眾多吵雜聲。

「雙手舉高！」幾名持槍的員警破開實驗室的門闖入。可當他們看著眼前的景象，一時之間也不知要將槍口對準誰。孱弱的老人與健碩的男子對望著，而男子身旁散落著手術臺的殘骸與各種手術器具，不過仍可看見他手上尚未完全脫離的金屬拘束環。

「領導，你沒事吧？」一名與班有著同樣藍髮的女子跟在後面，關切地跑到班身旁。

「我沒事。」班點點頭。

「啊！我明白了。」華格納教授起先還不知道，為什麼會有其他人來到這裡，自己邀請班的事情，明明對外保密了，連卡琳也不知道。但當他看到藍髮女子的瞬間，他就明白了。真菌類具備與同類交流的能力，即使距離數百公尺也能有效交流[7]。剛才班體內的香巴拉菌，一定透過某種方式，將訊息傳遞給了其他成員。

「還看什麼，抓人啊！」女子回頭對著員警大喝。

員警們你看看我，我看看你。竟不知如何是好。

「孩子，我……」華格納教授想開口，但卻被班一個手勢制止。

「即使對我下死手，仍會感到難過嗎？」班平靜的、毫無情緒地說。

---

7 在美國馬盧爾國家森林（Malheur National Forest）中，有超過900公頃的菌落，根據研究顯示，即使相隔兩地，該聚落仍具備良好的溝通能力，傳遞訊息的速度近乎神經細胞傳導的速度。

「但，那又如何？」

華格納教授張著嘴，然後無力的垂下雙手，放棄辯解。

「我們都無法回頭了，對吧？」班說。

這到底是問句，還是一句簡單的陳述，在場眾人沒人能理解。

華格納教授自此，便不再說話，直到被警方帶走、關進拘留所、甚至上了法庭，他都不再說出任何一句話、一個字。

2073 6／15 德國 柏林 最高法院

鏡頭前，趙嫦帶領著一群抗議群眾大聲喊話：「我們應該尋求和解、共榮甚至包容！即使他們外觀變了，但他們也是人啊！」

在她身後，許多人舉著牌子，要求對芬恩・華格納教授執行死刑。而這些人群中，可以看見有不少人同時也穿著印有 Lucky Life 標誌的衣服。看來趙嫦已然投向 Lucky Life 了。

而在法院的另一側，有一群規模小得多的人，他們則高舉聲援華格納教授的牌子，並呼喊：「釋放人類英雄！」

今天是華格納教授謀殺案終審判決的日子，雖然當事人班不願對外界多做回應，但 Blue World 的成員與支持者，均對於此案感到憤慨。他們憤怒的要求對華格納教授判處反人類罪、比照當年紐倫堡對其處以死刑。因為根據後來發掘出的證據表明，華格納教授不僅打算謀殺班・邁爾，更打算將藥劑用在所有接受過香巴拉菌治療的人身上。他的研究筆記中明確計畫到該如何獲得足夠的化合物來源，以及該如何用標槍注射、飲用水投入等各種方式將藥劑施打在每一個受香巴拉菌治療的人身上。

其時，早在初審判決時，華格納教授就已經被判有罪。但量刑上，各方卻一直沒有共識。而對於這起轟動的案件，各方也有不同立場，並紛紛對此表態。

德國政府首先表示，將以公正公開的方式審理此案，希望能緩和與修真者社群緊張的關係。而Lucky Life則緊跟著表示，對於華格納教授的所作所為並不知情，並也嚴厲譴責如此不人道的謀殺計畫。此外，約西亞也公開表示，華格納教授早已從Lucky Life離職，並且轉入追夢公司任職。

雖然一般人與修真者的矛盾越來越深，但對於如此有計畫的大規模謀殺行為，大多數的輿論還是傾向於支持對華格納教授以反人類罪來判刑。而諸多網紅也嗅到了其中出名的機會，紛紛譴責華格納教授，並且同時也將矛頭指向追夢公司，以及其負責人司馬辛。

「香巴拉菌的研究者轉為替政府工作，要找出消滅修真者群體的毒藥。」

「究竟是金錢的誘惑或者人性的扭曲，讓兩位香巴拉菌研究人甘願淪為政府走狗？」

「竟然想要殺害因為自己研究項目而受益的使用者，這和謀殺自己親生骨肉有什麼區別？」

「背叛Lucky Life投敵，並且意圖謀殺所有修真者，這真是人性最醜陋的一面！」

「應該收回他們的諾貝爾獎！」

「不僅華格納，連司馬辛都應該要抓起來！」

「殺人凶手不應該讓他逍遙法外！死刑是唯一合理的裁罰！」

對於Lucky Life與網紅的指責，華格納教授並沒有回應。在沉寂了數月之後，他只發出了簡短的聲明。然而這段聲明，卻讓輿論又再次沸騰。

我很遺憾我的實驗失敗了，我本來以為自己調配的藥劑是有效的。對於我的失敗，有很大一部分要歸咎於司馬辛教授的不合作，他拒絕分配合理的資源給我，只想著如何繼續從香巴拉菌中提煉更多的化合物成分。毫無疑問，他是一個糟糕的老闆，他管理的追夢公司就是一場失敗。如果不是他，我也不會失敗。若他當初能全力支持我，那當我成功時，他也能一同分享我所獲得的榮耀。但正是因為他如此短視，才會讓我功虧一簣。

當司馬辛看到這段聲明時，他難過的流下了眼淚。他明白老教授的用心良苦。於是他很快也發表一份聲明，表示自己並不知道華格納教授的計畫，更對華格納教授的說法感到痛心疾首。

在判決日當天，司馬辛委請黃玉考親臨現場。雖然他本想親自前往，但卻被中國政府以安全顧慮為由阻止，甚至毛教授還親自拜訪他，指出大家為了他的安全費盡苦心，希望他不要辜負了華格納教授不惜自損名譽也要維護他的深沉用意。

「肅靜！」這時，法院的法官敲了幾下法槌，原本喧鬧的法庭內頓時安靜下來。大家都屏氣凝神等待判決結果。

司馬辛透過黃玉考的直播，也焦躁地等待判決。

檢方與被告雙方都站了起來，所有人都在等待法官的宣判。除了外頭依舊喧囂的抗議、支持聲外，法庭內大家的動作都停了下來。

「華格納教授一案，雖然極端違反人性，且根據事後言行更可見毫無悔意。但由於被害人並未死亡，因此根據對應法條之規定，以及歐盟廢死的立場，本庭判決華格納教授因謀殺未遂，判處終身監禁。」

承審法官的法槌重重敲下，現場停滯了兩秒後，各種不同的聲音襲來，有怒吼、有歡呼、有贊同、有駁斥。一些情緒激動的人想衝上前，立刻被法警攔住。

華格納教授面無表情的被帶走，當他經過黃玉考時，眼神只是短暫飄向他，不發一語。

而司馬辛透過直播，看到教授蒼老的臉，內心無比哀傷。雖然他們並未實際面對面交談過，僅透過視訊有過幾次學術上的交流。但如今在螢幕上顯示出的華格納教授，除了憔悴外，再也找不出任何詞來形容他現在的狀態。

「沒什麼能幫助他的嗎？」司馬辛問黃玉考。

「已經是終審判決了，除非有顛覆性的證據，否則很難。」黃玉考說。

「不是，我不是打算推翻判決。只是……有沒有什麼辦法能讓他在監獄裡比較好過？」

「也許可以試著打點一下獄方，但我建議你不要這麼做。一旦被發現，只會讓他下場更慘，還會把你也牽連進去。」

司馬辛嘆了一口氣，內心充滿愧疚。

「班！到底發生什麼事情了？」

自從華格納教授入獄後，卡琳一直想知道那天到底發生了什麼。她先是找上華格納教授，但教授只是保持沉默，並且除了搖頭外什麼反應也沒有。之後她又找上班，但班卻對她避不見面。等到華格納教授的最終判決下來之後，卡琳終於忍無可忍，她獨自一人來到 Blue World 的總部，她不顧其他人的阻攔，逕自闖入班的辦公室中。

「我明白了，這件事情我會幫忙的。當然，這關乎我們所有修真者。」此時的班正在進行視訊通話，他甚至都沒抬頭看一眼卡琳。

「班！」卡琳氣憤地大叫。

「對此我很遺憾。如果妳需要，隨時可以來 Blue World，我們會協助妳的。」班繼續自顧自的說，完全不理會卡琳。

卡琳生氣的衝上前，想關掉他的視訊。但班的手忽然伸長，並且將她擋下。在班的怪力面前，卡琳被迫停在原地。而班也沒有更進一步的舉動，只是等通話結束後，才收回自己的手。

「有什麼事嗎？」班好整以暇地看著氣急敗壞的卡琳。

「那天你和教授到底發生了什麼事情？為什麼你和教授對此都沒有解釋？為什麼要躲著我？」

面對卡琳連環發問，班並沒有馬上回答，只是慢條斯理的整理自己的桌面，然後才緩緩開口道：

「我相信媒體報導的已經很詳盡了。」

「那只是媒體的一面之詞，你知道我想從你們口裡聽到更真實的版本！」卡琳大叫。

「我想，教授他仍沒開口，對吧？既然他對此不願意解釋，那我也只能跟妳說，事情就是媒體報導的那樣。」

「你想讓我相信，教授會突然無緣無故的想殺掉你？即使多年前他為了救你不惜傾家蕩產？」

「人，總是會變的，不是嗎？不論是我，或者教授，或許也包括妳。」班輕聲地說。並且用他藍色的指尖輕輕滑過桌面。現在他的手上除了藍色的指甲外，還布滿了複雜的藍色線條，如同被染色的血管浮現一般。

「就算你擁有了香巴拉菌的能力，但你也還是他最在意的孩子啊！當年晚上你離開的時候，他心都碎了，你知道嗎？」卡琳悲痛地說。「我一直以為，你會在最後時刻出現，和大家說這一切都是一個誤會，至少會替教授辯解幾句。但什麼都沒有，你保持沉默，任由教授被帶上法庭。你怎麼忍心？」

「他是真的想殺我，妳知道嗎？」班平靜地對卡琳說，彷彿他正在說的事情與他自己無關。

「喔，是的。他的眼神中我看得很清楚，也許他有一點懊悔，但他確實是想殺我。專家檢驗後的報告已經表明，他對我注射的，絕對是足以致死的藥物。若不是我體內的香巴拉菌已經足夠成熟，有辦法及時製造解毒成分，只怕當時我已經死了。還是說，妳也認為我是該死的？」

「當然不是！」卡琳極力否認。

「但只怕這社會上還有不少人認為，像我們這種修真者，是該死的。」

班打開牆上的螢幕，螢幕上出現一份資料，資料中有一張照片，照片中的男子卡琳看著有些熟悉，但想不起在哪看過。

「認得他嗎？五年前，曾在法國救下一名男孩的那位男子。也是他那時候展現的異能，將世界對香巴拉菌的狂熱推向顛峰。但之後呢？當人們發現他們無法控制受治療者，發現自己在許多方面比不上我們後，他們做出了什麼反應？就在剛剛，他死了，為了救人，而被推入焚化爐中活活燒死。一個無恥的陷阱。」班憤恨地說。

卡琳震驚地摀住了嘴，不知道該如何是好。

「他以為自己在救人，是在將誤闖的小孩救出來的英雄。但卻被人用起重機砸落焚化爐中。兇手們甚至還將影片放到網路上，公開嘲弄。」

螢幕上出現了那段影片，而下頭的留言則充斥著歧視、負面的情緒，人們高呼著殺光修真者，或者大讚凶手的謀劃。辱罵、嘲諷、各種陰暗的言論掠過卡琳的視野，讓她不自覺撇開頭，不願再看到這些骯髒的東西。

「妳懂了吧，這就是我們修真者遇到的。妳只不過看了一眼就受不了，那我們呢？我們可不能撇開頭、閉上眼就當作什麼都沒發生過。」班嘲諷。

「受害者的姊姊剛才找上我，希望我能協助緝凶。我已經答應了。」

「什麼？」

「我會出動 Blue World 的資源來捉拿這些人，既然他們想戰，那就來吧。」班陰沉地說。

「為什麼不交給執法單位？這不應該是你的職責！」卡琳叫道。

「現在是了。從今以後，Blue World 就是所有修真者的依靠，我們將靠自己的力量來維護修真者們的權益。」班說道。「至於妳說的執法單位，當地司法部門已經宣稱這是一起意外並且結案了。妳真的認為我們會將自己的權益交給這幫人？」

卡琳沉默不語，不曉得該如何開口。

「誰都想活下去，哪怕最卑微的細菌也會竭力變化以尋求生機。而我們修真者不是細菌，我們是受香巴拉菌祝福的！人類社會對我們的歧視太久了，如今將是我們尋求公平的時候！」班說道。

「接受變化吧，姊姊。我不希望在失去教授之後，又失去妳。」班朝著卡琳伸出雙手。

卡琳遲疑了一陣，然後緩緩地搖頭，對班說道：「我相信一定還有其他辦法，你這樣只會引發全面的對抗。而對抗只會引發仇恨。」

「難道妳還希望其他人能『理解』我們嗎？不可能，看看教授，看看他打算做的事情吧！我不出聲已經是最大的寬恕了！」班朝卡琳怒吼。

「就算教授錯了，但你這麼做也未必是對的！」卡琳說道。

「什麼是對錯？當著眼點不同時，對錯也會隨之改變。妳走吧，我們不一樣。我們真的不一樣。」

「隨便你吧！」說完，卡琳流著淚，轉身離去。

班拿出一瓶酒，直接對著酒瓶就喝了起來。偌大的辦公室，只有他一個人的身影。牆上的螢幕還在不斷刷新著那些充滿惡意的留言。

「人類，對他人是如此無情。」班喃喃地說，並將瓶中的酒一飲而盡。

「去美國？」司馬辛驚訝地問。但他們看起來是認真的。

「對，去美國。我們認為這應該是目前最安全的方案。」毛教授點點頭。

「Lucky Life 在失去了你們幾位研究香巴拉菌的骨幹成員之後，肯定不會善罷干休。而你和華格納教授的關係，讓他們有了一個切入點。要不然你以為外面那些抗議者是怎麼來的。」蔣教授說。

也不知道 Lucky Life 是如何得知司馬辛目前的住處，現在他的住處外，聚集了不少抗議者，而帶頭的則正是幾天前在柏林帶領群眾參加華格納教授審判的趙婣。她現在似乎和 Lucky Life 勾搭上了。目前黃玉考正和由政府安排的私人保鑣在外邊與抗議者周旋，好讓兩位教授與司馬辛有時間談話。

「聽我們的，趁早離開吧。」蔣教授憂心的勸道。

「可是美國可是Lucky Life的大本營啊！」司馬辛說。

「兔子不吃窩邊草，聽過嗎？」毛教授說道。「而且美國那邊現在正需要你，你留在國內反而不利。」

「什麼意思？」

「美國現在正處於和修真者的內戰當中，他們極需要一個有對抗香巴拉經驗的名人來鼓舞士氣。你若前往美國，反而Lucky Life不好對你下手，因為眾多美國人的眼睛會盯著你的一舉一動。但留在國內的話，目前我們仍未在明面上與修真者撕破臉，因此抗議越多，反而越不利現狀維持。而你留在國內，無疑會刺激到抗議群眾。」毛教授解釋，而蔣教授在一旁不斷點頭。

「更別提美國現在是唯一在大規模實戰中使用思能部隊的國家，你去美國才有機會近距離觀察思能部隊的使用。」蔣教授補充。

司馬辛正在猶豫時，外面忽然傳來急促的奔跑聲以及碰撞聲，之後只見黃玉考衝了進來，他臉上的污漬，看起來像是乾涸的血漬。

「你沒事吧？」司馬辛驚呼。

「別猶豫了，再過五分鐘，美國大使館的專員會派直升機過來接你。」黃玉考對司馬辛喝斥道。

「什麼？」司馬辛詫異。

「解放軍不方便出面，因為如果發生交戰可能會在國內也引發戰爭。而這個世界已經不需要另一個大國陷入內戰當中。所以等下會由美國的特種部隊來帶你走。快去收拾！」黃玉考對司馬辛大吼。這時屋外傳來了開槍的聲音以及人們的怒吼。

司馬辛愣了幾秒後，隨即跳了起來，趕忙開始收拾自己的研究成果。

2073 8／23 美國 Lucky Life 總部

「抗菌英雄司馬辛教授今天上午接受國防部邀請，前往華盛頓進行餐敘。臨行前司馬辛教授表示，很期待今天和國防部的會談，並表示會持續和美國人民一同對抗眼前的困境……」

「該死的！」約西亞將手中的水晶杯砸向螢幕中司馬辛的臉，那張臉立刻變得扭曲且失真，而水晶杯則碎裂成無數閃耀的光點，落在地面上。

約西亞憤怒地咬著牙，但卻一時想不出怎麼對付司馬辛。徐凝輝、司馬辛、莎托普，華格納、這些人一個個都淨給他製造麻煩。那些忤逆他的人、違抗他的人，通通都該死！

徐凝輝、華格納是死了沒錯，一個自殺，另一個在監獄中被人暗殺了。根據約西亞得到的情報顯示，肯定是修真者幹的沒錯，也許是班派人下的手？但那些還活著的，司馬辛、莎托普，現在仍舊是他鞋子裡礙眼的石頭。

雖然司馬辛現在有美國國防部保護，而且還頗受美國人民愛戴。但他的家人，根據情報似乎還留在中國。也許……

就在約西亞盤算著怎麼整治司馬辛的時候，忽然傳來一陣劇烈的爆炸聲響。

「搞什麼!?」思緒被打亂的約西亞大叫，但緊接著他就聽到警鈴大作的聲音，以及遠方傳來的尖叫聲。

「不好了！老闆，我們遭受攻擊了！」他的祕書慌慌張張地跑進來，氣喘吁吁地對約西亞說。

「攻擊？誰？」約西亞一時還沒反應過來。

「Red life的人！他們突破了我們的安保防線，現在一大群人正在朝我們進攻！」祕書顧不得分寸，慌亂地約西亞大叫。

Red life，莎托普。這該死的女人！約西亞在內心惡毒的咒罵著，但他還是展現出領導的鎮定，他吩咐祕書聯繫一些人，並且快速收拾好自己的東西。

「到樓頂。」他對祕書說。

他在那裡，準備了一架直升機。他從來都有備用手段。安保小隊的成員這時候也找到了約西亞，而約西亞則命令他們把守各個要道，阻攔那些修真者的進攻。

「對了，我要交給妳一個重要的任務。」

在前往頂樓的途中，約西亞忽然轉過頭，並對祕書說。

「老闆？」祕書一臉困惑。

「聽著，這很重要。妳必須要到機房去，把我們的內部資料銷毀。決不能讓其他人找到我們的內部資料。我能相信妳嗎？」約西亞低下身，盯著祕書的眼睛。

祕書遲疑的點點頭。約西亞笑著拍了拍她的肩膀。

「好女孩，快點去吧。我會等妳的。」

祕書聽到約西亞的承諾後，立刻轉身拔腿狂奔。

約西亞目送著祕書奔跑的背影，然後才從口袋裡掏出自己的智能行動裝置。

「身分確認，歡迎，老闆。」行動裝置在確認過生物體徵後解鎖，並顯示出一系列操控面板。

「銷毀所有資料。」約西亞下令。

「您確定嗎？是／否」系統跳出詢問。

約西亞毫不猶豫的選擇了「是」。

「老闆。」當他抵達頂樓時，機組人員已經完成準備了。

「出發。」他搭上直昇機，毫不遲疑地下令。

直升機搖晃地上升，約西亞冷冷地看了一眼下方的 Lucky Life 總部，現在各處都在冒煙，在草坪上依稀可以看到一些人倒在地上。

約西亞從空中望下去，這時某處的機房，正發生爆炸。這是數據刪除後的自毀指令。

可惜了，那祕書長得還挺漂亮的。不過這架直升機可無法再多容納一人了。即使她在爆炸中活了下來，下方那些修真者也會幫忙收拾她吧。反正讓他們多背上一條命，想來他們也不在乎。

「真是不幸啊。」約西亞冷冷地說。

一旁的機組人員不知道約西亞是在說 Lucky Life 總部目前的慘狀，還是約西亞自己的處境。

「恭喜女王！」

「女王萬歲！」

「Red life 萬歲！」

Red life 的成員高呼著，簇擁著荊棘女王走過 Lucky Life 總部殘破的草坪以及滿地的屍體。

荊棘女王神情冷淡，她環視著周遭景色。曾經她也為能一睹此地景色而費盡心力，如今那似乎已經是上輩子的事情了。目睹這熟悉的景色，荊棘女王充滿著複雜的情緒，但很快便拋之腦後。

「約西亞呢？」女王問。

「尊敬的女王陛下，我們沒有找到他。但我們抓到了一個人，她宣稱知道約西亞的下落。」一位

Red life的成員恭敬地回答。

「喔？」

「但對方堅持只會親自向女王說明，還說自己有其他重要的情報。」

是誰這麼大膽，明知道自己的名號，卻仍想要見自己？荊棘女王漫不經心地想，如果她給出的答案讓人不滿意，又或者別有用心，該用什麼辦法殺雞儆猴呢？也許先將她開腸剖肚後掛在門口示警？

「讓她等等吧，有截獲其他Lucky Life的內部情報嗎？」荊棘女王又問。

「這……」Red life的成員面露難色時，荊棘女王也猜到的答案。

「我很抱歉，女王陛下。當我們趕到機房時，裡面的數據已經被銷毀了。而且硬體也被設計成當內部文件銷毀時，會自動熔毀。我們已經派人全力搶救，看能不能挖出一點資訊來。」

荊棘女王了解約西亞，他肯定不會在這方面有所遺漏，她相信現在那些數據都已經被澈底銷毀了。但聰明如他，也有漏算的地方。那就是Red life遠沒有他想像的殘忍，他們的怒火是留給那些作惡多端的人。至於那些被當權者所傷害的，他們將會留下一條生路，只要他們願意歸順。

「那將你們抓到的人帶上來吧，讓我們聽看看她有什麼話想說。」荊棘女王吩咐到。

很快，一名女子便被人押到荊棘女王面前。她的衣服雖然凌亂，但除了手腳幾處擦傷外，顯然並沒有受到什麼折磨。她雙手雙腳被人用藤蔓狀的條狀物綑綁，荊棘女王認出那些條狀物其實是一位修真者的頭髮。那女子被人壓制，跪倒在女王面前。她的臉上沒有驚恐，反到露出堅毅的神情。

「給她鬆綁，讓她站起來說話吧。」荊棘女王說。

手下依言將她鬆綁，那女子站起身，先是冷靜的打量一下荊棘女王。對於她無禮的舉動，女王只覺得有趣。

「別懷疑，我就是荊棘女王。」女王說。

「我知道，我認得妳。我經手過妳的檔案，我還知道，妳原本叫莎托普・摩伊拉，是 Lucky Life 的員工。」那女子說。

「曾經是 Lucky Life 的員工。」女王輕聲提醒。她開始考慮是不是該殺掉她了。如果她打算拿以前的過往威脅自己的話。

「是的，曾經是 Lucky Life 的員工。」女子接著又說：「既然如此，那妳肯定也知道約西亞的為人，以及他的所做所為。」

「這些事情，我想Red life的成員中有許多人都清楚，我們都曾經是約西亞與 Lucky Life 手下的受害者。」一位成員說。附近的Red life的成員中有許多人發出認同的聲音。

「既然如此，我想妳們應該會很希望能拿到關於約西亞以及 Lucky Life 企業作惡的證據，對嗎？」女子依舊冷靜地說。

女王看了她好一會，知道她想要幹麼了。

「即使沒有妳，我們的技術專家也正在破解 Lucky Life 的主機，也許到時候妳也沒有討價還價的空間了。」女王冷冷地說。

「這是不可能的，除非妳們的技術專家能讓時光倒流，否則那些硬體設施，都已經被摧毀到無法修復的地步了，裡面的數據肯定無法復原。」女子悽慘的笑道：「因為我親眼目睹機房中的那些主機在我面前爆炸熔毀，那渾蛋騙了我！他明明說過會帶我一起離開！卻編了一個謊言讓我去銷毀數據！」

看到她的反應，女王大概也明白了前因後果。無非又是一個上了約西亞當的可憐人。

「但他不知道的是，在我進到機房前，我就看見那混蛋搭著直升機離開。之後我進到機房，不是為了替他銷毀資料，而是從中擷取那些資料！」女子發出復仇的咆哮。

「我要復仇！讓那個滿口謊言的渾蛋付出代價，讓我加入妳們，給我香巴拉菌的力量，做為交換，我會提供我擷取到的所有資料，以及所有關於 Lucky Life 的內部情報，我是……我曾經是那渾球的祕書，我知道所有關於 Lucky Life 的祕辛！」

女王微微一笑，復仇的火焰，是如此耀眼。她看著眼前在夕陽下被映照著通紅的女子，點了點頭，允諾她。

「好。」

女子臉上露出狂喜，她大笑著說出了她所知道的一切，並拿出了她貼身藏著的記憶卡。周圍的人聽著她的供詞，也紛紛露出猙獰的笑。

太好了，能繼續復仇了。

2073　8／25
中國　上海　寶山區大華路13號公寓5樓　營網企業

「知名跨國企業 Lucky Life 的總部，昨日遭受美國叛亂團體 Red life 的恐怖襲擊，Lucky Life 總部全區淪陷，死亡人數目前尚無法估計。但官方預估，本次恐怖攻擊死亡人數可能超過兩百人。」

「恐怖組織 Red life 於昨日襲擊跨國企業 Lucky Life 的總部後，對外發表多份資料，該資料疑似為 Lucky Life 的內部資料，當中顯示了許多令人不安的內容，但至截稿前並未獲得 Lucky Life 的回應。」

「由 Red life 揭露的 Lucky Life 內部資料顯示，Lucky Life 不僅以非法的手段虐待並控制旗下員工，並且還透過違反競爭法的方式濫用公司在市場的主導力量，例如惡意廣告、針對個人的惡意宣傳戰、威脅、收賄等。而 Lucky Life 發言人則對此反擊，表示一切都是 Red life 的惡意抹黑，並提醒大家不久前 Red life 才血腥地屠殺了 Lucky Life 總部數百名員工。」

「市場對於 Lucky Life 被揭露的資料表示出強烈不安，各大指數開盤即重挫，許多上市公司被迫暫停交易。」

「民間輿論目前也持多種意見，有些受香巴拉菌治療的人認為，Red life 的恐怖攻擊讓其一切言論都不可信，有些則支持 Red life 所揭露的訊息保持懷疑，但不願多發表意見。而未受香巴拉菌治療的人群中，超過五成的人質疑 Lucky Life 是否透過其市場主導的能力，過度渲染香巴拉菌的能力，才導致當前的香巴拉菌危機。也有不少人表示，Red life 是在窮途末路之下，想拉 Lucky Life 墊背，藉此提升自己的正當性。」

「相較民間的多種意見，美國政府則反常地對此保持沉默。衛生部部長表示，目前沒有針對 Lucky Life 啟動調查的方案。對於 Red life 揭露的資料，則還在研究真偽，不宜過早下判斷。有專家分析，這是因為美國政府目前尚仰賴由 Lucky Life 所提供的思能裝置因應當前的內亂，因此大概率不會選擇在這個時間點與 Lucky Life 翻臉。」

「根據目前揭露的訊息，Lucky Life 旗下知名產品香巴拉菌療法，似乎在上市前曾受到來自司馬辛教授的反對，後者是知名香巴拉菌研究者。然而 Lucky Life 卻仍執意將產品推廣上市。各國政府正在積極重新審理 Lucky Life 所有產品的資格，確保所有人民的健康福祉。」

李宗政焦慮地看著這幾天的新聞，他怎麼也沒想到，一個龐大的商業帝國，會因為一個修真者組織而淪落到焦頭爛額的程度。更沒想到 Red life 竟然輕易就在美國政府的眼皮子底下，掀了 Lucky Life 的總部。要知道 Lucky Life 總部並非是當前的交戰區域，他們究竟是怎麼繞過美軍防線的？

而更讓他焦慮的，是那些被公開的資料。他很肯定，那些資料一定是真的。因為他自己就曾參與過其中幾件，連細節都完全符合。難道 Lucky Life 有內鬼在協助 Red life？

不過眼下最要緊的，是李宗政自己。他可沒打算將自己賠進這場 Lucky Life 與 Red life 的紛爭中。必須要盡快想出一個脫身的辦法。

就在他絞盡腦汁想辦法撇清自己和 Lucky Life 的關係時，外頭忽然傳來吆喝聲。李宗政緊張地向窗外向下望去，只見整棟大樓已經被執法人員團團包圍，這些人各個荷槍實彈，表情凶狠。

李宗政慌忙奪門而出，甚至顧不得將主機關掉。他肯定這些人是衝著他來的。但他才剛衝到樓梯，就看到數名拿槍的執法人員正用冰冷的眼神看著他。

「你們要做什麼？」李宗政慌亂地大叫。

「李宗政，你因為涉嫌反和平密謀罪、反人道罪、資訊竊盜罪被逮捕了！」為首的執法人員拿著一張帶捕令在他面前揮舞。

「什麼？我才沒有做出這些事情！」被人架住的李宗政拚命掙扎大叫，但執法人員只是冷冷跟他說：「有沒有做不是我們認定的，要說話去法院說吧。你有權保持沉默，也有權請律師……」

李宗政完全沒聽進去對方說什麼，他只是瘋狂的吼叫，聲音蓋過執法人員的權利宣講。

上海人民法院裡，擠滿了各國的媒體與網紅，他們都爭相想知道第一手的消息。中國作為世界上第一個對 Lucky Life 提起訴訟的國家，無疑是個大消息。這次被起訴的人，除了有 Lucky Life 在亞太地區的負責人、各部門首長外，最引人注目的，是那些和 Lucky Life 簽約的外圍資訊公司，這些公司大多提供了 Lucky Life 宣傳服務，以及一些數據分析、甚至數據竊取等。為了讓各界信服，中國司法單位甚至引用了著名的紐倫堡審判中，針對納粹宣傳部長瓦爾特・馮克（Walther Funk），以及宣傳部國內新聞司司長漢斯・弗里切（Hans Fritzsche）的起訴理由，認為這些外圍資訊公司提供的宣傳服務，通過「故意偽造訊息來煽動人民之間的對抗以謀取利益。」

對於中國提出的理由，多數國家的法律界都表示贊同。一位美國學者更聲稱，世界各國都應該效法中國此法，對國內的 Lucky Life 宣傳者展開審判。

法庭上，被告律師們正在和公訴檢察官激烈的辯論著。為了表示公正，這次的審判也以直播的方式對外公開。

由於起訴人數眾多，因此現場坐滿了數十名的被告以及他們的律師。這大陣仗也引得觀看這場審判的一些民眾不滿。

「還不認罪嗎？」

「請了那麼多律師，看來是很難定罪了。」

「果然有錢能使鬼推磨，看看那些人的嘴臉。」

「連研究者都反對的產品，他們還能強推上市，就知道他們花多少錢打點了。希望這次審判不要被金錢玷汙了才好啊！」

「聽聽他們說的是什麼話，到底還有沒有良知啊？」

被告律師們和公訴檢察官此時都無暇關心外界的想法，他們此刻只是努力扮演好自己的職責。

「這太荒謬了，用審理納粹的方式對我的當事人進行審判，毫無疑問是侵犯人權！Lucky Life 可不是被定罪的犯罪組織！」

「你的資訊過時了！Lucky Life 在昨天晚間就被緊急宣告為不受歡迎企業，並勒令其暫停一切活動！國家單位已經開始調查他們在國內的數據了。」

「那也只是行政命令而已！根本不是經由法院定罪的，你的說法根本不符合程序原則。」被告律師激動的一拍桌子。

「Lucky Life 的違法行為是和被告綁在一起的，根本不應該分開看待。這是明顯的組織犯罪，脅迫、恐嚇、騙術，而且具有三人以上的集團性、常習性以及內部管理結構，毫無疑問符合組織犯罪的構成要件！」公訴檢察官義正嚴詞的反駁。

「不溯及既往原則呢？難道為了讓公眾有發洩的出口，就可以無視所有法律嗎？」

「刑法中本來就有關於組織犯罪的規定，這並不違反不溯及既往的原則。連同被告被起訴的罪名，也都早在國內法、國際法中有相應的規範，因此起訴他們是絕對合法的！」

辯控雙方你來我往激烈的爭吵，只差沒有揪著對方的衣服。雖然檢察官只有一個人，但面對眾多辯方律師，他仍毫不畏懼地瞪著他們。雖然大眾對他們用的專業術語並不是特別理解，但仍能隱約察覺，要起訴這些人並不是那麼容易的事情。

「好了！」法官敲下法槌，原本吵鬧的法庭頓時安靜了下來。

「我想我已經聽得夠多了，但之前我就已經和你們確認過，起訴這起案件的合法性，這也是為什麼我們今天會聚在這裡的原因。請別忘了，我們的一舉一動，外界都看著，請別做出失態的表現。如果沒有別的問題，下面將開始審判環節。請雙方將證據一一呈上……」法官顯得有些無奈，但他仍有條不紊地掌控著局面。

審判進行的同時，各國的法界人士、政要、甚至媒體、網紅，都緊盯著這場直播。確實如法官所言，大家都看著。這場審判的結果，將會影響未來其他國家的國策以及全球輿論的走向。

「這不是我的錯！是那些花了重金請我幫忙宣傳的藥廠的問題！」李宗政在證人席上，替自己辯護著。

「我只是被迫按照他們的話做而已，要不然我也會遭殃的啊！我也是受害者！」趙婂也替自己喊冤。

在現場觀看著這場審判的黃玉考，看著這些被告不斷替自己辯解，只是冷淡地搖搖頭。他也和這場審判有關，不過是以證人的形式在現場等候。由於司馬辛等人替他作證，證明他加入 Lucky Life 並非出於私利，而是為了保護司馬辛。在進行過大量調查後，最終他並沒有被起訴，不過卻被要求在此作為證人。

對此黃玉考是沒什麼怨言的，或者該說，他早就料到會如此。他也是法律界的人士，自然能預估檢察官的動作。而他也願意坐上證人席，他明白，以他和司馬辛的連繫，各種意義上，他的發言都代表著司馬辛。而他必須要維護好司馬辛的立場。

「所以，黃先生，你也曾是 Lucky Life 的一員，而且還擔任法律顧問，如果現場這些人有罪，難道你就能脫得了關係嗎？啊，我忘了，你已經和檢察官達成了交易，免於被起訴的感覺很好吧？」辯方律師在證人臺上詰問他，還不忘順便嘲諷他一番。

黃玉考只是面不改色的微笑著。辯方律師的詰問也在他的預料之中。

「當雪崩時，沒有一片雪花認為自己有責任。」他說。

辯方律師露出詫異的神情，他下意識地問：「什麼？」

黃玉考搖搖頭，只是繼續接著說：「也許當今的局面，我們都有錯。但今天接受審判的不是我，而且我有權不自證己罪。請你問別的問題吧。」

「太無禮了！請認清你證人的身分！」辯方律師中有人站起來大罵。

「安靜！」法官用力敲了幾下法槌。但他似乎也認同黃玉考的說法，因此他對上前負責詰問黃玉考的辯方律師說：「請針對你當事人的案件進行提問。」

審判繼續下去。也許是領教過黃玉考的功力，接下來辯方律師不再用其他枝微末節的問題來騷擾他。

當黃玉考走下證人席後，他深深嘆了一口氣。

不是我的錯嗎？能心安理得講出來，也真是了不起呢。誰能保證自己都沒有錯呢？黃玉考想到了目前逃到了加拿大的約西亞，如果是他，或許也會毫不猶豫的這麼說吧？

這場審判持續了兩個月，而與此同時，Red life 仍持續公布著 Lucky Life 的罪狀。彷彿配合著審判一般，每當輿論漸緩，Red life便會丟出一則新的消息。而 Lucky Life 那邊，則苦於應付。目前 Lucky Life 的總部已經搬遷到加拿大，並且在周圍設立了層層關卡與防護。

加拿大雖然目前並沒有太多關於修真者的動亂，僅有過幾起輕微的騷動與小規模抗議。但就算如此，加拿大政府也非常緊張，在Lucky Life宣布搬遷總部的之後，立馬提高了警戒狀態。

這場被人們稱為「上海大審判」的最終結果，大部分被告都被認定為有罪，從二十五年刑期到死刑不等，只有寥寥無幾的人被認為是遭受 Lucky Life 脅迫或者與本案無關。這些人當中，李宗政被判了一項死刑、兩項二十五年刑期，趙婧則被判了二十年刑期。

而在「上海大審判」後，世界的走向，也在不知不覺中，默默分成了三股勢力。

反對香巴拉菌的普通人，這些人被認為是舊時代的擁護者。他們不僅人數眾多，也是最反對 Lucky Life 的，他們認為正是 Lucky Life 帶來了當前的災難。但 Lucky Life 卻仍然掌握著非常大份額的藥品市場，因此這些人即使反對，卻也仍得購買來自Lucky Life的藥品。

第二股勢力是能接受且願意維持當前秩序的修真者，他們無意造成激烈的變革。不過這些人的數量是三者中最弱勢的，他們夾在另外兩股勢力之間，努力周旋。他們也是三股勢力當中，與 Lucky Life 走最近的，因為這些人當中有許多人仍未獲得香巴拉菌，因此仰賴於 Lucky Life 提供接受香巴拉菌療法的機會。

最後一方，則是反對現有體制的修真者。也是三者中最激進的，除了已經被認定為恐怖組織的 Red life 外，還有近來行事越發激進的 Blue World。他們努力想推翻當前的政治體系。他們對 Lucky Life 的存亡毫不在意，因為這股勢力當中大多數已經能自行生產香巴拉菌並提供給追隨者。這些人也是三股勢力當中最危險的，擁有恐怖的戰力，更在許多國家點燃了革命與動亂的烽火。

世界更加動盪了，許多遭受修真者革命的國家，紛紛求助於思能部隊。但思能部隊的裝備生產掌握在 Lucky Life 手中，為此，許多國家不顧身分，開始肆無忌憚徵收 Lucky Life 的工廠，或者光明正大進行黑市交易。這讓 Lucky Life 損失慘重。最終， Lucky Life 被迫放棄關於思能部隊的所有資料與生產設備，將其轉移給各國。曾經風光不可一世的 Lucky Life ，最終只能想方設法繼續苟延殘喘。

百足大蟲，死由未僵。

大氧化事件（英語：Great Oxygenation Event），也稱氧化災變，是約二十六億年前大氣中的氧氣突然增加的過程。這些氧推測來自藍綠菌的光合作用，但突然增加的完整原因尚不得知。突然增加的氧氣，對當時大部分的厭氧生物圈來說是有劇毒的，大氧化事件可能導致當時以古細菌群落為主的許多生物體滅絕。

而大氧化事件，也導致了真核生物的興起與多細胞生命形式的進化。在大氧化事件後，真核生物開始了多樣性的演化，最終演化出了我們熟知的動物、真菌、植物等等各式各樣的生物。

第七章：各自的盤算

2074／2／24

美國　司馬辛的實驗室

張妮走進實驗室中，手中托盤裡，放著一壺剛沏好的茶以及茶點。

她熟練的將壺中的茶倒入杯中，並端給司馬辛。

「教授，您辛苦了，休息一下吧。」

司馬辛疲倦的抬起頭，看了她一眼，然後接過茶杯，低聲道謝。

「教授，您再這樣下去，身體會吃不消的。師母也很擔心你呢！」張妮關心的說。

司馬辛沒有回答，只是默默將杯中的茶喝光。然後才緩緩開口說道：「當所有人都在盯著妳的時候，妳就會明白了。妳已經沒有自由了，所有一切必須符合人們的期望，否則就會跌落深淵。」

「喔，去他媽的眾人期望吧！」張妮生氣的爆粗口。

司馬辛詫異地看著她。而張妮繼續罵道：「教授你明明已經為世界付出這麼多了，大家卻仍希望你能付出更多，這太不公平了！那些做出錯誤決策，該殺千刀的政客與資本家卻能繼續吃好睡好，時不時再用一些虛名箝制你，天底下哪有這種道理！」

司馬辛苦笑說：「這就是現實啊！」

無奈、苦澀、哀傷，司馬辛疲倦地閉上眼。在Red life攻陷 Lucky Life 總部後，世界上的動盪更趨明顯了。

藥品供應鏈大亂，很多地方都出現了缺少藥物的災情。

全球性的股價暴跌、失敗主義的悲觀思想蔓延、修真者揭竿起義、有錢人毫無節制地囤積物資自保，痛苦的呻吟變成最不需要關注的一件普通事。全球陷入了極端的經濟衰退，雖然一些比較大的國家仍勉強維持秩序，但那些小國則已經陷入混亂與無政府狀態了。

苟延殘喘的 Lucky Life 為了挽回聲譽，給出了免費藥品與低價藥品的回饋方案，避免了各地的分公司被暴民圍攻的慘況，但司馬辛懷疑，這樣的綏靖政策能維持多久？

即使是進行了上海大審判，企圖維持國內團結氛圍的中國，如今境內也是烽煙四起，高貧富差距使得一些底層人民藉由香巴拉菌的力量開始抱團結黨，形成了一股危險的武裝力量。雖然中國一直沒有開放人民持有槍枝，但香巴拉菌本身就是武器。

這些人並非全都由受過香巴拉菌治療的人組成，有些人只是單純的普通人，出於各種目的而加入香巴拉菌群體。這些武裝力量攻擊各地企業，搶奪財富物資，而與此同時也相互兼併。這些人就如同明末的流寇一般，由於採取了游擊戰術，並不拘泥於特定地區，因此讓圍剿的中國軍隊陷入剿不能勝的窘境。

美國政府就更不用說了，持續的內戰讓美國政府元氣大傷，被迫裁撤了許多海外軍事基地，將資源放回國內。

而那些原本受美國軍事基地庇護的小國，如今少了美國支持，面對修真者更是一敗塗地。

在全球各地都陷入困境的時候，人們又將目光放到司馬辛身上。由於美國的宣傳，司馬辛如今已經被視為是全球的「抗菌英雄」，是高瞻遠矚的智者，提前洞悉了香巴拉菌危害的天才。但這也讓司馬辛被人們沉重的期望壓的喘不過氣來。

「那些只會等人伸出援手的廢物，從來就沒有想過會有今天都是自己造成的！」張妮仍氣憤地繼續罵到。「我覺得黃律師說的一點都沒錯，雪崩的時候，沒有一片雪花認為自己有責任！這些人的反應就是最好的證明！」

聽著張妮的罵聲，司馬辛陷入恍神狀態。天啊，自己到底多久沒好好睡一覺了。

雖然司馬辛已經很努力了，但他取得的成果卻仍微乎其微。香巴拉菌許多難以複製的物質，讓他的研究陷入瓶頸。

「上位者只想著維護自己的統治地位，下位者盲目跟隨不知思考，這些都是人類的共業！怎麼可以將這些事情都推給少數人負責！」張妮繼續替司馬辛叫屈。

統治地位嗎？這也許是生物的天性吧？司馬辛在疲倦中嘀咕著。但忽然間，一簇火花在他腦中閃過。

「對……對啊！」司馬辛一拍腦袋，讓一旁的張妮嚇了一跳。

「教授？」

「為什麼我們都沒想到呢？」司馬辛跳起來大叫。

「想到什麼？」

「妳剛說的，統治地位！」司馬辛衝到桌前，開始翻找資料。

張妮不知所措的看著司馬辛，滿臉疑惑。

「過來幫我找資料，可能還要連繫幾個人！」司馬辛頭也不回的對她大叫。

雖然不知道司馬辛要做什麼，但張妮還是趕快跑上前幫忙。

經過幾天的翻找資料，以及查詢其他研究者的學術論文，甚至動用了腦波掃描等。最後，司馬辛終於確定了他的猜想。

「修昔底德陷阱[1]，果然嗎……」他有些震驚，為什麼這麼簡單的事情，以往都沒有人注意到？

「原來是這樣啊！」張妮更是瞪大了雙眼，滿臉驚恐。「我們打開了潘朵拉的盒子，從裡面放出了什麼樣的怪物啊？」

司馬辛無力的靠著牆壁坐下，他用雙手摀著臉，內心五味雜陳。

「那些暴亂，果然是因為香巴拉菌引起的嗎？」張妮絕望的靠在司馬辛身邊。「生物為維護統治地位，必然先天性提高攻擊潛在挑戰者的機率。比如雄獅會殺掉小獅子，但誰能想到，香巴拉菌竟會使宿主提升競爭領導地位的慾望，進而使宿主變得暴力，或者使其對暴力的容忍度更高。」

張妮無力地將頭垂靠在司馬辛身上，苦澀的閉上眼。

「也許……也不一定。」聽到張妮用獅子做比喻，司馬辛忽然又有了一個想法。

張妮困惑的看向司馬辛。然後才意識到自己有些失態，趕忙重新坐好。

「自然中，即使是複數的雄獅也能合作狩獵，更何況是人類這種高度社會化的物種，在領導與合作之間本應該更複雜。我想，香巴拉菌只是提高了潛在的攻擊性，真正引發暴力的，還是人類自己。在野外觀察中，受寄生的生物並沒有展現超出正常水平的暴力行為，在我們最初觀察受感染的白唇鹿的時候，他們甚至意圖躲避我們。因此我想，衝突最大的根由，還是在人類自己身上。安全困境理論[2]並不

1 指當新興強權崛起時，可能威脅到舊有強權的利益，進而導致衝突。

2 國際關係理論之一，指當一個國家推行增加自身安全的政策時（提升軍事實力），會導致其他國家擔心自己的安全，因為他們不知道該國的目的或是否值得信任，所以會將該國視為威脅，並且作為應對手段，也開始提升自己的軍力。使得以安全為目的的行為反而形成更緊張的局勢。

是絕對。」

張妮若有所思的點點頭，理解的司馬辛的意思。

「那我們還要將這個發現公布出來嗎？我擔心如果公諸於眾，會引起更大的動亂。」張妮有些遲疑，她看向司馬辛。

對於這個問題，司馬辛也很是苦惱。他抿著嘴，內心不斷和自己爭論。在苦思許久後，他才緩緩開口說：「我們現在的一舉一動都被注目，而那麼大動作的調閱資料、連繫其他研究人員，肯定瞞不過其他人。如果當他們發現我們隱瞞了這份發現，對我們來說，可能會很不利。」

其實，司馬辛更擔心的，是人們會對他的家人不利，艾芹與孩子受到的保護可遠沒有自己那麼嚴密。張妮也是同樣，缺乏足夠的保護。

「也許我們需要把前提先講清楚，盡可能緩解人們對於這份發現的誤會。畢竟這也只是初步的結論，後續我們還需要釐清很多事情，例如提升競爭意識的機制是什麼、受寄生的成員之間如何在競爭意識提高的情況下合作等等，還有太多事情我們不明白了。」司馬辛說。

「也許可以等我們都釐清了，再來公布這份發現？」張妮滿懷希望的問。

司馬辛只是搖搖頭。他說：「剛才說的那些，都需要大量且長時間的觀察，在我們觀察的過程中，難保不會有人意識到我們的這個發現。如果由其他好事者公開這個發現，我怕會引來更大的風波。與其將發球權送給別人，不如由自己開球，確保球的落點。」

張妮沉默片刻後，神情凝重的點了點頭。

接下來的幾天，他們費盡心力，修改研究內容中的措辭。並且加上大量但書，強調這份報告還需要更多研究資料來完善，以及香巴拉菌提升競爭意識並不是造成暴力行為的主要理由、野外動物的觀察表明，野生情況下香巴拉菌並沒有造成族群間的過度暴力行為等等。並且再三聲明，對於香巴拉菌的研究仍只是處於粗淺的部分。他們盡全力避免在全球造成更大的歧視與紛爭。

然而，最終的結果，令他們大失所望。

人們其實並不需要這麼多理由，也不想知道。他們只需要知道香巴拉菌會導致暴力，這就夠了，這才是他們想知道的。如同在黑死病時期綁上火刑臺的女巫，如同財政困難時的三武滅佛運動[3]，人們要的，只是一個可以怪罪的對象。千年過去，人類，仍然毫無長進。

有了司馬辛的這份研究報告，各國政府就有了光明正大的理由。原先就反對香巴拉菌的保守派，此時更是大聲疾呼，要將所有接受過香巴拉菌治療的人集中管理。

「這和集中營有什麼區別？」

「我們不是以歧視為目的，而是為了人類的整體延續。那些受寄生的怪物絕不能放任其自由行動，破壞人類社會。」

「監禁的成本太高，應該直接人道毀滅。」

「別忘了，香巴拉菌能讓宿主對抗大多數的藥物，更有著高超的恢復能力。」

「用高溫將他們燒成灰，他們不是喜歡用一些神祕的儀式嚇唬人嗎？我們就將仿效古人將他們投入火山口，也許再配合一些正確的儀式來獻祭他們。」

「我早就看出政府不懷好意了。那些舊時代的人不可能理解我們受香巴拉菌祝福的新人類，那些研究報告都只是為了打擊我們而做的假資料！」

---

3 三武滅佛，又稱三武之禍，是中國歷史上三次由中央政府大規模禁止佛教事件的合稱。其起因是因為佛教不務農、不服繇役導致國家財政困難，且勞動力流失。

「當初追捧香巴拉菌，現在等情況不對就用另一份報告指責我們有侵略性，根本是雙重標準。」

「殺光所有受寄生的怪物！」

「維護人類和平！」

「對抗不公不義的舊時代政府！」

「打倒錯誤的體制！」

爭論、衝突、死亡。在司馬辛的報告公諸於世後，世界更加動盪了。政府開始以維護秩序的名義，將那些處於寄生前期的人監控起來。有些更極端的國家，甚至直接立法，將香巴拉菌視為非法的存在，無論是持有或散布，都必須受到嚴厲處份。而那些在立法前受寄生的人，則以法定疾病為由，勒令這些人必須接受國家二十四小時的集中管制，名義上是等找出消除體內香巴拉菌的方法後，便會放人，但實際上，這些人最終的下場，不是在實驗臺上死亡，就是被投入焚化爐。

歷史，總是驚人的相似。

但有一點不同，那就是受香巴拉菌寄生的人，那些修真者，他們絕非手無寸鐵之人。由於香巴拉菌的影響，這些人本身就是武器。因此，很快便有人突破國家的封鎖，將集中營裡面的情況公諸於眾。

不滿的修真者集結起來，攻破了數個集中營。他們自稱是在仿效打破巴士底監獄的前輩英雄們，要打破體制的不公。

「這都還在預期之中。」司馬辛對來者說，眼中卻充滿疲倦與哀傷。

這一天，司馬辛的實驗室迎來了一個久違的訪客。他們在會客室裡，平靜的彼此對望著。

「是的，真要說起來，也不過如此。」訪客點點頭。

「卡琳姊，好久不見了。」張妮替卡琳端上一杯咖啡，並替司馬辛也端上一杯茶。

「是啊，好久不見了。」卡琳對張妮淺淺一笑。

來訪者正是在柏林審判後失聯多時的卡琳。在華格納教授被判刑後，就沒有人知道她的去向，她也沒有與外界連繫。

「其實就算沒有你這份報告，現在的情況也不會有太大的差別。早在教授受審前，他就預見了如今的情況。儘管他沒有明說，但我在整理他研究資料的時候，發現了他的筆記。他很擔心會發生物種間競爭排除原則[4]的發生。」卡琳啜飲一口咖啡。

「是啊，也許更早以前，甚至數千年前，我們就埋下了災禍的種子，如今只不過是迎來結果的時刻。」司馬辛點點頭。「我們都太盲目無知，也太隨波逐流了。」

「隨波逐流嗎？這個中文很有意思。」卡琳露出若有所思的神情。「也許我們都沒有辦法對抗命運的浪潮。我們都只是渺小的浪花，無論是你我，甚至約西亞那渾蛋，都是如此。」

眾人陷入了一陣陰鬱的沉寂之中。過了好一會，張妮才開口問道：「卡琳姊，妳要留下來嗎？幫我們一起想辦法研究香巴拉菌，找出解決如今困境的辦法？」

卡琳笑了，那是一抹淒涼的微笑。

「不了，我只是來看看妳們過得好不好。老實說，我很羨慕司馬教授，在經歷過那麼多事情之後，您還能繼續做研究，還有力量繼續思考人類的未來，這真的很了不起。」

「這不是什麼力量，這只是一種贖罪而已。是我將香巴拉菌帶入眾人之中，我自然必須負起責任，找出解決之法。」司馬辛苦笑著。

---

4 競爭排除原則，（英文：Competitive exclusion principle），指的是兩個物種之間不能在有限資源的情況下共同生存，必須經過競爭後排除失敗的一方，好讓勝利的一方繼續生存。

「華格納教授也是這麼想的，但看看他的下場吧。更何況，這也不是你的問題。再看那些同樣將香巴拉菌散布出去的人，他們是怎麼高呼自己無罪的吧。」卡琳說。司馬辛明白她說的是上海大審判時那些受審者們，以及至今仍逍遙法外的約西亞。

「那妳之後想做什麼呢？」張妮關切地問。

「我……」卡琳欲言又止，但最終她還是緩緩開口：「我……我想回到班身邊。」

「什麼？」司馬辛吃驚的問。

「我知道，他雖然個性有點變了，但他還是我弟弟。而且如果我待在他身邊，也許還能稍微勸阻他的行動。」卡琳說。

「如果可以的話，保持連繫吧。也許，更多的溝通能夠避免誤解與衝突。」司馬辛點點頭，並不阻止她。

「卡琳姊，妳確定嗎？妳周邊全都是修真者喔！要是出了什麼意外怎麼辦？」張妮非常擔心的問。

「這不用擔心啦，我其實已經在他們之間生活過一段時間了。」說到這，卡琳忽然笑了起來。她說：「其實雖然他們在人類這邊的新聞宣傳上，都是些個性扭曲、殘忍無比的怪物。但實際相處之後，其實他們也和普通人類沒什麼不同啊，雖然可能有時候冷淡一點，面對困境時會更衝動暴力一點，但只要妳對他好，他們也會報以同等的回饋。他們可不是什麼見人就殺的怪物喔！」

聽到這，司馬辛腦中隱約想到了點什麼，但卻沒辦法組織成形。

這時，卡琳站起身，微笑著對他們說：「我也該走了，看到你們都安好，我非常的開心。雖然方式不同，但我也仍想為世界的安定盡一份力。」

司馬辛起身送客，臨走前，卡琳將一份資料交給司馬辛，並對他說：「這是華格納教授生前筆記的副本，我想，也該給你留一份。至於原稿……讓我留著做紀念吧。」說到這，卡琳哀傷的一笑。

司馬辛笨拙地給了卡琳一個擁抱，張妮則緊緊抱著卡琳，臉上滿是不捨。

回到實驗室後，司馬辛看著桌上那份筆記，盯著封面沉默不語。

2074／5／1 中國 國防部會議室

整潔乾淨的會議室中，國防部長以及許多高階軍官正紛紛入座。而坐在他們另一側的，則是針對這次會議請來的專家學者。

「蔣教授，關於國內香巴拉菌流民，您有什麼建議嗎？」軍方代表詢問與會的蔣成華教授。

「目前根據我們的追蹤，全國境內大約有三支不同派系的香巴拉菌群體，根據司馬辛教授的顏色區分法，我們暫且稱呼他們為藍系、紅系和綠系吧。由於已知香巴拉菌宿主所獲得的能力，很大程度與變異後的顏色有關，因此這三系也分別擁有不同的能力與特色。當然，這只是簡單的區分，至於為什麼會產生這種現象，目前學界的猜想是個體間的差異性導致。」蔣教授簡單介紹到。

「根據顏色區分法，大多數藍系的人，抗寒能力較強，因此我們可以看到，這些人大多數盤據在東北地區。而紅系的人馬，除了擁有腐蝕性強力的毒液外，根據美國思能部隊與恐怖組織 Red life 的經驗指出，Red life 的首領，荊棘女王，一位同樣以紅色為主的受感染者，擁有強大的精神力量，也就是所謂的強力腦波，能夠在一定程度內干擾人的思考。不過我懷疑只要宿主天生擁有強力腦波，不論什麼顏色的香巴拉菌應該都能做到。不過可惜沒有更進一步的證據來佐證。」

「一個強大的受感染者就已經夠讓人頭痛了，拜託不要再來第二個。」一位軍官喃喃的說。

「綠系的人則能夠產生生物電流，雖然少見，但在已知的生物中，我們都知道電鰻也擁有類似的能力。」

「要是他們能乖乖當個電池該有多好。」另一位軍官說。在場不少人都露出心領神會的笑。

「這麼聽起來，藍系的受感染者，應該是威脅最小的？」在座一位參謀長問。

「千萬不要有這種想法。」聽到這話，同樣與會的毛治誠教授慌忙說到：「雖然說不同顏色的變異者有能力差異，但其實也只是相對的。例如根據過去 Lucky Life 的宣傳影片，能看到紅色系的宿主，依舊能耐寒冷，只穿單薄的衣物就能自由在雪地中行動。所以合理推測，其他顏色的香巴拉菌宿主，至少在一定程度上，也能展現出上述異能。」

「那毛教授您的建議是？」國防部長詢問。

毛教授想了一下，才謹慎地開口說：「目前國內聲勢最大的，是紅系族群，考慮到日前我們知道，香巴拉菌宿主在一定程度上，會展現高度的競爭意識，也許我們可以考慮驅虎吞狼之法，想辦法讓聲勢最大的紅色，與聲勢次高的藍色相互競爭，等他們兩敗俱傷之後，我們再來個漁翁得利。」

「這是個法子。」國防部長贊同地說。

「和美國境內遍地開花，各自為政的修真者不同，我國境內的香巴拉菌族群組織性非常高，彼此之間也時常互通有無。我擔心如果被識破，可能會導致他們聯手起來，到時候對我方更為不利。」這時候，同樣與會的一位陸軍將領表達了他的憂心。

「目前並沒有證據證明修真者之間能大規模且長期的合作，根據從美國那邊得來的訊息，大多數感染者群體的實際人數都不多，甚至只有兩、三人的情況也會自成一個群落。我懷疑這是因為，被香巴拉菌寄生，提升競爭意識後，使得他們很難進行大規模合作，至少不同色系之間，不會如此。目前人數最多的群體，放眼全球只有三個，美國的 Red life 組織、歐洲的 Blue World 以及我國的腥紅崛起，除此之外就很少有人數過百的群體，而且也都是由相同色系的個體組成。因此即使被識破，不同色系間也很可能不會聯手。」蔣教授分析道。

聽完這番分析，在場的軍官們都點點頭，似乎都認同了這個驅虎吞狼的辦法。

「趁這段時間，我們還需要加緊訓練我國的思能部隊，思能部隊在美國戰場已經展現出非常卓越的戰功。在 Lucky Life 公開相關裝備的設計細節後，我國還須要加緊研發更新一代的裝備。」國防部長轉頭對管理軍械的單位吩咐。接著又開始分派各單位的任務。

這次會議後的兩個月內，中國境內的香巴拉菌流民果然如同計畫的那般，陷入了內鬥之中。最終以紅系的腥紅崛起消滅掉藍系的湛藍天空收場。而在這場爭鬥中，腥紅崛起本身也受到不小的損傷，這導致政府軍能騰出手，趁機擊垮了綠系的翡翠之林，中國境內的局面似乎在一瞬間，就變得平穩不少。

「大傢伙做得太好了，這場仗打得真漂亮！」國防部長在之後的一次軍事會議上大聲讚揚有功的單位。

國防部長心情大好的原因，除了打勝仗之外，也因為接受了國內新聞的採訪，採訪中主持人在全國人民面前，大力讚揚了這次軍事行動的成功。

「這都多虧部長領導有方！」訓練管理部的人諂媚的說。

「是啊，還好部長領導有方，要不然就被你們單位拖後腿了。」這時，有人陰陽怪氣的說道。說話的人是參謀部的人。

「你是什麼意思？」訓練管理部的人質問他。

「根據這次實戰得到的數據，我們分析出我軍思能部隊無論在質與量上都還遠輸於美軍的思能部隊，若不是這次戰術設計巧妙，調度得宜，我軍恐怕很難在短時間內就取得如此豐厚的戰果。在這一點上，你們訓練管理部肯定是需要檢討改進的。」參謀部的人說。

「這話我就不愛聽了，你的意思是我們訓練管理部失職了？還是你想表達這次戰果你們參謀部的人該居首功？你懂不懂思能部隊組建的先天條件是什麼？那可不是單純可以由後天訓練就能迅速變強的！要考入每個人的個體素質！」訓練管理部的人反駁。

「『不是單純可以由後天訓練就能變強的』聽到這句話就能知道你有多失職了。」這時，裝備發展部的人開口了。「根據司馬辛教授最新的研究成果，新的腦波強化劑能夠更有效的提升人的腦波強度，而且根據 Lucky Life 早就公開的數據顯示，後天的冥想與集中訓練，也能夠使人在後天訓練中增強腦波。你不會連這點都不知道吧？」

「那請問那個『最新的藥劑』在哪呢？還有之前開會說要提供的新式思能裝備又在哪？我怎麼沒看到你們裝備發展部的人提供啊？」訓練管理部的人諷刺地說。

「裝備開發也是需要時間的啊！短短兩個月怎麼可能有成果！真要說的話，科學技術委員會的人難道不用負責嗎，當初是他們誇下海口說能在最短時間獲得技術突破的！」裝備發展部的人大叫。

「雖然沒有技術突破，但我們可是確實強化了思能裝置電池的續航能力以及輕便性喔！而且後勤保障部的人沒辦法取得我們要求的儀器，這叫我們怎麼辦？巧婦難為無米之炊啊！」科學技術委員會的人對此也大聲喊冤。

「我們手裡的預算就這麼多，沒辦法每個單位送過來的要求都一一達成啊！」後勤保障部隊此也十分委屈。

「夠了！」國防部長一拍桌子，場面立刻安靜下來。

他鐵青著一張臉，掃視著在場所有人。

「才剛打完勝仗就在這邊爭功諉過，敵人還沒全數殲滅呢！要吵，等國內太平了、等世界太平了再來吵！」他指著眾人大罵。

所有人都默不作聲，有些人則低著頭不敢直視國防部長，有的則滿臉不悅的看著其他方向。

「團結是我們人類獲勝的唯一基礎，如果連這點都做不到，怎麼和那些感染者打仗？我們這次能贏，就贏在那些感染者沒辦法有效的協作，要是連這點優勢都喪失了，我們怎麼打？看看美國吧，每個州各自為政，現在亂成什麼樣子了，中央的號令都沒辦法統一，各地烽煙四起。這是你們想要的嗎？」國防部長越說越氣，又重重拍了一下桌子。

「報告！」就在現場一片沉寂之際，一位傳令兵慌慌張張地跑了進來，打破現場凝重的氣氛。

「在搞什麼，我們在開會！給我滾出去！」國防部長大聲喝斥。

傳令兵先是猶豫了一下，雖然臉上充滿膽怯，但他最後竟然違抗長官的命令，逕自走上前。這行為舉止，這讓國防部長也不由得一愣。

「報告，緊急軍情。」傳令兵怯生生地說，也不知道是不是刻意壓低音量。

在場所有人都豎起耳朵，想聽看看他到底要說什麼。

只見傳令兵向國防部長遞上一份報告，國防部長毫不客氣地接過來一看，但沒看幾眼，就整個人撲通跌坐在地上。旁邊的人都大吃一驚，趕忙上前要扶他起來。

「壞了，完了。」國防部長口裡喃喃的說，雙眼瞪大失神。

「怎麼回事？」參謀部的人皺起眉頭，撿起那張從國防部長手中滑落的報告。

當他看到報告上的內容後，臉上頓時一片慘白。
「這怎麼可能？怎麼會這樣？」他也跌坐在地上，不斷顫抖。
到底是什麼報告能讓兩位軍人如此失態？眾人心中都泛起了疑惑。
「到底怎麼回事？報告上說了什麼？」訓練管理部的人對傳令兵大叫。
「那些修真者聯手了，我軍一個軍事基地被攻陷。」傳令兵哭喪著臉說。
聽聞這個消息，現場頓時如同墳墓般冰冷。

2074 7／2 中國 中央軍事委員會緊急會議

「這到底怎麼回事？」中央總書記沉著臉問。
但沒有人回答，沒人知道這是怎麼一回事。根本沒人料到前一刻還在慶祝勝利，下一刻就發生翻天覆地的逆轉。
「司馬教授，您是這方面的專家，您有什麼看法？」眼見無人回應，國防部長趕忙詢問司馬辛，企圖緩解尷尬的氣氛。
人依舊在美國，僅透過視訊參與的司馬辛並沒有馬上開口。只是神情凝重的看著前方。
「司馬教授？」國防部長又問了一次。
「可能是延遲吧？」有人說。
但大家都知道這是不可能的，在進入8G時代後，基本就沒聽說過有通訊延遲的情況發生。不過美國現在那麼亂，也許波及到了基礎通訊設施也說不定？

「不，沒有延遲。」司馬辛這時終於開口。

「那可否請您說一下您的看法？」國防部長雖然對司馬辛剛才的沉默有些不悅，但仍耐著性子詢問他。

司馬辛的臉上露出一種複雜的表情，既像是哀傷又像是痛苦。但他仍緩緩開口說道：「對於香巴拉菌的每一次研究，最終都被證明只看到表象，曾經香巴拉菌被認為有治療方面的潛能，但忽略了受寄生後宿主的反應。曾經有學者以為自己研發了能殺死香巴拉菌的藥物，但最終以失敗告終。我曾認為香巴拉菌對宿主性格會產生影響，如同弓形蟲會影響老鼠那般，影響人類宿主[5]。但現在事實證明，人類不是老鼠，人類的精神與智力沒有想像中脆弱，那些宿主即使在受香巴拉菌影響下，依然能夠進行人規模的跨色系合作。雖然合作的方式與機制未明，但也許我們不應該認為他們只是無法進行文明合作的莽夫，而是與我們具有同樣細膩程度的聰明人。一次又一次，我們始終傲慢的以為自己了解的全貌，直到事實將我們打臉。」

如今司馬辛終於明白當初和卡琳談話時，自己腦中閃過的模糊想法是什麼了。

「所以我們現在面對的，是具有各種異形能力，具有競爭衝動，對暴力行為有適應性，而且又能夠進行組織合作的敵人，而那些敵人剛剛摧毀了我們的軍事基地，而且還在持續進軍當中？」參謀總長絕望的說。

「從現有情報來看，是的。」司馬辛繼續說道：「我在報告中已經提過，對於香巴拉菌的研究仍只

5 研究認為，弓形蟲（學名：Toxoplasma gondii）會影響宿主的精神狀況與多巴胺代謝，在老鼠身上，會讓其對捕食者的厭惡程度降低，導致被貓等生物補食。而在人類宿主身上，則會產生注意力不集中、衝動控制不良等情況。

是處於初淺的部分。我們還無法得知香巴拉菌宿主在群體生活中的反應機制。而幾個月前，我曾和一位與受感染者一起生活過的女性談話過，她說在實際相處之後，其實那些感染者和普通人類沒什麼不同。我想，這就是我們以管窺天後，自以為是的結果。也許我們始終不瞭解的，是人類。」

「現在說這些都沒有用，重要的是該如何應付眼下的情況。」國防部長粗聲粗氣地說。

「現在那些感染者有了前車之鑑，肯定很難再上一次當。」司馬辛說。

「那就只能硬來了，我們需要建立新的防線，同時爭取時間研發新的裝備與戰術。」國防部長說。

「不能給敵人留下任何可用的資源，我們必須要切斷被占領區的所有水電，還需要嚴格控管國內所有物流的動向。絕不能讓任何物資進到占領區。如果有必要，那就用導彈炸毀被占領區的基礎設施。」剛才都沒開口的中央總書記，這時陰沉地說道。

「是，您說的對極了！」參謀總長立刻附和。

「這樣會激起被占領區人民的不滿的。」政治工作部主任憂心地說。

「這是非常時期，如果能逼得那些人離開被占領區，那就再好也不過了。別忘了那些香巴拉菌寄生者可以透過餵食子實體來增加受寄生者的數量。任何可用的資源都不能留給敵人，那自然是包括人力在內！」中央總書記高聲說道。

「如何降低人民不滿，不就是你們政治工作部的工作嗎？現在正是你們發揮作用的時候！」裝備發展部的部長說。

「焦土政策無論如何都不會有好下場的！」政治工作部主任反駁。「你們想過即使打贏了，人民會作何感想？」

「你有想過如果打輸了，國家會淪為什麼樣子嗎？」參謀部總長冷冷地說。「我不知道你怎麼想，但我絕對不想生活在被怪物統治的世界中，或者淪為他們的一員。」

政治工作部主任啞口無言，但國防部長卻站出來打圓場，他說：「我相信我們都不希望打敗仗。但如何贏，又贏得漂亮，不正是我們的工作嗎？」

參謀總長沒有接話，只是看向中央總書記，等待他的指示。

「現在是非常時期，國家面臨前所未有的重大危機。太平洋對面的美國已經向我們展示了香巴拉菌帶來的生化危機有什麼樣的下場。我們必須雷厲風行，即使後代對我們有所批判，那也留給後人評說吧。只要能贏，能讓後代繼續生存，讓我們背負惡名也無妨。」中央總書記說到。

在場的人聽完，除了司馬辛外，其他人都默默地點了點頭，贊同了這番話。而司馬辛則是恍神般，望著遠方，兩眼無神。

這場會議後，中國正式向修真者群體宣戰。此後，在官方正式的稱呼中，統一將過去稱呼為修真者、受香巴拉菌治療者、受寄生者、香巴拉菌群體等等，各式各樣的代稱，統一以「感染者」作為代稱。而各國也接受了中國使用的代稱，開始以感染者來稱呼這些接受過香巴拉菌治療的人。

但是，中國同樣陷入了與美國相同的困境，這是所有人都沒想到的。雖然與美國政治模式不同，但大國底下，總會有一批不滿現狀的底層民眾，而中美兩國擁有的龐大人口基數，讓這批不滿現狀的民眾數量更超出預期。

此後，全球最大的兩個國家，陷入了大規模內戰之中。

美國陷入了遍地開花的亂戰，各州都有感染者起義。中國這邊，陷入全面對抗的戰爭泥淖當中，原先元氣大傷的腥紅崛起在吸收了另外兩派的殘黨之後，勢力反而變得比以前更加壯大。

這些感染者，有的以建立修真者政府為號召、有的則以實現公平正義為口號、更有的是以宗教為由，號召所有感染者與普通人加入。但無論是什麼理由，這些感染者成立的組織在國際上，都被認定為非法組織。而在政府占領區的感染者，也被嚴密的監控。香巴拉菌療法也被認定為禁忌的醫療，不再被政府認可。

但人們已經確實見到了香巴拉菌帶來的好處，那些本身就因為身患殘疾，受到社會歧視，或者性命垂危的人而言，香巴拉菌是難以抵抗的誘惑。而歧視性的政策更是逼得這些人加入感染者的勢力，以尋求治療的方法。

而那些在感染者占領區艱苦生存的人們，則想盡辦法要逃離，那些沒辦法離開占領區的人，則被迫加入感染者，以香巴拉菌給予的變異能力來適應物資稀少的環境。如此一來，雖然限制了感染者的科技能力，但感染者的人數，卻持續增加。

由中美兩國開始，各國的和平穩定逐漸崩壞，一個叢林化的時代開始了。

2075／2／14　澳洲　阿納姆太空中心（Arnhem Space Centre）聯合國安理會特別會議

聯合國安理會的特別會議上，除了原本就是安理會常任理事國成員的中、美、法、俄、英五國之外，還特別邀請了德、日、印、澳四國參加，這四國除了在工業與數理成就上有卓越成績外，還有因其地理優勢。例如澳洲與日本，其環海優勢就曾被常任理事國們認定非常適合做為人類疏散與撤退的根據地。

除了上述以國家為代表的參與者外，另外還邀請了幾位專家學者共同與會，而司馬辛正在其中。

「首先，根據中國戰區得到的經驗，資源封鎖確實能有效降低感染者們的科技水平，這讓人類方保有一定程度的科技優勢，這也是中國戰區目前還能保持穩固戰線的原因之一。」中國代表發言，他身後坐著一排幕僚。

「我們美國很早就將思能部隊投入戰鬥當中，我們擁有訓練有素且富有經驗的出色戰士，也擁有目前全球最完善的思能部隊體制與經驗，因此即使反叛勢力眾多，但憑藉美國人民的努力，美國系統仍能繼續運作，經濟也並未如外界預期一般崩潰。」美國代表發言，他的身後也坐著一排幕僚，許多還都是高級軍官。

雖然兩大國是這麼說，但其實明眼人都曉得，這已經可以稱得上是虛張聲勢了。其實他們的日子並不好過。

「我們歐洲，目前雖然與當地感染者處於高壓狀態，但並沒有真正進入戰爭狀態，我們依舊試圖在感染者與舊人類之間取得平衡。」法國的代表發言，此外這番話，也是他與德國代表共同商議決定的。

「我想我們並不是來聽各位吹牛的。」出乎意料的，俄國代表竟然出言譏諷。「讓我們務實一點好嗎？在場各位的國家都飽受感染者帶來的威脅與壓力，有些甚至距離政府體制全面崩潰只差一步之遙。」

「胡說！」美國代表拍桌大叫。

「請注意會場秩序。」地主國澳洲，同時也是會議的主席，提醒美國代表。

「現在最務實的問題是，我們該怎麼解決那些感染者。當初因為美國企業 Lucky Life 草率的行為，將我們所有人推向了當前的局面。我們需要能快速殺死感染者並且不會摧毀我們賴以生存環境的辦法。」俄國代表說。

「那些自稱為修真者、新人類的感染者們，他們的身體素質確實大幅優於普通人，除了可怕的諸多異能外，更重要的是他們都擁有良好的復原能力，即使受到重傷也能快速恢復。而在多次實驗中，一些感染程度較深的感染者，即使頭身分離，頭的部分也依舊能指揮身體，重新將頭身接上。或者長出新的身體，雖然這當中過程漫長，但如果頭部尚存，那依然不能算殺死感染者。」日本代表說。

現場所有人對於日本代表說的話感到隱隱不安，這似乎暗示日本已經進行過一系列的人體實驗，其中有些可能還是非常慘無人道的。不過話又說回來，面對那些怪物，需要講求人道嗎？部分與會者心想。

「長出新的身體？而不是新的腦袋？」司馬辛聽到日本這麼說，有些訝異。他沒想過做這方面的實驗，但日本代表提出的細節，讓他有些好奇。

「是的，而且只有頭的部分會長出新的身體，而非我們原先預估，會像海星一般，從分裂的區塊中分別長出完整的個體。」日本代表給予肯定的答覆。

「如果對半分呢？由腦袋中間切一半的情況，會發生什麼情況？」印度代表的幕僚中，一位知名的生物學家，忍不住越過自己的長官，向日本代表發問。

「在這種情況下，只會由擁有心臟部位的那半邊開始生長。」日本代表據實回答，並且大方給出了他們的實驗數據。日本代表似乎有備而來，他們準備了眾多的書面資料，以供與會者閱覽。

司馬辛接過數據閱讀，發現這份數據做得非常嚴謹，但上面的實驗內容，有些是他連想都不敢想的。其他人似乎也有類似的想法，德國代表皺起眉頭、而中國代表則滿臉不悅、法國代表更是露出驚恐的表情。

「我想，根據各國的現狀，有爭議的事情我們可以先暫時擱置。這份實驗數據非常寶貴，我謹代表美國政府感謝日本代表提供的數據。」美國代表倒是在看過數據後率先發話。

其他各國雖然有些不滿，但也都點點頭，認同了「暫時擱置」的建議。

「我有個問題，這份數據當中，似乎漏了幾個地方。」隨著司馬辛一同與會的張妮，這時忽然開口。雖然按照規定，她應該是沒有發言權，但她仍搶過司馬辛的麥克風問道。

「漏了什麼？」日本代表露出不可置信的神情，他似乎認為他提供的數據已經很完善了。

其他人對於張妮違反規定的行為並沒有多說什麼，反而也關心起張妮所說的遺漏之處。

「我想知道，貴國有沒有實驗過，在頭身分離的情況下，感染者的身體如果距離頭足夠遠，是否還會聽從頭部的操控。」張妮問。

「這有什麼差別？」日本代表似乎一時無法理解。但司馬辛懂了。

「因為根據司馬教授的研究成果，我們已經知道香巴拉菌是透過宿主腦電波進行運作。因此我懷疑，如果將身體拉得足夠遠，也許身體就無法聽從頭部的指揮。換句話說，假如我們能屏蔽腦電波，也許就能夠癱瘓香巴拉菌對宿主的影響。」

張妮的話，讓在場所有人都為之一凜。澳洲主席瞪大了雙眼看著張妮、德國代表張大了嘴，露出驚訝的神情、美國代表更是直接急切的轉過身和幕僚交談，似乎巴不得馬上讓國內開始相關實驗。

在一陣各國代表與幕僚的短暫交談後，最終，所有人的目光都投向司馬辛，彷彿在詢問他的意見。

「確實有這種可能。」司馬辛微微搖了搖頭，用教學般的口吻對在場所有人說：「但不實用，也可能無法做到全面癱瘓。從美國思能部隊得到的實戰經驗中，確實能夠以腦波干擾感染者。但在這方面，能做到的人並不多，除了腦波與身體交互作用的機制，以現有的科學技術仍無法完全破解之外，要找到擁有符合條件的腦波更是困難。目前我只知道美軍中校，現思能部隊的領導者曼德拉・阿里擁有這種能力。如果單純要癱瘓，只需要干擾神經傳導，要做到這點只需要足夠的電流就可以。這點是已知的科學。」

聽到這，所有人都露出失望的神情。張妮更是羞愧地低下頭。

「但是，這確實給出了一個方向。」司馬辛卻接著又說：「這證明了香巴拉菌與腦波的關係非常密切，而且能夠在一定程度上自行判斷該如何修復宿主。在這份數據中，每次實驗都將身體焚燒殆盡，並沒有在喪失頭部的情況下，軀體的運作反映。我懷疑，在喪失頭部且頭部完全滅失的情況下，軀體中的香巴拉菌會在失去宿主腦電波指揮後，重新長出頭部。」

聽到司馬辛說完，眾人都露出驚恐的表情。這不代表除非焚燒殆盡，那些感染者幾乎可以稱得上殺不死嗎？

「這似乎……不太可能吧？」印度代表小心翼翼的問，並看向自己國內的生物學家。

但那位生物學家卻面色慘白，喃喃說道：「菌根網路。」

司馬辛平靜的點點頭，日本提供的這份報告確實給了他一個新的啟發。也讓他更明白自己對於香巴拉菌到底有多麼無知。

「那是什麼？」英國代表急切地問。

「菌根網路是指真菌的菌絲會和其他生物，通常是植物的根系交互連接，形成能彼此傳輸水、氮等營養物質的系統，達成彼此交換營養物質的雙贏局面。同時也會彼此交換防禦化合物[6]、化感物質[7]等有侵略性的化學物質，以達成整體防禦的目的。要知道，植物的交流與防禦機制可比我們想像的複雜。

6 當植物受到威脅時，會在短時間內產生某種自衛的化學變化，例如釋放有毒的酶，讓草食動物中毒。

7 指的是在代謝過程中，產生會影響其他動植物發育的物質，例如胡桃樹生長過程中會產生胡桃醌，以抑制鄰近植物吸收水的功能。

而在香巴拉菌的案例中，香巴拉菌與宿主的身體達成網路連結，因此一旦宿主腦雷波喪失，剩餘的香巴拉菌很可能會因此自行啟動宿主身體剩餘的修復與防禦機制，以達成自保的目的。」印度的生物學家回答。

在場眾人面面相覷，雖然不少代表露出困惑的神情，並不斷諮詢幕僚當中的細節，但他們還是聽懂最重要的重點，那就是香巴拉菌非常難殺死。

「但以前不是有在野外發現過感染了香巴拉菌的動物屍體嗎？」一位英國軍官問。

「我們已經知道，香巴拉菌會受宿主腦波影響。腦波越強，思維能力越高的宿主，香巴拉菌會產生更活性的反應，並且出現更多變化。在動物實驗中，頭身分離的動物，無論是哪個部位，都是無法重新生長。」司馬辛回答。

「也就是我們人類更適合香巴拉菌寄生？」法國代表驚恐地問。

「恐怕是的。至於為什麼過去沒有人被香巴拉菌寄生，這點我也沒答案。也許和香巴拉菌的宿主，其認知能力，只偏好影響同類的原因吧？但這也只是猜測，我們實際上並沒有任何明確的答案。」司馬辛說。

會議中的人們陷入陰鬱的氣氛當中，大家對這些資訊都顯得憂心忡忡。

「反正我們早就知道感染者們很難殺死，即使知道細節對現狀也於事無補。現在真正的問題還是同一個，我們該如何取勝？」俄國代表打破沉寂，粗聲問。

「我建議各國都採取與中國相同的策略，盡可能封鎖資源流入感染者的占領地。在身體素質上我們已經是劣勢，不能再讓他們在科技上與我們持平，而資源封鎖這是目前看來最成功的模式。」日本代表說。其他代表露出驚訝的神情，中日兩國的恩怨情仇他們也是知道的。

「資源封鎖可能有效。但民眾對於生活水平的降低已經有不滿的聲音出現，現在很多交通要道都被感染者阻斷，在物流不便的情況下，資源封鎖同時也會影響國內經濟的。」美國代表不太贊同。

「這是非常時期，民眾的怨言可以等到戰後再來處理。」德國代表皺著眉頭說，言下之意似乎也贊同資源封鎖的戰略方針。

「法國依舊認為我們應該嘗試和感染者溝通，建立溝通管道。」法國代表說。

「中國的立場很簡單，能保障全球人類未來的辦法，就是最好的辦法。但無論是資源封鎖或者其他方針，全球政府必須要有共識。」中國代表說。

「感染者問題已經是印度的一大威脅，即使動用核武，也必須盡快將感染者威脅排除。我們需要的是更主動的戰略方案！」印度代表態度強硬的說。

「英國國內目前的感染者問題並不嚴重，但我們敦促各國不要使用核武器，造成難以挽回的遺憾。我們也會盡全力協助各國面對這次感染者危機。」英國代表說。

「不要事不關己就唱高調，使用核武得看各國的需求決定。俄國只希望各國政府能謹慎決定使用核武的時機。如果有需要，俄國願意提供核武器。」俄國代表說完，在座一片譁然。

「這明顯是刻意與《禁止核武器擴散條約》唱反調！別忘了俄國也是簽約國！」美國政府聽完後大叫。

「現在是非常時期！任何一國淪陷或崩潰都將是連鎖反應！」俄國代表也激動的說。

「印度從來就沒簽署過《禁止核武器擴散條約》，印度認同俄國的說法，這是非常時期！」印度代表也激動地站起來。

「英國絕對不能允許這麼輕率魯莽的舉動！」英國代表也加入戰局。

「中國也同意現在是非常時期，對於沒有核武器的國家，擁核國家必須在有必要時給予協助。但這必須要有個章程。」中國代表表情嚴肅的說。

「德國尊重並相信各國能做出明智的抉擇。對於各國根據國內需求進行的核武器運用並不反對，但對於提供核武給他國……希望能慎之又慎。」德國代表有些遲疑地說到。

「提供核武器將是難以修復的惡例！況且我們也有核武器以外的方案！」美國代表大叫著。

「什麼方案？思能部隊？目前能符合入伍標準的人並不多，而能生產合格裝備的國家又更少了！」俄國代表說。

「別忘了，我們還有天狼星計畫。」美國代表說。

所有人聽完，先是一愣，然後分別露出不同的表情。

「移民外星球？這是赤裸裸的失敗主義、逃避主義！」印度代表聽完，破口大罵。

「但能給我們緩衝的時間，況且保存有生力量，進行反攻，也是一種戰術。」中國代表若有所思的說。

「現在就談論撤退的方案太早了，我們還是先想想怎麼挽救現在的局面吧。」澳洲主席緩頰。

「沒錯，況且移民船能搭載的人數有限，而真正擁有太空引擎的國家就只有那幾個。討論移民外星球就是棄其他國家於不顧！」日本代表憤怒的說。

「先想好備案總沒錯，況且移民計畫本來在十幾年前就被提出，太空船的建造也早已在進行。」法國代表說。

「這麼早就打算成立第二個維琪法國嗎？」印度代表諷刺。

「你太過分了！」法國代表生氣的將杯子摔向印度代表。

「秩序！秩序！」澳洲主席瘋狂的敲著槌子，企圖維持秩序。印法兩邊的幕僚則紛紛拉住他們的代表，企圖不讓糾紛擴大。

看到各國政府代表們又吵成一團，司馬辛無奈地搖了搖頭。雖然科技水平因為資源封鎖而不如舊人類，但那些感染者的身體素質卻是遠優於舊人類。而且人類方由於民眾對生活水平降低與對現狀不滿，加上很多普通人認為戰爭與自己無關，或者不想上戰場送死，因此雖然討厭感染者，但反戰情緒仍高漲，讓擁有高復原能力的新人類在戰場上占有優勢。

而如今人類政府甚至無法達成共識，吵成一團。就更顯得人類方的氣勢遠不如現在合作關係越來越緊密的感染者們了。

司馬辛想起了黃玉考說過的話。看著眼前的爭吵，他喃喃地說道：「雪崩時，真的沒有一片雪花認為自己有責任。」

2075　3／10　加拿大　Lucky Life 新總部

約西亞面無表情的走過乾淨潔白的走廊，在他的身後，跟著一群科學家與保鑣。

「哇哇哇哇！」嬰兒的哭聲，從隔離室中隱約傳來。約西亞冷冷地看了一眼隔離室的觀察窗。隔離室內，一名只有一隻眼睛的嬰兒，正在大聲啼哭。而他唯一的眼睛，竟是長在額頭上，此外，這名嬰兒全身發著淡淡的螢光綠，並且還手腳還嚴重變形。怪誕的模樣讓一旁的其他科學家都皺起眉頭，感到一陣噁心。

「這就是S1959號嗎？」約西亞卻面色平淡地說：「看來我的推測是正確的。」

「是的，您當初的推測是這正確的。」約西亞身後的首席科學家附和。「那些感染者確實存在生殖上的問題，但這也很讓人不安，這暗示了香巴拉菌可能會有意識的影響宿主，降低近代雜交的風險。」說完，首席科學家露出了不安的表情。

約西亞在大學時也曾修習過生物學，多少知道一點相關理論。因此在他得知香巴拉菌會影響宿主壽命後，就能猜想這樣是否會產生近代雜交的可能性。若是以前，他也許會想深入了解一番。但現在，他才不管那該死的香巴拉菌是不是有自己的意識，他只想知道這個情報能否扭轉自己的頽勢。

「『新亞當3號』和『新夏娃3號』的情況怎麼樣了？」約西亞問。

「仍處於監管狀態，目前處於感染的擴散期，已經可以明顯發現產下的都是畸形與死胎。」

「新抓進來的6號組呢？」

「處於冬蟲期的那對嗎？目前超音波與羊膜穿刺都顯示胎兒一切正常。感染的深淺與長短確實是影響生殖能力的關鍵。」首席科學家報告。

約西亞點點頭，暗自思索著要怎麼才能利用目前的情報優勢。他相信他現在所做的實驗與成果，是那個愚蠢的司馬辛作夢也想不到的。

根據實驗，已經可以得知，依照感染程度的不同，會影響受感染者的生殖能力。約西亞將此分為四個階段，根據其特徵分別命名為冬蟲期、分裂期、擴散、夏草期。

在感染最初的冬蟲期中，感染者的各項數值與常人無異，這也是最容易殺害感染者的時候。

當香巴拉菌菌絲開始分裂並往身體各部位蔓延時，則進入分裂期，這時候感染者開始逐漸展現出各種異能，例如超出常人的力氣，也會開始產生所謂返老還童的現象。這時候的感染者開始變得難以殺死，必須要造成難以修復的損傷，例如斬首、臟器滅失等情況，才能確實殺死感染者。而這時期的感染者，開始會誕下畸形兒與死胎。

所謂擴散期，則是指宿主有能力產生子實體，將其傳遞給其他非感染者。這時期的感染者已經可謂無敵般的存在，即使是斬首，只要在一定時間內接上，都還有辦法恢復原狀。且能抵抗幾乎所有已知的化學成分，若要殺死這時期的感染者，只有設法讓其無法再生，例如將其關在密閉的火爐中燒成灰燼，或者直接引爆超過二．四噸當量的炸藥，才有可能將其抹殺，那可是閃電平均釋放的能量輸出啊！此外，這時的感染者，幾乎只會誕下死胎與畸形兒，即使是正常嬰兒，壽命也很難超過十歲。

至於夏草期，目前只存在於推測中，約西亞手下的研究人員們推測，隨著時間推移，香巴拉菌可能最終會使宿主進化成另一種新的物種，或者完全淪為香巴拉菌的掌控。但不管哪種推測，研究人員一致的認為，從現有資料分析，至少需要數百年才可能達成。

約西亞又接連參觀了幾個隔離室，裡面的嬰兒分別來自不同時期的感染者所生。約西亞獵捕了那些感染者，將其囚禁並且強迫其生育。只為了得到第一手的觀察情報。

而從目前的情報已經可以確定，感染者若非在感染早期就誕下後代，隨著感染程度越深，就越難產生正常的後代。這是由於香巴拉菌分泌的化學物質同時也會影響宿主的性細胞，導致其發生突變。因此感染者若要增加人口，勢必得從普通人中挑選適合的個體進行感染。這是一種無法透過生育傳遞下去的感染方式。

這個情報若公布出去，對於世界肯定會有巨大的影響。而約西亞需要好好利用這個影響。

「昨天『新亞當1號』第十六次嘗試脫逃，是否要加強管制措施？」首席科學家問。

「對他使用新型鎮定劑，一定不能讓我們的實驗被外界知道。必要的時候……殺了他。」約西亞吩咐。他知道，任何行為都有風險，這就是生命的價值，在風險與博弈中產生最終的勝者。而他將會是那個勝者。

回到自己的辦公室後，約西亞拿起一份報告，沉思起來。這是他透過複雜管道後拿到的，聯合國會議的相關資料。上面清楚的記載日本的實驗數據、各國代表的發言，以及司馬辛所說的每一個字。那個不知好歹的傻瓜，那些忘恩負義的國家。

明明若肯與自己合作，現在根本不用過著提心吊膽的生活。他知道司馬辛最近剛躲過一次感染者針對他的暗殺。而各國內部也是紛亂不堪。

當然，這當中 Lucky Life 的宣傳也有影響，當初正是 Lucky Life 將司馬辛與華格納教授的案子綁在一起，企圖讓感染者們同時敵視司馬辛。但誰料到華格納那頭老狐狸，明明都自身難保了，還心甘情願替司馬辛解圍，將大部分仇恨引到自己身上。

約西亞一想到華格納，就更生氣了。那些學者各個都自命清高，一點也不知道變通。連原本他很看好的徐凝輝，最後也把自己的生命豁出去，只為了讓司馬辛逃跑。該死的學者心態，整天只想著仁義道德，根本不懂現實的本質。還虧是學生物的，連身體力行社會達爾文主義都做不到。

「老闆，有位訪客想見您。」祕書敲了敲門，走了進來。

「誰？」約西亞有些疑惑。自從舊 Lucky Life 總部事件後，來拜訪他的人數已經大不如前了。這都多虧了那可惡的莎托普。儘管約西亞努力重振 Lucky Life 的影響力，但莎托普與 Red life 洩漏資料後造成的輿論風暴，即使聰明如約西亞，也不禁左支右絀，甚至逼得他不得不放棄思能裝備的專利與專屬生產權。

而這位訪客選在一個如此敏感的時間點，更讓約西亞心生警惕。

「一位中年亞洲人，自稱叫衛教授。」祕書說。

聽完祕書的描述，約西亞更疑惑了。這位新祕書沒見過衛青成教授，不認識他也能理解。但中年？如果約西亞沒記錯，衛教授應該已經超過七十歲高齡了。

冒名頂替者、或者是以衛教授的名號吸引他的注意力？約西亞沉思片刻後，還是決定見一見這位中年的「衛教授」。

「讓他進來吧。」約西亞吩咐。

「好久不見了，約西亞。」一位黑髮的中年男子走進來，他踏著穩健的步伐，談吐老成，舉止幹練，一看就是擁有豐富人生經驗的樣子。但最讓約西亞震驚的，那就是那位男子的臉，確實就是衛青成的臉，只不過不是約西亞記憶中滿是皺紋的老臉，而是一張年輕了二十歲的臉。

「你……」約西亞瞪大了眼，而中年男子只是對著他微笑著。「……你接受香巴拉菌治療了？」約西亞低聲問道。

「當然，還有什麼比研究者使用自己的產品，更有利的宣傳和推廣呢？」衛青成笑著說。

約西亞著實沒料到，在全球反感染者的風潮下，還有公眾人物敢接受香巴拉菌治療。衛青成的返老還童，肯定就是香巴拉菌的效果。看來他已經到達分裂期了。

「確實，確實。」約西亞連聲說道。他替衛青成倒了一杯酒，並也聽自己倒了一杯。他沒想到自己會在毫無防備的情況下，與感染者見面。即使是過去 Lucky Life 權勢與威望最高峰的時候，他也絕對不會讓自己毫無防備就與感染者見面。

「這次來找我，有什麼事呢？」約西亞不知道衛青成來此的用意，因此只得先客套一番。

「約西亞，最近日子不好過吧？」衛青成接過酒杯，只是望了一眼杯中的液體，並沒有禮貌性地喝上一口。

面對衛青成突兀的問話，讓約西亞有些措手不及。

「這……」

「Red life 對你造成那麼大的影響，但你卻依然能帶領 Lucky Life 繼續在這北地生存下去，其實已經很了不起了。咱中國有句古話，叫百足大蟲，死而未僵。但在我看來，Lucky Life 可還沒死透，甚至還有東山再起的希望。」沒等約西亞回答，衛青成就自顧自地說下去。

「什麼希望？」衛青成東山再起的這句話，挑起了約西亞的好奇。

「難道你就沒有懷疑過，最初接受香巴拉菌的人，當中有很多都是在社會、經濟地位上的上層階級，這些人理應盡可能維護自己的既得利益。在這推論下，為什麼還會衍生出如今的香巴拉菌之亂？」衛青成露出高深的笑容。

衛青成的話讓約西亞倒吸一口氣，對啊，當初 Lucky Life 推出香巴拉菌療法，鎖定的就是上流社會的人們，會為了延長壽命、治療絕症而願意花大把鈔票。但現在那些挑起爭端的感染者，他們的口號可是公平正義。而公平正義是和既得利益者最擦不上邊的。

「為什麼？」約西亞低聲問。雖然他已經隱約猜到答案。

「哈哈哈哈！那是因為那些既得利益者，自然有辦法在這場爭端中，保持左右逢源！因此媒體上不會報導他們、政府不會追究他們，只要他們持續給政府官員們輸送利益。」衛青成哈哈大笑地回答。這個答案和約西亞的猜想如出一轍。

「那麼，我猜你是為了你的那些『上層朋友』而來？也許談一筆大買賣？」約西亞小心翼翼地提問。

「跟聰明人談話，就是那麼簡單。」衛青成愉快地說。「不過，並不是為了那些『上層朋友』，但確實是大買賣。」

「什麼買賣？」

「和我聯手，提供我更多香巴拉菌，讓我能以香巴拉菌發現者的身分，領導全球修真者，這樣我就能有足夠的立場和舊人類政府提出交涉，迫使他們承認我們修真者的地位與統治範圍。」衛青成說。

約西亞沒料到衛青成有那麼大的野心，雖然他在修真者的陣營中，一向有著極高的威望，但約西亞不認為衛青成有足夠的資源完成。

「這計畫太空泛了，而且，我和 Lucky Life 能得到什麼好處？」約西亞果斷回絕。但他馬上又想起來，衛青成如今可是感染者。可惡，要是衛青成能喝上一口酒就好了。

「擔心我做不到嗎？你以為我到如今還只是個從學術圈退休的糟老頭嗎？」衛青成微微一笑。

那笑容讓約西亞感到一陣惡寒。果然應該想辦法勸他喝上一口。

「無論是中國的腥紅崛起，或者歐洲的 Blue World，為什麼他們能夠順利整合其他勢力，並且壯大到如今的聲勢？單憑那些沒有統治手腕與經驗的人，你真的認為他們做得到？」衛青成用嘲諷的語氣說。

約西亞聽完，便猜了前因後果。

「你和你的那些『上層朋友』也參了一腳，是吧？」

「我就說，和聰明人談話，就是簡單。」衛青成大笑。

「沒錯，確實這些修真者組織，背後的資源都是我的那些朋友們提供的。而我則是以自己的影響力，牽動各方修真者勢力合作，讓他們團結在統一的旗幟之下。」衛青成大方承認。

「既然你已經有了如今的成果，為什麼還要找我合作？」約西亞不解的問

「那是因為，我的那些朋友們，他們的階段性任務已經達成了。而現在，又有了新的轉捩點。」衛

青成神祕的說。

「什麼轉捩點？」

「你不是剛正在看著嗎？」衛青成指了指約西亞桌上的那份報告。「那可是我送給你的見面禮啊！要不然你以為 Lucky Life 現在的實力與聲望，還有人願意冒著風險提供給你嗎？」

衛青成的話讓約西亞感到一絲憤怒，但他明白衛青成說的是實話。

「如果真的讓那些舊人類逃到外星球，那麼我們這些留在地球上的新人類，一旦少了共同的敵人，很可能會就此分崩離析。至少在修真者完成大統一之前，不能夠缺少共同的敵人。」衛青成說。

「即使沒有統一，那些感⋯修真者已經占優勢的情況下，難道還不夠嗎？」約西亞問。

衛青成搖搖頭，他說：「遠遠不夠，戰敗的一方很可能圖謀復仇。而勝利的一方在沒有澈底統一的情況下，很可能陷入鬆懈或者四分五裂的局面。到時候若被那些舊人類反攻，修真者可能會一敗塗地。況且，斬草務必除根，臥薪嘗膽[8]、鞭屍三百[9]，歷史上這類例子斑斑可見。」

雖然約西亞不明白衛青成所說的中國典故，但他能明白永絕後患的道理。他沒想到衛青成能想的那麼遠。可他仍然很懷疑衛青成是否有能力做到。

「其實你也沒什麼可以選的，那些企圖逃到外星球的舊人類不可能帶上你。因此你只能選擇留在地球。而地球終將為修真者們所主導。」衛青成說。

「除非人類方有了技術突破，將戰局逆轉。」約西亞說，但他自己也不認為以現在的局面，人類方有辦法騰出資源與人力進行技術突破的研發。

---

8 越王勾踐忍辱負重，滅吳王夫差的典故。

9 楚國前臣伍子胥，受楚王滅門，逃到吳國後，帶兵攻破楚國，開楚王棺木鞭屍的典故。

「這句話只怕連你自己都不信。」衛青成嘲諷地說。

「那說說吧，希望我怎麼協助你？」約西亞問，並瞄了一眼那杯被衛青成端在手上許久的酒杯。

「提供香巴拉菌與植入手術，以及你手裡面所有的研究報告。這些甚至不用端到檯面上進行。你在暗處會讓事情更簡單一點。作為回報，我會讓那些『高層的朋友們』為你打開在占領區的商路。」衛青成說。

約西亞假裝思索了一下。但他心裡很明白，他真的沒什麼可以選擇的。況且，既然不用公開站隊，自己能在感染者一方安排一個後手，也不是件壞事。

「好，如果是這樣，我答應你。」約西亞說。

「很好。」衛青成露出笑容，但他接下來的話，讓約西亞冒了一身冷汗。

「希望以後我們也能這麼坦誠，至少不需要用到下毒的方式。」說完，衛青成將杯中的酒漿傾倒在腳下那張名貴的地毯上。

該死，他果然看出來了。約西亞尷尬的陪笑著說：「真是抱歉，我總得留個後手，不是嗎？」

「哈哈哈，確實如此。但別小看我們新人類了，約西亞。」衛青成大笑離開。

看著衛青成離去，約西亞長抒一口氣。他明白，局面越來越亂了，自己必須盡快奪回主動權。無論是人類或者感染者，自己都不想受制於他們。

2075／9／1 美國　五角大廈　機密會議室

修真聯盟的成立是個謎，外界沒人知道原先還是退休學者的衛青成，到底是如何串聯各方勢力的。人類政府的情報組織，有過很多猜測，有一些可能非常接近真實，但卻都無法驗證。

衛青成特意選在歐亞交界之處的伊朗，設立聯盟，不僅宣示跨國際、跨種族的大團結，更是對舊人類勢力表達，修真者們能夠跨越國族，達成更大的融合。

伊朗政府對此並沒有抗議，反而讓出一大塊地，讓修真聯設立總部。舊人類不明白為什麼伊朗政府如此卑躬屈膝。但伊朗政府明白，自己手裡根本沒有對抗修真者的武器，因此不願意正面與修真聯起衝突。況且，伊朗政府過去，也沒少被舊人類的國家制裁過，因此他們對於許多舊人類國家，本就沒什麼好感。連帶的也不認為自己有義務對舊人類世界負責。

國際修真聯盟（International Federation of Spiritual Cultivators），簡稱修真聯（IFSC），是迄今為止最大的修真者組織，歐亞大陸上有頭有臉的組織，都加入了修真聯，並由衛青成擔任聯盟的主席。

而衛青成擔任主席後，隨即進行一系列政策，例如統一稱呼受香巴拉菌寄生的人為修真者，此外他還將修真程度分成四個階段。分別為練氣、築基、金丹、元嬰，並且為每個階段訂定門檻與特徵。不過這四階段的分類，其實也就只是將約西亞的四期分類改名字而已。不過包含修真者在內的所有人都不知道這件事情的內幕。

衛青成頻繁奔走於歐亞大陸之間，每到一處，便發放各種物資，進行人道救助等一系列活動。此外他也不斷呼籲，修真者應該敵對的目標，應該是舊社會的既得利益者，對於一般平民，應該給予再教育的寬容態度。衛青成更以自己的祖先，漢代知名的將領衛青為號召，指出即使出生再低微，只要努力，也能獲得極高的成就。而修真者們擁有更好的條件，應該以完成更高的成就為目標，不應該只看見眼前的小利益。

他不僅協調修真者們修復當地基礎設施，更用簡單的規範來約束修真者們的行動，另如不許亂殺無辜、不許搶奪竊盜等。一時之間，衛青成主持的修真聯，似乎讓全球緊張的局勢緩和下來。許多舊社會的人們，眼看有結束戰爭的希望，更是力促自己的政府，與修真聯展開和談。

相較歐亞局勢出現緩和的跡象，美洲的局勢則更為嚴峻。雖然 Red Life 曾攻破美國的州政府，並進行了大屠殺，但其成員受到的不公平待遇公諸於世後，讓 Red Life 多了許多同情者，加上 Red Life 所公布的關於 Lucky Life 內部的骯髒手段，更讓 Red Life 在美國的聲勢一直居高不下。各地都有 Red Life 的支持者或者效仿者。

而今，美國政府依舊處於和各州修真者勢力多方交戰的尷尬局面。而從 Red Life 起義至今，更是已經有多年沒有舉行過大型選舉了。今天在位的，仍是多年前的那位總統。雖然持續擔任總統，但面對國家內亂與歷史定位的壓力，讓他一度非常後悔，認為當初不應該選擇戒嚴，應該讓其他人來收拾這爛攤子。

但今天，他非常高興自己當初選擇了戒嚴。

一位男子神情慌張的站著，他手裡拿著一份厚厚的資料袋。總統相信，這裡面肯定會有他夢寐以求的東西。

「再說一次，你想要什麼？」總統擺起派頭，用居高臨下的口吻問。

「總統先生，我想要請求美國的庇護！我擁有美國綠卡！」男子緊張的說，提高的音量讓周圍的保鑣與官員都皺起眉頭。

「你也知道，現在是非常時期，美國恐怕沒辦法為了一個平民提供額外的庇護。」總統露出為難的神情。

「我……我有足夠做為交換條件的東西！」男子慌忙將文件遞上。

這份文件，總統幕僚和情報單位已經做過初步的確認，確實是非常有價值的東西。但總統仍然裝作猶豫的樣子，他已經好久沒有享受到總統權威帶來的快感了。

「你確定嗎？這份文件我們的專家已經確認過了，只怕沒有你說的那麼有價值吧？」

「真的有這份價值！」男子焦急的從文件袋中抽出幾張紙，剛想遞到總統面前，就先被一旁的保鑣攔了下來，保鑣先是接過那幾張紙，確認過上面沒有毒物後，才恭敬的遞給總統。

總統假裝瀏覽上面的資料，但卻發出不以為意的嘖嘖聲。

「嘖嘖，確實有點價值，但我為什麼要相信你是真心請求庇護的？加拿大現在應該比美國安全吧？而且你還有 Lucky Life 的額外安保措施。」

「那根本沒用！當初 Lucky Life 還不是曾被 Red Life 攻破過！現在 Red Life 的人馬已經接近美加邊境，明眼人都知道那個荊棘女王想要做什麼！那可是一人就能擊潰一個師團的恐怖怪物啊！」男子著急得快哭出來了。「求求您，總統先生，我不想死！」

看到男子焦急又狼狽的樣子，總統則露出不悅的表情。沒有任何國家的總統在聽到自己國家的軍隊被人打敗時會開心的。

男子似乎也意識到自己說錯話了，趕忙接著又說：「那些感染者……那些怪物也不是沒有弱點，我手裡還有 Lucky Life 在試驗中的抗感染者藥劑，能夠破壞那些感染者的腦細胞，讓他們澈底癱瘓掉！有了這個，我相信美國政府很快就能平定那些感染者。」

總統瞇起眼睛，上下打量著眼前這年輕人，假裝思考著。但其實他心裡已經有了答案，只不過不想讓人認為他做事太草率。

「好吧，既然你都這麼說了。那美國政府願意暫時給予你庇護，前提是你提供的資料確實有你所說的功效。如果你膽敢欺騙美國⋯⋯」

「不不不，這些絕對都是真的！」

「為了你自己好，希望是這樣。」總統說。

在命人將男子帶下去後，總統看著眼前的資料，嘴角露出了一抹微笑。

「頭條新聞！美國政府公布最新研究數據，感染者由於受到香巴拉菌影響，將因此喪失生育能力。即使出現妊娠反應，也會是死胎與畸形兒！」

「美國國家科學院認為，感染者之所以提高領導地位，是為獲得『眷養』人類的權力，使香巴拉菌感染能持續下去。」

「美國國家安全局表示，感染者任何『眷養』人類的行為都將給予嚴厲打擊。絕不能容忍任何違反平等自由原則的行為。」

「美國總統表示，為對付感染者企圖支配人類，顛覆人類政權的行為，美國政府將授權軍方在必要程度內使用核武器，絕不能允許任何存在威脅人類生存與地位。」

「美國國防部表示，已經研發出一種新式化學武器，能有效破壞感染者的大腦組織。使香巴拉菌與宿主間的腦波聯繫中斷，進而全面使感染者進入致死性的癱瘓。」

「國際人道組織強力譴責 Lucky Life 以不安全的方式將香巴拉菌作為藥物供人使用。對於受到感染無法生育的人，國際人道組織表示願意為其向 Lucky Life 提起訴訟。」

新聞強力播放著由美國政府給出的資訊。這就是美國政府從那位祕書手裡獲得的情報。

隨著驚悚的畸形兒與死胎照片公布後，果然如美國預期的那樣，無論是普通人，還是感染者陣營都引起了軒然大波。那些可憐的嬰兒，不是全身發紫，就是手腳嚴重變形，甚至出生就沒有手腳。

普通人或用嘲諷、憐憫的目光看待這件事情，而感染者則感到驚慌、憤怒，他們沒料到自己的生育能力會因為香巴拉菌感染而喪失，更將憤怒轉向讓自己陷入如此境地的 Lucky Life 與約西亞，甚至一些剛感染香巴拉菌的人，將矛頭指向傳遞香巴拉菌給自己的其他感染者。

感染者的士氣，如計畫那般受到打擊。

人類似乎迎來了勝利的曙光。

2075 9／15

伊朗　修真聯　總部　新聞發布會

隨著美國政府公布了那些恐怖的畸形兒與死產照片後，修真聯曾一度被預估會在短時間內瓦解。但衛青成很快就從約西亞那裡，得知了事情的始末。因此他立刻著手制定計畫。

新聞發布的現場，各國的外派記者都來到修真聯的總部，各國都很關注修真聯的動向。修真者們也是如此。

攝影機、直播設備、手機，所有能錄影或傳輸影像的工具，幾乎在這裡都能看到。在資訊傳播的時代，所有訊息都能在最短的時間內，公布在眾人眼前。

「首先，我要承認，對於大家都很關心的話題，修真者們是否能生育這一點，我想說，這是一個假議題。」面對眾人，衛青成毫不膽怯的對著鏡頭侃侃而談。在他擔任教授時，已經見慣這種場面了，那時候上訪談節目時，臺下的觀眾可不比這裡少。

「美國政府不斷以死胎、畸形兒恐嚇我們修真者，但這些圖片，很明顯是經過變造。」說完，衛青成身後映出了各種影像，一些死胎、畸形兒的的照片被挑出是網路上抓來的截圖。臺下頓時議論紛紛。

「不過，我不並否認，香巴拉菌寄生後，會影響生殖功能。」

臺下眾人呆住了，沒人想到衛青成會承認這件事情。

「**但是**，請各位別忘了，除了自然生育，我們還有很多繁衍後代的方式。以現代基因技術、試管技術，要生育後代並非難事。」衛青成的身後，出現了關於各種生育科技的說明。

「修真聯早已知道這份資料，這份資料本來就是修真聯內部的研究成果，因此很早就為所有成員準備了免費的生育計畫。只不過在還沒完善時便被美國政府竊取。對此我們還是得誇獎美國的情報系統，果然無孔不入。」衛青成嘲諷地說。

「但這敏感的時機點，只顯示出美國慌了手腳。美方公布此訊息，意在瓦解修真者聯盟，是舊人類自私自利的表現。在場諸位別忘了，美國同時也說他們研發了一種新式的化學武器。而我們都知道美軍的『橙劑計畫』最終是什麼下場。現在他們又想用同樣的方式來毒害我們。」畫面上出現了各種畸形兒，並且標註為「橙劑計畫」的受害者。

眾人看到這些同樣怪誕的可憐人，一時之間現場鴉雀無聲。

「根據我們修真聯的研究，美國政府提出的新式化學武器，不僅僅會影響我們修真者，甚至連在座的普通人，也會同樣身受其害。這是我們透過祕密管道取得的資料，今天修真聯就讓這份新式化學武器的情報揭露在陽光下，讓大家看看這種新式化學武器，究竟有多歹毒。」

說完，衛青成身後，便出現了複雜的化學式以及關於這種化學武器的各種資料。甚至提供網址供人下載，而現場更是將資料打印成冊，免費提供索取。

記者會結束後，輿論的風向立刻又變了。

由於美國確實曾有使用化學武器的先例，加上衛青成提供的數據，被各方檢驗後認定為真。因此修真者內部的騷動一下子就平息下來。而一些美國軍方內部的研究者，也因為道德壓力，坦承軍方的化學武器確實也會影響普通人。這讓一些舊人類，在看到了無差別傷害的化學藥劑後，也對美國此舉感到反感。

這逼得美國政府不得不趕緊出面滅火，宣稱這款化學武器還在改良之中，在改良完善之前不會應用在戰場上。

這場一來一往的風波過後，世界局勢又回到了原先的狀態。只不過，修真者陣營變得更提防舊人類，而舊人類內部反戰的聲音也越來越大了。

至於那個請求庇護的祕書，沒人知道他的下場是如何。只不過在他居住地的附近，人口失蹤的案子稍微變多了一點。

「哈哈，真是痛快！」在修真聯內部的一間隱密會議室中，男子大笑著，一邊張口咬下一塊牛排。

「確實，看到舊人類政府那可笑又慌張的樣子，真的很難不讓人開懷大笑。」另一個男子附和，手裡拿著一杯名貴的紅酒。

「現在所有事情都按照計畫順利進行，很快我們就能結束戰爭了。」一位女子說，她身上穿著名貴的服飾，手上戴著閃閃發光的巨大鑽戒。

「這次能那麼順利改變風向，你的媒體產業功不可沒啊！」一開始大笑的那位男子，轉頭向另一位綠色頭髮的男子說。

「看到傳播媒體發揮的功用後，連我都想涉足看看了。」一位藍色頭髮的女子說。

「那你可得當心了，這產業吃人是連骨頭都不吐的。」綠髮男子微笑著說，但語氣冰冷。

「唉呦~人家就只是說說，不要這麼提防嘛！」藍髮女子嬌嗔道。

「就是！就是！傳播媒體又不是你一個人的特權！」另一位女子也加入交談。

「那不如我們交換一下，我也想讓手下加入幾個政府組織，打探裡面的情報。」綠髮男子對新加入的女子說。

「只怕就算你親自下場，也沒辦法呢！這可是需要高度專業和交際手腕的。」女子委屈的說。「要知道，為了隱瞞我受過香巴拉菌治療，現在在公眾場合，我可得拚了命裝老，要是被那些人發現我返老還童，那可不是辭職下臺就能解決的。」

「簡單來說，比起交際手腕，更需要的是出神入化的演技吧！」另一個黃髮男子鄙夷的說。

「比起你本色演出，在各地挑起糾紛，來得文明一點吧。」女子反擊。

但黃髮男子不痛不癢，反而還笑嘻嘻地說：「若沒有這些紛爭，哪來今日讓計畫順利推進呢？」

「難道你想說這是你的功勞？」綠髮男子似乎有點不悅黃髮男子的搶功。

「那當然，比起幕後出張嘴，派底下人勞動，我可是親力親為到前線呢！」黃髮男子理所當然的說，同時他臉上開始露出黃色的紋路。

綠髮男子見狀，也進入戰鬥姿態，電光在他身上閃耀，煞是嚇人。

「你們別吵了，不管是誰，只要肯勞心勞力，為我們修真者做事，都是功勞。」這時候，衛青成走了進來，他看到如此劍拔弩張的氣氛，只是稍微喝斥兩句。

二人相互瞪了一眼後才撇過臉，雙雙罷手。

「衛盟主，您來了啊，可等您好久了。」藍髮女子笑吟吟地走上前。

「向總裁，瞧您說的。讓各位等這麼久，衛某真是失禮了。」衛青成嘴上說著，但卻毫不客氣的往會議桌的主位上一座。

其他人見衛青成入座後，這時也紛紛入座。

放眼望去，在場所有人都來頭不小，有商界總裁、傳媒大亨、政府機要、食品龍頭、影視巨星等，各個都是大有來頭，且家財萬貫的。

但衛青成知道，司馬辛的研究其實沒錯。雖然明面上這些人能同坐一桌商議，這些人暗地裡其實誰也不服誰。若不是他們知道唇亡齒寒的道理，此刻說不定正打得不可開交。要讓這些受香巴菌治療的人合作，可是費了他好大一番功夫。

「衛盟主，既然已經知道 Lucky Life 內部如此不堪，是時候捨棄他們了吧？」才剛坐下來，一位同樣經營醫藥企業的人說。

「確實，這次若不是他們的人叛變，我們也不用再費盡心力來反制美國的宣傳攻勢。」有人贊成說。

「但我想 Lucky Life 應該還有點用處，至少他們手裡還掌握著大部分的香巴拉菌菌株，他們的香巴拉菌生產線也還留著。」另一個人說。

「只要搶過來就好了，以 Lucky Life 現在的地位，就算被人抄家滅族，估計也不會讓人有太大的反感。」那位經營醫藥界的人說。

一些與會者露出讚同的神情，有些甚至自顧自的點點頭。

「以他們目前對修真者做出的實驗，只要再曝光出來，估計也沒人會憐惜 Lucky Life 的遭遇了。」一位女子說。

「但要提防他們倒戈向政府那一方，而且別忘了 Lucky Life 擁有自己的思能部隊。」有人提醒。

一說到思能部隊，在場所有人都露出嫌惡的神情。

衛青成沒吭聲，只是聽著他們討論。他明白自己之所以能坐在這個位置上，是因為這些人需要在明面上有一個能服眾的人選，而自己恰好符合大多數人的利益，是一個能在普通修真者、舊人類間取得平衡的角色。

否則若論起背後資源，他不及在場大多數人、個體戰力也頂多只能贏現場大概一半的人、他比較占優勢的地方，在於他的學識涵養，能夠贏過現場大部分的人。為此，他還需要 Lucky Life 作為自己的棋子。

「如果 Lucky Life 倒了，我們修真聯肯定能夠取代 Lucky Life 原有的市場地位，這點我保證我和我旗下的公司能做到！」那位醫藥企業的人一拍胸部保證。

在場所有人都看得出來，他迫不及待想要併吞掉 Lucky Life。

「不用擔心 Lucky Life，眼下這不是最重要的問題。別忘了這次開會的目的。」衛青成決定轉移話題。讓這些人吵得也夠久了。但繼續放任 Lucky Life 不受控制，對自己也不利，也許……

「現在根據情報，美國政府正在運送大量物資前往空間站。而與此同時中國政府也沒閒著。雖然還不確定中國政府是否響應美國的天狼星計畫，但考慮到中美聯手的可能，我們需要盡快將反逃亡主義的概念散布在人民心中。必要時，甚至需要派人去破壞興建中的殖民船……」

衛青成一邊主持會議，一邊飛快地思索著，該如何讓 Lucky Life 對自己的效益最大化。

智人，學名為「Homo sapiens」，意為「現代的、有智慧的人類」。在生物學上歸類為哺乳綱、靈長目、人科、人屬，是人屬（學名：Homo）中唯一的物種。

根據二〇二二年的統計，當今世界上的智人數量超過八十億，預估在二〇五〇年超過一百億。同時智人也是分布最廣的靈長類生物，具有複雜的合作與競爭等社會結構。

隨著智人不斷擴大生存範圍，其作為頂級掠食者的生態位對地球生態產生巨大影響，大規模的環境破壞與污染導致了其他生命形式的滅絕。是目前已知唯一會對自身生存環境造成重大破壞的物種。

第八章：Homo sapiens 的末日

2075／10／11
加拿大 Lucky Life 新總部

約西亞沒想到衛青成竟能扭轉局勢，他承認本來以為在美國政府發布新聞後，衛青成會疲於應付，甚至修真聯會因此解體。

約西亞原本是抱持著坐山觀虎鬥的心態，想看看衛青成會怎麼應對美國給出的輿論攻勢。但衛青成不僅一舉反制美國，更讓修真者們間為了自保而更團結了。

看來衛青成確實是一個值得合作的對象。

約西亞想起以前衛青成為了不讓徐凝輝獨占鰲頭，找上了當時正與徐凝輝合作的自己，只為了分化掉徐凝輝的資源。他那不擇手段也要達成目的的態度，讓約西亞印象深刻。而與衛青成的合作，確實收穫頗豐，這也是為什麼這次約西亞願意選擇在他身上下注的原因。

衛青成是一個討厭失敗的人，為了成功，約西亞相信他什麼都做得出來。

不過這次祕書的叛逃卻在約西亞的預料之外，他曾擔心會因此受到衛青成的報復或捨棄。但從結果來看，似乎並無不良的影響。相反的，衛青成還加強了彼此間的合作，主動牽頭讓 Lucky Life 在各地重振業務。

雖然約西亞有些擔心讓衛青成介入 Lucky Life 的事務太深了，讓他擔任董事似乎是個隱患。不過現階段來說，一切都往好的方向發展。

約西亞不經意地摸了摸肚皮，肚皮上有一條縫合過的新痕跡。雖然一切都往好的方向發展，但他還是給自己留了一條後路。

雖然才幾個月，但約西亞確實能感覺到自己的體能正在變強。為什麼以前自己就沒想到也這麼做呢？也許是因為，既得利益者本身就擁有更好的醫療資源與環境，因此害怕變化吧？

說到害怕改變，那些舊人類政府，為了維持自己的權力，從打壓修真者，到現在開始進行天狼星計畫，一切也都是為了維護自己的既得利益。

不過約西亞不會讓他們如意，他已經悄悄在舊人類政府運送往空間站的食物中，放入了香巴拉菌的子實體。雖然機率很低，但總有機會讓他們在進食中吃下肚，產生新的宿主。那些在自己危急時刻拋棄自己的舊人類政府，約西亞絕不會讓他們在新地方好過。就讓他們的噩夢永無止盡吧

就當約西亞內心咒罵著那些舊人類政府時，忽然警鈴大作。

「發生什麼事情了⁉」約西亞拿起無線電，對著另一頭的安保人員吼道。

「我們遭到攻擊，對方是——」安保人員話還沒說完，無線電便嘎然而止。

約西亞意識到不妙，他從辦公桌的暗格中掏出一把手槍，又從保險櫃來拿出一把衝鋒槍和防彈背心。為了防止再一次的危機，這回他可是準備了許多武器。

就在他穿好防彈背心時，兩名安保部隊的人衝了進來，約西亞從他們的臂章認出他們是 Lucky Life 直屬的思能部隊的一員。

「入侵者是誰？」約西亞問，他腦海中浮現過數個答案。

「是荊棘女王！她不知道怎麼突破了我們的生化管控防線，等我們發現的時候她已經在總部內了！」一位安保人員說。

該死的莎托普．摩伊拉！這陰魂不散的婊子！約西亞以為她已經放棄獵殺自己了，美國和加拿大軍隊到底幹什麼吃的，為什麼沒人知道她的行蹤？像這種高危險的修真者，軍隊和情報單位不是應該密切監控嗎？為什麼 Lucky Life 的情報部門沒接到過任何消息？

「聯絡衛青成，請他馬上救援！」約西亞慌張的說。

「不用麻煩了，他不會理你的。」一個女子悠揚的聲音傳來。

在場三人轉頭一看，門口又走進來一位紅髮女子，她的身上被鮮血染紅，已經看不出原先穿的衣服是什麼顏色。她紅色的雙眸彷彿在燃燒，尖又長的紅色指甲上，鮮血正緩慢滴落。

「莎托普．摩伊拉！」約西亞瞪大雙眼。她怎麼知道自己的辦公室的位置的？就算她已經入侵內部，自己的辦公室可是有六層安保措施的啊！

「約西亞．賽克斯頓。」荊棘女王望著約西亞，冰冷的臉上沒有表情。「我們終於又見面了。」

約西亞的兩個保鑣迅速反應，他們舉起手，電粒子熱流從他們手中噴湧而出。但荊棘女王的速度更快，她一個閃身，便躲過了致命的能量流，只在她身後的牆上留下兩個坑洞。

而下一秒，她便來到兩位保鑣身前，只見一陣紅影閃過，兩位保鑣便身首異處。

不過就這短短幾秒鐘的時間，約西亞便趁機躲進屋內的一間暗室中。

他大口喘著氣，並打開另一扇位於地板的暗門，門下方是一條看不見盡頭的垂直長梯，而他知道，梯子的盡頭，則有一條通往外面的甬道。為了躲避荊棘女王的追殺，這間新總部他可是費盡苦心改建過。

但為什麼荊棘女王能突破外面的六層安保措施，而且還是一個人？

約西亞來不及細想，他關上頭頂的暗門，並鬆開手任由自己高速從通道中墜落。他知道即使這麼做，自己也會平安無事。他已經試驗過了。而暗門從外觀上來看，是很難與周遭的地板分辨出來的。希望這樣能阻攔荊棘女王的追擊。

約西亞砰然落地，他的雙腳只感到些微疼痛。他快步走進甬道中，甬道內是一條複雜交錯的迷宮，目的便是為了迷惑入侵者。約西亞憑著記憶快速穿梭其中，很快便來到了出口。

走出暗門後，約西亞來到一處郊區。地上疊放著幾根破舊的水泥管道以及生鏽的金屬零件，另外還有幾臺生鏽到幾乎沒人會認為能再啟動的舊型汽油車，這裡儼然是一副廢棄工地或垃圾處理場的樣子。

約西亞緩了口氣，來到一臺舊汽油車面前，他知道生鏽的外觀只是偽裝。果然，這臺車順利的啟動，震動的車身將外表的鐵鏽震落，在車的周遭形成不規則的棕色圓圈。

正當約西亞準備逃走時，不遠處的暗門忽然炸開，荊棘女王從煙塵中緩緩走出。

約西亞來不及多想，掏槍就朝著荊棘女王射擊。高性能的彈藥打斷了女王的手臂，但女王只是用頗感興趣的眼神看了一眼自己掉落在地上的手臂，隨後她的傷口處冒出了扭動的、觸手般的紅色肉塊，很快她就長出了一隻新的手臂。

女王一個跳躍，來到車前，一個抬腳，把整臺車踢飛起來，車身在半空中不斷翻滾，然後重重落地，嚴重扭曲變形。

不過約西亞的反應也不慢，他在女王抬腿的瞬間，便奪門而出，狼狽的在地上打滾了好幾圈。

「我是不會讓你逃走的。」荊棘女王嘲諷望著滿身塵土的約西亞。「你以為你那小迷宮能困住我？

有一種黏菌，能夠探索迷宮並且尋找最短路徑。嗯……根據衛教授的說法，應該叫 Physarum bolycefal[1] 吧？」

「衛教授？」約西亞只困惑了短短幾秒，就明白自己被出賣了。

「和他合作是不會有好下場的，他能給妳什麼？我手裡有資源、有技術！」約西亞正在做最後的掙扎。「當年妳家人的事情，都是美軍不好，我從來沒——」

約西亞話音未落，便被荊棘女王用手刺穿了胸膛。鮮血從他嘴裡汩汩流出，兩眼直直瞪著前方。

「我不知道與那個衛青成合作會如何，但我知道與你合作是什麼下場。」荊棘女王用怨恨的語氣說，隨後將約西亞的屍體撕成兩半。

「爸爸、媽媽，我為你們報仇了！」她閉上雙眼，仰天用略帶癲狂的語氣喃喃自語，隨後她淒厲的大笑起來。

幾隻鳥被驚嚇得撲翅而起，讓鳥鳴、林間騷動與女王的笑聲，形成短暫的合音。

Lucky Life 新總部的入侵事件，並沒有引起太大的關注。而約西亞的死，也只被媒體草草帶過。畢竟舊世界的人們討厭他，而修真者早已不再關注他。

而且，最重要的一點，是衛青成透過修真聯的資源，壓掉了不少新聞。與此同時，他以董事的身分，成功接管了大部分的 Lucky Life。

「你別怨我，約西亞。我也是不得已的。」衛青成站在約西亞曾經的辦公室中，他打開櫥櫃，拿出

---

1 Physarum polycephalum（中文翻譯：多頭黏菌、多頭絨泡），是真菌的遠房親戚，從分子生物學來看，位於單鞭毛生物的分支，而另一支則是真菌、人類所屬的後鞭毛生物。這裡荊棘女王誤將Physarum polycephalum拼成Physarum bolycefal。

一瓶紅酒，滿上兩杯。

「別忘了我們說好的條件。」荊棘女王站在一旁，不屑的打量著辦公室。

「當然，Red life 加入修真聯，我們提供資源，讓 Red life 繼續對抗美洲大陸上的所有軍隊。當然，主要還是對抗美國軍隊。妳和他們還有筆帳要算。不過，這得按照計畫一步一步來進行。」衛青成將紅酒遞給荊棘女王。

女王仰頭，一口乾了那杯酒。她一抹嘴角，兩眼露出怨恨的光芒。

「不管怎樣都好！那些殺害我家人的、殺害我部下的，我要他們一一償命，我要讓整個美國政府陪葬！」

衛青成對此，只是微微一笑。這正合他意。

「那就預祝我們合作順利，妳能早日報仇雪恨。」說罷，他也將紅酒一飲而盡。

Red life 加入修真聯的消息，在全球引起軒然大波。跨大陸、跨國際、跨種族的大聯合，在衛青成手裡儼然實現。舊人類中，有人開始反思為什麼舊人類政府沒辦法做到，反政府的聲浪此起彼落。罷免、倒閣、革命，政變，在舊人類勢力中漸漸出現。

而衛青成率領的修真聯，則表現出包容一切的態度，不僅在各地舉行和平談判，並呼籲舊人類與修真聯和平共處。他不僅接見舊人類勢力中的革命領袖，勉勵其為舊人類與修真者的和平共處所做出的努力，也接見反對黨的黨魁，和其談論如何建設有利雙方共處的治理方針。

這讓現在的舊人類政府如坐針氈，政府派對修真者更加反感了。美國政府更是多次公開批評修真聯，指責其不安好心、破壞人類的團結和諧。而這局勢，正是衛青成想要的。

就在 Lucky Life 易主的半年後，便爆發出了美國政府運用新式化學武器的事件。當然，這當中不乏修真聯的暗中運作。而還沒等人們反應過來，接連在各國，又發生了類似的事件。

「舊人類根本不願意與我們和平共處！」

「他們手裡持有大規模的化學武器，就是為了消滅我們！」

「我們該先下手為強！」

「迫害人權！違反國際公約！」

修真者們憤怒的高喊，原本暫時安定的局面，又沸騰起來。而且比以前更加猛烈。

「我很想替舊人類政府說些什麼，但是，他們的所作所為著實令人失望。即使我代表修真聯舉行了那麼多次的和平談判，但換來的，卻是化學武器的攻擊。對此，我代表修真聯，對舊人類世界，正式宣戰！」

衛青成抓準時機，對舊人類發動全面進攻。

第三次世界大戰開始了。

2076 8／8

伊朗　修真聯　總部

舊人類節節敗退。

相較於修真聯，聯合國內部的紛爭即使在面對來自感染者的壓力時，也從未真正團結。那些高呼著為了全體人類命運之類口號的，最終都只是為了自己國家的私利。

小國想要從大國獲取更多資源，大國想要小國趁機服從成為附庸。即使表面上維持團結，但卻只是一層如紙般輕薄的假象，只要外力輕輕一戳，就能捅出一個窟窿。

此外，更多小國，那些過去被認為是不發達國家的、在國際上時常處於弱勢的，他們的人民相較於投靠舊人類勢力以換取保護，反而更支持修真聯。

誰都不想長時間處於底層，人人都想翻身。而香巴拉菌就是翻身最好的機會。

而且，唯一能對抗修真者的思能部隊，裝備的大部分生產線都握在強國手裡，而那些強國現在自己也是泥菩薩過江，自身難保，很難分出資源協助小國。

因此聯合國的會員數量，正在逐漸減少。所謂的國際秩序，已經澈底失控了。國際貿易量、國際航班大量停擺，各國邊境無人機頻繁巡視，通關要道重兵把守。這是一個風吹鶴唳的時代。

今天，在伊朗的機場，迎來了久違的國際航班。此時的伊朗政府，已經是隸屬於修真聯旗下的一員了。伊朗政府也是最早轉變立場的國家之一，許多中亞國家也是，他們過去沒少被舊人類國家制裁、分化、栽贓。因此當衛青成許諾給他們充足的香巴拉菌之後，這些國家便毅然決然加入了修真聯。

舊人類的歷史共業，如今嘗到苦果。

「衛青成嗎？真是諷刺。」和談代表團的領隊——蔣成華走下飛機時，看著前來迎接代表團修真聯儀仗隊，喃喃地說。

「我們有多久沒見到他了？」一旁的毛治誠說。「誰能想到，香巴拉菌的發現者，成為了香巴拉菌的宿主，如今又成為香巴拉菌聯盟的領袖。」

二人與代表團，隨著迎賓官，來到下榻的酒店。二人都敏銳的注意到，前來迎接他們的電動車，並非是最新式的，而且路上的行人也比他們預料的少。

他們此行的目的，是代表中國政府，與修真聯進行和談。如今中國政府依然陷於和腥紅崛起的戰爭中，雖然勉強維持均勢，但中國政府內部的人口壓力正在不斷膨脹，物資限縮與強硬的管制政策，讓人民間的不滿持續累積。中國政府正努力在爆發民變之前，達成與修真聯的和解，希望藉由修真聯遏止腥紅崛起的攻勢。

對此，中國政府特別任命衛青成的兩位老同事擔任正副領隊，套句中國的古話，就是熟人見面三分情，希望能藉由情感攻勢成功遊說衛青成。

但他們到此的前三天，並沒有見到衛青成。只不過重複著大大小小的飯局、宴會與私人招待，不斷拜會著修真聯的各級成員。對於公開的行程，二人無法婉拒，但私人招待，他們則一口推辭。在這敏感的時刻，他們誰都不敢掉以輕心。

終於在第三天晚上，他們收到迎賓官的通知，邀請他們明天早上和衛青成主席進行私人會面，但只邀請蔣、毛二人。

「這太欺負人了！」隨行的外交官們氣憤地說。

「讓我們等了三天才安排私人會面，明顯不符合外交禮儀！」

「那些感染者的野蠻行徑讓人不齒！」

「腦子都腐爛了吧，那些該死的感染者。」

毛治誠舉手，示意外交官們安靜。然後轉頭向蔣成華詢問道：「老蔣，你怎麼看呢？咱倆該不該去。」

蔣成華面色凝重地嘆了一口氣，無奈地說道：「去吧，還能怎麼樣呢？我們現在可是在人家的地盤上。再說了，人家動動手指頭就能捏死我們，脾氣大點、姿態高點也是能預料的。現在我們可是處於劣勢，不得不低頭啊！」

毛治誠點點頭，臉上也盡是無奈。

第二天早上，他們兩人依約前往會見衛青成，隨著迎賓官走過一關又一關、一哨又一哨的安保措施，甚至是不合禮儀的搜身。對此二人表達嚴重抗議，但迎賓官卻表示，由於有美國使用化學武器的前車之鑑，因此任何會見主席的人都要經過搜身。在短短的僵持後，二人才願意妥協，由迎賓官象徵性的拍動二人衣服，表示沒攜帶任何可疑物品。而毛教授攜帶的公事包，卻仍得任由衛兵打開檢查，在確認裡面只是裝著一些文件後，二人這才在一個中等大小的屋內，見到衛青成。

「蔣教授、毛教授，好久不見啊！」二人剛踏進門，衛青成便起身迎接，用熱情的語氣招呼他們坐下，並親自替他們倒上一杯茶。

「抱歉讓你們等那麼久，最近事情太多了，別見怪啊！」衛青成說。

「沒事，沒事。」蔣成華趕緊表示自己不在意。

二人坐在衛青成的對面，隔著一張精緻的方形小桌。毛治誠將公事包小心翼翼地擺在桌腳旁。

「咱三人就像以前一樣，喫喫茶，談談天，別整那些花裡胡哨的外交儀式。咱有什麼說什麼，一切都好談。」衛青成說。

蔣、毛二人弄不清衛青成葫蘆裡到底賣什麼藥。但他們還記得，早在清華任教的時候，衛的政治手腕就比他們高明，因此他們絲毫不敢大意。開口仍是小心翼翼，生怕犯錯。

「幾年不見，衛老您是越發年輕了。」蔣成華決定先客套幾句，探探口風。

「哈哈，這都多虧香巴拉菌的功效。也許你們也該試一試，哪有發現者不使用自己產品的道理呢？看看你們，頭髮都比我白了。」衛青成大笑。

聽到衛青成這麼說，蔣成華只能尷尬地陪著笑。

「沒事，我能理解，不是每個人都有跳脫舒適圈的心理準備。況且這也不是沒有風險的，我還記得當年我們也頂多把感染成功率提高到多少，七成？」

「您記性真好，是七成沒錯。而且感染途中還有超過六成的死亡率，我自認不像衛老您是天選之人，不敢輕易嘗試啊。」蔣成華連忙恭維地說道。

「哈哈哈哈，天選之人嗎？說得好！」衛青成哈哈大笑。

眼看衛青成心情大好，蔣成華趕緊切入正題，他說道：「衛老，您看看，修真者們要成功受到香巴拉菌寄生也不容易，實在沒必要繼續和人類們打仗，白白葬送大家的性命。不知道您這邊，是否願意接受我們的和談呢？」

「要議和，可以啊。」衛青成說。

蔣成華一聽衛青成允諾，立刻喜上眉梢。

「中國政府割讓青藏高原給我們修真聯，並且承認腥紅崛起已經占領的所有地盤，此外必須提供修真聯最惠國待遇。答應這些條件，修真聯願意和中國政府和談。」衛青成忽然露出一副高傲的姿態。

「這、這真是豈有此理！」毛治誠聞言，氣憤地叫嚷著。

蔣成華也露出慍色，這哪裡是和談，簡直是勒索！

「衛老您也是中國人，這些要求，您不覺得不合適嗎？」但蔣成華還是好言相勸。

「請注意，曾經是中國人，現在我是修真聯的人。還有，別跟我來中國人不打中國人那一套——」

衛青成話還沒說完，頭頂的燈光就一陣閃爍。

三人沉默了片刻，衛青成才滿是怒火指著頭頂的電燈說：「看到沒，你們舊人類不斷攻擊我們的基礎設施，切斷我們的資源補給，只為了讓我們修真者在科技上沒辦法與你們相抗衡。這個戰術最早不就是中國政府想出來的？你認為修真者對於中國政府會有好臉色嗎？讓你們割地賠款，保留現在的地位，這已經是給你們面子了，要不然中國遲早落到跟美國一樣的下場，五十二個州現在只剩不到一半還聽中央指揮，要打下美國只是早晚的事情。」

蔣、毛兩人沉默不語，他們都沒想到衛青成現在的立場轉變得那麼澈底。

「你們也別這麼沮喪，接下來的世界局勢，肯定是我們修真者的時代。只不過你們舊人類還不肯承認這一點罷了。」衛青成看著沮喪的兩人，得意的說：「起初我也和你們一樣，認為香巴拉菌寄生只不過是一種可行的醫療手段。最初，我只是想依靠香巴拉菌延長壽命，我是香巴拉菌的發現者，這是我的權利。可一旦接受香巴拉菌的寄生，就如同打開新世界的大門，返老還童確實讓我的心態和以往不一樣了。我得承認司馬辛的研究沒有錯，我曾認真審視過自己的心理狀態，香巴拉菌確實會提高權力慾望。但他也不完全對，過去修真者難以團結，有部分原因在於多數起義的修真者缺乏領導經驗，也缺乏足夠智識應對香巴拉菌給予的新能力。但若由曾經有領導經驗，並具備充分智慧知識的人，例如我，則能有效統合，讓修真者更加團結。」

蔣、毛二人面面相覷，不知道該怎麼接話。最後是蔣教授陪著笑，點頭說道：「司馬辛的研究確實不夠全面，還得是衛老您思慮周全，不愧是學術界的領頭人物。」

「哈哈哈，司馬辛就是缺乏歷練，只知道埋頭苦幹，他要是在人際關係上多下點功夫，他早就是學術界新一代的領導者了。可惜啊！可惜啊！」衛青成笑著猛搖頭。

「說句你們不愛聽的，論做學問，你們兩個加起來恐怕還不如一個司馬辛，但論做人的心眼和手腕，十個司馬辛加起來也不如你們當中的任何一個啊！」衛青成說。

蔣、毛二人又只得尷尬陪笑。

「衛老您說笑了，真要說的話，咱倆人加上司馬辛，在做學問和做人，都還是比不上您啊！」蔣成華趁機奉承衛青成。

「哈哈哈哈！」衛青成大笑。

眼看衛青成心情大好，蔣成華趕緊說道：「就是……不知道衛老您能不能高抬貴手，把和談的條件降低一點，要不然我們回國也不好交差啊！您看，能不能不要割讓青藏高原？」

「不行。」衛青成堅決的說。「青藏高原在修真者眼裡，那可是聖地，必須得握在我們修真聯手裡。我可以答應取消最惠國待遇的條件，只要割讓青藏高原，以及承認腥紅崛起已經占領的地方，至於還在交戰的區域，我甚至能讓腥紅崛起放棄那些交戰區。但青藏是一定得割讓。」

「衛老，您就行行好吧，你也知道中國歷史，這割地的條件帶回去，咱倆人馬上就步了李鴻章[2]的後塵。」蔣成華哭喪著臉。

「不行，青藏高原一定得割讓，沒得商量。」衛青成態度非常堅決。

這時，毛治誠拉了拉蔣成華的衣襬，對他使了個眼色，然後陪著笑臉對衛青成說：「衛老，要不這樣，這條件讓我們帶回去與中國政府研究研究，但修真聯和中國這邊，可不可以先停戰一段時間？至少讓我們帶點成果回去，之後再讓我們勸說中國政府答應您的條件。」

「你們想停戰多久？一個月？」衛青成隨意的語氣彷彿只是在說一、二天。

「行，就先停戰一個月，讓我們有時間回去勸說中國政府答應您的條件。」毛治誠說。

「回去順便告訴你們的政府官員，別以為拿點錢就能讓修真聯停手，我們修真聯不缺那個。」衛青

2 李鴻章因簽訂《馬關條約》，遭當時的中國人民視為「漢奸」唾罵。

成用一種輕描淡寫的口吻說。

蔣、毛二人聽完後，卻臉色大變。

「衛老……您是怎麼……？」蔣成華驚恐地看著衛青成。

「怎麼，難道你們就沒想過，我們修真者也會在舊人類內部安插間諜？還是你們以為我們修真聯很稀罕你們舊人類的貨幣？你們忘啦，當初接受香巴拉菌療法的人當中，有許多可都是達官貴人。」衛青成用一種嘲諷的語氣說。

「是，您說的是。是我們淺薄了。」毛治誠趕緊說，並且問道：「不過我有個疑問，想請衛老您指教一下。」

「什麼疑問？」衛青成問，而一旁的蔣成華也有些好奇地看著毛治誠。

「那些曾經接受過香巴拉菌治療的上層人士們，為什麼會想支持現在全球各地燃起的革命之火？按理來說，他們應該是最有能力阻止這場動亂的，而且也是最能說服人們與政府放下偏見和歧視性政策，接受那些受治療者的。」毛治誠問。

這個問題讓衛青成沉默片刻，蔣成華緊張的看著衛青成，深怕這個問題冒犯了他。而毛治誠則專注地盯著衛青成，表情充滿堅毅。

「這……確實是個好問題。」衛青成說緩緩開口：「不過我想你們不會懂，這不是你們舊人類能明白的。」

「因為在擁槍者眼裡，人人都是威脅嗎？又或者，非我族類，其心必異？」毛治誠說。

衛青成沒有回答，只是說道：「我們終究是不一樣的。」

這一刻，衛青成似乎又變回了他們熟識的那個學者，在面對難題時沉思苦想。

毛教授見狀，便說道：「看來，香巴拉菌問題不僅是生物學，更是經濟學、社會學的問題。」

「我們的知識點都太片面了、太膚淺了。盲人騎瞎馬，夜半臨深池。這就是我們面臨的後果。」蔣教授也點點頭，喃喃的說。

「但是衛老，您是清楚的。我們可以不用當敵人，無論是否接受過香巴拉菌治療，我們都能和平共處。人類有能力決定是否要和平共處。還是有機會挽救局勢。」毛治誠努力勸說衛青成。

「不可能的。」衛青成聽完，忽然猛的一搖頭。「如果人類真有能力和平共處，就不會有那麼多血腥的歷史了。人類連對自己人都能殘忍，更何況對修真者！上次安理會會議，日本的實驗不也被默許了嗎？沒有任何人提出人道上的質疑，各國更是只關注實驗數據，即使實驗內容讓納粹看起來就像聖人！而在修真者們出現之前，人類就**已經**處在彼此明爭暗鬥的世界裡了！」

「但競爭是演化的動力啊！這是物競天擇的必然性，競爭無處不在。」

「那就讓天擇做祂該做的吧！讓天擇證明我們修真者與舊人類孰優孰劣！」衛青成說到激動處，一拍桌子，力道之大讓桌上的茶杯被震飛了起來，翻倒在桌面，滾燙的茶水沿著桌面溢出，淋在毛治誠帶來的公事包上。

毛治誠慌張地要將公事包拿開，但那公事包卻在此時發出輕微的蜂鳴聲。

「什麼聲音？」衛青成敏銳的察覺，他伸出手，打算奪過毛治誠手裡的公事包。但毛治誠卻緊緊抱住公事包，而在衛青成經過香巴拉菌強化過的怪力之下，公事包被從把手處扯斷。

只見把手的斷口處露出散落的機械零件，衛青成先看了一眼自己手裡把手的殘骸，又看向毛治誠懷裡的公事包。

忽然，他仰天大笑。在毛治誠還沒反應過來之前，他一拳打出，將毛治誠的手臂硬生生打斷。

毛治誠痛苦的哀嚎，但另一隻手仍緊抓著公事包不放。

「這是什麼，你們竟敢暗算我？」衛青成揪起毛治誠的衣領，將他舉到半空。

一旁的蔣成華被嚇得直打哆嗦，但他仍試圖抓住衛青成的手臂，想救下毛治誠。

「滾開！」衛青成用力一甩，將蔣成華打飛出去，重重摔到牆上。

「說，這是什麼？你們是什麼躲過檢測的！」衛青成憤怒的對毛治誠大吼。

「最新式的光子傳輸[3]，見過嗎？至於用處……你自己猜吧！」毛治誠吃力的回答，他的一隻手臂無力的下垂，呈現詭異的彎曲形狀。

「即使再怎麼封鎖，也沒辦法阻擋光的進入，不是嗎？」毛治誠對著衛青成吃力地擺出笑臉。

「新科技嗎？舊人類有新科技那又如何，新人類仍然更強大，還能依據需求變形的肉體，而且也具備與舊人類同等的智慧，我們修真者依舊是比舊人類要更強大。」

衛青成鄙夷地將毛治誠扔出去，後者重摔到後方的櫥櫃，並且發出慘烈的哀號。

「即使舊人類對我們進行科技封鎖、破壞基礎設施，等我們獲勝了，通通都能重建回來。到時候所有舊人類的資產都將成為我們的。這是一場你們註定無法獲勝的戰爭。我們是更優秀的存在。」

「我不知道新人類是否比舊人類優秀，我連人類和其他生物乃至植物相比是否比較優秀都不知道了，又怎麼知道新人類是否比舊人類優秀呢？」毛治誠倚靠著櫥櫃，滿臉哀傷的看著衛青成說。

「既然不知道，那你活著也沒什麼用了。」衛青成手一揚，毛治誠只感覺有什麼東西射入自己體內，然後便再也沒有知覺了。

---

[3] 正式名稱是「矽光子積體電路」，是用光波的傳導代替傳統金屬線路，能大幅度提升傳輸容量與速度，且由於光子沒有頻寬問題，因此不受傳統無線電頻寬的限制。

2076 8／12

澳洲　阿納姆太空中心（Arnhem Space Centre）　聯合國安理會特別會議

中國使團遭到修真聯全數處決的消息震驚舊人類。即使修真聯宣稱這是因為中國使團來意不善，意圖危害修真聯高層。但大部分的舊人類都不願意相信修真聯所說的話。而中國政府也堅決否認，並強調這一切都是修真聯為了自身利益進行的抹黑，目的是繼續對全球各地進行侵略行動。

只有司馬辛知道事情的真相，因為在出發前，毛治誠曾找過他。

「什麼？這太冒險了！」司馬辛驚呼。

「富貴險中求嘛！況且這件事情我不做，難道你還要讓老蔣來做？他那麼溫吞的一個人，到時候要是穿幫了怎麼辦？」毛治誠笑著猛搖頭，彷彿能看到蔣成華穿幫時慌張的表情般。

「這件事情中國政府知道嗎？」司馬辛又問。

「當然不知道啊！這可是嚴重違反外交禮儀的，他們怎麼可能准許。」毛治誠說。

「既然這樣你還⋯⋯」司馬辛焦急的直跺腳。

「這都是為了我們人類啊！」毛治誠抓著司馬辛，盯著他的雙眼說：「你只需要好好分析你看到的、聽到的一切就可以了。這是你的責任，而我會盡可能將訊息傳給你。這可是第一手的研究資料，你身為一個研究者，不可能不知道這有多珍貴吧！」

「但這不值得你去冒險啊！」司馬辛大叫。

「值得！怎麼不值得！我這把老骨頭，要是還有機會能為人類存亡而付出，怎麼不值得！簡直太值了！」毛治誠激昂地說。

當得知毛治誠和蔣成華身亡的時候，司馬辛難過地流下眼淚。這兩位他在學術界亦師亦友的前輩，多次協助他，給予他不少幫助。如今眼睜睜看著他們客死異鄉，自己卻無能為力，讓司馬辛悲憤地握緊拳頭，指尖刺入掌心，留下幾道血印。

毛治誠的光子通訊，正是將自己和衛青成的談話傳給了司馬辛。

因此當他們二人出事時，司馬辛是第一個知道的。因為他當時正看著。

「這太荒唐了！根本置全人類的安危於不顧！」這次召開的特別會議上，英國代表氣憤地將水杯朝司馬辛扔去，差一點沒砸到他。

「別太過分了！」中國代表見狀，馬上出面維護。

「嚴格來說，這場行動並不是他策畫的，他只是關係人，而非當事人。」德國代表也說。

「但他知情不報，也是同樣的罪過。」印度代表反駁。

「誰都沒料到會發生意外，而且他第一時間就把影片上交，這讓我們有了因應的時間。」法國代表說。

「確實，事發後，感染者第一波的攻勢全在預料之中，因為準備充足，大幅度降低了我們人類勢力的損失。」德國代表同意。

「這都不是重點！」美國代表無視在場所有人的意見，著急地追問司馬辛。「所以呢？對於那場會面的分析，有結果嗎？我們能不能從中得到一些有利的情報？」

「關於這點，我們英國的科學家有一個理論。」英國代表這時得意洋洋地說：「我國科學家認為，感染者由於科技技術落後，因此只要我們持續進行技術封鎖，同時努力達成技術突破，自然就能反敗為勝。從影片中我們可以看出，衛青成對於光子通訊的不理解，而且他們甚至沒有檢測這項技術的手段。」

「確實很有道理。」印度代表附和。

「這是不可能的。」司馬辛低聲說，接著又大聲說了一遍：「這是不可能的。」

在場所有人目光都轉向他。司馬辛深深呼吸，然後對著他們說：「我們已經不可能對他們進行技術封鎖了。難道你們都沒有注意到嗎？」

所有人面面相覷，不知道他在說什麼。

「他有發言的權利嗎？」這時，澳洲代表忽然詢問主席。而這次會議的輪值主席國是日本，因此日本主席思索了片刻後，點點頭說：「本次會議的召開正是因為司馬辛教授提供的影片，因此才讓我們得以掌握關於感染者第一手的情報。讓他與會的目的之一正是想聽聽他的意見。」

「有什麼好說的，不正是他讓人類陷入危機嗎？」印度代表譏諷。

「請注意秩序。」日本主席不溫不火的敲打主席槌。「請司馬辛教授繼續發言。」

「偏袒。」印度代表嘟囔著。

司馬辛點點頭，昂首望著在場眾人。他很驚訝他們都沒發現那支影片的重點，又或許他們心知肚明，但都不願明講。

也許正如衛青成所說，自己在社交、政治上的敏銳度不足。但他相信，真理是越辯越明的，而且不應該為政治或任何人情世故所屈服。

「技術封鎖的前提，是他們無法掌握我們的情報。但從影片中已經很清楚了，我們連情報封鎖都做不到。而有了這次的事件，只會讓感染者更專注在獲得我們的技術情報。」

「為什麼會這麼認為？」中國代表皺起眉頭問。

「因為我們當中有內鬼。」司馬辛用一種這再明顯不過的語氣說。

「陰謀論！危言聳聽！」英國代表氣憤的說。但他桌上已經沒有水杯可以扔向司馬辛了。

「注意秩序！」日本主席又敲了敲主席槌，這次力道明顯加大。

「你是指內部間諜嗎？這早在我們意料之中，也都有做對應的防範措施。」德國代表也說。

「難道你們都沒有留意到嗎？還是認為只要不說出來，就天下太平？我說的並不是間諜，而是更廣泛、更深入社會系統的！」司馬辛也加大了音量。

「你到底在說什麼？」俄羅斯代表有些不滿的問。

「說清楚一點！」美國代表也急切的追問。

「毛教授在影片中曾暗示過，更讓衛青成不願意正面回答的那個問題。『為什麼那些接受過香巴拉菌治療的上層人士們，會願意引發這場戰爭？』這代表即使在我們現在的社會系統當中，也依然存在許多尚未被監管的感染者，只不過他們隱藏的很好，或者政府因為他們龐大的利益輸送而願意睜一隻眼閉一隻眼。但無論如何，這些人和我們都不是在同一條船上。開城門投降的張縉彥[4]即使投降了，也依然還是當官。雙方的輸贏對這種人來說，根本沒有影響！」

司馬辛的一番話，令在場眾人沉默不語。

「那你的建議是什麼？」良久，中國代表才開口問道。

「我還能有什麼建議？願不願意徹查這些人，是你們的權責。」司馬辛雙手一攤，無可奈何地說。

4 張縉彥（1600年–1672年），字濂源，號坦公，明末辛未科進士，戶部主事、兵部尚書，崇禎十七年（1644年）開正陽門迎叛軍進城，明亡。後在清軍入關後被招降，任山東右布政使、工部侍郎。

「這種作法只會激起又一波的民變！」英國代表憤怒的說。

「除了這段影片之外，我們沒有實質證據證明他們叛國。」澳洲代表說。

「那些企業家對政府財政貢獻了不少稅收，這樣無端指責他們，就是在侵犯人權。」美國政府竟也反對。

「太胡鬧了，印度絕對不會做出這種毫不理性的行為。」印度代表也站出來反對。

「司馬教授，您的提議很有道理。」中國代表卻自顧自地對司馬辛說：「『夫欲攘外者，必先安內[5]。』確實，也許我們應該先從內部把有問題的毒芽摘掉，才不會影響整株大樹的生長。」

「也許不用那麼激進，但確實應該調查一下。」德國代表則是若有所思的摸著下巴。

「俄羅斯認為司馬教授的建議非常有道理，我們俄國很早就調查所有國內接受過香巴拉菌寄生者的資料了。我相信我們國內並沒有這種人。」俄國代表自信的說。

「法國政府會找出更兩全其美的方案，我們不希望引起更大的動盪。」法國代表則表現的左右為難。

「侵犯人權！」

「這會破壞國內經濟安定的！」

「你們這是放縱危險因素！」

「這是非常時期，必要時必須採取強硬手段！」

「也許有更好的選擇！」

會場的各國代表又吵成一團，即使日本主席連敲主席槌也無法制止他們。

---

5 北宋初年宰相趙普給宋太宗的摺子，全文是「中國既安，群夷自服。是故夫欲攘外者，必先安內。」

司馬辛暗暗嘆了一口氣。他早就料到這背後利益錯綜複雜，不是每個國家都會認可這說法。也許這盤根錯節的利益糾纏，就和香巴拉菌的菌絲一樣，複雜卻又不著痕跡。搶食的魚，即使受騙，也依舊會嘗試咬住眼前任何看起來能吃的東西。哪怕只是一條飄盪在水中的橡皮條，也會引起爭搶。人類，是否總記不住教訓？

就在晚間散會時，中國代表找上司馬辛，邀請司馬辛到自己的私人休息室共進晚餐。

司馬辛猜想，大概是有什麼事想找他商量，而且不想被其他國家的代表知道，因此雖然非常疲倦，但還是答應了中國代表的請求。

「司馬教授，請坐。」中國代表客氣的邀請司馬辛入座。

很快桌上便擺滿了可口的中式餐點，梅干扣肉、番茄炒蛋、水晶餃子、蒜蓉烤茄子，魚香豆腐、甚至還有整條的清蒸鱸魚。

「我們先用餐吧，教授。這可都是我們隨行的廚師專門為您準備的，道地的家鄉味。」

中國代表笑著替司馬辛滿上一杯中國白酒，司馬辛趕忙起身連連稱謝。

食物很美味，讓司馬辛想起了自己還在清華任教的歲月，內心不禁充滿感慨。

「蔣教授和毛教授的事情，我很遺憾。」見司馬辛停下筷子，代表立刻明白他的心理狀態。「他們是英雄，為了全人類的未來，選擇犧牲自己。這趟出使任務的所有隨行人員，早就明白此行凶多吉少。」

「如果毛教授的做法沒被發現的話，也許情況會不一樣。」司馬辛低聲說。

「當然，如果他早點和我們聯繫，我們肯定能提供更優質、更適應各種環境的監探設備。但我們的政治學專家在分析影片後認為，打從一開始，感染者便沒有打算讓我們好過，而且也沒有打算要停戰，至少沒打算長時間的停戰。」代表忽然說。

「什麼意思？」司馬辛疑惑的問。

「你還記得影片中，衛青成說的談和條件嗎？」代表反問。

「割讓青藏、承認占領地、最惠國待遇。」司馬辛想也不想的便回答。這支影片他已經看過無數次了。

「這些條件，有沒有覺得似曾相識？」代表又問。

司馬辛這時明白了代表的意思，確實，這和中國在清朝末年被列強侵略的條款極其相似。

「這一方面是在羞辱我們，另一方面，他輕描淡寫的就放棄最惠國待遇，那是因為他認為，遲早他能打垮我們，占領整個中國。所以有沒有最惠國待遇對他而言並沒有什麼差別。所以即使我們答應了，日後他們感染者也還會找其他理由繼續對我們發動戰爭。我們的政治學專家是這麼分析的。」代表說。

「我們的知識點都太片面了、太膚淺了。」司馬辛低聲重複蔣教授曾說過的話。

「在對香巴拉菌的戰爭上，我同意你說的話。現在中國正在進行一項跨領域合作的科學計畫，希望藉由不同領域的合作，找出贏得這場戰爭的最佳方案。政治學、生物學、經濟學、社會學等等，目前已經在向學界展開大規模徵召了。」代表說。

「所以，你希望我也參加這個計畫嗎？」司馬辛問。

「不，司馬教授。我希望你能參加天狼星計畫。」代表說。

「這我已經拒絕過了，我相信人類還不到如此絕望的時刻。」司馬辛說。「而且天狼星計畫的前提，是那顆星球確實能住人。但如果我沒記錯，那顆星球上的原始大氣並不適合人類生存。」

「是的，您說的沒錯。當前那顆類地行星——我們現在稱呼那顆星球為新天堂，當前的大氣狀態確實不適合人類生存，甚至不適合大球上大多數生物生存。因此我們已經派遣第一批的高速飛船，攜帶可以改善大氣的微生物，如藍綠藻、原始真菌等眾多微生物，準備投放到新天堂當中。」

「這是徒勞無功，我們都知道，改變一顆星球的大氣環境需要數千萬乃至數億年才有辦法。這點考古學已經證實了。」司馬辛說。

「當然，如果是普通的微生物，確實辦不到。但這批微生物，已經由我們的專家進行過基因改造，除了能適應更惡劣的氣候外，還能夠釋放出更多的氧，繁殖速度也快。而且教授您忘了，自人類進入工業化時代以來，不到兩百年，便成功讓地球出現二氧化碳激增的暖化危機。我們的專家經過計算，認為只要進入連鎖反應，將新天堂的大氣改變到成符合地球生物生長的條件，只要十五到二十年。而這正是超大型載人飛船抵達新天堂所需要的時間。」代表說。

「但這樣一來，你們又打算如何處理那些基因改造後的微生物？我是指如果大氣組成確實如你們希望的改變後，你們該如何制止那些微生物繼續產生更多的氧？」司馬辛反問。

「司馬教授果然心思細膩。」代表稱讚到，他說：「確實，曾有參與計畫的學者提出相關的問題，但後來經過模擬，一旦當更高階的生物引入之後，例如食用藍綠藻的魚群，就能夠抑制過度繁殖的問題。而且在設計之初，這些微生物被特化後的基因，會在遺傳時自然衰退，也就是產下的後代會逐漸喪失我們賦予它們的功能，變成與普通微生物一樣。」代表說。

「難道你沒聽過，生命會自己找到出路嗎？難道你們還想扮演上帝？」司馬辛有些激動地質問。

「有沒有上帝我不知道，但我知道，人類必須扮演好自己的救世主。」代表堅定的說：「這個計畫是經由四國（ＲＥＣＵ）宇宙聯盟表決同意的，目前各國都已經發射無人高速飛船，目前正在前往新天堂的途中。而這批飛船上裝載的，都是剛才所說的微生物。」

司馬辛無力的癱坐在椅子上，沉默不語。

「其實，教授您也別失望。如果生命真會找到出路，那人類此刻，也正在尋找自己的出路。」代表好言相勸。

「既然是這樣，那為什麼要我參加天狼星計畫。如果一切真如你們所料，已經安排妥當的話。」司馬辛無力地問。

「因為我們擔心美國。」代表先是習慣性的左右掃視後，才開口。但他一開口，就讓司馬辛為之一震。

「什麼？」

「中國政府很擔心美國政府的狀態，也擔心司馬教授的安危。您應該早日回國，中國這邊的戰況比美國穩定，能提供司馬教授您更安穩的研究環境。如果美國的局勢不樂觀，也很可能影響移民船的發射，回來中國，我們才能保證司馬教授您能第一時間登上移民船。」代表嚴肅的說。

「在全球性的戰爭面前，我不認為躲到哪有差。中美在這場戰爭中唇亡齒寒，全世界的人類國家都是如此。」司馬辛說。

「您說的對。」出乎意料，中國代表竟點頭贊同。司馬辛用詫異的眼神看向他，而中國代表則繼續說：「脣亡齒寒固然是真的，然而事有輕重緩急也是真，保護好您的安危則是重中之重。」

「我沒那麼重要！」司馬辛反駁。「我既不是研究武器的軍事專家，也不是了解毒藥的化學家，我只是個普通的生物學家！」

「但是您曾察覺出香巴拉菌可能的問題，而且當今世上也只有您成功分離出香巴拉菌的部分成份，同時您也是思能部隊理論基礎的開創者。光是這些就讓您擁有舉足輕重的地位！」

「讓我……再考慮一下吧。」司馬辛掙扎地說。「我此時離開，很有可能會動搖美國的士氣。至於天狼星計畫……」

「希望您能同意，當然，無論在哪國登船，中國政府都樂見其成，因為結果都是一樣，要前往新天堂。但您的加入是對天狼星計畫最大的鼓舞。」中國代表說。

「這也讓我再考慮一下，我需要更多的思考時間。」

「當然，我能理解。」中國代表冷淡的點點頭。

「我先告辭了。」

司馬辛跌跌撞撞地離開房間，腦子裡嗡嗡作響。他實在不願意離開地球，前往一個未知的新天堂。本能直覺地告訴他，新天堂只是另一個如香巴拉菌般的危機。即使沒有任何證據，他心中仍然警鈴大作。

他本來以為，自己可以有多一點時間思考關於天狼星，關於新天堂的總總。但在特別會議結束後，他卻被美國代表攔下來。

「司馬教授。」美國代表熱情的向他打招呼。

「您好，約翰代表。」司馬辛趕忙也向他問候。

「您這是準備要回去了嗎？」美國代表看著司馬辛身後的行李問。

「是的。」

「怎麼不和我們一起搭乘專機回去呢？我能幫你安排讓專機直接降落在你研究室附近的機場。」代表問。

「不用麻煩了，我本來就是以個人的名義受邀參加這次的特別會議，怎麼好意思動用美國政府的資源呢！」司馬辛有些慌亂地拒絕。

「別客氣，別客氣！」美國代表卻熱情的拉著司馬辛的手，拉著他往美國的專機通道走去。「剛好我也有事情想和司馬教授您聊一聊，您就當作美國政府請您商談重要事項吧！」

說完，美國代表還轉頭吩咐手下，命令手下接過司馬辛的行李。司馬辛眼見拒絕無效，只好跟著美國代表登上了專機。

專機上有著寬敞的空間，明亮的燈光和舒適的軟椅，讓人感到溫暖。代表熱情的命令下屬替司馬辛倒飲料，並且替自己點了一杯威士忌。

「司馬教授，您對天狼星計畫，有什麼感想？」當飲料送來後，代表忽然問到。

司馬辛點的檸檬汁還沒嚥下，就被代表的問題嚇得嗆到。

「咳咳咳，天狼星計畫？」

「是的，天狼星計畫。關於這個計畫，您有什麼看法？」代表又問了一次。

「計畫詳細的內容我一概不知，怎麼有立場評論這個計畫呢？」司馬辛決定裝傻。

「司馬教授，我相信中國那邊已經有人對您講解過這個計畫了。否則您不會在離開中國代表休息室後，馬上就查詢關於天狼星計畫的資料。」美國代表用一種高深莫測的態度說。

「你們監視我？」司馬辛感到憤慨。

「其實，根據我國得到的情報，目前世界上監視您的國家，除了我國之外，中國、法國、德國、俄羅斯、英國、伊朗以及修真聯，還有被衛青成掌握的 Lucky Life 等等，多個國家與勢力，都在監控著您。」出乎意料，美國代表竟大方承認。

司馬辛感到一陣惡寒，以及一股噁心。

「你們太過分了！」司馬辛憤怒地大叫。

「司馬教授，您是個聰明人，肯定能明白其中的道理。」美國代表卻不慌不忙的喝了一口酒。

美國代表的態度，讓司馬辛啞口無言。

過了好一會，司馬辛才緩緩開口說到：「既然如此，那你也應該知道，我不贊成這個計畫，也沒有參與的意願。」

「當然，我知道昆西教授曾邀請過您參加天狼星計畫，但被您拒絕了。」美國代表凝視著司馬辛說：「不過，我希望司馬教授能重新慎重考慮這個提議，而我也相信司馬教授會給出正確的答案。請您想想您的家人，多為您孩子的將來想想。」

「你在威脅我？」司馬辛既詫異又無奈。

「只是提醒您，如果局勢持續惡化，您的家人恐怕很難得到感染者的善待。司馬教授，前往新天堂，替人類保存戰力，是您最好的選擇了。」美國代表說。

「如果局勢真的那麼險峻，那為什麼要在會議上反對我提出的意見？」司馬辛忽然話鋒一轉，眼神變得銳利起來。

美國代表一聽，神情也變得嚴肅起來，他冷冷地說：「如果讓人民知道，在上層有感染者的存在，你覺得社會還能保持安定嗎？光是現在要對付感染者就已經夠困難了。美國政府不認為增加社會矛盾與衝突是明智的行為。我也必須警告司馬教授，你如果對外提及上層有感染者的消息，美國政府將會盡一切力量否認您的言論。為了教授您的安全著想，請別做傻事。」

司馬辛沒有回話，只是凝望著美國代表。

美國代表也回望著他，過了片刻後又繼續往下說：「即使教授您回到中國，結果恐怕也是一樣的。我們相信中國內部的情形也與我們相同，衛青成就是最好的例子。此外，由於感染者的聖地西藏仍處於中國政府的掌控之中，因此如果讓那些位於上層的感染者認為他們在中國的地位受到威脅，很可能會迫使他們用最大的力量在最短時間攻陷中國以占領西藏。現在這種麻痺敵人的方式，我認為已經是最好的選擇了。相較之下，如果中國確實考慮採取清理國內上層感染者的行為，我認為司馬教授您還是留在美國會更安全一點。」

「麻痺敵人，這和綏靖政策有什麼區別嗎？」司馬辛尖銳的問。

「本質上是沒有區別的。是的，沒有區別。」美國代表大方承認。

「你們真讓我噁心。」司馬辛說。「無論是美國還是中國，甚至以前 Lucky Life 的約西亞，你們這些人，總是不斷盤算著各種利益操作，計算著各種政治風險。」

「我認同您的想法，司馬教授。」美國代表聳聳肩，繼續說道：「但總得有人計算這些東西，否則人類是不可能從原始社會走到今天這般成就的。」

「一個考慮躲到宇宙深處的成就。」司馬辛諷刺地說。

「至少不是全盤皆輸。只要人類繼續努力，還是有翻盤的希望。」美國代表表示。

司馬辛不想再搭理他，於是便撇過頭去。美國代表也識趣地不再開口，只是拿出一疊文件開始批閱。

也不知道過了多久，司馬辛在飛機輕微的震動中，沉沉睡去。

2076 8／13 美國　西部海域上空

劇烈的搖晃讓司馬辛驚醒過來，飛機上的人們驚惶地奔走，並且大聲喊叫著。

還沒等司馬辛弄明白發生什麼事情，一名助理便衝上前，粗魯的拉起司馬辛，將一套跳傘裝備套在司馬辛的身上。

「搞什麼？」司馬辛大叫。但助理沒有回答他，其他人也只是驚慌失措的奔走，或者蜷縮在角落裡抱著頭。

「我們遭遇攻擊了！」約翰代表這時從另一個艙房走進來，扯著喉嚨大叫。

「被攻擊？感染者嗎？」司馬辛感到吃驚。照理來說飛機的路線是不會經過感染者占領區的上空才對。

司馬辛望向窗外，但外頭一片漆黑。

「不是，是被我們自己人。」代表憤怒的說。

「自己人？發生什麼事情了？」

很快司馬辛就弄明白了，在他們返回美國的途中，關於天狼星計畫的細節被一位媒體大亨公諸於世。對於政府逃亡主義的行為，人們感到無比憤怒，嚴重的被剝奪感與戰時高壓政策累積的不滿，在一夕間爆發開來。不只是美國，全世界各地都有大規模的民變事件，人們衝入政府機關、進攻飛行船的發射臺、試圖囤積物資、躲避到荒野、設置路障阻擋外人進入等等，各式各樣試圖同歸於盡或者自保的行為，讓本就脆弱疲累的政府難以應付。

「到底為什麼會發生這種事情？」代表無力的癱坐在椅子上。他們此刻正在美國上空盤旋，由於機場遭到暴民攻占，只要試圖接近便會受到高射炮的攻擊，讓他們遲遲無法降落。

「這不是很明顯嗎？」即使外面亂成一團，但司馬辛內心卻感到無比平靜。

代表不解地抬起頭，看著司馬辛。看著代表恍神又呆滯的表情，讓司馬辛感到既同情又無奈。

「天狼星計畫的詳細內容，一直都只有少數人知道，對外界公布的訊息也一直很小心，不要引起逃亡主義的疑慮。但就在我們剛討論完高層潛伏的感染者後，馬上就有媒體大亨發表天狼星計畫的詳細內容。這不是明擺著是那些在高層的感染者，因為擔憂自己被洩漏出來，所以開始行動了。同時更表明在與會國當中，就有感染者，或者其眼線存在。此外，一般民眾哪裡能搞到軍用的高射炮？這是一個環環相扣的計畫，目的就是要讓天狼星計畫胎死腹中。」司馬辛解釋。

代表露出恍然大悟的神情，但隨後他的眼神又變得絕望起來。

「那這樣我們該怎麼辦？現在我們也沒辦法落地，全世界各國也都亂成一團……」

「也許我們應該先找地方迫降，然後聯繫軍方前來接送。」一位助理提議。

「太冒險了。」司馬辛搖了搖頭。

「那你有什麼更好的辦法嗎？」助理語氣有些尖銳地反問。

眾人都看向司馬辛，期待他能給出更好的方案。

「去俄羅斯。」司馬辛想也沒想，彷彿這個答案已經醞釀許久。

「什麼？」有人驚呼。

「俄羅斯？」

「為什麼？」

疑惑、震驚、不可思議，人們用各種語氣追問司馬辛。

「因為在會議上，只有俄羅斯明確表明他們很早就調查所有國內感染者，如果情況屬實，那在此時此刻，我認為俄羅斯是相對安全的地方。即使俄羅斯國內民眾對於天狼星計畫有所反彈，應該也不會有資源攻占重要設施。此外俄羅斯本來就是在這場戰爭中受損較輕的國家，因此肯定更有餘力鎮壓國內動亂。」司馬辛解釋。

「說得有道理，但……」代表遲疑的問：「他們會願意接受我們，讓我們尋求庇護嗎？」

「兩國之間的氛圍一直都不好，俄國人會接納我們嗎？」有人擔心的問。

「他們會不會趁機劫持我們，或者派戰機驅離我們？」也有人擔心這些問題。

司馬辛聳聳肩，無可奈何的表示：「這我就說不準了，如果他們夠聰明，肯定明白現在的局勢，全體人力必須攜手共存亡的道理。」

「但還要考慮美國政府的態度，如果他們認為我們是要叛逃怎麼辦？」人群中有人緊張的問。

「這問題我來解決。機組人員先聯繫看看俄羅斯政府，向他們發出避難申請。我來向我國政府發出通告，根據法規授予代表的臨時特權，本專機因為考慮戰略因素，將暫時飛往俄羅斯尋求救援。」約翰代表說。

在他的指揮下，人們立刻行動起來。很快飛機便調轉方向，朝著俄羅斯的領空飛去。

俄羅斯方面，除了熱烈歡迎美國代表一行人的避難申請之外，還派出戰機護航。

而美國方面，在國內如此動盪的同時，也默默允許了飛機改向俄羅斯尋求避難的申請，同時派出一架空中加油機補充專機的油量。

「司馬教授，您好，我是費多羅夫上校。」司馬辛等人在一處俄軍的空軍基地降落。他們一行人剛下飛機，一位高壯的俄羅斯人便帶領著一隊武裝士兵向他們走來。出乎意料，對方竟然說著一口流利的中文。

「您好，上校。」司馬辛向他問好，並握住對方伸出的手。

「非常感謝貴國願意接受我們的緊急避難申請。」一旁的約翰代表也伸出手。

費多羅夫上校遲疑了兩秒，才握住約翰的手，並且改用英語說道：「司馬教授在這場面對感染者的戰役中，有著非常重要的地位。我國非常重視司馬教授的安危，對此上級已經下達指令，要我們不計一切代價保護司馬教授的安全。」

約翰代表尷尬地笑了一下。對方的言下之意就是，他這個美國代表只是附帶的。

「司馬教授，這裡不是說話的地方，請您上車。」費多羅夫上校指向不遠處的一排軍用吉普車。

「去哪裡？」司馬辛皺著眉頭問。

「先去附近的旅館下榻，明天會安排您前往莫斯科。」費多羅夫上校說。

「等等，莫斯科？」約翰代表有些吃驚，他向後退一步，然後厲聲說：「為什麼要去莫斯科？」

費多羅夫上校用頗感有趣的眼光打量著約翰代表，然後微笑著說：「別緊張，代表先生。我保證你們的人身自由絕對沒有被限制，但現在局勢非常糟糕，想必您也很清楚。去莫斯科我們能提供更好的保護措施，也能提供各位更好的生活品質。」

約翰聽完，這才稍稍放下放鬆，但還是用緊張的眼神四處打量著。

「司馬教授，您先請。」費多羅夫上校伸出手，做出邀請司馬辛上車的手勢。

司馬辛一時也弄不清對方的意圖，加上確實是己方要求避難申請，因此他便依言上了車。其他同行的美國官員們，也只得無奈地上了車。

車隊浩浩蕩蕩的開進附近城鎮的一間飯店，雖然並不是什麼豪華酒店，但對於臨時到來的司馬辛一行人來說，也沒什麼可挑剔的。而在長途飛行之後，大部分的機組人員都亟需休息，也用不到什麼昂貴的享受。

「為了各位的生命安全著想，請不要隨意外出。」費多羅夫上校提醒眾人。這免不了又引來約翰代表的一陣抗議。

「各位前來我國避難的事情，早已是眾所皆知了。美國政府也發表了新聞稿，肯定這次避難行動展現的人道精神。換句話說，感染者，以及那些有反人類傾向的暴徒們，都已經知道你們正在我國領地，如果隨意出入，我們很難保證各位的安全。」費多羅夫上校無奈的解釋。

約翰代表，以及同行的美國官員這時紛紛拿起手機查看新聞。果然如上校所說，美國政府在官網上，發表了一篇新聞稿，肯定了俄國這次的人道救助精神，以及譴責感染者利用民眾癱瘓公眾設施的暴行。

但許多大報社，卻對這篇新聞稿隻字未提，甚至發表出截然不同的論調，例如譴責約翰代表他們前往俄國是叛國，或者他們是遭俄軍劫持等等。

「為什麼？」一位美國官員對此露出困惑的神情。

對於新聞媒體與美國政府論調截然相反這件事情，卻司馬辛感到無比恐懼。

「感染者他們開始行動了。」司馬辛喃喃的說，所有人的目光都看向他。

「是的，司馬教授在安理會特別會議上的假設是對的。我們人類方的高層確實有不少潛伏著的感染者。這次媒體產業與政府完全相反的報導，就是最好的例證。」費多羅夫上校點點頭，肯定了司馬辛的說法。

「怎麼會這樣……」一位美國官員絕望的扯著頭髮。

「那我們該怎麼辦？」另一個則癱坐在地上。

「我們完蛋了。」有的人則快哭了出來。

「注意自己的身分！」出乎意料，約翰代表大聲斥責那些美國官員。「就算局面再怎麼險峻，你們依然是美利堅合眾國的官員，拿出你們的骨氣來！」

被約翰代表這麼一番喝斥，在場的美國官員們才稍稍重振起來。

「司馬教授，您有什麼建議嗎？」約翰代表轉頭詢問司馬辛。

司馬辛此時卻也拿不出什麼好的建議來，只得說道：「先讓大家休息一下，養足精神。我們必須從長計議。」

約翰代表點點頭，當即吩咐所有隨行的官員與機組人員到分配好的房間休息。此外他也重申了剛才費多羅夫的話，禁止他們外出。

不過此刻大部分人的表情都是沮喪的，應該也沒什麼外出的心思了。

在司馬辛準備回到自己的房間休息時，約翰代表一把拉住了司馬辛，並且對他說到：「司馬教授，請再慎重考慮一下那個提議。」

說完，約翰代表放開司馬辛，轉頭對費多羅夫上校談論起今後的安排。

司馬辛恍惚的走進自己的房間，腦海中不斷迴盪著約翰代表剛才那句「考慮一下那個提議。」

2076 10／9
美國　佛羅里達州　卡納維爾角空軍站

「第六班次軌道運輸，發射倒數一分鐘。」

控制中心的人們熟練的進行發射準備，這樣的操作他們已經事先排練過無數次。

而在控制中心外，軍方則嚴陣以待，為了保證發射順利，更是調遣了思能部隊前來坐鎮，以防感染者偷襲。

「人類的叛徒、懦夫！」

「逃亡主義可恥！」

「請別拋下我們！」

「救救我的孩子！」

而在控制中心外圍，眾多人類高舉著標語，將控制中心包圍的水洩不通。

為了讓登上火箭的人能順利進入，軍方被迫用鐵籠與拒馬開闢了一條通道，並且派出武裝士兵把守。

「少將，這是今天最後一批了。」一名軍官向阿里報告。

「不要放鬆戒備，繼續堅守崗位。」曼德拉・阿里下令，如今他因為對於感染者的戰功，被從中校拔擢成少將。當然某方面原因也是因為高階軍官在與感染者的戰鬥中多有陣亡。

「是的！」軍官對阿里行了一個軍禮後退了下去。

穿著外骨骼裝甲的阿里，巡視著站哨的士兵們。面對感染者，他們是無畏的戰士，但面對抗議的人群，他們的臉上都露出遲疑的神情。有些人甚至表現出無奈、難過、沮喪的情緒。

阿里知道，不是每個人都有資格前往新天堂。對於那些被留下來的人，肯定是難以接受的。但他們是士兵，最高的使命是服從命令，而不是個人的生死。而他們現在面對的，是全體人類的存亡。

在美國的人類勢力內戰爆發後，美國政府能動用的資源已經很少了，現在整個原美國國土，都陷入了割據狀態。除了 Red Life 與修真聯的勢力外，還有很多感染者占地為王，而一些不滿美國政府的人類勢力，也組織起了各種武裝集團，占據基礎設施或戰略要地。

面對曾經強大的美國，如經破碎且衰弱，許多政府官員都無法接受現狀，一些人甚至提出了瘋狂的提議，例如將反對政府者通通以叛國罪處死、動用核武器無差別轟炸反政府勢力的領地等等。

還好，在政府內還是有清醒的人，在一次幾乎可以稱得上政變的權力移轉後，新上臺的政府果斷採取強硬措施，首先便是肅清控制範圍內的感染者，尤其是那些潛藏在上層的感染者。當然，對於這些感染者的拘捕行動大部分都以失敗告終。因為這些感染者不僅掌握了各種情報來源，自身也擁有強大的力量。

雖然對於感染者的拘捕不太成功，但好歹也讓美國的情報不會再洩漏給那些感染者。在這樣的情況下，美國政府決定趁此機會，提前執行天狼星計畫。

美國這項提議一出，立刻受到中國的大力支持。因為中國內部也發生了類似的肅清行動，雙方的軍事專家都認定，需要在情報仍能保密的時候，盡快執行天狼星計畫，保留人類一部分的力量。

在中美兩國的牽頭之下，便有了如今的場面。

美國政府對於天狼星計畫非常的重視，甚至不惜將在前線指揮思能部隊的阿里，也調回來防守發射基地與控制中心。

「根據從那些逃亡的感染者手中得到的情報顯示，感染者們很可能會阻止天狼星計畫的發動，因為感染者現在還沒有辦法掌握宇宙航行的技術，更缺乏硬體設施。因此他們為了避免人類將來從新天堂反攻，他們勢必會盡可能從一開始便阻撓天狼星計畫。」戰略專家是這麼分析的。

阿里也認同戰略專家的看法，雖然他自己並不在登船的名單當中。但為了全體人類的未來，他仍盡心盡力堅守崗位。而作為回報，美國政府答應了讓阿里那位剛獲得物理學博士學位的女兒帕拉登船，加入新天堂的建設行列之中。

當然，如果不是帕拉擁有物理博士的資格，她也依然沒有資格入選。

能夠獲選前往新天堂的，除了必須是學術、軍事、科技等領域的重要人才與其四名家眷外，只有極少數的人是為了行政、庶務需求而被選入。

這樣的資格條件是由中國所提議，目的便是為了降低民眾對於天狼星計畫的反感程度，也避免落下逃亡主義的口實。在中國高層率先表態不會登上殖民船後，其他各國也陸續跟進。

阿里看著火箭緩緩升空，內心感到無比惆悵。他現在只希望帕拉能夠和她將來的孩子們在新天堂好好活下去。

而群眾看到火箭升空，除了大聲咒罵之外，也有人發出扼腕的嘆息。人人都想得救。

「長官，您認為他們能成功嗎？」一位軍官走到阿里身邊，抬頭看著升空的火箭。

「誰知道呢？我希望可以。」阿里回答。他看了一眼身旁的軍官，認出對方是傑佛中尉。

「受遴選的人前往新天堂，而我們則依然身處地獄，並即將承受無盡的怒火。」傑佛中尉喃喃地說。

「現在不是感慨的時候，明天是最後一批運輸，再過兩天，移民船就會出發了。我們必須為了人類的存續做最後的努力。」阿里皺起眉頭說。

「是的，長官。很抱歉，長官。」傑佛中尉趕忙行了一個軍禮，隨後匆匆離去。

由於移民船非常巨大，其結構難以承受地球的引力，因此建造之初便不在地球，而是在地球外圍軌道，必須先藉由火箭登入移民船，等人數到齊才啟動移民船。

而這樣規模的移民船一共有三艘，分別是由中國、美國、俄羅斯與歐洲出資建造，三艘移民船分別被命名為：「輪迴」、「啟示錄」、「希望」。

根據和帕拉最後的通信，阿里知道她會登上由美國打造的「啟示錄」，只是不知道她是第幾批登上去的。在被軍方接走保護之後，他們就沒有聯繫了。

女兒，妳一定要好好活下去。阿里心裡想著。

隔天，也是最後一批的火箭發射，今天預計會發射兩艘軌道運輸船，將獲選的人們送往地球軌道上的移民船。

抗議的民眾比以往都還要多，阿里透過外骨骼裝甲的電腦分析，能辨別出當中有不少人是有備而來。分析顯示到多種火藥反應以及金屬反應，從外觀上來看，當中有不少高殺傷力的武器。

「你們守護的，是人類重新崛起的希望、是人類存亡的種子，所以一切以守護發射順利為第一要務，明白了嗎？」阿里為了以防萬一，提前對士兵們下令。

「是的，長官！」士兵們齊聲回答。

阿里巡視著發射場與控制中心外圍，外圍抗議的聲浪越來越大了，不時可以聽見有人對空鳴槍。但還好，到目前為止還沒有出現傷亡。

不過令阿里更在意的，是感染者的動向。這幾天下來，感染者並沒有如預期中出現，這讓阿里有些擔憂。這些感染者到底在打什麼主意？

第一艘運輸火箭升空了，灼熱的氣流捲動塵土，人們紛紛伸手擋住滿天煙塵。不過這些塵土對阿里等穿著外骨骼裝甲的士兵來說，並不礙事。相反的，他們更加警戒，思能部隊的戰士們張大雙眼，深怕感染者會藉由塵土的干擾來發動突襲。

等到塵埃落定，什麼事都沒發生。眾人不約而同鬆了一口氣。

「下一艘運輸火箭預計在三個小時後進行。」這時，一位傳令兵前來報告。

阿里點點頭，示意傳令兵退下。只要再一艘，警戒的任務就完成了。

之後，人類的未來就要交由那些前往新天堂的人們了。阿里再度抬頭，仰望著藍天以及那艘他視野之外看不見的殖民船。

遠處，阿里透過外骨骼裝甲的遠式功能，看見笨重的火箭正在被緩緩抬升成直立狀態，準備與發射臺對接。

每次看到火箭升空，都讓阿里由衷的讚嘆。他小的時候，火箭的發射都是一次性的，但現在不同了，除了能重複利用之外，還實現了輕型載具的功能，不再需要像古老的火箭那樣，碩大的機體卻只能載運兩三人。

阿里看過報導，這種小型載人載具，不僅輕便靈活，更重要的是他的發射程序簡單，即使沒有發射中心控制也能順利升空。雖然還是得透過發射臺進行發射，但由於其便利的特徵，這種能承載兩到三人的載具，已經是許多富豪宇宙旅遊的首選。他們能藉由這種載具，獨自一人在地球軌道上進行兩三天左右的旅行。

想到這裡，阿里忽然心頭一緊，他立刻用裝甲內的頻道呼叫起正在控制中心執行護衛任務的軍官。

「呼叫，這裡是阿里少將，現在在母巢站哨的人是誰？」阿里用光子通訊呼叫。由於感染者似乎缺乏對於光子通訊的破譯手段，所以現在大部分軍用的通訊都已經改裝成光子通訊了。

「長官好，我是母巢的傳令兵，目前站哨由傑佛中尉負責。」對方回答。

「這裡是阿里少將，請幫我轉接給傑佛中尉。」阿里趕忙說。

「好的，長官。抱歉，長官，但傑佛中尉現在並不在現場。」對方回答。

「什麼？」阿里聽聞有些憤慨，按照規定，傑佛中尉不應該擅自離開崗位的。阿里內心一股不安油然而生。

「抱歉，長官。傑佛中尉說要出去巡視，需要幫您聯繫嗎？」傳令兵說。

「立刻派人把傑佛中尉找回來，讓他立刻聯絡我。並且再派一隊人前去檢查所有單人火箭的庫房。」阿里下令。

「好的，長官。抱歉，長官。但傑佛中尉剛才把其他人都調出去了，他說怕感染者強攻，讓他們去幾個主要入口協助那邊的部隊進行防守。」傳令兵有些慌張地表示。

「什麼⁉」阿里大叫。他對著另一頭的傳令兵大喊：「立刻聯絡那些調出去的部隊，讓他們回到崗位，並且從中抽調一批去檢查單人火箭的庫房。我現在授予你全權處理母巢的應變調度權責。」

阿里說完，立刻通過內部系統向對方發送了一個臨時憑證，給予那位傳令兵相應的權限。

「好的，長官。馬上辦，長官。」傳令兵顯然也被阿里的氣勢嚇了一跳，他慌張地說。

「打開所有通訊頻道，我要確認所有部隊的情況。」阿里又吩咐。

「是的，長官。」傳令兵說完，立刻將所有通訊頻道與阿里接通，一時之間，阿里能聽到各個部隊地傳來的聲音。

「報告長官，傑佛中尉的頻道被鎖住了，無法接通。」傳令兵向阿里報告。

「該死的！」阿里咒罵一聲。隨即他跳上一輛吉普，並命令一旁的副官接手外圍警戒，他一個人驅車飛快地馳往控制中心。

他內心不斷祈禱，希望這都只是他的猜想。

吉普以高速飛馳，但阿里仍然感到不夠快。他焦急地將油門踩到底，並且吩咐控制中心外圍的士兵移除路障並打開各關口。阿里就這麼一路以高速衝進發射站。

「傳令兵，找到傑佛中尉了嗎？」阿里問。

「報告長官，已經通過定位找到了傑佛中尉的位置，但仍然無法接通通訊。」傳令兵報告。

「他在哪？」

「他正在 SLC-40，目前沒有移動的跡象。」

阿里聞言，方向盤一轉，朝著 SLC-40 發射場衝過去。

但他剛一接近 SLC-40 發射場，忽然槍聲大作，從發射場的方向射來無數子彈。阿里頂著彈雨，直往前衝，並在最後一刻，打開車門跳了下去。

吉普撞到發射場機庫的外牆，車頭凹陷變形，整臺車直接報廢。而阿里由於有外骨骼裝甲保護，因此他在地上滾了幾圈之後，除了感到一點疼痛外，並沒有大礙。

槍聲再度響起，阿里用已經報廢的吉普車當掩體，找出攻擊者的方向後，他集中精神，用致命的電粒子流將攻擊者連同他們的武器一起燒成灰燼。

阿里想要衝進機庫，但機庫已經被從內部全面封鎖，厚重的水泥牆體與防彈金屬即使用電粒子攻擊，也要一段時間才有可能打穿一個很小的孔洞，根本無法進入。但阿里很快就意識到他並不需要這麼做，他利用外骨骼裝甲的動力跳上屋頂，並再度集中精神，將電粒子流指向屋頂的通風口，果然通風口一下子就瓦解，露出一個足夠阿里通過的洞。

沒有猶豫，阿里跳了下去。當他落地時，機庫內忽然冒出兩個感染者。他們變形過後的鋒利爪子朝阿里襲來，阿里只是一抬手，致命的熱流就將那兩個感染者燒毀殆盡。

「少將。」

阿里抬起頭，看見同樣穿著外骨骼裝甲的傑佛中尉正站在一臺小型宇航載具跟前，他面色平靜的看著阿里。

「傑佛中尉，你在做什麼？」阿里詢問。但他已經隱約猜到答案。

「為了活下去。」傑佛中尉回答。

「即使以犧牲人類未來的可能性為代價？」阿里反問。

「人類未來的可能性？香巴拉菌便是人類未來的可能性，但人類自己否定了這種可能性。」傑佛中尉說。

「這就是你叛變的理由？」

「我有一個兒子，他曾經因為車禍而半身不遂。」傑佛中尉這時卻忽然改變話題。「他曾經是那麼活潑、健康的男孩。在車禍之後整天鬱鬱寡歡。好不容易，我攢夠了錢，帶他進行香巴拉菌療法。他能重新走路了，能重新踢他最愛的足球了，你知道他有多開心嗎？」

阿里沒有說話，只是默默聽著。

「那時候我便明白，香巴拉菌就是人類未來的希望。是可以改變人類，讓我們變得更好、更完美的契機。但政府做了什麼？他們抓走了我的兒子，因為他『可能』具有威脅，需要被保護管束。我的兒子在集中營裡想要逃走，但卻被他們卻以此為理由，射殺了我的兒子。這個殘忍的政府殺死了我的兒子！」傑佛中尉聲嘶力竭地大吼。

「香巴拉菌療法是政府允許的治療方式，後來卻又讓那些接受過治療的人成為囚犯，只因為那些受過治療的人比普通人更強大！那些弱小的人害怕強者、害怕自己的弱小，所以千方百計要打倒強者。卑鄙！無恥！」傑佛中尉激動的咆哮。

「既然那些人不願意讓我兒子活下來，那麼我也不會讓人類活下去。讓這個齷齪的政府與人類群體通通去死吧！」

當傑佛中尉舉起手的那一刻，蓄勢待發的阿里比他更快，電粒子能流瞬間吞沒了傑佛中尉。即使他穿著外骨骼裝甲，但在阿里強大腦波作用下的電粒子能流，輕而易舉的穿透了傑佛中尉的外骨骼裝甲。當能流的光芒結束時，只留下滿地的裝甲碎塊。那已經屬於傑佛中尉存在過的痕跡中最大的部分了。

阿里鬆了一口氣，走到傑佛中尉曾經站著的地方，輕輕地、遺憾地說：「我很抱歉。」沒人知道，這是說給已逝去的傑佛中尉聽，又或者是阿里說給自己聽的。

正當阿里轉身打開機庫時，卻聽見傳令兵傳來緊急訊息。

「報告長官！緊急情況！」傳令兵焦急的聲音讓阿里心中一驚。

「發生什麼事了？」阿里急問。

「剛才控制中心報告，有三艘未經許可的小型宇航載具，剛才從停機庫旁的發射臺升空了。從路徑上研判，他們很可能朝著移民船的方向移動，如果撞上了移民船，那後果恐怕──」

傳令兵話還沒說完，阿里便憤怒地大叫起來。

他一回頭，看見身後那臺小型載具，心中頓時有了一個覺悟。

「幫我聯絡控制中心，我要搭乘一艘小型載具前去攔截那些感染者。」阿里告訴傳令兵。

「長官，你確定嗎？美國空軍已經派人前往攔截了。」傳令兵猶豫地問。

「等那些傢伙做好出擊準備，早就錯失最佳時機了。立刻通知控制中心。」阿里毫不猶豫地說。

「……好的，長官。請多保重，長官。」傳令兵遲疑了半秒，然後嚴肅地說。

阿里根據控制中心的指示，搭上小型載具後，依照指示進行起飛程序。與此同時，通訊設備中陸續傳來在中國與俄羅斯兩處，有感染者企圖搶奪飛行載具的消息。阿里尋思，看來感染者們計畫在最後一刻摧毀移民船，澈底搗毀人類的希望。

「我絕對不會讓你們摧毀人類未來的希望。」阿里神情堅毅地說，他駕駛著宇航載具，進入發射臺。

「發射倒數，五、四、三、二、一！」隨著控制臺的倒計時，載具在強大的推進力下以高速突破大氣層，達到第一宇宙速度。阿里只感覺過了幾秒鐘，他便來到了地球軌道。高速帶來的壓力很大部分被他穿著的外骨骼裝甲吸收，但即使如此，他還是感到極度的暈眩。

阿里強忍著不適，對控制中心詢問道：「那些感染者的位置在哪？」

「少將，我們已經用遠端遙控幫您指向那些感染者的——」控制中心那頭傳來的聲音還沒說完，不遠處就閃起紅色的火光。

那些感染者，竟然直接駕駛著飛船，撞向美國的「啟示錄」號，雖然在真空環境中沒有傳來一點聲響，但爆炸產生的火光與飛射出的無數碎片，仍讓阿里感到震驚與恐懼。

「帕拉——不！」阿里不顧控制中心那頭傳來的警告聲，他立刻朝著移民船的方向飛去。沿途無數碎片垃圾以高速撞擊阿里所搭乘的載具，飛船系統立刻發出安全警告。

但阿里顧不了那麼多，他也駕駛著飛船衝向移民船。他並沒有撞向移民船，而是選擇在接近前一刻改變軌道，讓載具朝著與移民船平行的方向飛去。阿里自己則打開艙門，不顧危險的朝移民船的方向跳過去。他只能賭在慣性作用下，他能順利飄到移民船身邊，並且他穿的外骨骼裝甲能夠抵擋宇宙無情真空的撕扯以及那些高速飛射的碎片。

阿里賭對了，兩次。他的外骨骼裝甲果然結實的足夠發揮如同太空衣一般的保護，而且他也確實成功靠近移民船。阿里成功從移民船側被感染者撞出的洞中進到移民船中。

然而，外骨骼的安全系統卻不斷提醒，因為剛才阿里的行動，導致外骨骼甲嚴重受損，阿里低頭檢查，發現許多金屬碎片插入外骨骼裝甲中，而裝甲表面也有多處破裂。

但他此刻顧不了那麼多，他沿著走道，試圖找到那些入侵的感染者。

船上到處都是驚叫與哭號聲，阿里走過布滿血跡與屍體的走廊，看樣子那些感染者在衝撞移民船後，並沒有死去。果然是怪物般的存在。

飛船的廣播不斷提醒大家趕快前往逃生艙處避難。阿里破口大罵，如果人群都逃往逃生艙，那感染者只要派一人去往逃生艙的方向，不就能將人們一舉殲滅？

阿里走過幾道安全閘門，那些閘門似乎是為了避免空氣外洩而啟動的緊急設施。但此刻都被感染者們無情的破壞，

阿里根據廣播的指示，飛快前往逃生艙的位置。果然，越靠近逃生艙，廊道內的屍體就越多。那些漂浮在空中的屍塊與血液，讓即使是久經戰場的阿里也感到不適。

此刻廣播終於改變內容，開始要大家就地尋找掩護。而此時阿里聽到打鬥的聲音。看來是殖民船上的護衛隊正在和感染者打鬥。

「這裡是阿里少將，我是友軍。重複，這裡是阿里少將，我是友軍，請求「啟示錄」號的支援協助。」阿里試圖用光子通訊聯絡飛船的指揮中心。

「收到，這裡是啟示錄。我們已經收到母星傳來的聯絡，感謝支援，少將。」飛船上的控制中心傳來消息。

「請求指示感染者的位置，我將前去支援。」阿里說，一邊謹慎的尋找打鬥聲音的來源。

「已確認少將您的座標，請在下一條廊道左轉，護衛隊正在和入侵者進行戰鬥。」

「收到。」阿里確認位置之後，一刻也不敢耽誤。還好他是在無重力環境下，只要用力向前一躍，立刻就能飛出去幾十尺。沒幾秒，他便趕到了戰鬥發生的地點。

現場非常血腥，飄浮在空中的紅色的血液中混雜的一些綠色的黏液，數名士兵們的屍體漂浮著，擋

住去路，讓阿里不得不將那些屍體推到一旁，掃除視野中的障礙。

兩名感染者手上沾滿鮮血，正漂浮在走道的另一端。而此刻還有兩名士兵正在和感染者奮戰。他們將身體抵在牆上，避免在無重力的環境下因為槍枝的後座力而失衡。他們手中拿著特製的步槍，那是最新研發的一種武器，專門為在真空、無重力環境下設計，能夠進行更有效的射擊。

「躲開！」阿里對兩位士兵大喝一聲，並且從掌心射出荷電粒子能流，白熱的光芒從他掌心爆開，在遠離地球磁場環境下的荷電粒子流速度遠超乎阿里的想像，在不斷發生湮滅反應的荷電粒子光束擊中感染者的同時，阿里也被反作用力擊飛，重重撞到身後的牆體上，身體止不住的翻轉。

阿里掙扎地調整自身力矩，想要停止翻轉。

「長官，你沒事吧？」這時一名士兵這時候趕忙上前將阿里拉住，讓他恢復平衡。

恢復平衡後的阿里定神一看，那兩名感染者已經不見蹤跡，地上與牆體只留下少許灰燼與灼燒的痕跡。

「那兩名感染者呢？」阿里連忙詢問，他確信自己命中目標，但由於這是他第一次在地球以外的環境使用荷電粒子，因此忽略了在不受地球磁場影響下，荷電粒子的軌跡可能發生的變化，讓他剛才那一擊的角度比預期的要更高一些。

「死了一個，傷了一個。受傷的那個已經離開了。」士兵趕緊回報。

「可惡！」阿里推開士兵的手，開始繼續追擊。

「你們兩個，快去掩護其他平民。」同時阿里向兩名士兵下達命令。

「我們要撤離回地球嗎？」一位士兵問。

「這我哪知道，哪邊安全就撤往哪去！」阿里不耐煩的吼道。他現在滿腦子只是猜想受傷的那名感染者到底會躲到哪，更擔心還有一名未曾露面的感染者需要對付。

「好的，長官。」兩位士兵相互望了一眼後，朝阿里行了一個軍禮，然後立刻開始行動。

阿里全神貫注的在走道間穿梭。這時艦內的廣播已經停止，控制中心也連絡不到人。這讓阿里有些擔心，按照規定，即使要撤離，控制中心應該是最後撤離的。除非……

阿里甩開了不安的想法，繼續向前移動。他打算先前去控制中心一探究竟，如果能同時追蹤到帕拉的下落那就更好了。

從逃生艙到控制中心的路上，沿途都可看見死去的人們。被破壞的線路不時閃爍著電光，或噴出各色的氣體、液體。

當阿里到達控制中心門外時，控制中心的門已經被破壞，阿里小心翼翼地走了進去，裡面的人已全數被感染者屠殺殆盡。感染者還破壞了控制面板與所有能找到的儀器。

阿里不死心地在漂浮的殘骸堆中檢查著，最終果然讓他找到了一臺尚未被破壞的遠端控制器。那臺遠端控制器雖然螢幕破損，外殼也被破壞，露出裸露的電線。但卻還能使用。

阿里趕忙透過遠端控制器檢查移民船的狀況。

情況簡直糟透了。

殖民船內的氧氣洩漏已經到達危險警告，船內大部分的人的生命訊號都顯示中斷。阿里焦慮地在名單中試圖搜尋帕拉的名字。

還好，控制器顯示帕拉目前的生命狀態仍處於在線，這讓阿里頓時鬆了一口氣。

他趕忙依照控制器顯示的位置，前去尋找帕拉。

帕拉和一小部分的倖存者，將自己鎖在離逃生艙有段距離的隱蔽維修間中。帕拉在事發之初，也意識到感染者會依循廣播前往逃生艙的位置截堵人們，因此她機智的選擇一個離逃生艙不遠，但感染者也不會特意尋找的地方。

「爸爸⁉」帕拉看到阿里的當下，激動的飛過去，緊緊抱住阿里。

阿里也將帕拉緊緊抱入懷中，喜悅的淚水滑過他臉龐。但阿里在短暫的喜悅過後，立刻將帕拉推開，並且重新合上外骨骼裝甲。阿里用嚴肅的口吻對帕拉說：「帕拉，聽我說，現在這艘殖民船內的氧氣已經嚴重不足了，再這樣下去我們都會死。我護送妳們前往逃生艙。」

「我們要去哪裡，回地球？還是其他殖民船？」一位倖存者問。

阿里也沒有答案。他也不知道其他殖民船的狀況是否如同「啟示錄」號般慘烈。

「這都不重要，重要的是我們要先離開這艘船。」阿里只好這麼說。

他護送著這包含帕拉在內的四名倖存者們朝著逃生艙的方向而去，此時剛才那兩名士兵，也領著三名倖存者前來加入他們。這支十人的小隊小心翼翼地往逃生艙的方向前進。

「這裡是阿里少將，向母巢請求協助。重複，這裡是阿里少將，向母巢請求協助。」

阿里在路上，試圖和地球的控制中心獲得聯繫。

「這裡是母巢，阿里少將。請回報當前情況。」地球的控制中心傳來消息。

「我在『啟示錄』號中救出幾名倖存者，『啟示錄』號目前嚴重受損，我們將要從這裡撤離。請求進一步指示，我們該撤往何處。」阿里說。

「收到，撤退請求獲准。」說完之後，控制中心沒有馬上回應。在一陣讓人窒息的等待後，控制中心才又有消息傳來：「這裡是母巢，阿里少將，你還在嗎？」

「收到。這裡是阿里少將。」

「請將『啟示錄』號中所有的倖存者，轉移到『輪迴』號上，『輪迴』號已經批准了你們的登艦許可。但請快一點，為了避免感染者可能的下一波攻勢，『輪迴』號將比預期的時間提早啟航。」控制中心說。

「收到。我們有多少時間？」阿里憂心地問。

「你們有三十分鐘可以進行撤離，我們會盡可能幫你們爭取更長的時間。但請不要抱太大的期望。『輪迴』號的指揮官態度非常堅決。」控制中心說。

「我明白了。」阿里點點頭。

結束通訊後，阿里催促所有人加快速度。不過也不用阿里催促，所有倖存者都希望能夠盡快離開這艘危機四伏的殖民船。

不過由於供電系統受阻，殖民船內的燈光此刻已自動調整成緊急模式，在昏暗的燈光下，更讓人精神緊繃，草木皆兵。

阿里十人好不容易通過昏暗陰森的走廊，終於來到逃生艙。阿里先是檢查一一檢查了逃生艇的內部，確認沒有感染者躲在其中，才讓帕拉趕快登上第一艘逃生艇。

「爸爸，你呢？」帕拉擔心的轉過頭問。

「我隨後就到，親愛的，快走。」阿里將讓帕拉趕緊離開。

逃生艇的設計和阿里剛才搭乘的小型航天載具類似，不過提供的動力輸出更短暫。大部分的能源主要用於維持逃生者的冷凍狀態，以及發送持續的求救訊號。不過由於友船就在旁邊，因此即使是逃生艇那短暫的動力輸出，也足以將人送往友船逃生。

每一艘逃生艇都能容納四人，阿里讓平民先登船，自己則和另一名士兵警界四周。並讓另一名已經受傷的士兵與逃離的七位平民先行一步。

當兩艘船先後離開「啟示錄」號後，阿里這才和另一名士兵進行登船的準備。但這時，在殖民船深處，又傳來了一陣驚叫，以及撕心裂肺的求救聲。

「還有倖存者？」阿里和士兵對望一眼，當即拿定主意。

「你在這邊待命，不要讓感染者趁機破壞剩餘的逃生艇。」阿里對士兵下令。「我去那邊搜查，如果十分鐘後我還沒有回來，你就先行逃生。」

「是的，長官。」士兵朝阿里行了一個軍禮，隨後舉起武器，神情嚴肅的警戒著。

阿里快步滑行過昏暗的走廊，朝著聲音的源頭走去。

與此同時，阿里也謹慎的回憶著來時飄浮在空中各種物體的相對位置，深怕中了感染者的埋伏。求救聲又一次傳來，讓阿里加快了速度。等他到達求救聲所在的一間廁所時，卻發現廁所的門只是半掩著。

阿里拉開廁所的門板，但裡面什麼也沒有。狹窄的廁所內只有一臺打開的智能電話，正以最大的音量不斷重播著求救的訊號。

「該死！」阿里著急地意識到中計。他趕忙轉身，用最快的速度朝逃生艙的位置飛去。

果然，還沒接近逃生艙，便傳來戰鬥的聲音。

但阿里卻沒有第一時間加入戰鬥，而是趕緊用手中的遠端控制臺，將逃生艇都鎖定起來，不讓感染者有機會再搭著逃生艇去撞擊中國的「輪迴」號。

等到阿里回到逃生艙時，留守的那名士兵已經喪命。他毫無生氣的屍體漂浮在半空中，鮮血與破碎的肢體在各處漂浮著。

而兩名始作俑者，一位藍頭髮的感染者，以及另一位金黃頭髮的感染者，則正轉過身，眼神凶狠的盯著阿里。

阿里想也沒想，立刻朝他們發動攻擊。荷電粒子流的白光從他掌心爆發開來。有了上一次的經驗，這次阿里精準的射中了那位藍色頭髮的感染者。他認得那位感染者，就是不久前從他手中脫逃的那位。果然，先前受過重傷的藍髮感染者來不及反應，便被阿里燒成灰燼。湮滅反應產生的餘波也衝擊到附近幾臺逃生艇，紛紛顯示出危險警告。

金黃頭髮的感染者見狀，也立刻還擊，鋒利的尖刺連綿不絕的朝著阿里射過來。

在無重力環境下，阿里吃力的閃避那些尖刺。他頭下腳上的在半空中迴旋了好幾圈。但不適應無重力環境的他，身上還是中了數根尖刺。而他本就受損嚴重的外骨骼裝甲，此刻面對感染者的攻擊，早已沒有原先防護的能力。

身受重傷的阿里，此刻的思緒卻無比清晰。他清楚地明白自己需要做什麼。

阿里伸出手，用荷電粒子將那些再度射來的尖刺湮滅。雖然仍有無數根刺射中阿里，但阿里早已不在乎。

他必須破壞掉所有的逃生艇。絕對不能讓感染者有機會搭船離開。

白光掃過逃生艇，爆炸聲轟然響起，爆炸的波動也將那位感染者吞沒。

「帕拉，親愛的，妳一定好好活下去。」在爆炸將阿里吞噬前，阿里在心中默默地祈禱。

2076／10／10
中國「輪迴」號殖民船

「『啟示錄』號逃出來的人都安置好了嗎？」司馬辛擔心的問。
「教授您放心，三艘逃出來的逃生艇都安全到達了。新來的九個人也都安置好了，很快就能進入冬眠。」昆西說。
「這不會影響殖民船的能源分配吧？」司馬辛又擔心地問。
「可能略有影響，但影響不大，而艦上的人也正在想辦法把他們搭乘的逃生艇拆解，變成艦內可用資源的一部分。」昆西解釋。
「那就好。只不過我沒想到你竟然會是搭乘這艘船。」司馬辛說：「我以為昆西教授您會選擇搭乘美國的『啟示錄』號。」
「其實搭乘哪艘都是一樣的，就近而已。就像原本美國政府打算安排您搭乘美國的殖民船，但現在您和約翰代表也在各種情況下，只能選擇搭乘中國的殖民船。」昆西微微一笑。「我記得，你們中國有句古話，叫「殊途同歸」，我想這就是我們現在的情況。」
「是的，確實如此。」司馬辛喃喃地說。他們倆人一同走到殖民船中少數能觀看地球的窗口前。
「我時常在想，我們落到現在的局面，是不是一種必然？即使香巴拉菌沒有被發現，人類最終的下場是否也依然會是如此？」
「喔？怎麼說呢？」昆西問。

「『不在顓臾，而在蕭牆之內也。[6]』也許我們最大的敵人始終是自己，如果我們沒有採取那些歧視性政策、沒有放任不公平的事情發生、沒有被名利誘惑喪失理智的話。我們是否能夠迎來不同的局面？」司馬看著地球的方向，喃喃地說。

昆西良久沒有說話，只是沉默地與司馬辛一起看向地球。

就在這時，艾芹也來了。她說：「你在這裡啊！」

司馬辛看向艾芹，而艾芹則走到司馬辛身邊。

「剛才張妮通知我們，殖民船準備啟程了，要我們趕緊為冬眠做準備。」艾芹看到窗外那遙遠的地球，也陷入沉默之中。

「兒子呢？」司馬辛問。

「張妮陪著他，他看起來並不緊張，反而對於要前往新天堂感到興奮。」艾芹微笑著說。

三個大人都露出淺淺的笑容。年輕人，總是對於新事物有著特別的接受度。

三人望著遠方的地球，又沉默良久。這時，昆西開口了。他用非常失落的聲音說：「我從來不知道，原來地球這麼美。然而最終，地球將不再是我們的故鄉。那已經是一顆充滿異類的星球了。」

「美不是一種存在，而是一種消失。夕陽的美是因為你知道它下一刻不復在；人們眷戀青春，是因它終將消逝。我們已經無法後悔，也無法回頭了。」司馬辛引用了榮格的話。

昆西點點頭，繼續用貪戀的目光看向地球。他說：「也許消失，才是生命的意義吧？」

「也許，正因生命是孤獨、可憐、險惡、粗暴且短暫的[7]，所以人類終將不得善終，人類的惡意永

6 出自《論語》季氏，意思是真正的危險與憂患不在外部而是在內部。

7 出自湯瑪斯．霍布斯（Thomas Hobbes）的《利維坦》（*Leviathan*, 1651），又譯為《巨靈論》。

無止盡。而這就是我們的下場。」司馬辛也萬分感慨地說道。

「這樣太悲觀了！你們生物學不是一直強調生物多樣性嗎？難道人性就沒有多樣性？我們仍要相信人善良的一面！」一旁的艾芹聽完後，發出抗議。她猛搖著頭，反駁兩位男子的論調。

昆西聞言，先是一愣，然後笑了起來。他對艾芹一鞠躬，然後說道：「夫人，您真是這黑暗太空中最明亮的燭光，點亮了我們這趟旅途黑暗的前程。」

艾芹對於昆西的反應有些不知所措，只是羞赧的點點頭。

「恕我先行一步，我先去準備進入冬眠了。我們新天堂再見。」昆西對司馬辛夫婦又鞠了一躬，然後轉身離去。

過了一會，司馬辛夫婦也離開了窗前。只留下那遙遠的地球，送別即將遠去的旅人們。

司馬辛和家人一起在艦上工作人員的安排下進入冬眠。他們一家三口並排躺在一個個冬眠箱當中。

「會害怕嗎？」司馬辛問艾芹。

「有一點。」艾芹緊張的看向四周，在冬眠室中，一些人已經提早進入冬眠狀態了。而還有一些人，正把握著最後清醒的時光，和親友訴說內心的想法、或者寫下自己最後的紀錄。

「別怕，就當是做了一場長長的夢。夢醒了，一切都會好起來。」司馬辛安慰妻子。

司馬辛一家平靜地進入了冬眠狀態。而在全部的人都進入冬眠後，「輪迴」號殖民船，也開啟了最大加速模式，以第二宇宙速駛離了地球，並在不久後，將以第三宇宙速度擺脫太陽的重力束縛，駛離太陽系，前往約八光年的天狼星。

這是一場沒有回程的旅途，不僅前途茫茫，而且危機四伏。沒有人知道前方有什麼在等著他們。但他們身後的地球，如今已經是香巴拉菌感染者主宰的世界了。因此他們不得不遠行。

而就在「輪迴」號殖民船開始遠離地球後，從遠方看，地球上開始出現無數紅色與灰色交雜的小圓點。殖民船上進入冬眠狀態的人們自然不知道發生了什麼事情，但船上的紀錄儀卻忠實地記錄下了地球發來的訊息。

為了避免感染者在短時間建造新的宇宙船艦入侵新天堂。地球殘餘的舊人類政府，作出了一個同歸於盡的決定。

用核彈將所有能鎖定的科技、民生系統盡可能地摧毀，讓感染者的科技水平倒退上百年，為那些遠行者爭取時間。

就這樣，地球上的舊人類們，用盛大的火焰為遠行者們舉行了一場史無前例的送別儀式。

沒人知道這個計畫是由哪國，或者由誰提出的，但也已經不重要了。

而地球對殖民新天堂的人類而言，將只是一顆異樣的星球。由人類親手將其異化。

人類的未來，已經不在地球上了。

「輪迴」號殖民船紀錄：

時間：發射前五分鐘

附註：這是一段意外被船上通訊系統紀錄的語音檔，已經轉載成文字模式。尚不清楚何為「侏儸紀公園」，但推測應是舊地球的文學作品。

此紀錄是新天堂人們認識舊日地球珍貴的資料之一，也是新天堂領導人之一的司馬辛教授與其學生在抵達新天堂前唯一的心路歷程紀錄。

紀錄（已轉載為文字模式）：

司馬辛：妳知道嗎？我很喜歡《侏儸紀公園》中的一句話，他說生命會自己找到出路的。也許我們都需要找到自己的路。但新天堂真的是我們唯一的路嗎？

張妮：我也不知道，但眼下這是我們唯一的選擇了，我們無法回頭了。

司馬辛：對，我們都無法回頭了。我只希望卡琳在浩劫後能活下來。

張妮：她孤身在感染者當中，卻沒有感染者的能力。只怕凶多吉少了。

司馬辛：我們人類，與感染者相比，當真沒什麼不同。我們並沒有高尚到哪去。

張妮：也許我們與感染者，只是彼此注定沒辦法和平共處。也許這就是生物競爭的最終結果。

司馬辛：競爭或合作、排除或包容，哪一種才是最好的生存方式？哪一種才能讓物種永續發展？又或者，在真理面前，這些什麼也不是。而人類只不過是宇宙中卑微的一粒塵埃，是死是活對宇宙而言，毫無意義。

紀錄結束。

釀奇幻79　PG3017

異星

作　　者	讀夜人
責任編輯	吳霽恆
圖文排版	許絜瑀
封面設計	王嵩賀

出版策劃	釀出版
製作發行	秀威資訊科技股份有限公司 114 台北市內湖區瑞光路76巷65號1樓 電話：+886-2-2796-3638　傳真：+886-2-2796-1377 服務信箱：service@showwe.com.tw http://www.showwe.com.tw
郵政劃撥	19563868　戶名：秀威資訊科技股份有限公司
展售門市	國家書店【松江門市】 104 台北市中山區松江路209號1樓 電話：+886-2-2518-0207　傳真：+886-2-2518-0778
網路訂購	秀威網路書店：https://store.showwe.tw 國家網路書店：https://www.govbooks.com.tw
法律顧問	毛國樑　律師
總 經 銷	聯合發行股份有限公司 231新北市新店區寶橋路235巷6弄6號4F 電話：+886-2-2917-8022　傳真：+886-2-2915-6275

出版日期	2024年7月　BOD一版
定　　價	500元

國家圖書館出版品預行編目

異星/讀夜人著. -- 一版. -- 臺北市：釀出版,2024.07
面； 公分. -- (釀奇幻；79)
BOD版
ISBN 978-986-445-938-4(平裝)

863.57 113004050